ro
ro
ro

Christopher Brookmyre, geboren 1968 in Barrhead bei Glasgow, ist ein extrem vielseitiger Autor, dessen Werk und Bandbreite es in Deutschland erst noch zu entdecken gilt. In der angelsächsischen Welt hat er sich mit seinen originellen, lustigen, harten und sehr intelligenten Romanen längst eine riesige Lesergemeinde und zahlreiche Krimipreise erschrieben, wie z. B. den Critics' First Blood Award for Best First Crime Novel und den Sherlock Award for Best Comic Detective Novel. »Wo die Leichen liegen« ist sein erstes auf Deutsch erschienenes Buch.

»*Erste Liga.*« Mark Billingham

»*Geschickt aufgebaut, gewaltsam und rau wie die Stadt Glasgow selbst (...) und doch menschenfreundlich.*«

Sueddeutsche.de

»*Christopher Brookmyres neue Krimiserie über Glasgow weicht ab von der klassischen britischen Detektiverzählung. Hier geht es härter zu als in Los Angeles.*«

Frankfurter Allgemeine Zeitung

»*Brookmyre bleibt komplex, er beherrscht die Zwischentöne, er kann es hart und zart – das ist das Charmanteste und Ungewöhnlichste an diesem Roman.*« Berliner Zeitung

»*Nach diesem deutschen Debüt darf man Brookmyre wohl auf Anhieb in einem Atemzug mit bedeutenden schottischen Kriminalautoren wie Val McDermid, Ian Rankin und Stuart MacBride nennen.*« Kölner Illustrierte

CHRISTOPHER BROOKMYRE

WO DIE LEICHEN LIEGEN

KRIMINALROMAN

Aus dem Englischen
von Hannes Meyer

Rowohlt Taschenbuch Verlag

Die Originalausgabe erschien 2011 unter dem Titel
»Where the Bodies Are Buried« bei Little, Brown/Little,
Brown Book Group, London.
Die deutschen Erstausgaben erschienen 2012 unter dem Titel
»Wer schlafende Hunde weckt« bei Kiepenheuer & Witsch, Köln
(E-Book-Ausgabe) und beim Verlag Galiani, Berlin (Printausgabe).

Veröffentlicht im Rowohlt Taschenbuch Verlag,
Reinbek bei Hamburg, Februar 2014

Umschlaggestaltung any.way, Hamburg,
nach dem Original von Little, Brown and Company
(Illustration: Marc Ecob)
Satz aus der Scala
bei Pinkuin Satz und Datentechnik, Berlin
Druck und Bindung CPI books GmbH, Leck
Printed in Germany
ISBN 978 3 499 22231 3

MIX
Papier aus verantwortungsvollen Quellen
FSC® C083411

Das für dieses Buch verwendete FSC®-zertifizierte Papier
Holmen Book Cream liefert Holmen, Schweden.

Im Gedenken an Gerry Haetzman

Die Einsamkeit und der Schrei

Es wirkte überhaupt nicht wie Glasgow.

Die Luft war schwül, obwohl am klaren Himmel kein Wölkchen den Mond und die Sterne verdeckte. Überhaupt nicht wie letzte Nacht, als die Wolken sich spät über den sonnigen Tag geschoben hatten wie ein Deckel über eine Pfanne, der die Hitze erhielt und heißes Blut simmern ließ. Schon morgens um neun war es draußen auf der Straße warm gewesen, und jetzt nach elf Uhr schien jedes einzelne Luftmolekül trunken und müde. Wenn die klare Nacht keine Abkühlung brachte, würde mit den nächsten Wolken ein Gewitter kommen.

Im Wagen hatte man kaum Luft bekommen; der Geruch von Schweiß und Aftershave kämpfte mit dem von Urin und Blut. Als Wullie die Füße auf den unkrautüberwucherten Kiesboden des Steinbruchs setzte, die hufeisenförmigen Abbruchkanten wie ein Amphitheater, erhoffte er sich eine kühle Brise, aber der Temperaturunterschied war kaum wahrnehmbar. Nur die Gerüche waren anders. Etwas Süßes lag in der Luft, der Duft der Bäume, den man bei Regen nicht wahrnahm, dazu der Geruch nach Holzkohle und Fleisch von den tausend Grills unten in der Stadt, warmer Rauch, warme Aromen, getragen von warmer Luft.

Nein, es wirkte ganz und gar nicht wie Glasgow. Bis auf den Kerl, der brutal zusammengetreten im Wagen lag. Der war ein authentischer Teil der Stadt wie Haggis und Lungenkrebs.

Jai wehrte sich nicht, als sie ihn nach draußen zerrten. Jeglichen Widerstand hatten sie schon lange aus ihm herausgeprügelt. Zusammengesackt wie ein Haufen Dreckwäsche saß er auf dem Boden, ein deformiertes, blutverschmiertes Etwas. Er zitterte vor Schock und Angst, was unpassenderweise so aussah, als würde er frieren. Wenn an dem Abend überhaupt jemandem kalt sein konnte, dann ihm; kalt vor Angst, kalt in seiner Isolation, der einsamste Mann von Glasgow. Er wusste, dass er allein war, und vor allem auch, was ihn erwartete, weil er es in der Vergangenheit selbst allzu oft erledigt hatte.

Man rechnet nie damit, dass man irgendwann selbst dran ist, schon gar nicht, wenn man es zu etwas gebracht hat. Gutes Geld, dicker Wagen, schicke Klamotten, Leute, die ängstlich den Blick abwenden, und andere, die einem bei jeder Gelegenheit in den Arsch kriechen. Wenn man dann noch ein paarmal freigesprochen wird, weil keiner etwas sagt oder irgendein Untergebener für einen in den Knast geht, hält man sich schnell für unantastbar. Und dann wird man gierig, dann wird man unvorsichtig. Dann glaubt man, man kann es mit den Großen aufnehmen, weil man jung und hartnäckig ist, und vergisst dabei, dass viele einmal jung und hartnäckig waren; man vergisst, dass die Großen es aus gutem Grund nach ganz oben geschafft haben – und dort geblieben sind.

Jai versuchte nicht aufzustehen, wahrscheinlich, weil das als Fluchtversuch oder Widerstand betrachtet werden könnte, vielleicht aber auch nur, weil er es nicht konnte. Er vermied jeden Blickkontakt, ließ die Augen aber immer noch streifen und kontrollierte die Position der Männer. Sie standen in einem Dreieck um ihn herum, Big Fall stieg gerade aus dem Wagen und machte ein Quadrat daraus.

Die Ankunft eines fünften Mannes würde alle seine Fragen beantworten. Jai war schon jetzt gebrochen und besiegt, doch erst nach dem Auftritt des selbst ernannten Paten von Gallowhaugh würde er sich der absoluten Aussichtslosigkeit seiner Lage bewusst werden.

Der fuhr gerade vor. Er war dem Wagen der anderen im notwendigen Sicherheitsabstand gefolgt, aber jetzt, als er da war, ließ er sich absichtlich Zeit und ließ den Gefangenen warten. Ließ *alle* warten. Wichser. Wenn Wee Sacks noch ein bisschen aufgeblasener wäre, würde er platzen.

Er schlug die Tür seines dicken BMW lautstark zu, um dem Gefangenen klarzumachen, dass hier mehr los war, als er bisher gedacht hatte. Soweit man überhaupt denken kann, wenn man gerade hinten im Wagen von drei Typen halb totgeprügelt wird. Dann ging er langsam den Umweg hinter dem Wagen entlang, um das arme Schwein noch ein bisschen länger auf die Folter zu spannen, das da zitternd im Dreck lag.

Wullie hatte ihn schon immer gehasst. Pate von Gallowhaugh? Der alte Sack. Okay, er war zwar nur so um die vierzig, aber er trug immer viel zu jugendliche Klamotten, was ihn seltsamerweise noch älter wirken ließ als sein vernarbtes, verlebtes Gesicht; ein Gesicht, auf das man stundenlang eintreten könnte.

Wullie konnte es kaum fassen, dass er dort stand und nach der Pfeife des arroganten alten Sacks tanzte. Manchmal musste man eben mitspielen, damit alle glücklich waren, aber der kleine Wichser genoss das Ganze einfach zu sehr. Der Drecksack sollte lieber mal aufpassen, dass er nicht den gleichen Fehler machte wie sein Exkumpel da auf dem Boden. Er meinte wohl, dass er zum Hochadel der Straße gehörte, weil er schon eine Zeit lang dabei war und einen auf ehrbar und alte Garde machte. Er sollte bloß nicht vergessen, wer die größte Gang der Stadt war. Bloß weil sie ihm hier aus Eigeninteresse halfen, durfte er sich noch lange nicht groß aufspielen und erst recht nicht die Natur der Beziehung falsch verstehen. Wee Sacks glaubte, dass Big Fall sich an ihn gewandt hatte, weil er in Gallowhaugh die Fäden zog. Das konnte er aber nur, weil Fall es ihm erlaubte.

Dass die kleine Ratte heute Nacht unbedingt dabei sein musste, sagte ja schon alles. Purer Napoleonkomplex. Das hätte er nicht nötig haben dürfen; er hätte einfach zufrieden sein sollen, dass das Problem erledigt wurde, und zwar diskret, ohne unliebsame Konsequenzen. Aber nicht mit Wee Sacks. Er ging unnötige Risiken ein, weil er Jai noch unbedingt zeigen musste, dass er das letzte Wort hatte, dass Jai sein eigenes Schicksal besiegelt hatte, als er versuchte, den allmächtigen Paten zu hintergehen.

Er wollte seinen Triumph voll auskosten.

Jai hob den Kopf, als er den unerwarteten Neuankömmling hörte. Sein blutverschmiertes Gesicht zeigte die gewünschte Reaktion, als er sich fragte, wie das sein konnte und was das für seine Chancen hieß: eine Mischung aus Verwirrung und Verzweiflung. Er schwieg, während er die Enthüllung dieser unheiligen Allianz langsam verarbeitete und sich mit der unausweichlichen Lage der Dinge abfand. Jai hatte sich für clever gehalten und geheime Deals mit den Feinden seines Bosses gemacht, doch jetzt erkannte er, wer hier wirklich der Clevere war und warum sein Boss der Boss war.

Jai hatte voll und ganz verstanden, was Sache war, und das hätte reichen müssen. Aber Wee Sacks bekam den Hals nicht voll. Er zog eine Pistole, obwohl den Part Big Falls Leute übernehmen sollten. Er nahm die Waffe als Requisite, er wollte Jais Angst voll auskosten, während er ihm eine vorgefertigte Geschichte ihrer gemeinsamen Vergangenheit vortrug und auf seine bittere Enttäuschung über Jais Treuebruch hinarbeitete.

Er setzte Jai die Pistole an die Stirn. Jai schloss die Augen, als könnte er das Unausweichliche dann ignorieren. Er presste sie immer stärker zu, während der Moment sich hinzog, aber der Schuss nicht kam, bis er zusammenbrach und die Tränen flossen. Dann senkte der kleine Wichser die Waffe und fing wieder an, seiner Empörung wortreich Ausdruck zu verleihen. Er genoss den Moment zu sehr, um ihn einfach zu beenden, wenn auch nicht aus rein sadistischen Gründen. Jais Unverschämtheit brachte ihn zum Kochen. Dieser Moment reichte einfach nicht als Wiedergutmachung, ihn einfach zu töten, war keine angemessene Rache. Am liebsten würde er ihn immer und immer wieder töten, und so konnte er diesem Wunsch am nächsten kommen. Er war ein wütender kleiner Hund, der seine mangelnde Größe mit umso größerer Lautstärke übertönen wollte.

Fall hatte die Schnauze voll. Der Große hatte genug gehört. Er zog selbst seine Pistole und rempelte den kläffenden Terrier zur Seite.

»Jetzt ist aber mal gut«, knurrte er und gab Jai einen Kopfschuss.

Jai kippte nach hinten, und um seinen Kopf bildete sich eine Blutlache, während der Knall von den Wänden des Steinbruchs widerhallte. Das Echo wurde noch lange hin und her geworfen wie bei einer Rückkopplung; dann, als der Schuss schließlich langsam verklang, merkte Wullie, dass darunter noch ein anderes Geräusch lag: ein Schrei.

Es war wohl kein gutes Zeichen, dass ihm erst nach einem Augenblick der Überraschung klar wurde, dass die meisten Leute von so einer Szene wohl schockiert waren.

Jasmine verbockt's

»Das Zielfahrzeug biegt rechts, rechts, rechts auf die Byres Road ab. Aufschließen, Foxtrot Five. Ich lasse ihn an der Ampel aus den Augen, bevor er mein Gesicht noch aus dem Gedächtnis zeichnen kann.«

»Okay, okay«, antwortete sie, und ihr Herz raste, dass ihr kleiner Renault kaum mithalten konnte.

Jetzt hatte sie Sichtkontakt.

Diesmal verbock ich's nicht, schwor Jasmine Sharp sich.

Sie sah, wie Onkel Jims – nein, *Delta Sevens* – Wagen vor der Kreuzung nach links schwenkte und auf der Dumbarton Road nach Westen fuhr, und plötzlich war sie viel näher als gewollt hinter dem blauen Citroën Minivan. Sie musste forsch auf die Bremse treten, denn nach dem Kommando zum Aufschließen hatte sie in ihrer Aufregung nicht damit gerechnet, dass das Zielfahrzeug womöglich warten musste, bevor es abbiegen konnte. Sie hoffte, dass der Fahrer nicht in den Rückspiegel gesehen hatte, denn nichts fällt einem mehr auf als ein Beinahe-Auffahrunfall, besonders diesem Kerl.

Jasmine starrte wie hypnotisiert auf seinen Blinker und widerstand der Versuchung, in seinen Rückspiegel zu schauen.

Als das Licht sieben- oder achtmal aufgeleuchtet hatte, merkte sie, dass ihr eigener Blinker aus war. Als sie ihn anschaltete, hatte sie, wie immer bei diesem Job, das Gefühl, dass sie auf viel zu viel gleichzeitig achten musste und dabei allzu leicht das Grundsätzliche vergaß. Wenn sie Jim bei einer Zwei-Wagen-Observation aus der Entfernung unterstützte, war es schon schlimm genug, aber wenn sie selbst den Sichtkontakt halten musste, rechnete sie förmlich damit, jeden Moment den Motor abzuwürgen oder sogar gegen eine Laterne, einen Fußgänger oder einen Doppeldeckerbus zu krachen, den sie wegen ihres Tunnelblicks auf das Zielfahrzeug übersehen hatte.

Ich verbock's nicht, schwor sie sich. Ich verbock's nicht. Heute nicht. Nicht wie bei der Fahrzeugobservation in Paisley letzte Woche, als sie das Zielfahrzeug auf dem Kinoparkplatz verloren hatte. Nicht wie in der Woche davor in Duntocher, als sie verbrannt worden war, als sie dem Zielobjekt zweimal um einen Kreisverkehr gefolgt war. Und nicht wie Montag. Bitte, bitte, um Gottes willen nicht wie Montag. Das würde ihr noch peinlich sein, wenn sie irgendwann in einem Altersheim vor sich hindämmerte. Zum einen, weil sie sich selbst enttäuscht hatte, aber tausendmal mehr, weil sie Jim hatte hängen lassen. Wenn sie nur daran dachte, wurde sie schon ganz rot.

Der Minivan wurde langsamer und suchte wohl einen Parkplatz. Er hatte das Riesenglück, zu dieser Tageszeit auf diesem Abschnitt der Byres Road einen zu finden. Ihre Chancen standen schlecht, in akzeptabler Nähe einen eigenen zu bekommen. Das könnte ihr neuer Rekord werden: Zielobjekt verloren, in weniger als einer Minute. Nicht unbedingt ihre Schuld, äußere Umstände usw., aber so oft, wie sie schon eine Observation verbockt hatte, zogen selbst gute Gründe nicht mehr.

Oh, danke. Puh. Er parkte gar nicht ein: Das Auto vor ihm hatte einen Platz gefunden, und er hatte warten müssen, während es sich in die Lücke hineinmanövrierte.

Sie seufzte und wollte nicht lange darüber nachdenken, wie

ungeeignet sie für den Job sein musste, wenn sie schon bei jedem winzigen oder nur potenziellen Problemchen in Panik geriet.

Sie drückte die Sprechtaste auf dem Schalthebel, die ein Mikrofon in der Sonnenblende steuerte.

»Onkel Jim ... äh, Delta Seven, darf ich?«

»Delta Seven, na los. Du brauchst nicht zu fragen, wenn du Sichtkontakt hast. Und zum dreitausendsten Mal: Du sagst dein eigenes Rufzeichen, nicht meins.«

»Tut mir ... äh, Foxtrot Five, tut mir leid. Wollt nur fragen, wo du bist.«

»Meine *Position* ist Hyndland Street nördlich Richtung Highburgh Road, wo ich hoffentlich aufhole und das Zielfahrzeug an der Ampel wieder übernehme.«

»Okay, okay«, erwiderte sie, obwohl sie fast nur seine Rüge gehört hatte, dass sie schon wieder nicht die korrekte Terminologie verwendet hatte. Wie viel Geduld konnte er haben? Er verdiente jemand Besseres. Jemand viel Besseres.

»Zielobjekt nähert sich der Kreuzung University Avenue«, gab sie weiter. »Rote Ampel, kein Blinker gesetzt. Wird wohl geradeaus, geradeaus, geradeaus in Richtung Great Western Road fahren.«

Geradeaus, geradeaus, geradeaus. Das hörte sich nicht richtig an.

Ihr Zweifel löste eine so lebhafte Erinnerung an Montag aus, dass sich ihr der Magen umdrehte. Katastrophen solchen Ausmaßes zogen normalerweise einen Spendenmarathon im Fernsehen nach sich.

Es war kein schwieriger Auftrag gewesen. Eine einfache Adressermittlung, sonst nichts, das sprichwörtliche Kinderspiel. Das Zielobjekt von Montag war ein Kleinunternehmer gewesen, der bei einem seiner Zulieferer tief verschuldet abgehauen war. Statt sich bankrott zu erklären und das Insolvenzverfahren zu durchlaufen, war er in dem Wissen ausgeflogen, dass der Zulieferer selbst in schweren Finanznöten steckte, die zu großen Teilen auf seinen unbezahlten Schulden beruhten. Einfach gesagt, musste der Kleinunternehmer nur so lange untertauchen, bis der Zulieferer pleiteging und mit ihm die Schulden verschwanden.

Der Zulieferer hatte bereits eigene Nachforschungen angestellt und dann die Detektei Galt Linklater beauftragt, damit alle gefundenen Beweise einwandfrei, legal und vor Gericht verwertbar waren. Galt Linklater wiederum hatte einen Teil der Arbeit an Sharp Investigations übergeben, was oft geschah, wenn die Firma überlastet war.

Jasmine kannte Sharp Investigations unter dem weniger offiziellen Namen Onkel Jim. Er war ein ehemaliger Polizist, der sich im Ruhestand als Detektiv selbstständig gemacht hatte. Verschiedene Detekteien hatten ihn anheuern wollen, darunter Galt Linklater, aber aufgrund »beruflicher Erfahrungen«, die er nicht weiter ausführte, war er lieber sein eigener Chef. Sharp Investigations war also immer ein Einmannbetrieb gewesen, und weiß Gott kein erfolgloser. Jasmine fragte sich immer noch, wie die Firma ihre Reichweite und Effizienz durch die Anstellung einer nervösen, ungeschickten jungen Frau ohne jegliche Erfahrung und angeborenes Talent steigern wollte.

»Foxtrot Five. Ampel ist grün, kein Richtungswechsel, Byres Road«, sagte sie. *So* war es richtig. Wie bekam sie das Ganze bloß richtig heraus, ohne darüber nachzudenken?

»Delta Seven«, antwortete Jim, »nähere mich der Kreuzung Byres Road, Highburgh Road. Ampel ist rot. Ich muss warten.«

Der flüchtige Geschäftsmann in der Katastrophe von Montag hieß Peter Harper. Er kam aus Kilwinning, hatte seine Wohnung aber vor sechs Wochen verlassen und nach Aussage des Vermieters die Einzugsermächtigung für die Miete gekündigt. Der Zulieferer hatte eine Liste von Adressen zur

Verfügung gestellt, wo er untergetaucht sein könnte. Galt Linklater brauchte eine Adressfeststellung: einen Beweis, dass er sich an einem bestimmten Ort aufhielt. Den bekam man am besten, indem man mit einer versteckten Kamera bei ihm an der Tür klingelte.

Für genau so etwas brauchte er sie an Bord, hatte Jim Jasmine erklärt.

»So einer ist schon von sich aus ziemlich nervös«, meinte er. »Also ist er extrem misstrauisch, wenn jemand nach ihm fragt, während er sich tot stellt. Der riecht die Polizei hundert Meter gegen den Wind. Wenn der mich durchs Fenster oder durch den Spion sieht, macht er gar nicht erst auf. Deshalb hat Galt Linklater den Auftrag ja überhaupt erst weitergegeben: Deren Leute haben doch alle groß Exbulle auf der Stirn stehen. Eine frische, freundliche junge Frau ist da was ganz anderes.«

Das klang bestechend logisch, aber trotzdem kam es Jasmine umso mehr vor, als gäbe er sich besondere Mühe, ihr den wahren Grund für ihre Anstellung zu verheimlichen.

»Delta ... äh, Foxtrot Five. Zielperson blinkt rechts, rechts, rechts auf die Great George Street, muss aber den Gegenverkehr abwarten.«

Scheiße. »Blinker rechts, aufgehalten durch Gegenverkehr«, hätte sie sagen müssen. Gerade Text auswendig lernen sollte sie doch eigentlich können.

Genau genommen war die Wiederholung der Rufzeichen bei einer Zwei-Mann-Beschattung unnötig, aber Jim hatte darauf bestanden, um sie daran zu gewöhnen. Wenn sie so weitermachte, hatte sie es vielleicht in einem Jahr einigermaßen drauf.

»Delta Seven, okay, okay. Schließe auf. Ich übernehme den Sichtkontakt, wenn er abbiegt.«

Da sie ganz und gar nicht wie eine Polizistin oder ehemalige Polizistin aussah und sich auch in keiner Hinsicht als Privatdetektivin verriet (schon gar nicht in der Art und Weise, wie sie ihren neuen Job ausführte), hatte Jasmine am Montag an den Türen klingeln müssen.

An der zweiten Adresse war es passiert. Mit der ersten war nichts anzufangen: Die Exfreundin, die dort hätte wohnen sollen, hatte die Wohnung vor zwei Jahren verkauft. Jim hatte von dem Hinweis sowieso nicht viel gehalten, aber sie hatten die Adresse trotzdem überprüft, weil sie auf dem Weg zu der lag, die sich am besten anhörte. Eigentlich war die zweite Adresse sogar Nummer zwei bis zehn, weil sie nur die Hausnummer des dreistöckigen Wohnblocks in Partick enthielt, nicht die Wohnungsnummer.

»Foxtrot Five. Zielwagen ist rechts, rechts, rechts abgebogen und fährt westlich auf der Great George Street. Wagen blinkt rechts. Übernehmen, Delta Seven.«

»Delta Seven bestätigt Sichtkontakt. Zielfahrzeug biegt ein in Lilybank Gardens, eine Hufeisen-Einbahnstraße. Er will parken.«

»Okay, okay.«

Jim hatte erklärt, dass man eine Geschichte braucht, wenn man Haustüren abklappert und nach Leuten fragt, die nicht gefunden werden wollen. Die meisten Leute erklären einem wahrheitsgemäß, dass sie den Namen noch nie gehört haben, aber ab und zu hakt jemand nach und will wissen, warum man fragt, weil er selbst die Zielperson ist oder sie persönlich kennt. Dann muss man sich kurzfassen und darf nicht abschweifen oder sich in Details verrennen. Das gleiche Prinzip hatte sie schon auf der Schauspielschule gelernt, als es um Film- und Fernsehaufnahmen ging: Tu nie etwas, was du nicht genauso noch zehnmal wiederholen kannst.

Jim hatte ihr ein solides, erprobtes Skript gegeben, das für die meisten Gelegenheiten reichen sollte. Sie suchte jemanden, der mit ihrem Vater in der Navy gewesen war. Der war nämlich vor ein paar Monaten in den Ruhestand gegangen und versuchte, ein Treffen mit seinen alten Schiffskameraden auf die Beine zu stellen, die er aus den Augen verloren hatte. Wenn sie die Zielperson gesehen, und die ihren Namen bestätigt hatte, sollte Jasmine sagen, dass er leider viel zu jung für den Peter Harper war, den sie suchte. Bitte entschuldigen Sie die Störung und ab nach draußen, die Adressbestätigung im Speicher der versteckten Videokamera.

Nach einer ganzen Reihe von Pannen wollte Jasmine diesmal unbedingt alles richtig machen, vor allem auch, weil der Auftrag von der Firma kam, die Jim mit so viel Arbeit versorgte. Sie wollte auf alles vorbereitet sein und dachte sich eine zweite Notfallgeschichte aus.

»Delta Seven. Zielwagen biegt links, links, links in den Parkplatz an der Ashton Lane ein. Wagen hält, hält, hält. Bin geschützt hinter einem anderen Wagen. Foxtrot Five, parken und folgen!«

»Foxtrot Five. Okay, okay.«

Der Zulieferer hatte als Adresse Nummer 315 angegeben. Die Haupteingangstür führte zur 313, die das gesamte Erdgeschoss einnahm, also waren die nächsten drei Möglichkeiten im ersten Stock, den man über die Gasse nebenan erreichte. Bei der linken Wohnung öffnete eine bucklige alte Frau, die Jasmine misstrauisch durch den Türspalt über die Kette hinweg beäugte, während neben ihren Füßen aufgeregt ein Westie kläffte und schnaufte.

»Nein, nie gehört«, erwiderte die Frau.

Die gleiche Antwort bekam sie bei der mittleren Wohnung von einer gehetzten Mutter mit einem Baby über der einen Schulter und einem Streifen frischer, cremiger Kotze auf der anderen. Bei der rechten Wohnung machte niemand auf, also versuchte sie es ein Stockwerk höher, wo sich bei den ersten beiden Wohnungen auch niemand regte. Wenn sie wieder herunterkam, würde sie es hier noch mal versuchen.

Wie war sie dazu gekommen?, fragte sie sich, als sie die

nächste Klingel drückte und wartete: Sie klapperte leere Wohnungen ab, um einen Mann zu suchen, den sie nicht kannte, und der nicht gefunden werden wollte. Fast schon wie bei Beckett. Wie war sie bloß auf diese Spur geraten, wo hatte sie die Abfahrt zu einem Job in irgendeiner Regionalvertretung oder bei einem einigermaßen anständigen Reiseveranstalter verpasst? Na, die Antwort wusste sie ja wohl. Das war wirklich kein Geheimnis.

Als sie gerade ins nächste Stockwerk gehen wollte, wurde sie aus ihren Gedanken gerissen, als sich die Tür öffnete. Die späte Reaktion erschreckte sie ein bisschen, aber lange nicht so sehr wie die Tatsache, dass ihr plötzlich die Zielperson gegenüberstand. Peter Harper mochte zwar ganz gut im Verschwinden sein, an seiner Verkleidung lag das aber nicht. In den zwei Jahren, seit das Foto von Galt Linklater aufgenommen worden war, hatte er sein Äußeres nämlich nicht im Geringsten verändert.

»Delta Seven. Zielperson hat den Wagen verlassen und geht weiter Richtung Ashton Lane. Foxtrot Five, Verfolgungsbereitschaft zu Fuß bestätigen.«

»Nein. Äh, Foxtrot Five nein, nein. Suche noch einen Parkplatz ohne Ausweispflicht.«

»Verdammt noch mal, park einfach irgendwo ... Funkstille.«

Jasmine riss die Hand vom Sendeknopf, als hätte er sie gebissen. Funkstille. Das hieß, die Zielperson war nah bei Jim. Sie würde nicht auf den Knopf drücken, den korrekten Ablauf nicht vergessen und die Sache nicht verbocken.

Harpers aggressive Ausstrahlung hatte sie sofort eingeschüchtert: Er benahm sich wie einer, der ihr schon zweimal die letzte Verwarnung gegeben hatte, ihn endlich in Ruhe zu lassen. Er glühte förmlich vor unterschwelliger Aggression, und es kam ihr vor, als hätte er sie schon durchschaut, als könnte er ihren Auftrag und Plan von großen Stichwortkarten ablesen. Plötzlich wurde ihr klar, dass sie nicht einfach nur unter einem Vorwand irgendeinen Fremden belästigte, sondern womöglich einen Verbrecher, wie sie aus dem Grund ihres Besuchs ableiten konnte. Es bestand die konkrete Möglichkeit, dass dieser grimmige Geselle ihr etwas antun könnte; alles sprach dagegen, ihn weiter zu reizen.

»Kann ich Ihnen helfen?«, grunzte er monoton, was für Jasmine wie die Frage klang, ob sie jemanden brauchte, der sie mal eben erwürgen und verscharren könnte.

»Ähm, ich, tut mir leid, Sie zu stören, ich, äh, suche jemanden ...«

Harpers Augen wurden schmaler, als er sie noch durchdringender anstarrte und schnaubte. Jasmine bekam weiche Knie.

»Er war, äh, also, mein Vater ist gerade in den Ruhestand gegangen, und, äh, er war in der Navy, und er wollte sich mit ein paar von seinen alten Kameraden treffen, aber nein, Sie sind ja zu jung, dann heißen Sie wohl nur genauso wie ...«

»Ich hab Ihnen noch gar nicht gesagt, wie ich heiße. Wer soll ich denn sein? Woher haben Sie die Adresse?«

Oh nein, oh nein, oh nein, oh nein.

Jasmine fiel wieder ein, dass der Kerl hier untergetaucht war, und niemand wissen sollte, dass er hier war. Auf einmal glaubte sie, ihm unbedingt einen anderen Namen sagen zu müssen, um sich so schnell wie möglich aus der Situation zurückzuziehen.

»Ich, äh, der Name war, ähm ... Hayley«, sagte sie, den ersten Namen, der ihr einfiel. Dann erst merkte sie, dass es ein Mädchenname war.

»William. William Hayley.«

»Bin ich nicht«, erwiderte Harper.

Er wollte die Tür gerade zumachen, als es sie voll erwischte: Sie hatte die Adressfeststellung komplett verbockt.

»Ach nein, halt, Peter Harper.«

»Was?«, zischte er, jetzt ebenso misstrauisch wie genervt.

»Ich suche auch einen Peter Harper.«

»Auch? Gerade war's doch noch William Hayley.«

»Das war der Name ... Äh, ich suche eigentlich mehrere Leute ...«

»Ja, und gerade haben Sie gesagt, ich bin zu jung, was wollen Sie denn jetzt noch von mir? Wer hat Ihnen die Adresse gegeben?«

Jasmine brach innerlich vollends zusammen und fürchtete schon, ihr würden jeden Moment die Tränen kommen. Sie musste sich zusammenreißen. Ihre Notfallgeschichte fiel ihr ein, und sie klammerte sich daran fest, wie an einen Ast in reißenden Stromschnellen.

»Also, ich bin gerade in eine WG eingezogen, und meine Mitbewohnerin hat sich gerade von ihrem Freund getrennt, aber er bekommt immer noch Post, und sie redet nicht mehr mit ihm, also soll ich ihn jetzt ausfindig machen, wissen Sie, er heißt nämlich Peter Harper, also ...«

»Sie suchen den Exfreund Ihrer Mitbewohnerin *und* einen alten Schiffskameraden Ihres Vaters?«

Jasmine merkte, wie sie unwillkürlich die Augen aufriss, wohl um die Ausmaße der Katastrophe zu überblicken, die sich vor ihr abspielte.

»Ja, aber ich hab die beiden verwechselt, und der Erste, Hayley Williams ...«

»William Hayley, meinen Sie«, korrigierte er geradezu hilfreich.

»William Hayley, genau, nach dem hätte ich hier gar nicht fragen sollen, der wohnt nämlich in Hyndland, da muss ich als Nächstes hin.«

»Wenn Sie den Freund Ihrer Mitbewohnerin gefunden haben.«

Jasmines Mund war so ausgetrocknet, dass sie nicht mal mehr ein beschämtes »Ja« krächzen konnte. Die glühende

Hitze, die ihr ins Gesicht gestiegen war, hatte sie wohl ausgedörrt.

»Der hieß Peter Harper, richtig?«

Sie nickte vorsichtig.

»Nie gehört«, sagte Harper und schlug die Tür zu.

Jasmine hielt in einer Anwohner-Parkbucht und beschloss, dass ein Strafzettel für ihre Verhältnisse ein relativ kleines Problem darstellte.

»Delta Seven. Beim Aussteigen ist die Zielperson direkt an mir vorbeigegangen und hat mich angeschaut.«

»Bist du verbrannt?«

»Nein, ich hab ihm nicht in die Augen gesehen, aber ich muss mich jetzt zurückhalten. Du musst ASAP Sichtkontakt herstellen. Zielperson geht die Ruthven Lane entlang in Richtung Great George Street.«

»Roger.«

»Okay, okay, heißt das.«

»Sorry, sorry«, erwiderte Jasmine.

Jasmine wurden die Beine schwer, als sie die Verantwortung auf ihren Schultern spürte. Die Zielperson hatte Jim angesehen, und sie durfte auf gar keinen Fall mitbekommen, dass sie beschattet wurde. Jetzt war Jasmine auf sich allein gestellt. Jim war nicht verbrannt worden – die Zielperson hatte nicht gemerkt, dass sie verfolgt wurde – aber er musste jetzt so großen Abstand halten, dass Jasmine ab sofort fast alleine arbeitete.

»Es war eine teilweise Adressfeststellung«, hatte Jim Jasmine am Montag getröstet, als sie auf dem Beifahrersitz des Peugeot angefangen hatte zu heulen, der in der Nähe des Wohnblocks in Partick parkte, wo sie Peter Harper nicht ansatzweise dazu gebracht hatte, seinen Namen zu bestätigen, während sie es ihm fast schon schriftlich gegeben hatte, dass er beschattet wurde.

»Immerhin wissen wir jetzt, wo er wohnt«, setzte er fort.

»Auch wenn er hier wohl nur noch bleibt, bis er seine Taschen gepackt und ein bisschen herumtelefoniert hat.«

Er lächelte, und sie wusste, dass er ihr zwar nicht weiter böse war, aber auch nicht scherzte.

»Es tut mir so leid.«

Als Harper sie angesehen hatte, hatte Jasmine sofort die Fassung verloren. Sie musste daran denken, wie ihre Grundschullehrerin sie zum allerersten Mal aufrief. Ganz so schlimm war der Auftrag dann doch nicht gelaufen, aber eine Glanzleistung war es sicher nicht gewesen, wenn das Beste, was sie darüber sagen konnte, war, dass sie nicht in die Hose gemacht hatte.

Es war auch kein gutes Zeugnis für ihr Schauspieltalent. Denn nichts anderes hatte sie ja tun müssen. Verdammt noch mal, das war doch einer der wenigen Gründe, die er ihr hatte nennen können, damit es ihr nicht zu sehr so vorkam, als würde er sie nur aus Mitleid anstellen: Er brauchte jemanden, der schauspielern konnte. Er hatte ihr sogar ein Skript gegeben. Dummerweise hatte Peter Harper nach circa einer halben Sekunde die vierte Wand durchbrochen, und nichts, was sie auf der Schauspielschule gelernt hatte, konnte sie retten.

»Mach dir keine Gedanken«, wiegelte Jim ab und gab ihr eine Packung Taschentücher. »Du fängst doch gerade erst an. Gleich von Anfang an kann so was keiner.«

Armer Jim. Er war so lieb, so großzügig und so durchschaubar. Er behauptete immer wieder, dass er sie brauchte, aber es war doch glasklar, dass er ohne Jasmine besser fuhr als mit. *Sie* brauchte ihn: Seit ihre Mum tot war, hatte sie sonst niemanden mehr.

»Delta Seven. Zielperson geht weiter, nähert sich der Cresswell Lane, ich habe Schwierigkeiten, ihn im Blick zu behalten. Hast du Sichtkontakt?«

»Ja, ja«, bestätigte sie, als sie um die Ecke zurück auf die Great George Street gekommen war.

Nach dem Tod ihrer Mutter hatte Jasmine monatelang

dumpf vor sich hin vegetiert und die Stunden, Tage, sogar Wochen aus den Augen verloren. Sie verließ kaum noch das Haus und hatte keinen normalen Lebensrhythmus mehr. Sie starrte oft bis tief in die Nacht auf dem Wohnzimmersofa ins Leere und verschlief dort auch den Tag. Sie dachte nicht über die Zukunft nach, sie konnte sich nicht vorstellen jemals etwas anderes zu tun als weinen, schlafen und in die antwortlose Dunkelheit starren.

Manchmal konnte sie sich gar nicht mehr an das kleine Mädchen erinnern, das wusste, was es mit dem ganzen Leben anfangen wollte, das vor ihm lag. Oder eher, sie hatte die Erinnerungen, es kam ihr aber so vor, als gehörten sie jemand anderem. Sie spürte keine Verbindung zu diesem Mädchen, als wäre es auch gestorben und Jasmine wäre jemand anders, der nur die gleiche Vergangenheit hatte, aber nicht den gleichen Weg in die Zukunft. In dieser Hinsicht war Trauer wohl einfacher, wenn man einen Beruf hatte, einen Mann und Kinder, weil es dann ganz klischeemäßig stimmt, dass das Leben weitergeht. Dann hat man eine Schablone für den Tagesablauf: Notwendigkeiten und Pflichten, die den Wunsch verdrängen, sich die Decke über den Kopf zu ziehen und für immer im Bett zu bleiben. Auch wenn man keine große Lust dazu hat, weiß man, was zu tun ist.

Sie hatte noch kein Leben. Keine Zügel, die sie wieder in die Hand nehmen konnte.

Jasmine hatte gerade ihr letztes Jahr auf der Schauspielschule angefangen, als ihre Mum die schockierende, unfassbare Diagnose bekam: Bauchspeicheldrüsenkrebs. Er war spät erkannt worden und breitete sich schnell aus.

Jasmine hatte ihren Vater nie gekannt. Er war gestorben, als sie noch ein Baby war, und ihre Mutter hatte nie wieder geheiratet, war nie wieder mit jemandem zusammengezogen. Sie hatten nur einander, und plötzlich blieben ihnen nur wenige gemeinsame Monate.

Jasmine schmiss die Schauspielschule. Sie musste wieder zu ihrer Mum nach Edinburgh ziehen, musste bei ihr sein, zu Hause. Sie dachte nicht mehr an ihre Ausbildung oder an ihre Pläne. All das wurde von einem Augenblick zum anderen irrelevant, unnötiger Ballast, den sie sich auf dieser härtesten aller Reisen nicht leisten konnte.

Als sie nach Mums Tod wieder über diese Dinge nachdachte, kam es ihr vor, als hätte sie eine alte Spielzeugkiste gefunden, die ihr als Kind unermessliche Freuden und Möglichkeiten verheißen hatte, ihr als Erwachsene aber nichts weiter bedeutete, nachdem sie die harte Realität der Welt erfahren hatte. Genauso seltsam hatte sie sich gefühlt, als sie wieder ihre Wohnung in Glasgow betreten hatte, in der noch alle Kleinigkeiten ihres plötzlich unterbrochenen Lebens lagen und standen, wie sie sie zurückgelassen hatte: eine *Mary Celeste* im zweiten Stock in der Victoria Road.

Langsam hatte sie dann aber akzeptiert, dass sie trotz allen Schmerzes eine zwanzigjährige Frau war, die irgendwie ein Leben auf die Beine stellen musste. Außer den Plänen für die weitere Zukunft musste sie sich auch alltäglichen Herausforderungen stellen, wie der Miete, für die sie ein Einkommen brauchte. Mum konnte ihr nicht mehr die Hand halten und die Tränen wegwischen. Und selbst wenn, war sie jetzt so alt, dass sie sich selbst um ihr Leben kümmern musste. Sie gestand sich ein, dass ihre bisherigen Entscheidungen ihr nur wenige Felder offen gelassen hatten, für die sie geeignet oder qualifiziert war. Die Schauspielerei gewann sofort wieder ihren Reiz, allerdings nicht mehr als vages, verträumtes Ziel, sondern eher als sinnvolle Beschäftigung, mit der man einen Tag füllen konnte, an dessen Ende man sogar bezahlt wurde.

Wie schön, dass sonst niemand auf diese geniale Idee gekommen war.

»Foxtrot Five bestätigt Sichtkontakt. Zielperson geht immer

noch ohne Eile die Cresswell Lane entlang. Bleibt stehen und sieht sich ein Schaufenster an.«

»Der will mich wohl erwischen. Überhol ihn, wenn nötig, und mach selber einen kleinen Schaufensterbummel.«

»Foxtrot Five. Okay, okay.«

Sie blieb stehen und sah sich das Fenster eines Schmuck- und Kunsthandwerkladens an. Sie interessierte sich aber mehr für die Spiegelung im Glas als für die Dinge dahinter. Sie stand schräg, sodass sie die Zielperson beobachten konnte, aber aus dem Augenwinkel sah sie auch kurz sich selbst in einer dieser Momentaufnahmen, die in ihrer Flüchtigkeit und Beiläufigkeit umso mehr zeigen. Sie war so smart angezogen, wie Jim es gefordert hatte, Blazer und Hose, wie eine richtige, berufstätige Erwachsene, aber sie sah nur ein verkleidetes kleines Mädchen. Klein, schmal, in der letzten Zeit etwas abgemagert, die Kleider trugen sie und nicht andersherum. Sie trug einen Haarreif, um ihr Sichtfeld nicht einzuschränken, allerdings war dadurch ihr Gesicht umso exponierter, dessen unzählige Sommersprossen sie wie dreizehn wirken ließen. Sie war zwanzig. Als sie wirklich dreizehn gewesen war, hatte sie gedacht, sie würde später mal eine richtige Frau im Spiegel sehen, so eine wie ihre Mutter und nicht diesen ewigen Teenager, der 2020 noch im Pub den Ausweis zeigen müsste.

Die Zielperson bummelte weiter, und Jasmine folgte in gut 15 Metern Entfernung. Während sie alleine die Straße entlangging und scheinbar Selbstgespräche führte, fragte sie sich, wie Detektive vor den Zeiten von Bluetooth und Freisprechanlagen bei einer Beschattung unauffällig ihre Kollegen über Funk auf dem Laufenden gehalten hatten.

Foxtrot Five: Das Rufzeichen hatte Jim ihr gegeben. Es spielte auf ihren Geburtstag an, den fünften Februar, aber für Jasmine hatte es eine andere Bedeutung bekommen. Sie musste immer an *Fox Force Five* denken, den erfolglosen Pilotfilm, über den Uma Thurman als Mia in *Pulp Fiction* spricht.

Es war die erste und einzige Rolle der jungen Schauspielerin Mia – die große Chance, aus der nichts wurde.

Auf der Schauspielschule hatte Jasmine, wie jeder andere auch, immer die Sorge im Hinterkopf gehabt, ob sie nach dem Abschluss wirklich Arbeit finden würde, aber für sie war das immer eine aufgeschobene Angst, die sie noch nicht an sich heranlassen konnte, denn welchen Sinn hatte sonst die Ausbildung?

Und als sie das Ganze geschmissen hatte, hatte sie auch nicht gerade ihre Chancen verbessert. Andererseits war eine abgebrochene Schauspielausbildung nicht so schlimm wie ein abgebrochenes Medizinstudium – wenn sie beim Vorsprechen einen guten Eindruck machte, würde sie niemand nach ihren Zeugnissen fragen. Schwierig war allerdings, dass sie mit dem College auch alle sozialen Kontakte zurückgelassen hatte. Ihre Kommilitonen hatten gehört, was passiert war – ja, das arme Mädchen –, aber für sie hatte Jasmine nicht nur die Ausbildung abgebrochen – sie existierte einfach nicht mehr, sie war auf Nimmerwiedersehen verschwunden.

Überhaupt einen Vorsprechtermin zu bekommen, war schon schwer genug. Man musste beim Netzwerken alles geben, sich teilweise richtig aufdrängen, um zu erfahren, wo jemand gesucht wurde. Sie hatte es bisher viermal in die engere Auswahl geschafft, aber noch keine Rolle bekommen.

Ihr einziger Hoffnungsschimmer waren eine Regisseurin namens Charlotte Queen und ihre Truppe Fire Curtain gewesen. Jasmine war von Charlotte zum zweiten Vorsprechen für ihre Tourproduktion von *Top Girls* eingeladen worden. Sie bekam die Rolle nicht, aber Charlotte fand, sie sei vielleicht die Richtige für die Miranda in ihrer Produktion von Shakespeares *Sturm* auf dem Edinburgh Festival Fringe im nächsten Jahr. Das Stück würde wahrscheinlich in einer alten Garage in Newington aufgeführt werden, aber gerade als Schauspieler kommt man viel leichter an Arbeit, wenn man schon welche hat. Wenn sie die Rolle bekam, bedeutete das sowohl Geld auf dem Konto als auch vier Wochen im Rampenlicht, in denen sie für eine neue Rolle entdeckt werden konnte.

Charlotte Queen war schon so etwas wie eine Legende des schottischen Theaters. Auch sie hatte die Theaterschule abgebrochen, aber bei ihr hatte es nicht an einem Trauerfall gelegen, sondern an ihrer Ungeduld, wie sie in Interviews gern sagte. Sie habe sich eingeschränkt gefühlt und deshalb mit zweiundzwanzig eine eigene Theatertruppe gegründet. Niemand konnte abstreiten, dass sie eine Naturgewalt war, doch manche Beobachter merkten an, dass es sicher nicht geschadet habe, dass ihr Vater Hamish Queen war, der Londoner West-End-Regisseur und -Produzent. Sie hatte also reichlich Connections und genügend Startkapital. Andererseits hätte Charlotte es sich auch leichter machen können. Sie hatte einen Teil ihrer Kindheit im Highland-Sommerhaus ihrer Familie verbracht und in Gemeinschaftshäusern und Sporthallen der Gegend Aufführungen der Royal Shakespeare Company gesehen. Sie war überzeugt, dass die Provinzbewohner nicht nur deshalb in Scharen kamen, weil es die RSC war. Zwar war das auch ein Grund, weil die Marke eine gewisse Qualität versprach, aber Charlotte glaubte, dass es in der Provinz allgemein ein großes potenzielles Theaterpublikum gab. Und nach einigen Anfangsschwierigkeiten behielt sie tatsächlich recht, und Fire Curtain wurde eine beliebte und von den Kritikern geschätzte fahrende Truppe.

Jasmine wusste, wie wichtig es war, dass sie bei Charlotte einen guten Eindruck hinterlassen hatte. Die war zwar als unzuverlässige, launische Egozentrikerin verschrien, aber wenn sie wollte, kitzelte sie Bestleistungen aus einem heraus und ließ einen auf der Bühne großartig aussehen. Man sagte, sie schätze ihre Schauspieler sehr und baue sie wunderbar auf, doch dürften diese nie mehr sein als schöne Planeten, die um sie als Sonne kreisten; sie habe ein präzises Auge für Talent, aber nur um sich selbst damit zu schmücken. Das war Jasmine egal. Es war schon ein Glücksfall gewesen, einen Vorsprechtermin bei Fire Curtain zu bekommen. Als sie dann zum zweiten Mal eingeladen wurde, konnte sie ihr Glück kaum fassen, und die Aussicht auf eine Rolle bei der Fringe-Produktion war so aufregend, dass Jasmine nach zehn Uhr abends nicht mehr daran denken durfte, weil sie sonst nie einschlafen würde.

Es war aber nur ein Vielleicht, und zwar ein Vielleicht für *nächsten* August. Sie musste aber vor allem im Hier und Jetzt klarkommen, und dabei half ihr Onkel Jim.

Jim war ein Cousin ihrer Mutter, also genau genommen nicht ihr Onkel, aber sie hatte ihn schon als Kleinkind so genannt. Mum und er waren sich immer nah gewesen, auch wenn sie nicht immer in engem Kontakt standen. Jim stand überhaupt mit kaum jemandem in engem Kontakt, was daran lag, dass er sich immer mehr von seiner Arbeit als Polizist hatte vereinnahmen lassen. Wenn er nach ein paar Whisky rührselig wurde, schüttete er einem gern das Herz darüber aus, dass er nie für seine Frau und seine drei Kinder da war, weil er zu viel zu tun hatte. Mittlerweile war er fünffacher Großvater, und er hatte geschworen, sich jetzt mehr Zeit für die Familie zu nehmen und öfter mal auf die Kleinen aufzupassen, aber die Verpflichtungen seines Einmannbetriebs ließen ihn nun wieder alle Versprechen brechen.

Er hatte also in doppelter Hinsicht das Richtige tun wollen, als er Jasmine anstellte. Er wusste, dass sie einen Job brauchte, und er wollte ihr unbedingt helfen, weil seine Cousine Beth es nicht mehr konnte. Wenn er sie so weit angelernt hatte, dass sie alleine arbeiten konnte, erklärte er, konnte er sich endlich mehr Zeit für die Familie nehmen.

Das war sehr großzügig, und es überzeugte Jasmine viel eher als Jims Behauptung, dass eine arbeitslose Schauspielerin ohne Detektiverfahrung genau das war, was seine Firma brauchte.

»Delta Seven. Ich hab gerade einen wichtigen Anruf zu einem anderen Auftrag bekommen. Hier kann ich sowieso nicht mehr helfen, weil die Zielperson mich gesehen hat. Kann ich die Beschattung in deine fähigen Hände übergeben?«

O Gott, bitte, bitte nicht.

»Ja, ja.«

Sie wusste noch, wie es war, als Jim sie vor knapp zwei Monaten eingestellt hatte. Er hatte ihr erklärt, dass es kein Samstagsjob für ein bisschen Taschengeld war, sondern dass sie ihn wirklich ernst nehmen musste. Er wusste, dass sie eigentlich als Schauspielerin arbeiten wollte, aber er erklärte ihr, dass sie sich so über Wasser halten konnte, wenn er sie eingearbeitet hatte und sie später mal zwischen zwei Rollen »Pause« machte. Er war ziemlich gerissen: Er stellte sie nicht vor die Wahl und bot ihr keinen »richtigen« Job an, der sie von ihren albernen Träumen abbringen sollte.

So konnte sie die Zeit überbrücken, beschloss sie. Sie hatte ein bisschen Geld in der Tasche, und es war ja nur vorübergehend. Auf jeden Fall war der Job besser als kellnern: besser bezahlt, und sie musste ja quasi schauspielern. Sie gewann wertvolle Erfahrungen, die sie sich in den Lebenslauf schreiben konnte. Ja – all das redete sich wohl jeder junge Schauspieler ein, wenn er den Job antrat, mit dem er alt werden würde.

Sie fragte sich, ob es an dieser Angst lag – irgendwann plötzlich dreißig zu sein und immer noch diesen »Übergangsjob« zu machen –, dass sie so oft Mist baute. Wollte sie unterbewusst scheitern, um Jim die Entscheidung abzunehmen?

Nein, sie würde Jim nie absichtlich im Stich lassen. Sie konnte es einfach nicht, das war alles. Sie steckte also in einer unmöglichen Situation: in einem Job, für den sie nicht geeignet war, den sie aber brauchte.

Die Zielperson blieb wieder stehen. Er kam ihr eigentlich nicht wie jemand vor, der Schaufensterbummel machte, schon gar nicht in einer Straße, deren Läden auf Inneneinrichtung und ausgesprochenen Mädchen-Nippes spezialisiert waren, also war es gut möglich, dass er Ausschau nach Verfolgern hielt. Höchstwahrscheinlich hielt er die Augen nach Jim offen, aber da er offensichtlich misstrauisch war, durfte sie nicht auffallen. Ohne einen zweiten Mann, der die Beschattung übernehmen konnte, musste sie ein Schaufenster weitergehen und darauf warten, dass er sie wieder überholte. Als sie an ihm vorbeiging, hielt sie den Blick gesenkt, aber vor Unsicherheit, ob er sie wirklich nicht bemerkte, schaute sie ganz kurz zu ihm hinüber – genau in dem Moment, als er sich umdrehte, um die Straße abzusuchen. Ihre Blicke trafen sich. Mit glühenden Wangen und bleischwerem Magen ging sie weiter – das war das wohlbekannte Gefühl, dass sie es verbockt hatte.

In seinem zugestellten, engen, kleinen Büro in Arden im Süden von Glasgow hatte Jim ein vergilbtes Comicposter hängen: Ein vertrottelter Typ steht mit einem Becken in der rechten Hand in seinem Orchester und darüber die Denkblase: »Diesmal verbock ichs nicht, diesmal nicht, diesmal nicht.« Erst, wenn man genauer hinsah, merkte man, dass er nichts in der linken Hand hatte. Die Bildunterschrift lautete: »Roger verbockt's.«

So kam Jasmine sich jeden Tag bei der Arbeit vor. Je mehr Mühe sie sich gab, desto mehr Möglichkeiten fand sie, Mist zu bauen. Auch jetzt noch, als sie sich trainierte, konzentriert zu bleiben, und sich entschlossen hatte, es nicht zu verbocken, hatte sie Angst, dass all das sie doch nur davon ablenkte, dass ihr ein Becken fehlte.

Sie musste klar denken. Ihre Blicke hatten sich zwar gekreuzt, aber genau genommen war sie noch nicht erkannt. Es war aber auf jeden Fall eine Gelbe Karte. Er hatte sie gesehen, also würde er sie wiedererkennen, wenn sie ihn zu deutlich ansah, aber im Moment war sie nur eine junge Frau, deren

Blick zufällig seinen gekreuzt hatte. Er wirkte sowieso wie ein schmieriger Typ, der bestimmt jeden Tag dabei erwischt wurde, wie er Mädchen hinterherglotzte.

Sie ging auf die andere Straßenseite und suchte sich ein neues Schaufenster. Mit klopfendem Herzen wartete sie darauf, dass er sie wieder überholte, umso verzweifelter, weil Jim den Auftrag in ihre »fähigen« Hände übergeben hatte.

Sie hatten für diesen Fall kaum noch Zeit und schon zu viele Chancen verspielt, und Jasmine würde nicht nur Jim hängen lassen, wenn sie heute versagte.

»Die Zielperson heißt Robert Croft«, hatte Jim erklärt. »Ein siebenunddreißigjähriger Stuckateur aus Clarkston. Auftraggeberin ist die Kanzlei Hayden–Murray, die Mrs Dorothy Muldoon vertritt, eine verwitwete Rentnerin aus Giffnock. Letzten Dezember ist Mrs Muldoon in einem Kreisverkehr in Pollokshaws Crofts Escort-Kastenwagen hinten aufgefahren. Die Schäden sind minimal, also nimmt sie die Schuld auf sich und rechnet mit den Selbstbehaltkosten für ein bisschen Ausbeulen und Lackieren. Dummerweise hat der aufmerksame Mr Croft gemerkt, dass Mrs Muldoon ihm in einem Lexus aufgefahren ist, und da haben sich die Zahnräder in seinem geldgierigen kleinen Kopf in Bewegung gesetzt.

Zwei Wochen später bekommt sie ein Schreiben, dass sie auf langfristigen Verdienstausfall verklagt wird, weil Mr Croft so schwer verletzt wurde, dass er seine Kelle nicht mehr schwingen kann. Absender ist eine Firma namens Scotiaclaim.«

»Das sind doch die mit dem peinlichen Werbespot, oder? Die Schmerzensgeldgeier?«

»Genau. Zwielichtiger als der Verein geht's nicht mehr. Die schalten tagsüber ihre Werbespots, weil es billiger ist, aber hauptsächlich, weil ihre Zielgruppe arbeitsscheues Pack ist, das den ganzen Tag auf seinem fetten Arsch rumsitzt, während andere Leute sich abschuften, und trotzdem meint, es hat was Besseres verdient. Als ich gehört habe, dass die ihn vertreten, wusste ich gleich Bescheid. Die von Hayden-Murray haben natürlich ihre Zweifel am Wahrheitsgehalt von Mr Crofts Behauptungen, zumal sie herausgefunden haben, dass er schon mal mit einer ähnlichen Klage durchgekommen ist. Das ist zwar vor Gericht nichts wert, aber wir wissen, woran wir sind.«

»Was ist denn mit den Ärzten? Er braucht doch bestimmt ein medizinisches Gutachten.«

»Na ja, windige Anwälte kennen meistens auch windige Ärzte. Die bekommen immer die passende Diagnose. Und selbst wenn Hayden-Murray eine unabhängige Untersuchung durchsetzen können, wird Croft von seinen Leuten aufgeklärt worden sein, welche vagen und unüberprüfbaren Symptome er aufzählen muss. Wenn er die nicht sowieso schon kannte.«

Der Verhandlungstag kam immer näher, und bisher hatten sie nichts in der Hand. Sie waren ihm schon zweimal gefolgt. Das eine Mal hatte Jasmine ihn auf dem Kinoparkplatz in Paisley verloren. Das andere Mal hatten sie schon gejubelt, weil er in ein Fitnesscenter gegangen war – eine Aufnahme von ihm beim Schwimmen oder an den Gewichten war alles, was sie brauchten. Leider ging er doch nur zu einem Physiotherapeuten, den er wahrscheinlich als Zeugen anführte, der aussagen konnte, dass er Crofts nebulöse Verletzung behandelt hatte. Das einzig Gute an der Sache war, dass er die Beschattung anscheinend noch nicht bemerkt hatte, auch wenn Scotiaclaim ihn sicher vor dieser Möglichkeit gewarnt hatte. Noch bestand also eine geringe Chance, ihn bei etwas zu erwischen, wozu er nicht fähig sein dürfte.

»So langsam wird's eng«, hatte Jim zugegeben. »Es kann gut sein, dass er auf Nummer sicher geht, und wir überhaupt nichts zu sehen kriegen.«

»Wirst du trotzdem bezahlt?«

»Ja, aber es tut weh, so einen Kerl damit durchkommen zu

sehen. Außerdem zeigen sich die Anwälte zwar verständnisvoll, wenn man mit leeren Händen wiederkommt, aber die Chancen stehen schlecht, dass sie einen noch mal anrufen.«

Jasmine sah, wie Crofts Spiegelbild über das Fenster zog, aber diesmal widerstand sie der Versuchung, sich zu vergewissern, dass er sie nicht anschaute. Sie drehte nur leicht den Kopf, um ihn aus dem Augenwinkel im Blick zu behalten, bis sie weitergehen konnte. Wegen des Augenkontakts von vorhin hatte sie ihm diesmal einen größeren Vorsprung gelassen.

»Zielperson biegt links, links, links in die Cresswell Street ein.« Jim hörte zwar nicht mehr mit, aber sie protokollierte weiter, teils fürs Band (bzw. die Speicherkarte) ihrer versteckten Kamera, teils zur Übung.

Als sie sich dem Ende der Fußgängerstraße näherte, packte Jasmine die Angst davor, was sie auf der Cresswell Street sehen würde – oder eher nicht sehen würde. Das muss ein gängiges Phänomen sein, dachte sie: die Angst des Beschatters vor der Ecke. Diese Angst saß so tief, dass bei ihr mittlerweile auch in der Freizeit jede belebte Straßenecke Beklemmungen auslöste wie ein pawlowscher Reiz.

Und als sie um diese Ecke bog, hatte sie wirklich allen Grund zur Verzweiflung. Zwar hatte sie die Zielperson nicht verloren: Croft war keine zwanzig Meter vor ihr und näherte sich der Byres Road, aber Jasmine sah noch etwas anderes. Charlotte Queen saß mit zwei Freundinnen vor einem Café und genoss das unerwartet sommerliche Wetter. Und sie schaute in Jasmines Richtung. Ihre Blicke trafen sich; nur kurz und über einige Entfernung, aber sie hatten einander gesehen.

Croft war nun fast an der Einmündung in die Byres Road, der mit Abstand belebtesten Straße im West End. Sein Vorsprung war auf kleinen Nebenstraßen in Ordnung, aber auf einer geschäftigen Hauptstraße sehr riskant. Jetzt hieß es aufholen; jede Sekunde, die sie ihm ließ, konnte fatal sein. Sie musste sich beeilen, durfte aber nicht laufen, das wäre zu auffällig.

Sie ging schneller und fixierte Croft, als hätte sie das Grüppchen vor dem Café gar nicht bemerkt. Charlotte hatte sie nur kurz angesehen, also war es gut möglich, dass sie sie nicht erkannt hatte oder sich ohne Kontext gar nicht an sie erinnerte.

Sie war noch fünf Meter vom Tisch entfernt. Flott und zielstrebig, weiter geht's, entschlossen und in Eile, mit den Gedanken eindeutig *ganz* woanders, nie im *Leben* ignoriere ich die großartige, unberechenbare, egozentrische ...

»Jasmine? Jasmine Sharp?«

Für Jasmine blieb die Zeit stehen. Von einer Sekunde auf die andere stand sie vor einer Entscheidung, die ihr ganzes weiteres Leben verändern könnte.

Sie wusste, dass sie nicht bleiben konnte. Sie hatte nicht mal für eine noch so kurze Erklärung Zeit, *warum* sie nicht bleiben konnte. Ein kurzes »Oh, hi!« im Vorbeigehen wäre für diese Frau ein Affront, die daran gewöhnt war, dass ihr alle zu Füßen lagen.

Jasmine hatte schlicht und einfach die Wahl, entweder die Zielperson zu verlieren, sodass Jim mit leeren Händen zu Hayden-Murray gehen müsste, oder der einen Frau die kalte Schulter zu zeigen – zumal vor deren Freundinnen –, die ihr den schauspielerischen Durchbruch verschaffen konnte.

In dem Moment ging Jasmine in sich und fragte sich nicht nur, was sie wirklich wollte, sondern auch, was sie sich wirklich zutraute.

Ohne ein Wort ging sie weiter, so nah am Tisch vorbei, dass sie den Espresso riechen konnte, die ganze Zeit den Blick auf die Straßenecke gerichtet. Als sie in die Byres Road eingebogen war, hatte sie feuchte Augen. Durch die Menschenmenge und den Tränenschleier dauerte es ein bisschen, aber dann sah sie Croft vor sich, der gerade an den Absperrungen vor der Vinicombe Street vorbeilief. Sie ging schneller.

»Schließe auf«, vermerkte sie und schluckte. »Zielperson geht immer noch geradeaus auf die Great Western Road zu.«

Dieser Job war echt. Jasmine wurde bezahlt. Sie durfte kein kleines Mädchen mehr sein. Mum war weg. Die Träume auch.

Sie ging weiter.

Croft näherte sich der Kreuzung Byres Road, Great Western Road, wo dem botanischen Garten gegenüber Oran Mor stand; Oran Mor, wo sie sich, wenn das Geld reichte, mittags für zehn Pfund »a Play, a Pie and a Pint« gönnte und davon träumte, eines Tages selbst auf der Bühne zu stehen.

Kurz vor der Ecke sah Croft sich um, nur ein kurzer Blick, aber trotzdem gefährlich. Jasmine senkte den Kopf, ging langsamer und trat zur Seite hinter einen schlaksigen Kunststudenten mit einem großen schwarzen Portfolio. Schon jetzt beneidete sie ihn darum, dass er noch Träume hatte.

Vor ihr floss der Verkehr auf der Great Western Road zügig in beide Richtungen. Wieder eine Straßenecke, wieder ein Angstschub, was dahinter lag, zumal sie auf der Cresswell Street die schreckliche Erfahrung gemacht hatte, was alles möglich war. Jetzt war aber alles einfacher: Sie hatte nur noch eine Sache zu verlieren. Solange sie Croft sehen konnte, wenn sie um die Ecke ging, war alles in Ordnung.

Außer natürlich, wenn er genau auf sie zukam.

Scheiße.

Er war umgekehrt: immer ein klares Zeichen dafür, dass die Zielperson den Verdacht hat, dass sie verfolgt wird. Er schaute sie außerdem direkt an; eindeutig ein misstrauischer Blick, den Jasmine auch noch durch direkten Vor-Angst-gelähmt-kann-nicht-weggucken-Augenkontakt verschlimmerte.

Sie war verbrannt wie ein Vampir auf der Sonnenliege. Mittags. In der Wüste.

Jetzt wollte er sie wohl auch noch ansprechen. O Gott, was, wenn er aggressiv wird? Jim war jetzt schon weit weg.

Als Croft den Mund öffnete, kam Jasmine ihm zuvor.

»Sie sind doch Stuckateur, oder?«, platzte es in ihrer Panik aus ihr heraus – das Einzige, was ihr spontan einfiel.

Das nahm ihm ein bisschen den Wind aus den Segeln, doch dann kam die unausweichliche Frage.

»Woher wissen *Sie* das denn?«

Verdammt noch mal, warum erklärte sie ihm nicht einfach, dass sie so gut informiert war, weil sie für einen Privatdetektiv arbeitete, den Dorothy Muldoons Anwälte angeheuert hatten – sonst hatte sie ihm ja schon alles gesagt. Ja, *woher* sollte sie das wissen?

Dann kam die Inspiration.

»Sie haben bei meiner Tante die Küche gemacht. Vielleicht erinnern Sie sich noch? Eine kleine Doppelhaushälfte auf der South Side? Da war vorher Artex an der Decke, und Sie sind da noch mal drübergegangen.«

Er legte die Stirn in Falten, als er seine Erinnerungen durchsuchte, während Jasmine ihm eine ihrer eigenen verkaufte.

»Ich verfolge Sie ja nicht oder so«, erklärte sie mit einem nervösen Kichern. »Na ja, als ich Sie da eben gesehen hab, wusste ich erst nicht so genau, woher ich Sie kenne, und dann waren Sie weg. Ich bin nämlich mit meinem Freund in eine neue Wohnung in Hyndland gezogen, und da waren die Wände feucht geworden, aber das ist schon erledigt, Gott sei Dank.«

Sein misstrauischer Blick wich einem verwirrten, während Jasmine auf ihn einplapperte.

»Auf jeden Fall sieht das Wohnzimmer schrecklich aus, und das Schlafzimmer auch, und das muss alles neu ... wie heißt das noch?«

»Verputzt werden?«, schlug er vor.

»Ja, genau. Verputzt. Aber wir *kriegen* einfach niemanden.

Die sagen uns immer zu und tauchen dann doch nicht auf. Machen einen Kostenvoranschlag von tausend Pfund, sind ja zwei große Räume mit hohen Decken, und das würde mein Freund ja auch zahlen, damit es endlich mal gemacht wird, aber dann lassen sie uns trotzdem hängen. Als ich Sie da eben gesehen habe, hab ich mir gedacht, frag ich doch mal, ob Sie das vielleicht machen würden. Wir zahlen auch bar. Michael hatte das Geld sowieso schon für den anderen abgehoben.«

Croft nickte schon. Seine Augen leuchteten, als sie den Preis erwähnte, und jegliche Zweifel verschwanden spätestens mit dem Wort »bar«.

»Hmmja, das könnt ich machen.«

»Für denselben Preis?«

»Meinetwegen, ja. Hört sich okay an. Wenn's jetzt keine Villa ist oder so.«

»Schön wär's. Tja, dann müssten wir noch 'nen Termin ausmachen. Sie können sich bestimmt vorstellen, dass wir die Stellen nach der ganzen Zeit nicht mehr sehen können, also je früher desto besser. Sie hätten nicht zufällig nächste Woche was frei?«

Er sah kurz weg und tat nachdenklich. Ein guter Schauspieler war er nicht.

»Wenn ich was anderes verschiebe, könnte ich Montag kommen.«

»Oh toll, vielen, vielen Dank!«, jubelte sie nur zum Teil gespielt. »Sie sind meine Rettung!«

Sie tauschten Handynummern aus und Jasmine gab ihm die Adresse. Die Aufnahmen der versteckten Kamera reichten wahrscheinlich schon aus, aber falls nicht, würde es ihm garantiert das Genick brechen, wenn er am Montag mit voller Ausrüstung bei Jims Wohnung in Hyndland auftauchte.

Als sie zusah, wie er seinen ursprünglichen Weg die Great Western Road entlang fortsetzte, bekam sie einen gewaltigen Endorphinschub, der sie in Verbindung mit allem anderen, was in den letzten fünf Minuten ihren Kreislauf geflutet hatte, fast schweben ließ. Plötzlich war alles möglich. Sie konnte diesen Job. Und schauspielern konnte sie auch: Sie konnte unter Druck spielen, sie konnte improvisieren, einfach alles.

Sie eilte zurück zur Byres Road. Sie würde sich zu Charlotte und ihren Freundinnen setzen und alles erklären. Charlotte würde ihr an den Lippen kleben: Es war eine großartige – und wahre – Geschichte, die Jasmines facettenreichen Charakter zeigte, ihren Hintergrund und ihre Tiefe, sie spielte, wie sie noch nie jemanden hatten spielen sehen.

Sie fing an zu laufen, fast zu sprinten, im Slalom um die Fußgänger, und kicherte dabei in sich hinein, als sie um die Ecke zur Cresswell Street kam.

Der Tisch war leer. Charlotte und ihre Freundinnen waren gegangen.

Na klar.

Jasmine verbockt's.

Räuberpistole

»Mum, was ist 'ne Räuberpistole?«, fragte Duncan, als Catherine ihm die Enden seiner Ben-10-Bettdecke an den Schultern feststopfte.

»Erklär ich dir morgen. Schlaft schnell wieder ein, ihr beiden.«

»Das ist die Pistole von 'nem Räuber«, erklärte Fraser, der fünfzehn Monate jünger war und gern andeutete, dass er schlauer sei als sein großer Bruder.

»Weiß ich doch«, erwiderte Duncan empört. »Das weiß doch jedes Baby. Aber warum reden Leute immer von 'ner Räuberpistole? Was meinen die?«

Faszinierend, wie redselig sie mitten in der Nacht wurden, dachte Catherine. Tagsüber konnte man ihnen tausend Fragen stellen und nichts als einsilbige Antworten bekommen, gerade wenn es um die Schule ging, hielten die beiden hartnäckiger dicht als jeder Verbrecher im Verhör. Aber wenn es Zeit zum Schlafen war oder sie in den frühen Morgenstunden einen Elternteil mit der Hab-schlecht-geträumt-Nummer aus den Federn geholt hatten, wurden sie richtige kleine Gesprächspartner, die sich begeistert in jede Diskussion stürzten. Vielleicht müsste sie das mal im Verhör probieren.

Sie seufzte. Oft reichten ein paar Worte, damit sie zufrieden waren und ohne Stress wieder schlafen gingen; manchmal kamen sie dadurch natürlich auch erst richtig auf den Geschmack und wollten noch mehr Aufmerksamkeit.

»Die meinen eine Geschichte über ein Verbrechen, in der die Polizisten herausfinden müssen, wer es war.«

»Warum sagen die dann nicht Räuber*geschichte*?«, wollte Fraser wissen.

»Die Polizei muss doch sowieso immer rausfinden, wer es war, oder?«, fragte Duncan gleichzeitig.

»Ich weiß auch nicht, warum manche Leute so etwas ›Räuberpistole‹ nennen«, sie antwortete Fraser zuerst, weil sein großer Bruder meistens etwas geduldiger war. »Ich glaube, das hat man früher eben so gesagt.«

»Die haben auch immer *meiner Treu* gesagt«, merkte Fraser an.

»Mum«, beschwerte Duncan sich verzweifelt darüber, wie Fraser alle Aufmerksamkeit auf sich zog.

»Tut mir leid, Schatz.«

»Und *wahrlich*«, setzte Fraser fort.

Catherine musste sich das Lachen verkneifen, denn wenn sie Duncan nicht schnell eine Antwort gab, würde er sicher bald aufs andere Bett springen und seinem Bruder einen Kinnhaken verpassen.

»Genau. Die Polizei muss herausfinden, wer das Verbrechen begangen hat, aber das ist nicht immer schwierig. *Wenn* es schwierig ist, dann sagt man Räuberpistole.«

»Und in echt? Was sagt man da, wenn es schwierig ist?«

Scheißjob, dachte Catherine.

»Musst du dann auch rausfinden, wer der Räuber war oder der Verbrecher?«, warf Fraser ein. »Machst du das, Mum?«

»Fängst du Mörder?«, übertrumpfte Duncan ihn.

»Hast du schon mal 'ne Leiche gesehen?«, fragte Fraser. »Hast du mal den Falschen gefangen?«

Catherine freute sich richtig, als sie aus dem Elternschlafzimmer gegenüber ihr Handy klingeln hörte, obwohl bestimmt die Arbeit dran war und sie eigentlich noch bis zum Morgen Urlaub hatte.

Sekunden später stand Drew schon neben ihr, gab ihr das Telefon und hielt ihr als unaufgeforderte Ablösung die Tür auf. Er war von Frasers Albtraum-Besuch sowieso noch wach. Drew wusste, dass jeder Anruf auf Catherines Handy sein Stichwort sein konnte, die Gutenachtgeschichte oder die Badeaufsicht zu übernehmen, und ein Anruf um drei Uhr morgens machte es todsicher, dass er die nächste Kindertrösten-Schicht übernahm. Wie er ihren Klingelton hassen musste, dachte sie. Entweder er weckte ihn mitten in der Nacht, oder er war das Zeichen für einen einsamen Abend zu Hause, und die zwei Stunden kochen waren für die Katz.

Er beschwerte sich selten, aber manchmal wünschte Catherine es sich fast. Niemand konnte so nachsichtig sein, wenn er nicht irgendein dunkles Geheimnis zu verstecken hatte, oder? Vielleicht war ihm die gelegentliche Gewalt über die Sky-Fernbedienung Entschädigung genug. Sicher half es auch, dass die Jungs sich eher benahmen, wenn Catherine nicht da war. Sie verstanden wohl, dass sie sich lieber zusammenreißen sollten, wenn nur ein Elternteil da war. Wenigstens funktionierte das bei Drew. Die seltenen Abende, an denen Mum mit den beiden allein zu Hause war, weckten in ihnen den Drang, mal richtig ihre Grenzen auszutesten.

Catherine ging ans Ende des Flurs, außer Hörweite des Kinderzimmers, bevor sie abnahm. Sunderland war dran. Der Allmächtige.

Er erklärte ihr in prägnantem Stakkato die Lage, wie es nur ein Detective Chief Superintendent konnte, der entschlossen eine Aufgabe delegierte, um schnell wieder zurück ins Bett zu kommen.

»Ich weiß, dass Sie eigentlich noch nicht wieder da sind, aber ich hab so im Gefühl, dass Sie sich das hier nicht entgehen lassen wollen«, sagte er. »Von Ihren Kollegen bestehen auch einige darauf, dass Sie dabei sind, aber das hab ich natürlich nie gesagt.«

Ihr Mund wurde trocken, während sie diese Informationen verarbeitete und sich gleichzeitig fragte, warum er ihr so Honig um den Bart schmierte. Vielleicht als Wiedergutmachung für die nächtliche Störung ihres Urlaubs, aber so einfach war es bei Sunderland selten. Warum sollten ihre Kollegen – wer auch immer damit gemeint war – sie unbedingt bei diesem Fall dabeihaben wollen, und warum war er so indiskret, solche leisen (und zweifellos privaten) Vertrauensbekundungen an sie weiterzuleiten? Sie gab es auf. Es hatte keinen Sinn, über die Launen und Allüren eines Mannes wie Sunderland nachzudenken, zumal er womöglich genau das beabsichtigte. Was diese Art von Polizeidiplomatie anging, hatte sie sich schon vor Langem dem weisen Urteil des großen Computers in *Kriegsspiele* angeschlossen: »Man kann nur gewinnen, wenn man nicht mitspielt«.

»Laura Geddes ist auf dem Weg«, erklärte Sunderland. »Sie ist in fünf Minuten bei Ihnen. Sie können nicht sagen, dass ich Sie schlecht behandle, McLeod.«

Als sie gerade etwas Höflich-Bissiges erwidern wollte, legte er schon auf.

Drew steckte den Kopf durch die Kinderzimmertür, seine sandfarbenen Haare waren anziehend zerzaust. Ehrlich gesagt wirkte alles an ihm noch ein bisschen attraktiver, wenn sie mitten in der Nacht aus dem Haus musste.

»Arbeit?«

»Tut mir leid. Ich hab ja eigentlich noch Urlaub, aber ...«

»Was Großes?«

»Scheint so.«

Sie schlüpfte in einen Hosenanzug, band sich die Haare so ordentlich zurück, wie es um diese Uhrzeit eben ging, und warf einen kurzen Blick in den Spiegel. Sie wollte sich nur versichern, dass sie für die Arbeit vorzeigbar aussah, bevor sie aus dem Haus ging, aber das war auch das Einzige, was sie ihrem Äußeren abgewinnen konnte. Es war vielleicht nicht die beste Uhrzeit für solche Urteile, aber sie fand, sie sah alt aus. Am Haaransatz schimmerte es grau durch, und auch sonst war es mit ihrem natürlich seidigen Schwarz vorbei. Sie musste dringend mal wieder zum Färben, was sie bis nach dem Urlaub aufgeschoben hatte, weil Sonne, Sand und Salzwasser für die Haare nie Gutes verhießen.

Ihre Augen sahen ein bisschen verquollen aus, aber immerhin dehnte das die Haut und kaschierte ein paar Fältchen. Drew sagte immer, sie verliehen ihren Augen Ausdrucksstärke, aber andererseits sprach er auch von ihrer »aristokratischen« Nase, die ein neutraler Beobachter wahrscheinlich eher als »groß« einstufen würde. Sein Urteil war alles andere als objektiv, zumal dahinter oft der Versuch stand, sie ins Bett zu locken, aber sie hörte so etwas trotzdem gerne.

Als Catherine leise nach draußen ging, konnte sie immer noch die Fragen ihrer Söhne hören, obwohl sie durch etwas so Schwerwiegendes unterbrochen worden waren. Räuberpistole. Sie wollte sich wirklich nicht darauf einlassen. Überhaupt sprach sie nur ungern mit den Jungs über ihren Beruf, doch leider konnten die nie genug davon bekommen. Die beiden gierten nach allem, wovor sie sie eigentlich bewahren wollte. Wo waren diese bösen, kleinen Monster plötzlich hergekommen? Was war aus den unschuldigen, süßen Kerlchen geworden, die sie immer aus dem Kindergarten abgeholt hatte?

Sie hatte eigentlich immer gedacht, dass sie Töchter haben würde. Dafür fehlte natürlich jede rationale Grundlage; sie hatte sich ihr Leben als Mutter bloß immer so vorgestellt, sich vielleicht an ihre eigene Kindheit erinnert. Sie würde kleine Mädchen haben, die sich Pferdebildchen und Verkleidungsfotos ins Tagebuch klebten; sie würde ihnen *Dolly* und *Heidi* vorlesen und ihnen von ihren Lieblingsspielen aus ihrer eigenen Kindheit erzählen. Aber nein, sie hatte zwei Jungs bekommen und war als einzige Frau im Haus stark in der Unterzahl. Keine Pferdebildchen, keine Prinzessinnenkostüme, sondern Pistolen, Schwerter, Aufklebewunden und Plastikhundekacke. Statt *Dolly* und *Heidi* las sie *Mr Gum* und *Käpt'n Superslip* vor, und statt von einer unschuldigen Kindheit auf der Alm musste sie ihnen von Räuberpistolen und Leichen erzählen.

Dabei hätte sie weniger Skrupel davor, ihnen stinkende Leichen zu beschreiben als die Details der Ermittlungen. Blut und Eingeweide waren nicht das Problem, wofür auch das Regal voller *Grässliche Geschichte* – Bände sprach, aber die verkommene Realität des Alltags, die die Morde umgab, war etwas anderes. Die grauenvolle Gegenwart war wohl doch noch ein bisschen zu viel für die Kleinen.

Bei dem Wort »Räuberpistole« musste sie an ihre ehemalige Chefin und Mentorin Moira Clark denken, deren Mantra – oft verstärkt durch einen Hängemappen-Schlag auf den Hinterkopf – schlicht und einfach lautete: »Wir sind hier in Glesca.«

Diesen Satz hatte Catherine zum ersten Mal als Antwort auf ihren Kommentar gehört, dass ein Fall ihr so langsam »wie eine richtige Räuberpistole« vorkam.

»Wir sind hier in Glesca«, hatte Moira ihr erklärt. »Immer, wenn du dir mal nicht ganz sicher bist, atme tief durch und denk an diese unbestreitbare Tatsache: Wir sind hier in Glesca. Bei uns geht's nicht um raffinierte Pläne, Feinheiten und Verschwörungen. Bei uns geht's um dumme Wichser, die nach achtundvierzigstündiger Sauftour in einem paranoiden Wutanfall ihrer Freundin den Schädel einschlagen. Bei uns geht's um zugekokste kleine Schläger, die jemandem vor dem Nachtclub auf dem Schädel rumspringen, weil er sie blöd angeglotzt hat. Bei uns geht's um schießwütige Gangdealer, die andere schießwütige Gangdealer auf der Straße hinrichten, meistens als Vergeltung für eine fast identische Sache zwei Wochen vorher. Bei uns geht's Verbrecher gegen Verbrecher. Auge um Auge, Zahn um Zahn, Rechnungen begleichen, Fehden, Eifersucht und simple Rache. Unsere Leute sind einfach gestrickt. Bei uns kann man alles sofort durchschauen. Unsere Detektivgeschichten brauchen gar keinen Detektiv. Wenn du auf der Sauchiehall Street Hufgetrappel hörst, ist es ein Pferd und kein Zebra, und weißt du auch, warum?«

»Wir sind hier in Glesca«, erwiderte sie.

Als Laura losfuhr, hatte Catherine kaum die Beifahrertür geschlossen und sich noch lange nicht angeschnallt. Die Kleine war motiviert, das musste man ihr lassen, aber der Kerl würde immer noch tot sein, wenn sie ankamen.

»Wovon hole ich dich gerade ab?«, fragte Laura. »Gemütlicher Fernsehabend? Dinner für zwei und eine Flasche Wein, die Kinder im Bett?«

»Laura, es ist zehn nach drei.«

»Oh. Tut mir leid.«

»Ich kenn das.«

Das stimmte wirklich. Man verlor leicht das Gefühl für den Tagesablauf normaler Menschen, wenn man Schichtdienst hatte. Zwar war man sich bewusst, dass man mit seinem Zeitgefühl danebenlag, die Frage war nur, wie weit. Also orientierte man sich oft nur grob daran, wie hell es war. Immerhin wusste Catherine jetzt, dass sie nicht allzu frisch-aus-dem-Schlaf-gerissen aussah.

Laura dagegen wirkte so munter und eifrig, dass man ihr raten wollte, mal über ihren Kaffeekonsum nachzudenken. Man konnte sie fast für eine Auszubildende halten, dabei war sie Detective Inspector und konnte auf langjährige Erfahrung zurückblicken. Ihre nüchterne, fast asketische Kleidung bildete einen harten Kontrast zu ihrer jugendlichen Lebhaftigkeit. Catherine konnte sich nicht entscheiden, ob sie wie ein junges Mädchen wirkte, das sich betont erwachsen anzog, oder wie eine Rebellin, die krampfhaft versuchte, ihre wilden Instinkte unter Kontrolle zu halten.

»Man kriegt jedes Mal wieder einen Schreck, wenn man mitten in der Nacht angerufen wird, oder? So richtig gewöhnt man sich nie dran«, stellte Laura fest.

»Ich war sowieso wach. Fraser hatte schlecht geträumt, und als ich ins Zimmer kam, ist Duncan natürlich auch gleich aufgewacht. Die beiden haben mich ins Kreuzverhör genommen, und der Anruf hat mich gerettet. Ich komme nicht damit klar, wenn sie mich nach der Arbeit fragen. Vor ein paar Tagen wollte Duncan wissen, wo Gangland ist. Das hatte er wohl an einer Zeitungsbude gesehen. Ich wollte ihm fast schon erzählen, dass es ein neuer Freizeitpark ist, nur um zu sehen, wie er guckt. ›Da gibt's 'ne Schlachterbahn und 'nen Autoskooter, aber an der Schießbude musst du aufpassen, die schießen nämlich zurück.‹«

»Für mich hat sich das immer nach einem Supermarkt angehört«, erwiderte Laura, als sie über eine gelbe Ampel raste. »›Gangland: Alles, was der Verbrecher braucht!‹ Was hast du ihm gesagt?«

»Dass man es nicht auf der Karte finden kann.«

»Mein Navi hat's aber gerade drin. Capletburn Drive, Gallowhaugh. Ein Gewerbegebiet, glaub ich. Passt ja. In Gangland wohnt keiner: Die arbeiten da nur alle.«

»Nein«, protestierte Catherine. »Viele Leute müssen in Gangland leben. Nur die Gangster nicht.«

Sie fuhren Richtung Osten auf der Schnellstraße durch Shawburn, trostlose Mietshäuser zur einen, Nachkriegswohnblöcke zur anderen Seite. Alles wirkte so ruhig, so still, und Catherine musste an die Leute denken, die hinter den geschlossenen Gardinen ihr Leben fristeten.

Laura warf neugierige Blicke auf alles, woran sie vorbeifuhren. Sie hatte sich erst vor Kurzem von Lothian and Borders hierher versetzen lassen und kannte sich mit der Geografie und dem Lokalkolorit der Gegend noch nicht so richtig aus.

»Schon mal in Gallowhaugh gewesen?«, fragte Catherine.

»Nein. Wie ist es da?«

»Kennst du solche Gegenden, die einfach nur heruntergekommen und bedrückend sind, wo alle sagen, was es für eine Schande ist, weil es dort früher so schön war?«

»Klar. In so einer bin ich aufgewachsen.«

»So was sagt über Gallowhaugh keiner. Das war immer schon ein knallhartes Pflaster. Schon seit Jahrzehnten fest in Gangsterhand.«

Laura hatte die Adresse in ihr Navi eingegeben, aber das wäre eigentlich nicht nötig gewesen. Der Tatort war so hell erleuchtet, dass man ihn wahrscheinlich mit dem bloßen Auge aus dem Weltraum hätte sehen können. Die Szene strahlte wie Blackpool, zwischen den tragbaren Strahlern blitzten die Blaulichter auf. Die schäbige kleine Ladenzeile aus den Sechzigern hatte bestimmt noch nie so interessant ausgesehen, schon gar nicht die Hinterhöfe, wo sich wohl gerade alles abspielte. Die Scheinwerfer waren in einer Gasse parallel der Straße mit den Läden aufgestellt, hinter der sich ein Gelände mit umgebauten Garagen befand, das wohl das Gewerbegebiet darstellen sollte, von dem Laura gesprochen hatte.

Die Gasse war breit genug für ein einzelnes Fahrzeug, bei dem es sich wohl meistens um den Müllwagen handelte. Das Gewerbegebiet lag hinter einer Mauer, und nach Süden, Richtung Shawburn Road, lag direkt die Rückseite der Ladenzeile. Die Gasse verlief in Ost-West-Richtung, war knapp 150 Meter lang, Zufahrten an beiden Enden, bot aber ohne Leiter keinen Zugang zu den umgebauten Garagen.

Laura parkte gegenüber der Einfahrt auf dem Capletburn Drive, nachdem sie sich an den beiden Streifenwagen vorbeimanövriert hatte, die die Zufahrt von der Hauptstraße durch Gallowhaugh blockierten. Ein Polizist und eine Polizistin in Uniform sicherten die Einfahrt, mussten vor der kleinen Gasse in den frühen Morgenstunden aber keine Menschenmassen abwimmeln. Die Frau war eigentlich noch ein junges Mädchen, sie konnte noch nicht lange dabei sein. Sie bemühte sich, professionell und beherrscht zu wirken, was einigermaßen klappte, aber Catherine konnte sehen, dass Tränen geflossen waren. Vor Jahren hatte sie das auch durchgemacht. Gerade als Frau muss man sich abgebrüht geben und seine wahren Gefühle verbergen, damit ja niemand glaubt, dass man mit solchen Sachen nicht fertig wird. Nach einiger Zeit gibt es dann keine Reaktionen mehr, die man verstecken müsste, und man wird sich bewusst, dass man eigentlich davor hätte Angst haben sollen, womit man alles fertig werden kann.

»Erste Leiche?«, fragte Catherine sie und lächelte verständnisvoll.

Sie nickte schüchtern.

»Und was für eine«, sagte ihr älterer Kollege zustimmend und erklärend. »Sie schlägt sich tapfer. Ich bin übrigens PC Jim Keeney, meine Kollegin ist PC Jacqui Malone.«

»Ich bin Detective Superintendent McLeod. Das hier ist DI Geddes. Sind die Männer in Weiß schon da?«

»Seit zehn Minuten«, erwiderte Keeney.

»Wer denn? Cal O'Shea?«

»Weiß nicht.«

»So ein Kleiner, hat was von 'ner Leiche?«

»Dazu sag ich lieber ...«

»Hatte er was zu essen in der Hand?«

PC Malone nickte und sah aus, als würde ihr jeden Moment schlecht werden. »'Nen Mars. Weiß ja nicht, wie man auf so eine Idee kommt.«

»Ich auch nicht, aber dann ist es wohl Cal.«

In einem Bild, das in seiner unheilschwangeren Dramatik nicht realitätsferner hätte sein können, sah Catherine Bill Raesides theatralisch vom Scheinwerferlicht gerahmte Silhouette aus der Gasse auf sie zukommen. Raesides Gegenwart war normalerweise ein beruhigendes Zeichen dafür, dass nichts ansatzweise Unheilvolles oder Dramatisches passieren würde, und wenn doch, wäre er dabei eher ein unwichtiges Detail im Hintergrund als das hell erleuchtete Kernstück.

Manche Leute im CID sagten, Raeside »gehört zur Ausstattung«, was wohl darauf hinwies, wie lange er schon dabei war, aber auch, wie wenig er auf Karriere aus war. Wenn er zum Mobiliar gehörte, war er für Catherine ein leicht abgenutztes, aber besonders bequemes Sofa. Er war eine menschliche Komfortzone: verlässlich, berechenbar und unerschütterlich, ein solides Arbeitstier, aber nicht gerade der Querdenker, der die entscheidende Verbindung herstellt, oder die treibende Kraft, die alle mit ihrer Begeisterung ansteckt und eine erlahmende Ermittlung wieder in Schwung bringt. In seiner verträglichen (manche würden sagen rückgratlosen) Art nahm er es auch niemandem übel, wenn er auf der Karriereleiter überholt wurde, und er hatte auch nie ein Problem damit, Anweisungen von jüngeren Kollegen beider Geschlechter zu befolgen. Catherine hatte mal den abfälligen Kommentar gehört, er würde auch Befehle von einem Neunjährigen befolgen, wenn er dann selbst keine Entscheidungen treffen müsste. Auf Catherine wirkte er aber eher wie jemand, der seinen Job mochte und nicht wollte, dass der sich änderte. Der arme Kerl hatte vor ein paar Jahren seine Frau verloren, Krebs, und manche hatten damit gerechnet, dass er in Frührente gehen würde, aber keiner, der ihn besser kannte, wunderte sich darüber, dass er blieb. Seine Kinder waren erwachsen und aus dem Haus, und außer seinem Deutschen Schäferhund namens Fritz war er allein.

Als erster CID-Polizist vor Ort war er gleich in seinem Element gewesen: keine Eigeninitiative gefordert, nur besonnen die Situation unter Kontrolle behalten, bis seine Vorgesetzten eintrafen.

»Einer vom China-Restaurant hat die Leiche gegen Viertel vor eins gefunden«, erklärte Raeside, als er Catherine und Laura mit leisem Schritt die Gasse entlangführte, als wäre er der Platzanweiser in der Kirche. Sie waren noch zwanzig Meter weit weg, aber Catherine kam es vor, als könnte sie in der schwülen Augustnacht schon die zusätzliche Wärme der Scheinwerfer spüren.

»Er ist seine Mülleimer leeren gegangen und wollte gerade den Laden dichtmachen. Dachte erst, es ist ein Penner, der seinen Rausch ausschläft. War dann doch ein etwas tieferer Schlaf. Ich war in der Gegend, also war ich 'ne Viertelstunde nach dem Notruf hier. Hab ihn sofort erkannt. Deshalb hab ich's nach oben weitergegeben. Das ist kein Penner. Das wird Folgen haben.«

»Wer hat denn nun das große Los gezogen?«

»Ein gewisser James McDiarmid.«

»Nicht etwa James McDiarmid, Erster Offizier der Flotte von Fallside?«

»Wenn Patrick Steel aus Gallowhaugh der Admiral ist, dann ja.«

»Ganz sicher?«, fragte Catherine, bevor sie sich erlaubte, darüber nachzudenken, was das bedeutete.

»An dem bin ich schon dran, seit er ein kleiner Junge ist. Schon damals 'ne fiese Nummer. Sieht zugegeben nicht mehr ganz wie sein Passfoto aus, aber er ist es auf jeden Fall: James Allan McDiarmid. Alias Jyzer, alias Jai.«

»Jimmy heißt heute in Glasgow keiner mehr, was?«, hakte Laura nach.

»Ist wohl nicht mehr so in«, erklärte Catherine. »Tut uns leid. Schon schade, wenn eine Stadt nicht dem entspricht, was man über sie gehört hat. Ich weiß noch, wie fertig ich nach meinem ersten Besuch in Edinburgh war, als ich nicht mal Harry Lauder getroffen hatte.«

»Als er jünger war, haben sie ihn Jammy den Glückspilz

genannt«, fügte Raeside hinzu, als sie weitergingen. »Trifft heute wohl nicht mehr zu, wie es aussieht.«

Catherine konnte die Leiche fast schon selbst sehen. Die Strahler waren auf eine Betoneinfassung für die Mülltonnen der Ladenzeile gerichtet. Der säuerliche Geruch von faulendem Gemüse lag in der warmen Luft. Sie war dankbar für das helle Licht, das die Leiche immer künstlich und klinisch aussehen ließ, als wäre sie schon in der Gerichtsmedizin. Der wirkliche Schrecken lag immer im Kontext: Tod, wo Leben sein sollte, die Blutlache auf dem Wohnzimmerteppich, die Leiche im hohen Gras neben dem Spielplatz. Grell angestrahlt sah ein Tatort aus wie ein Tatort, wie Catherines Arbeitsplatz, an dem eine neue Reise begann.

Ihr Blick wurde von zwei Gerichtsmedizinern in weißen Overalls versperrt. Der eine nickte dem anderen kurz zu, als sie herankamen, und dieser drehte sich um und grinste trocken. Eine formellere Begrüßung konnte Catherine unter diesen Umständen nicht erwarten. Wie erwartet war es Cal O'Shea, der von seiner Kollegin Aileen Bruce begleitet wurde. Und wie erwartet kaute Cal irgendetwas.

Früher hätte Catherine es völlig undenkbar gefunden, dass jemand in Gegenwart einer Leiche etwas essen konnte, sei es in einem Pathologielabor oder außerhalb, aber mit der Zeit hatte sie sich daran gewöhnt, dass er sich bei seinem Bericht durch allerlei Snacks und Sandwiches mampfte. Er war eine Handbreit kleiner als sie und spindeldürr, doch aus irgendeinem Grund hatte er immer Hunger. Das lag wohl an der ganzen Bewegung. Er stand nie still und wirkte immer unruhig und zappelig, was wohl eine Menge Kalorien verbrauchte. Oder er hatte eine ganze Bandwurmkolonie.

Cal trat zur Seite und gab den Blick frei auf die Hauptattraktion.

»Dass einer alleine so schlimm aussehen kann«, meinte Cal.

»Ist das Ihre Diagnose?«

»Nein. Als Arzt muss ich sagen, dass ich das Schlimmste befürchte.«

McDiarmid lag zusammengesunken zwischen zwei Tonnen wie ein Müllsack, der auf seine Abholung wartete. Catherine hatte sich manchmal damit getröstet, dass sie ihren Job mit dem der Glasgower Müllabfuhr verglich. Egal, wie hart man arbeitet, es gibt am nächsten Tag immer wieder etwas Neues wegzuräumen. Wenn die Angst überhandnahm, dass alles umsonst war, erinnerte sie sich daran, dass die ganze Stadt in Müll, Gift und Seuchen ersticken würde, wenn sie oder die Müllmänner nicht zur Arbeit kämen.

McDiarmids Beine lagen abgespreizt vor ihm wie bei einer sitzenden Marionette. Er sah viel kleiner aus, als Catherine ihn in Erinnerung hatte, jetzt wo seine Energie und latente Aggression fehlten. Sie musste daran denken, wie winzig ihre Jungs aussahen, wenn sie schliefen. Ganz anders als tagsüber, wenn sie aufgedreht durch die Gegend sausten. Catherine versuchte, den Gedanken schnell wieder zu verjagen. Nicht jetzt, nicht hier.

Zu spät.

Hast du schon mal 'ne Leiche gesehen?

Schon hatte sie unwillkürlich Frasers Stimme im Kopf, wie einem in schwierigen Gesprächen oft auch das Schlimmste einfiel, was man gerade sagen konnte. Sie hatte mal gelesen, dass bestimmte Mechanismen im Gehirn nicht zwischen positiv und negativ unterscheiden können. Also hatte schon das Bewusstsein, dass sie an etwas Bestimmtes nicht denken wollte, genau dieses Bild heraufbeschworen. Dieser Tatort verkörperte alles, wovor sie ihre Jungs beschützen wollte, alles, was die beiden noch nicht über die Welt erfahren sollten und vor allem nicht über sie selbst.

»Ein Schuss in die Stirn aus nächster Nähe«, erklärte Cal. »Wohl eine Hinrichtung. Und eine Austrittswunde, die wirklich keiner sehen will. Keine Fesselspuren oder Ähnliches, dafür starke Gesichts- und Abwehrverletzungen. Die haben jeden Widerstand aus ihm rausgeprügelt, damit er brav stillhält für den Mann mit der Pistole.«

»Aber wahrscheinlich kaum Blut?«, hakte Catherine nach. »Haben ihre Party woanders gefeiert und hinterher hier das Leergut abgeladen.«

»Sie beweisen mal wieder hellseherisches Talent, Superintendent McLeod.«

Cal wies Catherine oft darauf hin, dass manche ihrer Folgerungen ihm »richtig gruselig« vorkamen, und sie wusste nie, ob er es nicht vielleicht doch ernst meinte. Dabei ging es nicht um Holmes'sche Logiksprünge oder die Gabe etwas zu bemerken, was andere übersehen hatten, sondern um das, was sie herausfand, wenn sie sich einfach nur in den Täter hineinversetzte. Catherine hatte mitgespielt und versucht, aus diesem halben Scherz einen ganzen zu machen. So konnte sie wohl am besten verbergen, dass Cals Kommentar ihr irgendwie naheging. Wenn ein Kerl, der den ganzen Tag mit Leichen arbeitet, einen gruselig findet, geht man am besten davon aus, dass es als Witz gemeint ist. Über die anderen Erklärungen durfte man gar nicht nachdenken.

»Quatsch«, erwiderte sie. »Man knallt nicht einfach so an einem trockenen Abend hinter einer Ladenzeile mit zwei Lieferimbissen und einem Nachtsupermarkt jemanden ab. Das würde selbst in Gallowhaugh auffallen.«

»Doch auch das Abladen der Leiche an dieser Stelle setzt den Täter einem gewissen Risiko aus. Sollen wir daraus etwa schließen, dass die Wahl dieses Ortes irgendeinen Vorteil oder eine besondere Bedeutung mit sich bringt?« Das war eine rhetorische Frage. Wie gewohnt trug er ziemlich dick auf, als würde er sich über die dummen Polizisten lustig machen.

»Ihm gehört das Sonnenstudio neben dem Chinesen«,

sagte Raeside. »Die haben ihn neben seine eigene Mülltonne gesetzt.«

»Ah, der Verstorbene war also in der Wellnessbranche tätig?«

»In der Grauzone«, erklärte Raeside. »Eher am pharmazeutischen Ende der Industrie. Das Sonnenstudio war nur zur Geldwäsche da. Die Kunden zahlen bar, man übertreibt ein bisschen, wie gut besucht der Laden ist, und plötzlich sind alle Drogeneinnahmen legal.«

»Sie haben natürlich recht, Cal«, sagte Catherine. »Die hätten ihn überall abladen können. Verbrennen, vergraben, damit er nie gefunden wird. Stattdessen setzen sie ihn hinter seinen eigenen Laden wie einen Müllsack, der morgen abgeholt wird.«

»Wissen Sie«, erwiderte Cal, »ich vermute, ein geschulter Semiologe könnte darin eine Art Nachricht lesen.«

Wir sind hier in Glesca, dachte Catherine. Bei uns geht's nicht um Feinheiten.

»Genau«, sagte Raeside. »Irgendwer will Paddy Steel ausrichten, dass seine Zeit abgelaufen ist.«

»Dass es hier um Bandenkriminalität geht, sieht ja ein Blinder. Da stellt sich mir die Frage, Bill, warum du es nicht gleich Locust gemeldet hast?«

Raeside rümpfte die Nase und schaute angewidert.

»Abercorn«, lachte er trocken und schüttelte den Kopf. Das war gleichzeitig seine Antwort auf die Frage und ein Hinweis, dass ihm die Idee völlig fremd war.

Wie immer, wenn sich jemand abfällig über Abercorn äußerte, zog sich in ihr alles zusammen, weil die Verachtung der Kollegen unter anderem darauf beruhte, dass eigentlich sie seinen Posten hätte bekommen sollen. Dummerweise äußerte sich selten jemand nicht abfällig über Abercorn, also spürte Catherine bei seinem Namen jedes Mal wieder die Enttäuschung und Scham über die verpasste Beförderung.

Abercorn war Leiter der Organized Crime Unit Special Task Force, die vor knapp zwei Jahren zur Bekämpfung von Bandenkriminalität gegründet worden war. Er war Catherine vorgezogen worden, obwohl sie erfahrener war, eine höhere Verurteilungsquote und damals den höheren Dienstgrad hatte. All die Gründe, aus denen sie sich für die besser qualifizierte Kandidatin gehalten hatte, ließen sie die Erniedrigung umso stärker spüren. Und alle ihre Kollegen waren sich dieser Erniedrigung bewusst, wenn sie über Abercorn herzogen.

Der Organized Crime Unit Special Task Force wurde oft vorgeworfen, dass ihr Name länger war als die Liste ihrer Verurteilungen. Kurz hieß die Einheit offiziell Locust, Heuschrecke, ein Quasi-Akronym, bei dem das F am Ende ignoriert und ein L am Anfang hinzugefügt wurde, um ein Wort zu bekommen, dass sich nach Parasiten und Plagen anhörte, womit wohl die Ziele der Einheit gemeint waren und nicht die Einheit selbst. In der Glasgower Polizei kursierten natürlich schnell alle möglichen Varianten und Alternativdefinitionen. Oft wurde behauptet, das fehlende F stehe für den Fortschritt, den die Einheit einfach nicht machte, und das zusätzliche, überflüssige L für lahmarschig, lax, langwierig usw. Die schlimmste Beleidigung, die die Runde machte, war allerdings ein »Backronym«, das die eigentliche Bedeutung von Locust erklärte: Laufenlassen Organisierter Krimineller Unter Speziellen Tauschgeschäften.

»Da müssen wir aufräumen und nicht irgendeinen Deal aushandeln«, sagte Raeside.

»Auf wen tippst du? Frankie Callahan? Stevie Fullerton? Die Cassidys? Oder die McLennans?«

»Such dir einen aus. Da braut sich schon lange was zusammen. Das war vorherzusehen.«

»Die haben in der letzten Zeit alle was abbekommen«, stimme Catherine zu. »Aber wenn wir ein paar von denen einsperren, nehmen sich eben die anderen ein größeres Stück vom Kuchen. Vielleicht will da einer Stärke zeigen und den anderen sagen, dass er wieder im Spiel ist. Oder der Stärkste nutzt seine Chance, wenn die Konkurrenz verwundbar ist.«

»Das wäre dann Callahan«, sagte Raeside. »Er soll der Einzige sein, bei dem in den letzten Monaten nicht die Versorgung unterbrochen wurde. Wenn er vorhätte, sich in Gallowhaugh breitzumachen, wäre jetzt der beste Zeitpunkt. Die andere Möglichkeit wäre der absolute Albtraum. Verletzte Tiere, die sich gegenseitig zerfleischen. In so einer Situation bekommen auch mal Kinder 'ne Kugel ab oder irgendwer ein Messer zwischen die Rippen, der dem Falschen ähnlich sieht. Auf jeden Fall müssen wir das Ganze schnell mit solider Polizeiarbeit in den Griff kriegen – den Schweinen zeigen, wer hier das Sagen hat, bevor es zu spät ist.«

Catherine schaute wieder hinunter auf das, was mal James McDiarmid gewesen war. Raeside hatte recht: Das würde Folgen haben. Wenn man jemandem die rechte Hand entführt, sie gefügig prügelt, ihr eine Kugel durch den Kopf jagt und die Leiche dann zu Hause ablädt, damit alle davon hören, ist das die ultimative Herausforderung. Paddy Steel musste zurückschlagen.

Raeside wollte hier im Stadtteil aufräumen. Catherine fürchtete, dass dafür nicht nur die Polizei sorgen würde.

Die Gegenwart des Fehlens

Jasmine hatte kaum die Tür zu Jims Büro hinter sich geschlossen, als es ihr kalt den Rücken hinunterlief.

Ihr üblicher Montagmorgen-Zustand, eine Mischung aus Angst, was sie heute wieder verbocken würde, und der beruhigenden Gewissheit, dass ihr Alltag jetzt einen einträglichen Sinn und Zweck hatte, wich urplötzlich dem Gefühl, dass irgendetwas absolut nicht stimmte.

Es ging auch nicht einfach vorüber, sondern es hatte physische Symptome wie nach einer Impfung oder bei einer allergischen Reaktion. Ihr drehte sich der Magen um, als würde sie mit einem Aufzug abstürzen, sie bekam eine Gänsehaut und war sich bewusst, wie erschreckend zerbrechlich und verwundbar sie war. Der Drang, die Tür abzuschließen, wurde von der vagen Furcht aufgehoben, dass das, wovor sie Angst hatte, vielleicht im Büro war.

Sofort versuchte sie, methodisch den Auslöser für die Angst zu finden, denn sie wusste aus Erfahrung, dass sie sie dann besser in den Griff bekam. Die einfachste, aber am wenigsten präzise Erklärung war die, dass sie seit Mums Tod immer mal wieder das Gefühl gehabt hatte, dass ihr der Boden unter den Füßen weggezogen wurde, und dazu kam immer eine akute, orientierungslose Hilflosigkeit, weil sie niemanden mehr hatte, der ihr helfen konnte. Ab und zu erinnerte sich etwas in ihr daran, dass sie allein war, dass der

Mensch, der in solchen Zeiten der Angst, der Probleme und genau dieser lähmenden Unsicherheit für sie da gewesen war, nicht mehr lebte. Der Schmerz war anscheinend so groß, dass sie immer nur ein bisschen davon auf einmal zulassen konnte. Auch die Angst war unterdrückt worden, doch das Ventil gab bei all dem Druck manchmal nach, und dann passierte so etwas wie jetzt.

Diesmal war es weit mehr als nur Unsicherheit. Eine tiefe Angst hatte sie gepackt, dass Jim etwas passiert war. Sie wusste, dass das absurd und völlig grundlos war. Ihre allgemeine Angst hatte sich wohl einfach ein neues Objekt gesucht: Jetzt, wo Mum fort war, konnte sie einfach nicht auf Jim verzichten. Dass er an diesem Morgen noch nicht im Büro war, hatte die paranoide Furcht ausgelöst, auch ihn zu verlieren.

Normalerweise war er um diese Uhrzeit schon da. Jasmine hatte zwar Büroschlüssel, aber sie war morgens noch nie als Erste dort gewesen. Jim wohnte am anderen Flussufer, war aber grundsätzlich vor ihr da. Meistens schloss er abends auch ab, denn egal wie lange und wo er bei einem Auftrag unterwegs war, machte er immer noch am selben Tag den Papierkram. Vielleicht stand er ja im Stau; an der Kingston Bridge gab es eine Baustelle wegen der Erweiterung der M74, weshalb mehr Leute wie Jim durch den Tunnel fuhren.

Ach nein, *jetzt* hab ich's, dachte sie. Kein Stau, sondern der Handwerker. Jim war nicht im Büro, weil er zu Hause mit der Videokamera dem nicht-ganz-so-arbeitsunfähigen Robert Croft auflauerte, der später mit voller Ausrüstung zur Schwarzarbeit kommen würde.

Sie fragte sich kurz, ob sie nicht auch eigentlich dort sein sollte, aber dann fiel ihr ein, dass Jim gesagt hatte, dass sie lieber im Büro bleiben solle, falls Croft aggressiv wurde. Trotz ihrer Freude, dass sie die Zielperson in die Falle gelockt hatte, hatte sie die weiteren Abmachungen ganz vergessen, weil es schon ein paar Tage her war und sie seit Donnerstag nicht mit Jim gesprochen hatte. Für Freitag hatte er ihr freigegeben, weil er an einer »ziemlich heiklen Sache« arbeitete, die er aus Gründen der Vertraulichkeit alleine erledigen musste. Jasmine versuchte, es nicht so zu verstehen, dass er es sich nicht leisten konnte, dass sie auch diese Sache verbockte, und war dankbar für einen zusätzlichen Tag, an dem sie nicht hilflos überfordert Detektivin spielen musste.

Durch ihre Handtaschenriemen spürte sie etwas vibrieren, dann hörte sie ihren Klingelton, und sie griff erwartungsvoll nach ihrem Handy, Jims Namen auf dem Display zu sehen. Es war eine unbekannte Nummer.

Mit immer noch etwas zittriger, verschreckter Stimme meldete sie sich. Es wurde auch nicht besser, als sie am anderen Ende Robert Croft hörte, und sogar noch schlimmer, als er erklärte, dass ihm an der Adresse niemand aufgemacht hatte, die sie ihm gegeben hatte.

Ihre kurze Erleichterung schlug wieder ins Gegenteil um. Nichts verstört einen mehr als eine irrationale Angst, der durch neue Tatsachen plötzlich eine solide Grundlage verliehen wird. Wenn sich herausstelle, dass Jasmine tatsächlich einen sechsten Sinn hatte, wäre das immerhin *eine* Qualifikation für den Job.

»Tut mir schrecklich leid«, erklärte sie. »Mein Onkel ... Es gab einen Notfall, und ich musste herkommen, da hab ich Sie ganz vergessen.«

Crofts Stimme klang jetzt nicht mehr gereizt, sondern besorgt.

»Ist alles okay?«

»Das weiß ich noch nicht«, antwortete sie ehrlich.

»Na ja, machen Sie sich wegen mir keine Gedanken. Melden Sie sich einfach irgendwann wegen ’nem neuen Termin. Es bleibt doch dabei, oder?«, fragte er und dachte offensichtlich an den Tausend-Pfund-Köder, mit dem sie ihn gelockt hatte.

»Ja. Ich rufe Sie in ein paar Tagen an. Tut mir wirklich leid.«

»Kein Problem. Ich hoffe, alles wird gut und so.«

»Danke«, erwiderte sie und legte auf.

Er hatte es gefressen, worauf sie sich nichts weiter einbildete, weil sie kaum geschauspielert hatte. Die bebende Stimme, die unsicheren Entschuldigungen, das wahre Gefühl, dass etwas Unerwartetes passiert war. Alles echt.

Dass Jasmine nicht mehr an Croft gedacht hatte, war normal, aber Jim selbst hätte nie im Leben vergessen, ihm aufzulauern. Außer natürlich, bei *ihm* hatte sich etwas Unerwartetes ergeben, vielleicht bei einer anderen, wichtigeren Ermittlung. Vielleicht war es das: Bei der Sache, an der er die letzten Tage gearbeitet hatte, gab es neue Entwicklungen, und er hatte beschlossen, dass Hayden-Murray die Aufnahme der Terminvereinbarung mit Croft ausreichen würde.

Sie hielt immer noch das Handy in der linken Hand und drückte auf die Kurzwahltaste für Jim. Es tutete ein paar Sekunden und hörte dann gerade so lange auf, dass sie schon freudig seine Stimme erwartete. Leider ging es nach einer kurzen Pause begleitet vom Klingeln des Bürotelefons weiter, das Jasmine gerade abnehmen wollte, als sie verstand, dass sie doch nur mit sich selbst sprechen würde. Jims Handy hatte eine Weiterleitung hierher geschaltet.

Vielleicht war er gerade bei einer Beschattung. Im Lieferwagen war oft absolute Ruhe nötig. Wenn die Zielperson vorbeiging oder draußen im Garten war, sollte sie natürlich besser nicht mitbekommen, dass in dem Transporter mit den getönten Scheiben ein Privatdetektiv mit Videokamera saß. Hatte sie den Wagen draußen gesehen, als sie hergekommen war? Sie wusste es nicht mehr.

Sie ging in den Flur und sah durch das Fenster an der Hintertreppe. Jims Wagen stand an seinem Stammplatz. Scheiße.

Als sie wieder im Büro war, erschlug sie die Leere, die ungewohnte Stille. Langsam verstand sie, was ihr von Anfang an komisch vorgekommen war. Sie war nicht zum ersten Mal alleine hier. Sie hatte gelegentlich am Telefon gewartet und war ab und zu von Jim hergeschickt worden, um Ausrüstung oder Dokumente abzuholen (wahrscheinlich, damit er sie ein paar Stunden los war und sich beruhigen oder das richten konnte, was Jasmine verbockt hatte). Das Büro hatte aber nie gewirkt wie jetzt. Irgendetwas war anders. Sie spürte nicht nur, dass sie alleine war, sondern unterbewusst merkte sie auch, dass sie seit Tagen die Erste im Büro war.

Immer, wenn man an einen Ort zurückkehrt, gibt es kleine Veränderungen, die man instinktiv als Zeichen wahrnimmt, dass in der Zwischenzeit jemand dort war. Das Gehirn gleicht im Unterbewusstsein den neuen Zustand mit dem alten ab. Klare Anzeichen sind z. B. verrückte Möbel oder gespülte Teetassen; unauffälliger wäre, welcher Ordner auf dem Tisch offen liegt oder welche Zeitung im Papierkorb steckt; selbst der veränderte Füllstand des Wasserkochers kann ausreichen. Wie bei der Rückkehr in ihre Wohnung in der Victoria Road nach ihrer Zeit bei Mum war sie an diesem Morgen im Büro mit dem absoluten Stillstand konfrontiert worden. Nichts hatte sich geändert.

Zwar hatte Jim sie eigentlich angestellt, um gegen seine Workaholic-Gewohnheiten anzugehen, doch kam er fast jedes Wochenende ein paar Stunden ins Büro. Als sie sich kurz umsah, fiel ihr auf, dass der Papierkorb nicht geleert war. Die letzte Zeitung war von Mittwoch.

Während der Computer hochfuhr, sah sie die Akten und Zettel auf dem Schreibtisch durch. Wie in seinen Jahrzehnten als Polizist notierte er zu allem Tag und Uhrzeit. Seit Donnerstag war nichts Neues dazugekommen. Möglicherweise war er nicht mehr hier gewesen, seit er sie bei der Croft-Beschattung im West End allein gelassen hatte.

Sie ließ eine Dateisuche nach Datum laufen. Seit Donnerstagmorgen war auf keine Dateien zugegriffen worden. Die kalte, eindeutige Gewissheit der digitalen Daten erschütterte sie.

Die Zeit verging langsam, jede Minute zog sich in die Länge wie ein unendlicher Flur in einem Traum. Sie konnte sich einfach nicht beruhigen und hatte auch keine Möglichkeit, sich abzulenken. Ohne Jims Anweisungen hatte sie nichts zu tun, nichts, was sie alleine hätte erledigen können, während sie auf einen Anruf oder seine Schritte auf der Treppe wartete.

Zu ihrer Einsamkeit kam noch die Bürde, die Einzige zu sein, die ahnte, dass etwas passiert war, aber sie wollte Jims Familie auch nicht unnötig beunruhigen. Vielleicht gab es eine einfache Erklärung, die sie übersehen hatte, irgendeine Nachricht, die nicht weitergeleitet worden war. Ihr Vorsatz hielt bis Mittag, als sie einen Anruf von Harry Deacon bei Galt Linklater bekam. Jim war nicht, wie vereinbart, um elf vorbeigekommen, um einen neuen Auftrag zu besprechen. Das war genauso ein eindeutiges Zeichen wie die Dateien auf dem PC. Von Galt Linklater bekam Jim die meisten seiner Aufträge, und keine neue Spur, keine stille Beschattung, eigentlich überhaupt kein Aspekt seines Berufsalltags würde ihn dazu bringen, so einen Termin ausfallen zu lassen, ohne vorher abzusagen.

Jasmine rief ihre Cousine Angela an, Jims älteste Tochter, die noch am ehesten über Jims Arbeit Bescheid wusste. Sie fragte nach Jim, ohne ihre Sorge durchscheinen zu lassen, und schob ihre eigene Verwirrtheit und Desorganisation vor.

Angela hatte zuletzt am vorigen Wochenende mit ihrem Vater gesprochen. Sie wirkte nicht weiter besorgt, aber andererseits war Angela es wohl aus ihrer Kindheit gewohnt, dass er nicht immer da war, wenn er es eigentlich sein sollte.

Als Jasmine aufgelegt hatte und wieder der unendlichen Stille ausgesetzt war, hielt sie diesen Schwebezustand nicht mehr aus. Sie musste irgendetwas tun, die Zügel in die Hand nehmen und die Hilflosigkeit durchbrechen.

Sie fuhr mit dem Auto nach Hyndland. Im Frühnachmittagsverkehr brauchte sie nur zwanzig Minuten zu Jims Wohnung und fand auch ungewohnt schnell einen Parkplatz.

Als sie den Motor abstellte und sich die Haustür ansah, wurde ihr flau im Magen. Sie hatte bildlich vor Augen, was sich als Nächstes abspielen würde. Sie würde in den zweiten Stock gehen, klingeln, keine Antwort bekommen und dann durch den Briefschlitz schauen. Dann würde sie ihn sehen, vielleicht auch nur einen Arm oder ein Bein, reglos, tot auf dem Teppich. Damit würde sie nicht fertig werden. Sie hatte gesehen, wie Mum Stück für Stück aus dem normalen Leben in eine Existenz am Tropf und Monitor abglitt. Sie war noch warm, als Jasmine sie zum letzten Mal berührte. Das tröstete sie immer noch. Wenn Jim schon seit Tagen dalag, würde sie bestimmt nicht damit klarkommen. Irgendwer musste aber nachsehen, und sie hielt die Ungewissheit nicht mehr aus.

Sie schloss die Autotür, bemerkte wieder die vielen freien Parkplätze und verstand, dass es hier nichts zu sehen gab. Sie würde Jim weder tot noch lebendig in der Wohnung finden, weil sein Auto nicht da war. Sie ging die ganze Straße ab und zusätzlich noch hundert Meter die Seitenstraßen entlang, falls er zu einer anderen Uhrzeit nach Hause gekommen war und keinen Parkplatz vor der Tür gefunden hatte, aber sein Peugeot war nirgends zu sehen. Dankbar beschloss sie, doch kurz zur Wohnung hochzugehen, falls es dort doch irgendwelche Hinweise gab.

Sie kam sich ein bisschen blöd vor, als sie klingelte, obwohl sie ziemlich sicher wusste, dass sie keine Antwort bekommen würde, aber sie fühlte sich dazu verpflichtet, als wäre es ein alter religiöser Ritus, dessen Ursprung selbst die Gläubigen schon vergessen hatten. Die Klingel wirkte sehr laut, aber vielleicht bildete sie sich nur ein, wie das Geräusch von den Wänden der stillen Wohnung widerhallte. Andererseits fehlten die Alltagsgeräusche des Bewohners als Vergleich. Man merkte es einfach, wenn man klingelte und niemand zu Hause war, man nahm die Leere hinter der Tür wahr. Croft hatte sie sicher auch bemerkt. Er hatte nicht angerufen, weil er vielleicht meinte, sie sei in der Dusche oder höre zu laut Radio. Er hatte gewusst, dass niemand da war.

Ohne große Angst, was sie entdecken könnte, schob Jasmine den Briefschlitz auf. Beruhigen konnte der Anblick sie aber auch nicht. Sie sah einen Haufen Post und zwei Zeitungen. Um besser sehen zu können, was direkt an der Tür lag, hielt sie ihren Taschenspiegel in den Schlitz. Eine dritte Ausgabe der *Evening Times* lehnte innen an der Tür. Drei Zeitungen, seit Jim zum letzten Mal zu Hause gewesen war. Sie wusste nicht, ob an diesem Tag schon der Zeitungsjunge gekommen war. Sonntag wurde nicht gedruckt, also war Jim spätestens Freitag vor der Lieferung das letzte Mal zu Hause gewesen; und wenn bei den dreien nicht die Montagszeitung dabei war, war er schon seit vier Tagen verschwunden.

Lügen beim Frühstück

Der Tipp hatte gestimmt: Sie fanden Paddy Steel beim Joggen in der Morgensonne des Strathclyde Park. Er wurde ein wenig gebremst von zwei stämmigen Bodyguards, die offensichtlich nicht ans Laufen gewöhnt waren.

Catherine und Laura hatten nicht weit von Steels Hummer geparkt und beobachteten die drei vom Bothweller Ufer des Strathclyde Loch aus.

»Er bemüht sich, in Form zu bleiben«, bemerkte Catherine. »Ist fast jeden Tag hier, geht im Fitnesscenter an die Gewichte. Bei so einem wird das ganze Alphamännchen-Gehabe großgeschrieben: Er muss wissen, dass er es mit einem halb so Alten aufnehmen könnte, wenigstens theoretisch. In der Praxis kommt natürlich keiner an ihn ran. Sonst hat ja kaum ein Tier seine eigene Security.«

»Tier, Turnschuhträger in edler Reife«, sagte Laura. »Er zerbricht nicht gerade an seiner Trauer, was? Entweder hat er noch nicht von Jai McDiarmid gehört, oder er tröstet sich mit seiner alltäglichen Routine.«

Catherine lachte trocken.

»Der weiß Bescheid. Guck dir doch mal die beiden Gorillas an. Sehen die so aus, als ob die jeden Tag joggen? Paddy ist vielleicht noch nicht im Kriegszustand, aber auf DEFCON 3 ist er mindestens. Ist bestimmt mächtig stolz, dass die beiden nicht mithalten können. Nicht, dass sie noch denken, dass er nur deshalb der Boss ist, weil er ein paar Connections und ein bisschen Kohle hat.«

»Der sagt uns doch kein Wort, oder?«

»Natürlich nicht. Das ist die Glasgower Omerta, das Schweigen der Schläger. Aber manchmal kann man rauskriegen, dass sie einem etwas ganz Bestimmtes nicht sagen. Und um Informationen geht es hier sowieso nur nebenbei. Hauptsächlich soll er wissen, dass wir ihn beobachten, damit er es sich zweimal überlegt, bevor er zurückschlägt.«

Laura wollte gerade aussteigen, als die drei auf den Parkplatz zukamen. Die Bodyguards schafften so kurz vor Ende der Tortur nur noch Schrittgeschwindigkeit.

»Halt«, sagte Catherine. »Er geht jetzt für sein Power Breakfast ins Restaurant. Wir lassen ihn in Ruhe bestellen, dann mache ich mir ein paar Knöpfe auf, klimpere ein bisschen mit den Wimpern und frage, ob wir uns dazusetzen dürfen.«

»Power Breakfast?«, fragte Laura verwirrt, was den Altersunterschied zeigte. Catherine hoffte nur, dass Frau Detective Inspector verstanden hatte, dass das mit den offenen Knöpfen auch nur ein Witz gewesen war.

»Paddy Steel ist in den Achtzigern als junger Mann ohne eigenes Geld ins Geschäft eingestiegen«, erklärte sie. »Damals hat er sich seine Ziele gesetzt. Jetzt, wo er das Geld hat, meint er, er ist in *Miami Vice*.«

Sie fanden ihn in einer großen Ecknische mit Ausblick in zwei Richtungen durch bodenlange Fenster, zweifellos sein Stammplatz und eindeutig der beste Tisch des Hauses. Catherine hatte ihn dort noch nie aufgesucht, aber vermutete trotzdem, dass er ein bisschen weiter vom Fenster weg saß als sonst.

Er war kleiner, als sie gedacht hatte. Sie hatte ihn seit einem guten Jahr nicht mehr aus der Nähe gesehen, und genau das fiel ihr jedes Mal auf. In der Erinnerung wuchs er im Laufe der Zeit, sodass der echte Steel buchstäblich den Kürzeren zog. Es lag auch nicht nur an den Proportionen, weil er so breit gebaut war; er war wirklich eine gute Handbreit kleiner als Catherine. Man muss aber nicht groß sein, um der Größte zu sein. Er hatte eine enorme Präsenz. Brachiale Gewalt und eiserne Willenskraft knisterten in der Luft wie unter einem Strommast.

Er sah gleichmütig auf, als sie an den Tisch kamen und verbarg hinter diesem Ausdruck die Tatsache, dass er sie als Polizistinnen erkannte und was er sonst aus ihrer Anwesenheit schloss. Er machte sich hungrig an einem Omelette mit roten, grünen und gelben Paprikastücken zu schaffen. Neben dem Teller stand ein halber Liter frischer Orangensaft. Seine Bodyguards hatten sich anscheinend eine etwas traditionellere Belohnung verdient, jeder hatte ein beeindruckendes British Breakfast vor sich.

»Können wir Ihnen helfen?«, knurrte einer der beiden, den Mund voller Black Pudding.

»Ist okay, Bobby«, rief Steel ihn zurück. »Die Damen möchten uns nur ihr Beileid aussprechen, nicht wahr?«

»Selbstverständlich«, erwiderte Catherine. »Ich möchte gar nicht lange stören. Wie ich sehe, sind Sie in tiefer Trauer.«

»Jeder trauert auf seine Weise«, erklärte Steel, ohne eine Miene zu verziehen. »Bobby und Big Nige hier neigen zum Beispiel zum Frustfressen.«

Big Nige auf der rechten Seite reagierte mit einem gegrunzten Lachen, während Bobby zur Linken die Frauen beim Kauen misstrauisch beobachtete.

»Wie lange kannten Sie James McDiarmid? Gut zwanzig Jahre?«, fragte Catherine. »Noch aus Ihrer Jugend, oder?«

»Ja, und? Betreiben Sie Trauertourismus? Sind Sie enttäuscht, dass Sie hier keine erwachsenen Männer heulen sehen?«

»Wie Sie schon sagten, Mr Steel, jeder trauert anders. In

Anbetracht Ihrer langen Freundschaft dachte ich mir nur, Sie wären sicher daran interessiert, uns dabei zu helfen, Mr McDiarmids Mörder zu überführen.«

»Wenn ich etwas wüsste, wären Sie die Erste, der ich's erzählen würde«, erwiderte Steel und trank einen Schluck Saft. »Leider tappe ich noch ganz und gar im Dunkeln.«

»Fällt Ihnen irgendjemand ein, der Mr McDiarmid vielleicht etwas hat antun wollen?«, fragte Laura.

»Lassen Sie mich ganz ehrlich sein, junge Frau, wir sind hier alle keine Kindergärtner. Sicher hatte Jai Feinde. Aber das hier kam aus heiterem Himmel, das schwöre ich Ihnen.«

Catherine merkte, dass Steel nach dem Salz schaute. Sie kam ihm zuvor und nahm den Streuer wie gedankenverloren in die Hand.

»Sie sagen also, Sie haben keine Ahnung, worum es hier geht?«, fragte sie und drehte den Behälter in den Fingern. »Sie haben niemand Bestimmten im Verdacht, der vielleicht Ihre rechte Hand ausgeschaltet hat, und Sie womöglich als Nächstes angreift?«

Steel legte die Gabel ab und warf ihr einen grimmigen Blick zu. Er konnte erst in Ruhe sein Frühstück fortsetzen, wenn er sie los war, und sein Omelette würde ihm nur schmecken, wenn er das Salz zurückhatte.

»Glauben Sie alles, was im *Daily Record* steht?«, fragte er. »Ich habe selbst erst aus der Zeitung erfahren, dass ich eine rechte Hand habe. Klar haben wir Geschäfte gemacht, und klar sind wir als Kinder viel zusammen rumgelaufen, aber wir haben heute kein Clubhaus mehr. Ich weiß genauso wenig davon, was Jai die Woche über gemacht hat, wie davon, was Bobby und Nige hier heute Nachmittag vorhaben. Anscheinend ist Jai in Schwierigkeiten geraten, die leider ziemlich ernst wurden, aber das hat mit mir nichts zu tun.«

»Wann haben Sie davon gehört?«

»Gegen halb acht.«

»Kein schöner Tagesanfang, wenn man mit so was geweckt wird.«

»Ich war schon wach. Ich bin Frühaufsteher.«

»Und welcher Name ist Ihnen als Erster eingefallen?«

»Ich war zu schockiert, um mir über so was Gedanken zu machen.«

»Blödsinn. Vom Bauchgefühl her, wen hatten Sie vor Augen?«

Er trank noch einen Schluck Saft, um Zeit zu gewinnen. Sie wusste, dass der Name, der folgte, gelogen war, aber vor allem hatte sie herausgefunden, dass es einen Namen gab, den er ihr vorenthielt.

»Tony McGill«, sagte er, und seine Tischgenossen grunzten amüsiert. »Vielleicht versucht der alte Sack immer noch, die Drogen aus Gallowhaugh rauszuhalten.«

»Ja, sehr lustig«, erwiderte Catherine betont gelangweilt. »Also fühlen Sie sich auch sicher nicht bedroht oder verpflichtet, für den verstorbenen Mr McDiarmid den Fehdehandschuh aufzuheben.«

»Mir ist nur daran gelegen, dass die Gerechtigkeit siegt, und ich habe vollstes Vertrauen, dass die Sache bei Ihnen in guten Händen ist, Officer …?«

Nige gab wieder erheiterte Geräusche von sich. Er fand seinen Boss wohl zum Brüllen komisch. Er war leicht glücklich zu machen, aber nicht leicht zu sättigen, wenn man sah, was er mit dem Buffet angestellt hatte.

»McLeod«, sagte sie. »Detective Superintendent.«

»McLeod, richtig. Und nein, ich mache mir keine Sorgen. Wie gesagt, weiß ich nicht, worum es hier geht, aber um mich bestimmt nicht. Wenn Sie mir bitte das Salz reichen würden?«

Catherine holte zum Wurf aus. Steel hielt die Hände bereit. Sie warf den Streuer absichtlich zu hart. Er prallte mit einem harten Klopfen von Steels Brust ab, das selbst bei einem Arnold Schwarzenegger in seinen besten Jahren seltsam gewesen wäre.

»Keine Sorgen, genau«, sagte sie. »Deshalb verstecken Sie sich auch beim Joggen zwischen zwei fetten Kerlen und scheuern sich an einer kugelsicheren Weste die Brustwarzen wund.«

Maschinerie

Sergeant Collins hörte sich so höflich und leicht distanziert an wie jemand, der eine gut einstudierte Rede hielt. Jasmine kam es vor, als würde sie mit einem hochmodernen, aber völlig unpersönlichen Computersystem sprechen. Für Vermisstenmeldungen drücken Sie bitte die Eins.

»Wissen Sie, Miss Sharp, wir haben nur begrenzte Ressourcen«, erklärte er, »also sind wir gezwungen, Prioritäten zu setzen. Deshalb brauchen wir konkrete Hinweise, dass es sich um ein Verbrechen handelt, bevor wir in einem Vermisstenfall ermitteln.«

Jasmine kam sich blöd vor, aber nur, weil sie eigentlich schon gewusst hatte, dass es so laufen würde. Es war erst kurz nach acht, also hatte sie zugeben müssen, dass sie Jim erst seit zwölf Stunden suchte, und nicht mal eine Nacht dazwischenlag.

Sie wollte der Polizei wirklich sagen können, dass sie schon alles versucht hatte, was ihr als Zivilistin möglich war. Also hatte sie die Gelben Seiten aufgeschlagen und wollte alle Krankenhäuser der Gegend abklappern. Als sie an der Länge der Liste sah, wie lange das dauern würde, fiel ihr ein, dass es normalerweise andersherum ging. Wenn Jim irgendwo eingeliefert worden war, würde das Krankenhaus sich bei seinen Verwandten melden. Außer ihr ahnte niemand, dass etwas nicht stimmte, also konnte nur sie Alarm schlagen.

Sie hatte eigentlich darüber schlafen und am Morgen zur Polizei gehen wollen, wenn sich in der Zwischenzeit nichts ergeben hatte, aber sie wusste, dass sie nie im Leben darüber *schlafen*, sondern eher darüber wach liegen und sich Sorgen machen würde. Da sie damit schon den ganzen Tag verbracht hatte, brauchte sie die Gewissheit, dass die zuständigen Stellen Bescheid wussten. Besonders ungeduldig war sie auch, weil sie von der Polizeistatistik gehört hatte, dass die Chancen in einem Vermisstenfall nach den ersten vierundzwanzig Stunden rapide sinken. Oder ging es da doch um Morde? Sie hatte es vergessen, wollte aber unbedingt schnell handeln.

Überhaupt waren es eigentlich viel mehr als zwölf Stunden – vor zwölf Stunden hatte sie es nur bemerkt. Die letzte Seite der aktuellen *Evening Times* stimmte mit keiner der Ausgaben auf Jims Flurteppich überein. Er war seit Donnerstag nicht zu Hause gewesen.

»Ich weiß ja, was Sie meinen«, bettelte sie. »Seine Wohnungstür ist nicht eingetreten oder so, aber ich weiß ganz sicher, dass irgendwas nicht stimmt. Er ist heute nicht zu einem sehr wichtigen Treffen gekommen. Er ist bei so was sonst sehr gewissenhaft, fast schon pingelig. Er würde nie im Leben einfach so abtauchen, das müssen Sie mir glauben.«

Der Polizist am Wachtisch hatte ihr freundlich zugesprochen und sie in ein kleines Seitenzimmer des Eingangsbereichs geführt, wo er ihr eine Tasse Tee anbot. Sie lehnte ab, bereute es aber gleich wieder, weil sie so die kurze, aber unerträgliche Wartezeit hätte überbrücken können, bis Sergeant Collins kam. Vor lauter Optimismus hatte sie einen Zivilpolizisten erwartet. Als sie die Uniform sah, war sie ein bisschen enttäuscht, aber nicht allzu überrascht. Sie hatte sofort das Gefühl, eine von hundert anderen verschiedenen Kleinigkeiten zu sein, die Sergeant Collins im Laufe seiner Nachtschicht abarbeitete.

»Miss Sharp, ich verstehe ja, dass Sie sich Sorgen um Ihren

Onkel machen, und ich weiß, wie sehr einen so etwas belasten kann. Sie sind nicht die Erste, die hier vor mir sitzt und mir diese Geschichte erzählt. Aber genau aus diesem Grund können wir nichts unternehmen. Sicher ist es für Ihren Onkel ein untypisches Verhalten, aber das stellt noch keinen hinreichenden Verdacht auf ein Verbrechen dar.«

»Mir geht es nicht darum, ob ein Verbrechen geschehen ist. Ich brauche einfach nur Hilfe, weil ihm etwas zugestoßen sein muss. Warum sollte er nicht zur Arbeit kommen? Er hatte einen extrem wichtigen Termin. Er war seit Tagen nicht zu Hause, und sein Telefon leitet sofort weiter ...«

Sergeant Collins nickte geduldig und wartete ab, dass sie alles herausließ. Er hatte so etwas schon hundertmal gehört.

»Es ist schwer hinzunehmen, aber Leute machen eben manchmal untypische Sachen. Vermisste sind sehr häufig Leute, die einfach nicht gefunden werden wollen.«

»Aber er hat doch keinen Grund ...«

»Und die, die ihm am nächsten stehen«, unterbrach er sie diesmal, »haben nie die leiseste Ahnung, was sie dazu geführt hat abzutauchen. Es kann um Geld gehen, um eine Beziehung, aber wenn dabei kein Gesetz gebrochen wurde, haben diese Leute aus unserer Sicht jedes Recht dazu.«

Jasmine merkte, wie ihr die Tränen in die Augen traten, weil ihr keine Gründe mehr einfielen, die sie Sergeant Collins' Unnachgiebigkeit entgegensetzen konnte.

»Es ist noch sehr früh, Miss Sharp«, tröstete er sie. »Sie haben sich sicher selbst schon gedacht, dass es eine ganz einfache Erklärung geben muss und dass in ein paar Tagen oder auch nur Stunden alles geklärt ist.«

»Und wenn nicht?«, fragte sie mit bebender Stimme.

»Na ja, wenn man jemanden sucht, und die Polizei nicht zuständig ist, hat man natürlich die Möglichkeit, einen Privatdetektiv anzuheuern, was allerdings teuer werden kann.«

Das war zu viel. Jasmine stützte das Gesicht in die Hände

und fing an zu schluchzen. Sergeant Collins legte ihr den Arm um die Schultern und bot ihr ein Taschentuch an.

»Beruhigen Sie sich«, sagte er ruhig. »Wie gesagt ist es noch sehr früh. Das mit dem Privatdetektiv ist nur so eine Idee für später.«

Jasmine hob den Kopf und starrte ihn verheult, aber entschlossen an.

»Sie verstehen mich nicht. Mein Onkel ist selbst Privatdetektiv. Vorher Polizist: Detective Sergeant, nach fünfunddreißig Jahren im Ruhestand. Wenn *Sie* ihm nicht helfen können, wer denn dann?«

Sergeant Collins war sichtlich überrascht. Er richtete sich zackig auf. Sein Ton blieb professionell, aber jetzt schwang echte Anteilnahme mit. Für Jasmine klang er aber eher bedauernd als tatkräftig.

»In Vermisstenfällen sind uns leider rechtlich wie politisch die Hände gebunden. Aber Sie haben recht: Hier sieht es etwas anders aus. Ich markiere es im System, dass er ein Polizist im Ruhestand ist, und wir gucken mal, was sich machen lässt.«

Die lange Sicht

Catherine aß gerade an ihrem Schreibtisch ein Sandwich, als sie Abercorn durch die Glastrennwand sah. Er sprach mit Sunderland, aber sie war sich sicher, dass er eigentlich zu ihr wollte. Sie hatte Locust noch nicht offiziell über die Mordermittlung informiert (sie hatte es vor, es war nur nicht ihre oberste Priorität), aber Abercorn hatte garantiert gleich am Morgen davon gehört. Natürlich wusste er auch, dass niemand, der am Fall arbeitete, es für nötig gehalten hatte, ihm Bescheid zu sagen. Sie wusste nicht, wie er reagieren würde, aber egal ob Moralkeule, Wutanfall, Demut oder Kompromiss, er würde präzise kalkuliert auftreten.

Sie wischte Brotkrümel von ihrem Schreibpapier. Darauf stand eine Namensliste: Frankie Callahan, Stevie Fullerton, Grant Cassidy und Craig McLennan. Sie versuchte, darüber nachzudenken, welcher Name Paddy Steel eingefallen war, als er von Jai McDiarmid hörte, aber in Wirklichkeit wusste sie, dass eine Störung bevorstand, und sie sammelte sich, damit es nicht zu offensichtlich war, dass sie Abercorn hatte kommen sehen.

Genervt von sich selbst, weil sie sich wie ein dummes kleines Mädchen aufführte, schob sie das Blatt mit einem Schnaufen beiseite. Wie bei Paddy Steel setzte sie auch bei Abercorn immer ein freundliches, diplomatisches Lächeln auf. Anders als bei den Gangstern war es jetzt aber nicht kalkuliert. Sie konnte nicht anders. Aus irgendeinem dummen Grund wollte sie nicht das geringste Anzeichen von Missgunst oder Verbitterung darüber durchscheinen lassen, dass er Leiter der Task Force geworden war und nicht sie; doppelt dumm war es, wenn man bedachte, wie es sich auf ihre Meinung voneinander ausgewirkt hatte. Sie wollte einen Neunter-Dan-Schwarzgurt-Blender blenden und fürchtete, dass ihre gespielte Großmütigkeit nur umso mehr den Eindruck erwecke, sie hätte eine noch schlechtere Meinung von ihm als ihre Kollegen.

Direkt nachdem Abercorn den Posten bekommen hatte, hatte sie schlecht ihre Vorgesetzten um eine Erklärung bitten können, um nicht noch dümmer dazustehen, also hatte sie sich an Moira Clark gewandt. Moira war zu diesem Zeitpunkt schon im Ruhestand, saß aber in so vielen Gremien und Komitees, dass sie besser Bescheid wusste als in ihrer aktiven Dienstzeit.

»Du bist zu nützlich, du bringst zu viele Verhaftungen rein«, erklärte ihr Moira bei einem morgendlichen Cappuccino in einem lauten Café in einer Seitenstraße der Byres Road im West End. »In unserem Beruf gibt es keine schlimmere Karrierebremse als herausragende Kompetenz bei einer bestimmten Aufgabe. An Sunderlands Stelle hätte ich dich auch nicht gehen lassen, muss ich sagen. Deine Verurteilungsrate macht sich in der Statistik so gut, dass kein Chief Superintendent dich freiwillig aufgeben würde. Catherine, du kannst mir glauben, dass die hohen Tiere wissen, was du wert bist. Deine Fähigkeit, einen Mörder zu erkennen, erntet auf der Chefetage Bewunderung, die fast schon an Misstrauen grenzt.«

»Danke«, erwiderte Catherine. »Jetzt geht's mir schon viel besser.«

»Das ist alles wahr, Kleine.«

»Ich weiß. Und jetzt, wo wir die gequirlte Scheiße abgehakt haben, kannst du mir vielleicht den echten Grund nennen?«

Moira hatte einen Schluck Kaffee getrunken und nickte mit einem ertappten Lächeln.

»Du wolltest es zu sehr«, sagte sie und sah Catherine direkt in die Augen, woran sie erkennen konnte, dass Moira nicht nur selbst diese Meinung teilte, sondern auch vermutete, dass Catherine sie verstehen würde. »Das war die allgemeine Meinung. Die hatten kein gutes Gefühl bei dir. Du hasst diese Typen, Cath: die Stevie Fullertons dieser Welt, die Frankie Callahans, die Paddy Steels. Gib's ruhig zu und red dir bloß nicht ein, dass es keiner merkt. Die da oben wissen, was du kannst und wie du arbeitest. Die hatten Angst, dass du ihnen fleißig einen Hydrakopf nach dem anderen bringst. Die wollen lieber die Anatomie des Monsters studieren. Versorgung, Vertrieb, Abgleichung der Einkünfte, wohin das Geld als Nächstes geht, wie es gewaschen wird, wie die Geschäfte ablaufen, ohne dass sichtbar Geld oder Waren den Besitzer wechseln. Und dazu muss man viele unschöne Kompromisse eingehen.«

Moira musste es gar nicht weiter erklären. Catherine hatte verstanden, warum sie nie eine Chance auf den Posten gehabt hatte. »Die wollten einen Diplomaten. Einen kühlen Pragmatiker.«

»Abercorn ist jung und ehrgeizig«, bestätigte Moira. »Er kann autonom arbeiten, ohne zu weit zu gehen; er macht, was die wollen, ohne dass sie ihm die Hand halten müssen.«

»Ein Jasager.«

»Vielleicht eher einer, der schlau genug ist zu wissen, wann er den Jasager geben muss. Statt kühl, sag lieber ›hinterhältig‹, statt pragmatisch ›würde seine Großmutter verkaufen‹.«

Moira war die Erste, die ihr zuliebe Abercorn heruntermachte, doch hatte Catherine nun wirklich verstanden, warum ihre Vorgesetzten sich so entschieden hatten, und es tat umso mehr weh, weil sie wusste, dass es die richtige Entscheidung war. Sie hasste die Gangster wirklich, und ihre

Gefühle konnten ihre Entscheidungen beeinflussen und ihre professionelle Geduld strapazieren. Wenn sie Abschaum wie Paddy Steel vor sich hatte, fiel es ihr sehr schwer, einen Schritt zurückzutreten und sich das ganze Schlachtfeld anzusehen.

Abercorns Geduld dagegen wirkte endlos; so endlos, dass er kaum daran interessiert zu sein schien, überhaupt irgendwen zu verhaften, woher auch der Spott rührte, der jeder Erwähnung seiner Einheit folgte.

Er klopfte zaghaft ans Glas und winkte fast schüchtern. Seine Analyse einundvierzigjähriger Mütter zweier Kinder hatte wohl gegen die Wutanfall-Masche gesprochen.

Wie immer sah er aus, als hätte er sich zehn Minuten lang in der Toilette herausgeputzt, bevor er betont lässig bei ihr vorbeischaute. In seiner Nachrichtensprecher-Frisur lag jedes Haar perfekt, sein Anzug saß tadellos und war absolut fusselfrei. Manche hätten ihn wohl schick, ja stylish, gefunden, aber für Catherine war er einfach nur schmierig. Sie konnte vielleicht verstehen, dass andere Frauen ihn attraktiv fanden, aber bestimmt keine Polizistinnen. Er erinnerte sie ein bisschen an Don Draper aus *Mad Men*: klassisch gutaussehend, aber für ihren Geschmack zu glatt. Nicht kantig genug, nur Oberfläche, kein Gefühl.

»Tut mir leid, dass ich Ihr Mittagessen unterbreche. Ich habe von James McDiarmid gehört und wollte Ihnen alles zur Verfügung stellen, was ich über die Sache weiß.«

Was so viel hieß wie: »Ich bin mal eben vorbeigekommen, um alle Erkenntnisse Ihrer Ermittlung aufzusaugen, die *ich* gebrauchen kann.«

Vielleicht hieß es das nicht mal. Abercorn war noch schwerer zu durchschauen als Sunderland, aber eins war sicher: Er verfolgte immer seine eigenen Ziele. Er konnte einen nicht mal ohne undurchsichtige Hintergedanken nach der Uhrzeit fragen.

»Danke«, erwiderte sie, ohne überfreundlich wirken zu wollen. »Bei der Sache sind wir für jegliche Hintergrundinformationen dankbar. Meine Leute befragen gerade die Anwohner, aber im Moment haben wir nichts als eine Leiche und den vielfältigen Kontext, den der Lebenswandel des verstorbenen Mr McDiarmid bietet.«

»Das ist aber ein ziemlich weites Feld, was?«

»Ja. Ich hab mit Paddy Steel geredet. Er behauptet, er hat keine Ahnung, worum es geht, und dass der Mord aus heiterem Himmel kam.«

Abercorn schürzte die Lippen.

»Ich weiß nicht, wie es mit der ersten Hälfte ist, die zweite ist aber definitiv gelogen. In der letzten Zeit gibt es starke Spannungen: Jeder verdächtigt jeden. Das Gleichgewicht ist gestört, seit die Polizei sich eingemischt hat. Ich weiß, dass ich mich mit dieser Einschätzung nicht beliebt mache, da hier damals ziemliche Feierlaune geherrscht hat, aber auf lange Sicht werden sich diese Neuzugänge unserer Skalpsammlung womöglich als kontraproduktiv erweisen.«

Catherine wusste, dass sie nicht anbeißen durfte, aber sie hielt seinen salbungsvollen Ton ebenso wenig aus wie den plumpen Versuch, durch die Herabwürdigung der Leistungen anderer Polizisten über das Versagen seiner eigenen Einheit hinwegzutäuschen.

»Ich weiß nicht, für wen es kontraproduktiv sein soll, Drogendealer von der Straße zu holen, außer für die Dealer selbst. Es gibt hier sogar eine Strömung, die darauf hinweisen würde, dass Cairns und Fletcher in ein paar Monaten für mehr Verurteilungen gesorgt haben als Locust seit dessen Gründung. Natürlich müssen wir die lange Sicht im Auge behalten, aber wenn es nicht ab und zu mal Resultate gibt, glaubt irgendwann keiner mehr an die gute Sache.«

»Ich höre mich wohl ziemlich missgünstig an«, lenkte er mit der unermüdlichen Vernünftigkeit und rechtschaffenen Ruhe ein, bei der Catherine manchmal nur noch schreien wollte. »Wir sind doch alle Polizisten und wissen, wie wichtig es für die Moral ist, hin und wieder jemanden einzusperren. Cairns und Fletcher haben ein paar beeindruckende Erfolge eingefahren, und dagegen sage ich auch gar nichts.«

»Gut. Denn die beiden haben dazu zwei klassische Methoden der alten Polizeischule namens harte Arbeit und Eigeninitiative eingesetzt.«

»Sie haben ein paar zuverlässige Quellen an den richtigen Stellen aufgetan, und davor ziehe ich den Hut. Wenn die beiden aber ihre Informationen mit meiner Einheit geteilt hätten, wäre dabei sicher weit mehr herausgekommen als ein paar Verhaftungen aus dem Mittelbau und eine Pressekonferenz mit einem Haufen Drogen auf dem Tisch, um der Öffentlichkeit den Glauben an die gute Sache wiederzugeben, wie Sie so schön sagen.«

Dafür hätte Catherine ihm eine verpassen können. Immerhin besaß er den Anstand, sich für den Namen Locust zu schämen. Der stand zwar auf allen Dokumenten und Aushängen, aber Abercorn traute sich offensichtlich nicht, ihn vor richtig echten Polizisten auszusprechen und sagte lieber »meine Einheit«. Hätte sie den Posten bekommen, hätte sie den Namen wohl nie ohne Grinsen aussprechen können, das hatten sie also schon mal gemeinsam, aber er war trotzdem ein arroganter Wichser, und sie würde ihn wirklich gerne mal das Gleiche wiederholen hören, wenn Cairns und Fletcher dabei waren. Sie versuchte einen Moment, sich zu beruhigen, schaffte es aber nicht ganz.

»Ich hab nicht von der Öffentlichkeit geredet. Auch wir Polizisten brauchen kurzfristige Resultate. Selbst mittelfristige sind bei Locust wohl zu viel verlangt. Sie haben es ziemlich schnell ziemlich weit geschafft, Dougie, also kapieren Sie wahrscheinlich überhaupt nicht, wie die Welt für Leute wie Cairns und Fletcher aussieht, die schon seit Jahrzehnten da draußen ihre Arbeit machen. Fletchers Mutter ist altersdement und sein ganzes Geld geht für die Pflege drauf. Bob Cairns hat seinen drei Kindern die Uni bezahlt. Es gibt viele Polizisten wie die beiden. Die haben ihre dreißig Jahre hinter sich, stehen kurz vor der Pension und sind pleite, obwohl sie ihr ganzes Leben lang gearbeitet haben, und dann sehen sie jeden Tag die Dealer in ihren gepimpten Jeeps vorbeirollen und Geld verpulvern, als gäbe es kein Morgen. Die müssen eben ein paar Leute aus dem ›Mittelbau‹ einsperren, wenn nichts anderes drin ist, damit der Job für sie überhaupt irgendeinen Sinn ergibt.«

Abercorn nickte verständnisvoll, und sein Blick zeigte besänftigende Demut. Der Effekt mochte eiskalt kalkuliert sein, stellte aber trotzdem ein Friedensangebot dar.

»Ich weiß, was Sie meinen«, erwiderte er, doch Catherine hatte ihre Zweifel, ob er es überhaupt verstehen konnte.

»Also, wer war's?«, fragte er. »Bei der McDiarmid-Sache, meine ich.«

»Tja, wie Sie schon gesagt haben, haben wir uns eingemischt und das Gleichgewicht gestört. Fullerton, Callahan, Cassidy, McLennan: Jeder von denen könnte sich gesagt haben, dass die Zeit gekommen ist, seine Position zu verbessern. Aber genauso gut könnte es ganz normale Alltagsgewalt sein. Bill Raeside hält Frankie Callahan für den besten Kandidaten. Seiner Organisation geht es besser als den anderen, und Gallowhaugh ist für ihn umso attraktiver, wenn Paddy Steel angeschlagen ist.«

Abercorn verzog das Gesicht. Entweder hielt er es für einen dummen Gedanken, oder er wollte, dass sie das glaubte.

»Callahans Operation geht es sehr gut, und genau deshalb erscheint mir die Vorstellung eines Revierkampfes als ziemlich eindimensionale Logik.«

»Wie gesagt, kam die Idee von Bill Raeside«, lenkte Catherine ein. »Er ist jetzt nicht gerade als großer Querdenker bekannt. Aber was soll denn an dieser eindimensionalen Erklärung nicht stimmen?«

»Hier geht es nicht um Reviere. Wir haben es nicht mehr mit den alten Straßengangs zu tun. Heute geht es nur noch um die Ware. Man braucht kein Revier, wenn man etwas hat, was der Markt will. Die Ware kontrolliert das Revier und nicht andersherum. Deshalb kam auch damals der Mythos um Tony McGill auf, dessen Ehrenkodex ihn angeblich verpflichtete, die Drogen aus Gallowhaugh herauszuhalten.«

»Zumindest bis sie ihn dann mit genug Heroin erwischt haben, um eine Diplodokusherde einzuschläfern«, erwiderte Catherine beeindruckt, dass er sich in die Regionalgeschichte eingelesen hatte.

»Darum geht es ja – es ist nur ein Mythos. Tony McGill hatte keinen Lieferanten, und er wusste, dass die, die einen hatten, seine Machtstellung gefährdeten. Deshalb hat er mit Zähnen und Klauen gegen die Dealer auf seinen Straßen gekämpft. Am Ende hat er natürlich verloren, denn die Ware kontrolliert das Revier.«

»Wen würden Sie sich denn hier zur Brust nehmen? So dem Bauchgefühl nach?«

Abercorn hielt inne und schaute weg, er hielt sie hin wie vorher Paddy Steel.

»Ganz ehrlich: keine Ahnung. Ich weiß nicht, wer sich davon einen strategischen Vorteil erhoffen könnte, und mein Instinkt wie auch meine Erfahrung sagen mir, dass man hier vielleicht gerade nicht nach einer Strategie suchen sollte. Diese Leute planen ihre Morde nicht von langer Hand. Hier gibt es Zermürbungskriege, die Jahrzehnte, ja Generationen andauern, aber es geht nie um so abstrakte Dinge wie den Warenverkehr. Alles ist persönlich. Meistens geht es um Rache. Wenn Sie also für Frankie Callahan kein klassisches Motiv haben, würde ich mich anderswo umsehen. Der ist heutzutage viel zu sehr damit beschäftigt, Geld zu verdienen, als sich mit solchen Geschichten herumzuschlagen.«

Er zuckte mit den Schultern.

»Tut mir leid, dass ich nichts Konkreteres für Sie habe«, sagte er, »aber wenn Sie irgendwelche Fragen haben, sagen Sie Bescheid. Meine Tür steht immer offen.«

»Okay. Sie brauchen sich nicht zu entschuldigen – Sie haben mich auf jeden Fall weitergebracht«, erwiderte Catherine und griff nach ihrem Blatt, auf dem sie heftig den Namen »Frankie Callahan« umkringelte.

Kein Kind mehr

Jasmine war wieder bei ihrer Mutter, und alles war warm, schön und sicher. Nein, nicht *wieder*, denn in diesem Traum war ihre Mutter nie gestorben, und Jasmine war nicht die Jasmine von heute, sondern die vielen kleinen Mädchen, die sie gewesen war, lange bevor sie darüber nachdenken musste, jemals ohne ihre Mutter auszukommen.

Sie war mit ihr an vielen verschiedenen Orten – in dem ersten Zuhause, an das sie sich erinnerte: einer gemütlichen, kleinen Wohnung in Comely Bank; in Omas Wohnzimmer; in dem feststehenden Wohnwagen im Urlaub in Nairn; in dem neuen Haus in Corstorphine – doch sie alle vermischten sich. Sie verwandelten sich ineinander, aber alle waren gleich: warm und schön und sicher. Und sie waren aus einem einfachen Grund alle warm und schön und sicher: weil Mum da war.

Dann war sie fort, und Jasmine war einsam und verloren und ängstlich. Sie stand wie angewurzelt da und war umgeben von Umrissen und Leere und Wänden und Fremden. Sie stand einfach da, weinte und wusste nicht, was sie tun sollte – ein verstörtes kleines Mädchen, das noch nicht mal in der Schule war, hilflos und todunglücklich und gelähmt vor Angst.

Sie weinte im Traum, aber der hatte sich an Gefühlen bedient, die so nah an der Oberfläche lagen, dass sie auch weinte, als sie aufgewacht war. *Not a good way to start the day*, wie es in dem Song hieß. Als sie nach einem Taschentuch griff, fiel ihr Blick auf den Wecker. Es war schon nach halb zehn. Sie hatte bis kurz vor vier wach gelegen. Dann war sie wohl eingeschlafen. Sie stellte den Wecker im Sommer nicht, weil sie normalerweise gegen sieben aufwachte, wenn es hell war. Das klappte wohl nach drei Stunden Schlaf nicht.

Der Traum war ihr so echt vorgekommen. Beide Teile.

Sie träumte oft von Mum. Manchmal war es ein schönes Erlebnis, und an anderen Tagen wachte sie umso bedrückter auf, weil sie so bildhaft daran erinnert worden war, was sie verloren hatte.

Die zweite Hälfte war aber neu. Das hatte sie noch nie geträumt, und es erwischte sie umso stärker, weil es mehr als nur ein Traum war. Es war eine Erinnerung. Es gab kaum Details, weil es passiert war, als sie gerade erst vier geworden war. Sie erinnerte sich nur an Gefühle und Eindrücke, nicht an Details. Sie war mit ihrer Mutter unterwegs gewesen und irgendetwas hatte sie abgelenkt. Sie hielt eine Puppe, der eine Hand fehlte. Es war nicht ihre; sie hatte sie gefunden und spielte damit. Als sie wieder aufsah, war ihre Mutter nicht mehr da. Sie konnte sie nicht mehr sehen und ihre Stimme nicht mehr hören. Sie stand einfach da und weinte. Sie war todtraurig, denn ihre größte Angst war Realität geworden, eine Angst, die sie bis vor ein paar Sekunden noch nicht gekannt hatte.

Wahrscheinlich dauerte es nur ein paar Sekunden, sie wusste es nicht. Plötzlich kam ihre Mutter zurück. Sie tröstete sie, hörte sich aber auch ein bisschen streng an.

»Warum hast du mich denn nicht gesucht?«, fragte sie.

Jasmine wusste noch, dass sie in ihrer Erleichterung damals auch ein bisschen beleidigt gewesen war, weil in der Frage ein Vorwurf mitschwang. Sie fand es unfair. Sie war nicht darauf gekommen, weil sie nicht wusste wie, oder dass diese Möglichkeit überhaupt bestanden hatte.

»Warum hast du mich denn nicht gesucht?«

Genauso hätte sie Jasmine fragen können, warum sie sich nicht vom Boden abgestoßen hatte und losgeflogen war.

Sie stolperte verschlafen durch die Küche, schaltete den Wasserkocher an und öffnete den Kühlschrank. Die Milch war fast leer und auch sonst hatte sie kaum etwas da; auf jeden Fall nichts, woraus man später eine anständige Mahlzeit hätte kochen können. Früher hatte sie dieser Anblick immer richtig erschreckt und ihr ihre Geldsorgen vor Augen geführt, was sie wiederum ernsthaft über ihre Zukunftspläne nachdenken ließ. In der Hinsicht waren die letzten Wochen eine Erleichterung gewesen, doch an diesem Morgen wurde ihr beim Blick in den leeren Kühlschrank ein ganz praktisches Problem bewusst. Sie hatte in der letzten Zeit ein paar Schulden beglichen und sich dies und das geleistet. Es war nicht weiter schlimm, dass ihr Kontostand gegen null strebte, weil sie wusste, dass sie am Donnerstag ihr Monatsgehalt bekommen würde. Aber wenn Jim nicht da war, wurde sie auch nicht bezahlt.

Ihre Situation hatte auf einmal eine ganz neue Ebene der Aussichtslosigkeit bekommen. Jetzt ging es nicht mehr nur um die Sorge um ihren Onkel und die Angst vor neuem Schmerz und neuer Trauer.

Sie erinnerte sich an Sergeant Collins' mitleidigen Gesichtsausdruck. Sie zweifelte nicht daran, dass er seinen Teil tun würde, aber er hatte nicht allzu hoffnungsvoll gewirkt, dass es etwas bringen würde. Nicht nur ihm waren die Hände gebunden. Er wollte den Fall »im System markieren«, aber was, wenn niemand es beachtete oder alle zu viel zu tun hatten, um sich um so eine Kleinigkeit zu kümmern?

»Warum hast du mich denn nicht gesucht?«

Sie durfte hier nicht herumstehen und darauf warten, dass ihre Mutter wiederkam oder irgendein anderer Erwachsener sie bei der Hand nahm und ihr half. Sie war erwachsen und hatte einen Auftrag. Sie musste sich an die Arbeit machen.

Motive

»Alles klar, Opfer James McDiarmid: Wie sieht's mit seinem Profil aus?«, fragte Catherine, um die Aufmerksamkeit des Besprechungsraums auf sich zu ziehen. Sie war gerade bei ihrer vierten Tasse Kaffee und seit vierzehn Stunden auf den Beinen. Genau so einen ersten Tag brauchte man, um jede Ferienerinnerung und jedes Gefühl von Erholung auszumerzen.

Anfangs war sie sich als Leiterin dieser Besprechungen ungut wie eine Lehrerin vorgekommen. Darüber war sie aber hinweg, seit sie verstanden hatte, dass es nicht darum ging, dass das Team ihr vorstellte, was es herausgefunden hatte, sondern darum, dass sie sich versichern konnte, dass jeder Einzelne wusste, was die anderen in Erfahrung gebracht hatten. Vermutetes Wissen – besonders die Annahme, dass jeder alle wichtigen Informationen sofort weiterleitete – war eine Gefahr, die proportional zum Umfang der Ermittlung wuchs.

»Auf jeden Fall kriegt er schon mal keine Ehrenplakette«, antwortete der zuständige Anthony Thompson. Beano, wie er genannt wurde, war der Jüngste an Bord, ein unerfahrener Detective Constable, dessen begeisterte Motivation sich aber z. B. darin zeigte, dass er mit einem Gipsbein bis zur Hüfte zur Arbeit gekommen war. Er hatte sich einen mehrfachen Bruch zugezogen, als er beim Verfolgen eines Verdächtigen von einem Garagendach gefallen war, hatte es sich aber nicht nehmen lassen, jeden Tag zur Arbeit zu kommen und jede noch so geistlose und langweilige Schreibtischarbeit zu übernehmen.

»Selbst für Gallowhaugh war er ein beeindruckend brutaler Zeitgenosse«, setzte Beano fort. »Hat in den frühen Neunzigern mit seinem Kumpel Paddy Steel als Geldeintreiber bei Tam Beattie angefangen.«

»Das war damals der gängige Ausbildungsbetrieb für solche Kerle«, sagte Raeside.

»Hatte eine Schwäche für Messer, hat oft gesagt, er hat mehr Leute gezeichnet als ein Tätowierer. Das ist aber nicht alles. Februar 1996 hat er im Caplet Arms Pub Arthur Lafferty erstochen. Vor dreißig Zeugen, die leider alle nichts gesehen haben. Der Fall ist bis heute offen. Jeder weiß, wer es war, aber McDiarmid kam ungestraft davon. Das Gleiche noch mal im Juli 2004, als er Paul McGroarty umbrachte, wohl wegen unbezahlter Drogenschulden. McDiarmid hatte McGroarty eine größere Menge Heroin gepumpt. Dummerweise wird McGroarty hochgenommen und sein Vorrat einkassiert. McDiarmid merkt, dass eine Investition nicht immer Gewinn bringt und gibt zukünftigen Investitionsnehmern einen Anreiz, erfolgreicher zu wirtschaften: Er ersticht McGroarty am helllichten Tag. Erwischt ihn an einer roten Ampel und rammt ihm ein Messer durch den Hals. Diesmal werden Zeugen angehört, aber als der Fall vor Gericht gehen soll, ist keiner von ihnen mehr zur Aussage bereit.

Das sind nur die Greatest Hits, und natürlich nur die, von denen wir wissen. Wir nehmen an, dass er für noch zwei Morde verantwortlich ist, und er hatte wohl eine Vorliebe für Entführung und Folter, wenn er bei jemandem einen bleibenden Eindruck hinterlassen wollte, den er lebend brauchte. Verdammt schade, dass er jetzt tot ist – meine Schwester und ihr Mann suchen gerade einen Babysitter.«

»Was ist mit Lafferty und McGroarty?«, fragte Catherine. »Irgendwelche Familienmitglieder oder Freunde, die den richtigen Zeitpunkt abgewartet haben?«

»Lafferty war ein Vater dreier Kinder ohne Verbindungen zur Unterwelt, einfach nur zur falschen Zeit im falschen Pub und ohne Peilung, mit wem er sich da im Suff anlegt. McGroarty dagegen hatte einen kleinen Bruder, Charles, der fast von Geburt an Chick genannt wurde. Was schade ist, weil Charlie der perfekte Name für einen Dealer wäre, der sich auf genau das Zeug spezialisiert hat. Noch viel interessanter ist natürlich, dass Chick vor ein paar Jahren sein Berufs- und Privatleben zusammengeführt und eine Evelyn Cassidy geheiratet hat, die jüngste Schwester von Michael, Gerard und natürlich Grant.«

»Ein Raunen geht durch die Menge«, sagte Catherine und schrieb sich etwas auf. Beano grinste jungenhaft und freute sich über das Lob. Sie würde später jemanden beauftragen, dieser Spur weiter nachzugehen.

»Wie weit sind wir mit dem zeitlichen Ablauf?«, fragte sie in den Raum hinein.

»Er wird so langsam klarer«, sagte Laura. »Stück für Stück. Ich habe mit McDiarmids Freundin geredet, Arlene Ross. Hat geheult wie ein Schlosshund: ›Wie kann das sein, warum sollte jemand meinem Jamie etwas antun?‹ Absoluter Realitätsverlust, mit wem sie da zusammen war. Dann hat sie auf mich eingepöbelt, weil die Polizei ihn ja immer so schrecklich schikaniert hat, den ehrlichen Geschäftsmann, Geld verdienen wird doch wohl noch erlaubt sein, hat rund um die Uhr gearbeitet und sich um das Sonnenstudio und das Taxiunternehmen gekümmert, bla, bla, bla. Zwischen dem ganzen Geschluchze und dem Mascara-Neuauftragen hat sie uns immerhin gesagt, wann sie ihn zuletzt gesehen hat, und wo er hinwollte. Er ist kurz nach zehn aus dem Haus gegangen, zuerst ins Fitnesscenter, da geht er jeden Tag hin, sagt sie, und dann hinterher in sein Sonnenstudio, das normalerweise erst um zwölf aufmacht.«

Und damit übergab Laura DC Zoe Vernon mädchenhaft-verschworen das Wort.

»Ich hab im Fitnesscenter nachgefragt«, erklärte Zoe. »Der Einlass läuft über Magnetkarten, und dem Protokoll nach war er diesen Monat erst einmal da, und zwar vor knapp zwei Wochen. Dann war ich bei der Leiterin des Sonnenstudios, Lisa Bagan, und sie sagte, er guckt fast jeden Tag mal kurz rein, nur gestern nicht. Aber ...«

»Ich hab auch mit McDiarmids Exfrau gesprochen«, setzte Laura fort. »Paula Graham heißt die Gute. Ich dachte mir schon, dass sie nicht ganz so viel schönreden wird. Und tatsächlich waren Paula schon vor Langem die Schuppen von den Augen gefallen, und sie zeigte sich recht kooperativ. Sie sagt, es stimmt, dass er oft im Sonnenstudio war, aber nur, weil er die Leiterin gevögelt hat.«

»Mit diesem kleinen Hinweis im Gepäck haben wir uns dann noch mal zusammen Miss Bagan vorgeknöpft«, sagte Zoe. »Sehr tränenreich und unter dringlichen Aufforderungen, es ja niemandem weiterzuerzählen – also bitte alle Ohren zuhalten, wir haben's versprochen – hat sie zugegeben, dass McDiarmids Frühsport sich meistens im Sonnenstudio abspielte und nicht im Fitnesscenter. Sie haben sich immer auf 'ne kleine Nummer getroffen, bevor der Laden aufmacht, und dann ist er später am Tag noch mal geschäftlich reingeschneit und hat sich nichts anmerken lassen. Gestern Morgen war es wohl wie immer, nur dass McDiarmid von seiner Zigarette danach nicht wieder reingekommen ist. Lisa ist davon ausgegangen, er wäre einfach abgehauen, weil es spät wurde, und niemand sie außerhalb der Arbeitszeit zusammen sehen sollte.«

»Wegen Arlene?«, fragte Catherine ungläubig.

»Nein«, antwortete Laura. »Weil Lisa Bagan in einer lockeren Beziehung mit Gary Fleeting ist: Dealer, Handlanger und langjähriger Vertrauter eines gewissen Frankie Callahan.«

»Tatsächlich?«, erwiderte Catherine und schaute hinunter auf den eingekreisten Namen auf ihrem Blatt. Neben Callahan schrieb sie Fleetings Namen, aber irgendetwas passte ihr da nicht so recht.

»Lisa meinte wohl, es wäre ihr großes romantisches Geheimnis, aber ganz so diskret waren die beiden dann doch nicht. Im Sonnenstudio wussten alle Bescheid. Paula Graham zufolge waren Arlene Ross und Gary Fleeting so ziemlich die Einzigen in Glasgow, die es *nicht* wussten.«

»Angesichts der jüngsten Ereignisse müssen wir diese Schätzung wohl um eins verringern«, stellte Catherine fest, war sich bei dieser Spur aber immer noch nicht so sicher. Aus irgendeinem Grund passte das Ganze nicht ins Bild. Es war, wie wenn man vor den Zeiten von IMDb einfach nicht darauf kam, in welchem Film ein bestimmter Schauspieler noch mitgespielt hatte.

»Vor der Ladenzeile gibt's ein paar Parkbuchten«, setzte Laura fort. »Lisa zufolge hat McDiarmid dort geparkt, wenn er geschäftlich da war. Bei seinen diskreten Besuchen am Morgen ließ er den Wagen auf dem Capletburn Drive oder dem Langton Drive stehen, zwischen denen die Gasse hinter der Ladenzeile verläuft. Wir haben seinen Audi Q7 auf dem Langton Drive gut fünfzig Meter nördlich der Zufahrt gefunden. Lisa sagt, er ist für seine Zigarette danach um elf Uhr fünfzig nach draußen gegangen.«

»Wir können wohl davon ausgehen, dass er es nicht mehr zum Wagen zurückgeschafft hat«, sagte Catherine. »Dann wäre es auch wahrscheinlich, dass er aus genau der Gasse entführt wurde, in der er später wieder abgeladen wurde. Wer kümmert sich um Fleeting? Wir müssen wissen, was er in den letzten vierundzwanzig Stunden getan hat.«

Dann fiel es ihr ein.

»Moment, haben wir den nicht vor ein paar Wochen hochgenommen? Der sitzt doch in U-Haft und wartet auf seine Verhandlung.«

Raeside schüttelte den Kopf, er wirkte frustriert und enttäuscht.

»Umso schlimmer für ihn, wenn McDiarmid seine Freundin vögelt, während die Katze aus dem Haus ist«, sagte Laura. »Er wird ja draußen seine Leute haben.«

»Die Katze ist nicht aus dem Haus«, stellte Raeside mit einem verbitterten, bronchitischen Lachen fest. »Fleeting ist vor zwei Wochen wieder freigekommen, als du im Urlaub warst.«

»Bob Cairns hat ihn doch mit Heroin für zwanzigtausend Pfund erwischt«, erwiderte Catherine. »Wie kann der schon wieder draußen sein?«

»Das frag am besten Cairns selbst«, antwortete er. »Kann mir aber vorstellen, dass er nicht gerade gut drauf zu sprechen ist.«

Als alle Aufgaben verteilt waren, war Cairns gerade unterwegs, aber Catherine und Laura trafen seinen Kumpel Fletcher auf dem Weg zum Parkplatz. Laura hatte Fletch und Cairns schon als einhellig griesgrämiges Duo kennengelernt, und selbst wenn sie alleine arbeiteten, wusste meistens jeder von beiden, was der andere gerade tat.

Das war aber nicht alles, worüber sie Bescheid wussten. Ein weiteres Fachgebiet waren die Angelegenheiten aller anderen.

»Hab gehört, du hast Besuch von Abercorn gekriegt«, sagte Fletch, bevor Catherine den Mund aufbekam. »Schnüffelt wohl bei dem Mord an dem Psycho McDiarmid rum. Hat er das Bein gehoben oder nur um Fressen gebettelt?«

»Detective Superintendent Abercorn hat die seltene Begabung, das eine wie das andere aussehen zu lassen«, erwiderte

Catherine. Eine unverbindliche Antwort, auf die Abercorn selbst stolz gewesen wäre. »Er hat dich lobend erwähnt«, fügte sie verschmitzt hinzu.

»Klar hat er das. Hat er dir den Vortrag darüber gehalten, dass wir Ewiggestrigen nur nach Moskitos schlagen, während er den ganzen Sumpf trockenlegen will?«

»Nicht wörtlich, aber er hat das Prinzip erwähnt. Wir haben uns über die verschiedenen Vorzüge langfristiger und kurzfristiger Ansätze unterhalten.«

»Ach ja, die Rede von der langen Sicht. Die kenn ich auch. Großartige Ausrede, wenn man keine Verhaftungen vorweisen kann. Hätt ich mir schon vor Jahren einfallen lassen müssen.«

»Na!«, tadelte Catherine.

»Nicht ganz fair, ich weiß. Er hat aber selber schuld. Ich bin doch nicht so ein Dinosaurier, dass ich nicht kapiere, was er vorhat. Das Problem bei der langfristigen Strategie ist doch, dass das Spiel sich währenddessen immer weiter verändert. Abercorn jongliert viele Sachen gleichzeitig. Ich schätze, er hat Angst davor, was er aufdecken könnte. Nicht, dass ihm alles vor die Füße kracht.«

»Wo wir gerade dabei sind: Er wollte mich wohl davon abbringen, mir Frankie Callahans Gang genauer anzusehen, und doch deuten unsere ersten Spuren auf Gary Fleeting. Ich dachte, der wäre in U-Haft, aber ich wurde eines Besseren belehrt.«

»Tja. Der Staatsanwalt hat alle Anschuldigungen fallen lassen. Bob hat Gift und Galle gespuckt.«

»Gab es Ermittlungsfehler? Cairns baut doch sonst nie Mist.«

»Nein, überhaupt nicht. Deshalb war er ja so sauer. Alles ein großes Geheimnis, keiner soll was wissen. Aber hör' dir das an: Der zuständige junge Staatsanwalt war Dom Wilson.«

»Dominic Wilson? Sein Vater hat doch wohl nicht ...«

»Nicht bei der Hitze.«

Laura wirkte verwirrt.

»So was passiert erst, wenn die Hölle zufriert«, erklärte Catherine.

»Wieso? Wer ist denn Dominic Wilson?«, fragte Laura.

»Der einzige Sohn von Ruaraidh Wilson, seines Zeichens Queen's Counsel und Strafverteidiger.«

»O Gott.«

»Für Ruaraidh ist eher die andere Seite zuständig«, sagte Catherine. »Obwohl den kleinen Dominic normalerweise nur eine höhere Gewalt dazu bringen würde, von einer Anklage abzulassen, in die er sich verbissen hat. Er ist doppelt so hartnäckig wie jeder andere Staatsanwalt hier; ob es nun daran liegt, dass er allen beweisen muss, dass er es ohne Papis Hilfe auf seinen Posten geschafft hat, oder daran, dass er genauso erfolgreich Verurteilungen durchbekommen will, wie sein Vater sie verhindert.«

»Vielleicht hat der Alte ihn ausgespielt«, überlegte Fletcher. »Sind schon seltsamere Dinge passiert. Zwar nicht viele, zugegeben, aber manchmal geht Gerichtsdiplomatie vor Familiendiplomatie. Ist wohl das Einzige auf der Welt, was noch komplexer und heikler ist.«

»Immerhin passt Gary Fleeting jetzt ganz gut ins Bild. Ist zwar noch nichts Handfestes, aber wir stehen ja noch am Anfang. Als erste Spur reicht er schon mal.«

»Hab gehört, ihr habt Paddy Steel überfallen«, sagte Fletch mit beifälligem Grinsen. »Was hat er dazu gesagt?«

»Das Übliche: Keine Ahnung von nichts. Tut so, als kennten er und McDiarmid sich nur flüchtig, sitzt aber in 'ner Kevlarweste vor seinem bunten Paprikaomelette.«

Fletcher lachte trocken.

»Hast du ihn gefragt, was er meint, wer es war?«

»Tony McGill.«

Fletcher wirkte einen Augenblick lang verwirrt und fast schon schockiert, bis er sich der Absurdität bewusst wurde und den Witz verstand.

»Der will wohl immer noch die Drogen aus Gallowhaugh raushalten«, fügte Catherine hinzu, was Fletcher wohl zum Brüllen komisch fand.

Polizeihumor, dachte sie. Man musste wohl selber dabei gewesen sein.

Das Gespräch schien ein heiteres Ende genommen zu haben, und Laura ging durch die Flügeltür und hielt sie Catherine auf. Gleichzeitig forderte Fletcher Catherine mit einem Blick auf, noch kurz zu warten.

»Ich komm gleich nach«, sagte sie zu Laura, die verstand, dass sie gerade nicht gebraucht wurde, und auf den Parkplatz ging.

»Nicht vor den Kindern?«, fragte Catherine.

Fletcher wirkte angespannt, als wäre er hin- und hergerissen.

»Bloß noch eine offenere Warnung vor Abercorn«, erklärte er. »Vor allem, wenn man bedenkt, wo dich deine Ermittlung womöglich hinführt.«

»Ich höre.«

»Du kennst sicher die Witze, wofür Locust steht. Na ja, Kinder und Narren ... Es gibt wirklich geheime Deals. Gibt's schon immer, und keiner von uns ist so stur und idealistisch, dass er nicht kapieren würde, warum. Wenn der Krieg nie aufhört, muss man sich seine Schlachten aussuchen. Man kann nicht an jeder Front gleichzeitig kämpfen. Man braucht Abkommen. Allianzen. Du kennst mich, ich erzähl nicht gerne Geschichten ...«

Catherine musste sich ein Grinsen verkneifen. Fletcher erzählte für sein Leben gern Geschichten. Er war seit dreißig Jahren Polizist und eine Vollblut-Tratschtante, aber auf seine Informationen konnte man sich fast immer verlassen.

Es war zwar sonst keiner im Flur, aber er sprach mit gesenkter Stimme weiter.

»Es gibt ein paar Leute, die sich fragen, wie lange man sich um das Vertrauen von jemandem bemühen kann, bevor man ihm zu nahekommt. Ich übrigens nicht. Ich sage nicht, dass Abercorn bestechlich ist oder für die Gegenseite arbeitet, aber, wie der liebe Nietzsche sagt, kriegt man immer auch selbst was ab, wenn man zu lange in die Dunkelheit starrt. Ich sag nur, pass auf mit Abercorn, solange du nicht weißt, welches Spiel er wirklich spielt. Und vor allem, auf wessen Seite er steht.«

Kleine Schritte und zarte Füße

Jasmine stand in der Stille des Büros und hörte nicht auf die Stimme, die sie fragte, was zum Teufel sie gerade tat. Das Büro machte ihr an diesem Morgen keine Angst, das war schon mal ein Fortschritt, aber die zielstrebige Entschlossenheit, die sie gepackt und hierhergeführt hatte, raste bei ihrer Ankunft fast mit ihr gegen die Wand. Sie konnte sich sogar eine von mehreren Wänden aussuchen, die in den engen Räumen alle nicht weit weg waren.

Sie arbeitete jetzt seit ein paar Wochen als Privatdetektivin bzw. als Privatdetektiv-Azubi. Das war noch keine große Erfahrung, aber mehr, als andere hatten. Sie musste wie eine Detektivin denken. Wie Jim denken, genauer gesagt. Und wie dachte Jim? Ihr fielen die Wörter methodisch, kleinschrittig und ein bisschen langweilig ein. Nein, nicht langweilig, das war unfair. Sachlich. Rational. Unerschütterlich. Ja, genau, kein Problem. Die letzten vierundzwanzig Stunden hatte sie in ihrem Kopf nur Platz für ungefilterte Emotionen gehabt, da hatte Logik keine Chance, genauso gut könnte man sich an höherer Mathematik versuchen, während man mit seinem sturmumtosten Segelboot absäuft. Sie musste sich jetzt mit Fakten und Daten beschäftigen, nicht mit Schock und Angst.

So schwer es auch war, sie war gezwungen, ihre Ängste zu benennen. So würde sie sie nicht unbedingt unter Kontrolle bekommen, aber wenigstens verstehen. Die erste Möglichkeit war die, dass Jim tot war und unentdeckt irgendwo herumlag, ob er nun überfallen worden war oder einen Unfall gehabt hatte. Dass er seit Tagen nicht zu Hause gewesen war, konnte sowohl an diesen Alternativen liegen wie auch an der anderen, dass er untergetaucht war. Jasmine konnte der ersten Angst hauptsächlich die Tatsache entgegensetzen, dass sein Handy noch funktionierte. Sie hatte es an diesem Morgen noch mal probiert, zwar ohne jeden Optimismus, aber man weiß ja nie. Es klingelte immer noch und leitete einen dann erst ans Bürotelefon weiter. Wenn er irgendwo tot im Graben lag, wäre doch mittlerweile bestimmt der Akku leer und sie würde den Hinweis hören, dass das Handy aus war, oder? Sie wusste es nicht.

Nun also zu der Theorie, dass er untergetaucht war. Er hatte ihr den Freitag freigegeben. Hatte er sich mehr Zeit verschaffen wollen, bevor irgendwer sein Fehlen bemerkte, oder hatte er ihr eine gefährliche Situation ersparen wollen, in die er sich am Freitag begeben musste?

Sergeant Collins hatte erklärt, dass Vermisste oft wegen Beziehungs- oder Geldfragen abtauchen, was für Jasmine nicht neu war, schließlich hatte Jim ganze Aktenordner zu dem Thema im Büro. Sie konnte sich zwar kaum vorstellen, dass das hier zutraf, aber andererseits hatte Collins auch gesagt, dass diese Leute die Probleme oft verschweigen, vor denen sie später fliehen.

Hatte Jim Schulden, von denen keiner wusste? Nie im Leben. Er hatte Jasmine ihr erstes Monatsgehalt im Voraus gezahlt. Ein gerissener Schachzug, denn sie bezweifelte, dass sie dabeigeblieben wäre, wenn sie das Geld nicht schon angenommen (und größtenteils ausgegeben) hätte. Die Beziehungstheorie war noch abwegiger. Normalerweise ging es dabei um eine andere Frau. Jim war aber schon geschieden und müsste deshalb eine Beziehung vor niemandem geheim halten. Und überhaupt führte Jim nur eine wahre, tiefgründige, langfristige Beziehung, und zwar mit seiner Arbeit, erst als Polizist und dann als Privatdetektiv. Damit kam Jasmine auf die Möglichkeit, dass Jim sich aus beruflichen Gründen vor jemandem versteckte. Wenn sie ihn finden wollte, musste sie herausfinden, wovor er geflohen war.

Es gab drei Orte, an denen sie Hinweise finden konnte: in den Akten auf dem Schreibtisch, in den Dateien, die auf dem Computer zuletzt geöffnet worden waren und im Telefon.

Sie fing mit dem Schreibtisch an. Zuerst nahm sie sich die Ordner vor, die auf dem Schreibtisch offen lagen, dann die, die sich daneben stapelten. Sie listete die Namen der Zielpersonen und Auftraggeber in der Reihenfolge des Stapels auf, weil sie davon ausging, dass die zuletzt gelesenen Akten zuoberst lagen. Dann fuhr sie den PC hoch und glich ihre Liste mit der der zuletzt aufgerufenen Dateien ab. Die Dateien beinhalteten größtenteils dasselbe wie die Ordner, weil Jim von allem immer Ausdrucke zur Sicherung machte. Zusätzlich steckten in den Aktenordnern noch Briefe, Quittungen und alles andere, was nicht elektronisch vorlag.

Der Abgleich brachte zwei Unregelmäßigkeiten zum Vorschein. Sie fand mehrere kürzlich aufgerufene Dateien, die sich alle auf einen Fall bezogen, zu dem es keine Ausdrucke gab. Auf den Rechnungen stand als Auftraggeberin eine Anne Ramsay.

Zum Ausgleich fand sie auch einen Aktenordner ohne elektronisches Gegenstück. Die Zielperson hatte Jim in Großbuchstaben vermerkt: »GLEN FALLAN«. Seltsamerweise stand auf der Rechnung nur »KUNDE: JA«. Sie scrollte auf dem Bildschirm immer weiter nach unten durch die letzte Woche bis in den letzten Monat und fand immer noch keine entsprechenden Dateien. Dann ließ sie eine Suche nach der Zielperson laufen. Zu ihrer Freude gab es einen entsprechenden Dateiordner unter »Vermisstenfälle«, auf den aber seit zehn Monaten nicht zugegriffen worden war.

Jasmine nahm sich ein frisches Blatt Papier und notierte sich diesmal die verschiedenen Fälle nach der Art des Auftrags. Die meisten kannte sie aus erster Hand, weil sie entweder in unterstützender Funktion dabei gewesen war oder zumindest mit am Papierkram gearbeitet hatte. Und auch die, die ihr neu waren, fielen in die gleichen Alltagskategorien: Observationen im Auftrag von Versicherungen, Vermisste/ Flüchtige und Zustellungen von Vorladungen; davon besonders viele. Darunter konnte sie nichts potenziell Gefährliches entdecken, warum hätte Jim sonst auch eine Anfängerin daran mitarbeiten lassen? Es bestand immer die Möglichkeit, dass jemand aggressiv wurde, wenn man ihm eine Gerichtsvorladung zustellte, oder es einem übelnahm, wenn man ihm Versicherungsbetrug nachwies, aber wegen Typen wie Peter Harper und Robert Croft musste Jim doch bestimmt nicht untertauchen. Wenn solche Kleinkriminellen ihn bedrohten, konnte er doch einfach zur Polizei gehen.

Als Nächstes schrieb sie die Anrufliste des Bürotelefons ab. Es hatte ein kleines LCD-Farbdisplay und speicherte die letzten zehn ein- und ausgegangenen Nummern. Sie fing mit ersteren an, wurde aber nach der Hälfte unterbrochen, weil das Telefon klingelte.

Jasmine überraschte sich selbst, als sie sich ganz professionell mit »Sharp Investigations« meldete, anstatt des zaghaften »Hallo?«, das sie hervorbrachte, wenn sie an ihr Handy ging.

Eine Frauenstimme fragte, ob Jim da sei.

»Mit wem spreche ich, bitte?«

»Anne Ramsay«, antwortete die Stimme.

Jasmine horchte auf. Es war, als würden alle ihre Sinne auf einmal reagieren.

»Er hat gesagt, er hätte Anfang der Woche vielleicht Neuigkeiten für mich. Gestern habe ich nichts von ihm gehört, deshalb wollte ich heute mal ...«

Sie hörte sich kaum optimistischer an als Jasmine und war Enttäuschungen wohl gewohnt. Jasmine merkte, wie ihre Sinne wieder den Befehl bekamen auf Normalbetrieb herunterzufahren. Die Anruferin saß mit ihr in einem Boot, sie warteten beide auf ein Zeichen von Jim und fragten sich, warum er sich nicht meldete.

Aber jetzt, wo sie die Frau gerade dranhatte, musste sie auch versuchen, etwas über den Fall herauszubekommen, da Jim anscheinend daran gearbeitet hatte, ohne Jasmine etwas zu sagen. War das vielleicht die »ziemlich heikle Sache«, wegen der Jasmine Freitag freibekommen hatte?

»Tut mir leid, aber Jim ist gerade nicht im Büro.«

»Ich weiß, ich hatte ihn ja auch auf dem Handy angerufen.«

»Ach so. Er hat im Moment eine Weiterleitung laufen. Könnten Sie mir vielleicht sagen, worum es geht?«

»Anne Ramsay«, sagte die Frau ungeduldig. Jasmine verstand leider etwas zu spät, dass das allein schon Antwort genug sein sollte.

»Ja, aber könnten Sie mir vielleicht sagen, worum es in Ihrem Fall ging?«

Diesmal konnte Jasmine keine feine Nuance der Antwort überhören.

»Wollen Sie mich verarschen«, zischte die Frau, wohl gleichermaßen den Tränen und einem Wutausbruch nahe. »Das kann doch wohl nicht ...«

Es folgte eine kurze Pause, in der es sich anhörte, als würde die Frau den Rest nicht mehr herausbekommen, dann brach die Verbindung ab. Sie hatte aufgelegt.

Na super, dachte Jasmine. Wenigstens wusste sie jetzt, dass sie autonom arbeiten konnte. Auch ohne Jims Hilfe lieferte sie das gleiche Resultat: Jasmine verbockt's.

Sie legte selbst auf und sah sich wieder die Anrufliste an. Jetzt wurde sie von Anne Ramsay angeführt, und der zehnte eingegangene Anruf war aus dem Speicher gelöscht. Sie sah, dass ihre eigenen von Jims Handy weitergeleiteten Anrufe zwei der Einträge bildeten, und war froh, dass sie nicht bei jedem Versuch so geduldig gewesen war.

Sie schrieb die Liste zu Ende und versuchte, den Nummern Namen zuzuordnen. Die Liste der eingegangenen Anrufe hatte zwei Einträge weniger als die der ausgegangenen, weil Nummern von den Telefonanlagen großer Firmen meistens als »unbekannte Nummer« angezeigt wurden.

Der vorletzte Anruf war vom Tag zuvor und kam von Galt Linklater. Sie fand die Nummer auch zweimal bei den ausgegangenen Anrufen und schrieb jedes Mal die Initialen daneben. Auch die Nummer von Hayden–Murray stand in mehreren Einträgen beider Listen.

Als sie ihren Anruf an Jims Tochter Angela abgezogen hatte, blieben noch vier eingegangene und fünf ausgegangene Anrufe, die sie identifizieren musste. Auf gut Glück tippte sie sie alle bei Google ein und hatte bei einem Erfolg. Eine weitere Anwaltskanzlei, mit der Jim wohl zusammengearbeitet hatte.

Jetzt musste sie die verbliebenen Nummern mit denen aus den Akten der letzten Aufträge abgleichen. Wenn dann immer noch welche offen waren, würde sie sie einfach anrufen und fragen, aber das wäre wirklich der allerletzte Ausweg. Wenn sie nichts Gutes im Schilde führten, würden Sie sicher nicht kooperieren. Und auch bei ganz normalen Leuten war die Frage, wer heutzutage noch einfach so am Telefon mit einem Fremden redet, wenn er nicht gerade schrecklich einsam ist und sich gerne den ganzen Tag mit Doppelverglasungsvertretern und Kreditvermittlern unterhält.

Sie sah sich den Aktenstapel an. Einfach anrufen kam ihr plötzlich viel einfacher vor, als all das durchzuarbeiten, aber immerhin war sie dann eine Zeit lang beschäftigt und konnte sich einreden, dass sie etwas Sinnvolles zu tun hatte.

Sie kochte sich einen Tee und machte sich an die Arbeit: methodisch, kleinschrittig, langweilig.

Nach etwa vierzig Minuten wurde sie von einem Besucher unterbrochen. Dessen unerwartete Ankunft lenkte sie nicht nur von der Arbeit ab, sondern riss sie vor Schreck fast vom Stuhl.

Er stand plötzlich da, als wäre er einfach magisch mitten im Büro erschienen. Jasmine schreckte zurück, was ihren Schreibtischstuhl ins Rollen brachte, und der Besucher wirkte selbst etwas überrascht.

Man konnte die Tür vom Schreibtisch aus nicht sehen, denn eine Wand teilte den Bereich mit den Aktenschränken und dem Waschbecken ab, was dem Büro eine L-Form gab. Er hatte unten nicht geklingelt, war vielleicht hereingekommen, als jemand anders ging, und auch an der Bürotür hatte sie ihn nicht gehört. Im Büro selbst musste er sich leise und vorsichtig bewegt haben; er wirkte, als hätte er nicht damit gerechnet, hinter der Ecke jemanden zu finden, was wohl daran lag, dass es im Büro totenstill war.

Er hielt sich eine Hand an die Brust, um seine eigene Erleichterung zu signalisieren, und lachte über den beiderseitigen Schrecken.

»Tut mir leid, die Tür stand offen, und es war so still …«

»Kann ich Ihnen helfen?«, fragte Jasmine, als sie sich wieder gefangen hatte.

Er war ein älterer Herr, vielleicht etwas jünger als Jim. Er trug einen grauen Anzug, seriös, aber weiß Gott nicht modisch und vorne offen, um einem ordentlichen Bauch Luft zu lassen, der wohl weitaus kleiner gewesen war, als der Anzug geschneidert wurde. Der Mann war groß und breitschultrig, hatte leichte Hängebacken, wirkte aber in Anbetracht seines geräuschlosen Auftritts überraschend leichtfüßig.

Er hielt kurz seinen Dienstausweis hoch, und Jasmine hätte sich in den Arsch beißen können. Jim hatte doch gesagt, dass er sie eingestellt hatte, weil das geschulte Auge Polizisten und Ehemalige sofort erkennt. Das hieß wohl, dass sie noch viel zu lernen hatte.

»Detective Sergeant McDade«, sagte er.

Eine kalte Welle der Angst durchfuhr Jasmine, als sie kurz annahm, er sei der offizielle Überbringer einer schlechten Nachricht, aber das verging schnell wieder. Die würden niemanden zu *ihr* schicken, sondern zu Jims Exfrau oder zu Angela. Außerdem würde er sich dann nicht so locker geben.

»Sie hatten doch einen Vermissten gemeldet, oder? Ihren Onkel?«

Sie starrte ihn ungläubig an, denn sie hatte nicht damit gerechnet, dass so ein ranghoher Polizist sich mit dem Fall beschäftigen würde, und dazu noch so schnell, nachdem sie auf der Wache zügig (aber höflich) abgefertigt worden war.

McDade dachte wohl, es gebe eine Verwechslung.

»Sie sind doch Jasmine Sharp, oder?«, versicherte er sich.

»Ja. Tut mir leid, ich dachte nur ... Sergeant Collins hatte mir keine großen Hoffnungen auf eine Reaktion gemacht.«

McDade nickte, als hätte er nichts anderes erwartet.

»Das wäre normalerweise auch richtig. Ich hab die Meldung aber zufällig gesehen und den Namen erkannt. Als es dann wirklich derselbe Jim Sharp war, wollte ich mir die Sache mal ansehen. Ich hab früher mit ihm zusammengearbeitet. Nicht oft. Verschiedene Abteilungen, aber wir haben uns ab und zu gesehen. Sergeant Collins hat gesagt, Sie finden es untypisch für ihn, einfach so abzutauchen, und soweit ich ihn kenne, bin ich da Ihrer Meinung.«

McDade setzte sich Jasmine gegenüber und kritzelte in sein Notizbuch, während er sich von Jasmine die Einzelheiten erklären ließ. Jedes Mal, wenn er sie etwas fragte, und sei es noch so nebensächlich, starrte er sie so durchdringend an, dass sie sich fast schon dramatischere Details ausdenken wollte, weil sie Angst hatte, wegen Verschwendung von Beamtenzeit belangt zu werden. Sie konnte sich gut vorstellen, wie Verdächtige unter diesem Blick mürbe wurden. Sie fragte sich, wie viele Berufsjahre man dafür brauchte, und die Schauspielerin in ihr überlegte sich, wie schwer er wohl nachzuahmen war.

Er zeigte überhaupt keine Reaktionen, nicht mal ein gelegentliches Nicken. Nur das bohrende, abwägende Starren. Diesen Mann könnte niemand einfach so anlügen.

»Hilft Ihnen das irgendwie weiter?«, fragte sie mit einem ungewohnt starken Bedürfnis nach Bestätigung.

Er verzog kaum merklich das Gesicht, und Jasmine wusste nicht, ob es daran lag, dass sie ihm nichts Verwertbares gesagt hatte, oder daran, dass das, was sie gesagt hatte, ihn Schlimmes ahnen ließ.

»Ich habe den Eindruck, dass Sie nicht alles sagen, was Sie wissen«, sagte er, und Jasmine fühlte sich sofort erwischt. »Keine Angst, ich glaube nicht, dass Sie mich täuschen wollen. Aber in Fällen wie diesem gibt es oft Dinge, die die Leute lieber verschweigen, weil sie nicht blöd wirken wollen, sie für unwichtig halten oder niemanden unnötig belasten wollen. Aber sie erinnern sich meistens aus gutem Grund an diese Sachen. Fällt Ihnen vor diesem Hintergrund etwas ein, womit die Sache zusammenhängen könnte? Vielleicht irgendetwas, woran Jim gearbeitet hat, ganz egal was.«

»Das frage ich mich schon den ganzen Morgen, aber bisher weiß ich keine Antwort. Die jüngsten Akten sind alle hier, wenn Sie sie sich mal ansehen wollen. Ihnen fallen zwielichtige Namen ja eher auf als mir. Ist aber alles ziemlicher Standardkram. Das Einzige, was mir aufgefallen ist, waren ein paar Vermisstenfälle, und auch die nur, weil sie mir neu waren. Ein großer wurde von einer Frau namens Anne Ramsay in Auftrag gegeben. Jim hatte mir Freitag freigegeben, und ich glaube, da hat er daran gearbeitet. Er meinte, die Sache sei etwas heikel. Ich weiß aber überhaupt nichts darüber.«

McDade nickte wissend. Auch keine stärkere Reaktion als vorher.

»Können Sie damit etwas anfangen?«

»Damit kann jeder etwas anfangen, der alt genug ist. Sie sind wohl noch ein bisschen zu jung. Tragische Geschichte. Anne Ramsay ist seit ihrem vierten Lebensjahr Waisenkind. Ihre Eltern und ihr kleiner Bruder sind eines Tages einfach verschwunden, und wir haben nie herausgefunden, was passiert ist. Jetzt ist sie erwachsen und kann es sich anscheinend leisten, Jim anzuheuern, um der Sache noch mal nachzugehen. Allerdings haben wir damals schon keinerlei Spuren gefunden, und ich kann mir kaum vorstellen, dass die Suche nach gut fünfundzwanzig Jahren irgendwie leichter geworden ist.«

»Sie hat aber heute Morgen hier angerufen. Jim hatte wohl gesagt, er hätte Anfang der Woche Neuigkeiten für sie.«

McDade lachte traurig auf. Er wirkte skeptisch und melancholisch zugleich.

»Ich bezweifle stark, dass es da um richtige Neuigkeiten ging. Wie ich Jim einschätze, ist er keiner von denen, die einen verzweifelten oder verletzlichen Menschen ausnutzen würden. Solche Leute würden Miss Ramsay immer weiter mit wertlosen Details locken, bis sie kein Geld mehr hat. Ich nehme an, Jim wollte ihr behutsam beibringen, dass die Suche keinen Sinn mehr hat. Das hoffe ich zumindest.«

»Aber wenn er mich Freitag nicht dabeihaben wollte, warum hat er ihr dann erzählt, dass er erst diese Woche Neuigkeiten für sie hätte?«

»Vielleicht wollte er Freitag aus einem anderen Grund alleine sein«, sagte McDade. »Auf jeden Fall hilft uns die Sache nicht weiter. An welchem anderen Auftrag hat er noch gearbeitet?«

Jasmine warf einen Blick auf den Ordnerstapel.

»Der eine hier ist mir nur aufgefallen, weil Jim die Akte

auf dem Tisch hatte. Der Fall ist aber eigentlich nicht aktiv. Der letzte Eintrag ist vom Oktober. Vermisstenfall. Ein Glen Fallan.«

Diesmal wirkte McDade wirklich überrascht, die echte Reaktion von jemandem, der etwas völlig Unerwartetes hört.

»Der Name sagt Ihnen etwas?«, fragte Jasmine rhetorisch. »Wer ist das?«

»Niemand Gutes«, antwortete McDade und verzog wieder das Gesicht, als würden die Worte bitter schmecken. »Brutal und gnadenlos. Schuldeneintreiber, Schläger, Folterknecht, Auftragsmörder. Eiskalter Killer – das Eis spürt nichts, wenn es einen erfrieren lässt.«

Jasmine spürte tatsächlich einen kalten Hauch im Nacken, ein Frösteln, das sich mit der gleichen neugierigen Spannung auf eine Spur vermischte, die sie auch gepackt hatte, als Anne Ramsay ihren Namen gesagt hatte.

»Er könnte also unser Mann sein«, sagte Jasmine.

»An sich schon, bloß ist er seit zwanzig Jahren tot.«

»Zwan... Warum sollte dann irgendwer Jim anheuern, um nach ihm zu suchen?«

»Das hab ich mich auch gefragt, als Sie den Namen erwähnt haben. Wahrscheinlich ein einfacher Fall von Elvis-Syndrom. Jemand Berühmtes – oder Berüchtigtes – macht die Biege, und ein paar Leute wollen es einfach nicht wahrhaben. Er war ein extrem gefährlicher Kerl: Hat die Gewalt gelebt und ist garantiert auch durch sie umgekommen. Die Geschichten basieren wohl darauf, dass seine Leiche nie gefunden wurde. Das hat uns von der Polizei aber ebenso wenig gewundert wie die Leute aus seinem Umfeld.«

»Und warum nicht?«

»In seiner Welt verschwinden leider immer mal wieder Leute, vor allem damals. Wenn keine Leiche gefunden wird, ist alles etwas schwieriger: keine Leiche, kein Verbrechen. Und keine Gewissheit für die Angehörigen, was besonders grausam ist. Keine Möglichkeit zur Trauer. Um Glen Fallan hätte aber sowieso keiner getrauert. Nur Herzleiden haben in dieser Stadt mehr Leute umgebracht als er, und wenn niemand Fallan gestoppt hätte, hätte er womöglich auch die noch überholt.«

»Aber wenn Jim nach ihm gesucht hat, müsste er doch mit, na ja, gefährlichen Elementen zu tun gehabt haben.«

»Sie haben doch selber gesagt, dass der letzte Eintrag in dem Fall zehn Monate zurückliegt. Ehrlich gesagt gibt es für mich bei dieser Aktenlage nur einen einzigen Grund, Jim etwas antun zu wollen: Neid.«

»Neid? Weswegen? Und wer?«

»Pensionierte Polizisten und andere Privatdetektive. Er hat anscheinend ein einträgliches Monopol auf Vermisste, die nie wieder auftauchen werden, weil sie schon seit Jahrzehnten tot sind. Keine schlechte Arbeit, wenn man sie kriegen kann.«

Bei McDades ausdruckslosem Starren brauchte Jasmine ein paar Sekunden, um zu merken, dass er es nicht ernst meinte.

»Ganz ruhig, war nur ein Witz. Bei uns ist die Sache in guten Händen. Und ich möchte Sie dringend darum bitten, die Arbeit den Profis zu überlassen. Ich weiß, dass Sie helfen wollen, aber wenn Sie nicht genau wissen, was Sie tun, können Sie gewaltigen Schaden anrichten. Wenn Sie am falschen Ort herumtrippeln, können selbst so zarte Füße wie Ihre die Spur verwischen.«

Jedes Erfolgsgefühl, weil sie die Aufmerksamkeit der Polizei auf den Fall gelenkt hatte, verschwand sofort wieder, als McDade gegangen und Jasmine wieder allein im Büro war. Es war, als hätte die Stunde davor nie stattgefunden, zumindest hatte sie nichts geändert. Jasmine ging davon aus, dass sie trotz seiner Versprechen beim Abschied nie wieder von McDade hören würde. Außerdem hatte sie das unmissverständliche Gefühl, nicht ernst genommen worden zu sein. Er hatte sie wie ein dummes kleines Mädchen behandelt, es fehlte nur noch, dass er ihr den Kopf tätschelte. Zwar war sie in diesem Geschäft wirklich noch ein dummes kleines Mädchen, aber auch nicht so dumm, zu übersehen, wie krass sein Verhalten plötzlich umgeschlagen war.

Dieser harsche Kontrast zwischen dem Mann, der das Büro betreten hatte und dem, der es wieder verließ. Während er sie befragt hatte, war er hochprofessionell aufgetreten, eine durchdringende, einschüchternde Präsenz, bar jeder Ungezwungenheit, wie auch Jim wirkte, wenn er jemandem zeigen wollte, dass er es ernst meinte. Dann hatte er plötzlich Witze über die Situation gemacht und sie von oben herab behandelt wie ein dummes kleines Schulmädchen, das sich das hübsche, kleine Köpfchen nicht zerbrechen sollte.

Sie schloss daraus, dass er gekommen war, um irgendetwas herauszufinden, und nicht, um ihr zu helfen. Als er hatte, was er wollte, war es mit der Professionalität vorbei.

Da bemerkte sie ihren Denkfehler: Sie hatte angenommen, dass Polizisten wie Collins und McDade ihr eher helfen würden, wenn sie wussten, dass Jim selbst mal bei der Polizei gewesen war. Dabei hatte sie nicht bedacht, dass deren Loyalität vor allem Jim gelten würde und nicht ihr. McDade war vielleicht eher daran interessiert, sie daran zu hindern, Jims Aufenthaltsort herauszufinden, wenn er glaubte, dass Jim untergetaucht war. Sie hatte keine Ahnung, was der Detective Sergeant bei seinem Besuch herausgefunden hatte; womöglich hatte er genau durchschaut, was Sache war, es aber lieber für sich behalten.

McDade hatte sich nicht mit der seltsamen Frage aufgehalten, warum Jim nach einem Gangster suchen sollte, der schon lange tot war, oder wer ihn dafür bezahlte. Jasmine wusste vielleicht nicht so genau, was sie tat, aber es kam ihr doch sehr sonderbar vor, so etwas einfach abzutun – außer natürlich McDade hatte irgendeinen privaten Grund, die Frage als irrelevant zu betrachten.

Oder er hatte nur den Eindruck erwecken wollen, dass sie irrelevant war, damit Jasmine nicht nachforschte und »die Spur verwischte«.

Sie öffnete die Fallan-Akte, und beim Durchblättern fiel ihr sofort auf, wie wenige Seiten sie enthielt, auf denen sogar noch weniger Informationen standen. Keine Rechnungen, keine Kundendaten, nur der ziemlich überflüssige Vermerk, dass es überhaupt einen Kunden gab. Alle anderen Fallakten enthielten extrem pingelig detaillierte Vermerke zu jedem kleinen Fortschritt, jedem Telefonat, Besuch, Namen, jeder Adresse und jeder Observation.

Jims Fallakten glichen mathematischen Berechnungen: Er musste seine Arbeitsweise Stück für Stück belegen, damit er nötigenfalls jeden Schritt einzeln überprüfen konnte, sei es, um zu sehen, wo er in die falsche Richtung gegangen war, sei es, um seine Schlüsse zu überprüfen. In der Fallan-Akte dagegen wirkte die Informationsarmut, das auffällige Fehlen jeglicher Details so, als hätte er gerade nicht gewollt, dass jemand seine Schritte nachverfolgen oder seine Schlüsse nachvollziehen konnte.

Der Schluss selbst war dann doch notiert – oder eher der Punkt, an den ihn seine bisherigen Berechnungen geführt hatten. Dort standen ein Name – Tron Ingrams – und eine Adresse in Northumberland. Weiterhin war in Jims Großbuchstaben vermerkt, dass er sich vor zehn Monaten mit Ingrams getroffen hatte, zu welchem Zeitpunkt die Ermittlungen auch endeten, was die Dateien auf dem Computer ebenfalls belegten.

Finger weg, hatte McDade sie angewiesen. Überlass die Arbeit den Profis. Wenn du nicht weißt, was du tust, kannst du gewaltigen Schaden anrichten. Na ja, wenn dieser Fall überhaupt nicht relevant war, konnte es doch auch nicht schaden, wenn sie ein bisschen nachforschte, warum Jim sich kurz vor seinem Verschwinden mit dieser Akte befasst hatte. Und wenn McDade das dumme kleine Mädchen wirklich davon hatte abhalten wollen, seine Nase in diese Angelegenheit zu stecken, dann würde es genau das tun.

Höhere Gewalten

»Was sieht man, wenn man bei dir zu Hause aus dem Fenster guckt?«, fragte Catherine.

Sie parkten gegenüber dem Bay Tree Restaurant in Thornton Bridge, einem wohlhabenden Vorort im Südosten der Stadt, der sich hartnäckig an das Immobilienwerts-Zauberwort »Dorf« klammerte, obwohl genau diese Beliebtheit dort einen anhaltenden Bauboom herbeigeführt hatte. Wie Spinnenbeine streckten sich die Neubaugebiete aus allen Ein- und Ausfahrtsstraßen der winzigen, am River Clyde gelegenen Wohlstandssiedlung aus dem 19. Jahrhundert; die neuesten Häuser standen mittlerweile näher an den Zentren der Nachbarorte, wurden aber trotzdem als Thornton-Bridge-Adressen verkauft.

Catherine wusste noch, wie sie an Geburtstagen oder als Belohnung mit der Familie ins Bay Tree gegangen war. Der Abend nach dem ersten Jahr auf der Secondary School: Bei diesem unvergesslichen Besuch hatte ihr das Essen gleich doppelt so gut geschmeckt, weil sie es sich mit dem besten Zeugnis des Jahrgangs verdient hatte. Ihr Vater hatte betont, dass sie für ihre harte Arbeit belohnt wurde und nicht für den ersten Platz. Sie wusste, was er meinte, aber in Anbetracht der Konkurrenz lag er etwas daneben: Die Beste wäre sie auch ohne jeglichen Fleiß geworden. Ihr gewissenhafter Einsatz hatte nur den Abstand zu den anderen vergrößert. Andererseits hob man sich an einer Versagerfabrik wie der Caldeburn High schon damit von der Menge ab, dass man ein Schulbuch mal aufschlug, anstatt seinem Nachbarn damit eins überzuziehen.

Das Restaurant hatte damals noch ganz anders ausgesehen: klein, gemütlich und wohl ziemlich kitschig, aber der Himmel auf Erden für ein Mädchen, das »Scampi in a Basket« und »Birne Helene« als raffinierteste Kochkunst betrachtete. Damals hatte das Haus einen ländlichen Charme ausgestrahlt, vor den drei kleinen Fenstern hingen geraffte Gardinen und dort arbeiteten scheinbar ausschließlich geschäftige Frauen mittleren Alters, die Catherine an die drei guten Feen in Disneys *Dornröschen* erinnerten.

»So ziemlich das Gleiche, was man von gegenüber auch sehen würde«, antwortete Laura. »Einen Sandsteinaltbau, dessen Fenster Einblick in die vielfältigen Geschmacksrichtungen modernen Polstermöbeldesigns gewähren. Wenn ich mich in den Erker lehne und den Kopf ganz nach rechts drehe, kann ich geradeso ein Stück vom Queen's Park sehen. Ein Genuss, der allerdings von den quietschgrünen Vorhängen in der Wohnung ganz hinten geschmälert wird, was? Warum fragst du?«

Halb als Andeutung ihrer Antwort, halb damit Laura sie nicht grinsen sah, schaute Catherine wieder in Richtung des Bay Tree. Sie gewöhnte sich nur langsam an die Eigentümlichkeiten der jungen Frau, z. B. ihren Edinburgher Akzent, in dem sie an jedem Satzende die Stimme hob wie bei einer Frage. Dieser Effekt wurde noch dadurch verstärkt, dass sie an viele Feststellungen ein »Was?« anhängte, als würde sie eine Bestätigung erwarten.

Wenn sie darüber nachdachte, hatten die Glasgower eine ähnliche Angewohnheit und versicherten sich nach jedem zweiten Satz mit einem »Weißte?«, aber da Lauras Akzent Catherine noch etwas fremd war, wirkte diese Bitte um Zustimmung auf sie umso echter. Sie hatte sich nur noch nicht entschlossen, ob sie die Angewohnheit als Unsicherheit oder nur als Höflichkeit deuten sollte.

Vielleicht war es aber doch nicht nur eine Frage der Gewohnheit. Mal davon abgesehen, dass das Glasgower »Weißte?« garantiert keine Aufforderung zum Widerspruch darstellte, erweckte Laura auch sonst stark den Eindruck, als würde sie sich die ganze Zeit entschuldigen. Vielleicht war das ganz normal, dachte Catherine. Neue Stadt, neue Truppe, neue Vorgesetzte. Sie würde wohl noch eine Zeit lang eher vorsichtig auftreten. Es passte nur alles nicht so recht zu den Berichten über die forsche, eigenwillige junge Frau Detective Inspector, die Catherine vor Lauras Ankunft gehört und gelesen hatte.

»Ich frage nur, weil ich noch weiß, wie der Laden hier früher ausgesehen hat. Mir tun die Leute in den Doppelhäusern gegenüber leid. Früher hatten die ein schnuckeliges, kleines Häuschen vor dem Fenster, das eine Siebenjährige gemalt haben könnte. Jetzt ziehen sie die Jalousien hoch und zwanzig, dreißig Leute glotzen zurück, die sich den Wanst vollhauen.«

Catherine sprach von der Modernisierung des Bay Tree fürs 21. Jahrhundert, bei der das Gebäude um einen Glasanbau in voller Breite bis an den Rand des alten Vorgartens gewachsen war. Es hieß, der Umbau habe einen fast siebenstelligen Betrag verschlungen. Es hatte sich aber gelohnt, denn aus einer besseren Teestube war ein glamouröses Restaurant mit Bar in idealer Lage geworden, das den aufstrebenden Neubürgern von Thornton Bridge eine teure, aber solide Portion Lifestyle verkaufte. Die geschäftigen Frauen mittleren Alters saßen jetzt an den Tischen, anstatt sie zu bedienen: Push-ups, blondierte Haare, bis ans Limit gebotoxt.

Catherine ging nicht davon aus, dass sie dort noch deftigen High Tea servierten, aber mit Sicherheit wusste sie es nicht.

Sie war seit dem Umbau nicht mehr dort gewesen und würde dort schon aus dem einfachen Grund keinen Penny lassen, dass der Laden Frankie Callahan gehörte, und sie sowieso keinen Bissen herunterbekäme.

»Ist der Laden eine Geldwäsche-Front?«, fragte Laura, während sie sich den Betrieb hinter dem Glas ansah.

»Genau genommen nein. Zumindest nicht kurzfristig, aber eine Front ist er schon: eine Fassade für Frankies Bild in der Öffentlichkeit. Und was die Geldwäsche angeht, ist das Restaurant Teil des großen Projekts, bei dem Callahan sich mit seinem schmutzigen Geld eine saubere Zukunft aufbaut.«

»Quasi eine Investition.«

»Das ist die neue Strategie von diesen Typen. Erst mal Geld scheffeln mit Drogen und anderen Maschen und davon dann legitime Betriebe aufbauen. Manche von ihnen vermissen zwar das ganze Harter-Mann-Getue, aber ab einem bestimmten Alter wird's den meisten eben zu stressig. Sie wollen nur noch die Kohle und das Prestige: das neue Ansehen eines respektablen Mannes mit eigenem Vermögen. Den Respekt der Unterwelt haben sie ja alle schon genossen, und die Schlauen übertreiben's damit nicht. Frankie hier hat das Bay Tree mit einer Menge Geld renoviert und danach erst mal ein paar Jahre rote Zahlen geschrieben.«

»Das konnte er abschreiben.«

»Genau, aber das war nur Nebensache. Dass es sich gelohnt hat, sieht man doch: Ein ganz normaler Dienstagabend und alle Tische sind besetzt. Der Laden ist immer rappelvoll. Frankie musste eine Zeit lang draufzahlen, um die Preise tief und die Qualität hoch zu halten, bis es dann *der* Laden für einen schönen Abend oder ein Lunch-Meeting in dieser gut situierten kleinen Welt wurde.«

»Und wenn man sich erst mal etabliert hat, kann man auch ein bisschen am Preis drehen, was?«

»Und expandieren. Ihm gehören mittlerweile noch zwei

andere Restaurants und ein Gastronomiedienstleister: Top Table. Die versorgen die Restaurants der Gegend mit Brot, verschiedenen Teigsorten und allem Möglichen. Außerdem gehört noch ein Wäscheservice dazu, der alles vor Ort abholt und sauber wieder zurückbringt.«

»Wahrscheinlich war er bei den Vertragsverhandlungen auch ziemlich überzeugend: Kauf dein Brot bei uns, oder wir brennen dir die Bude ab. Lass uns deine Servietten waschen, oder du wischst damit dein eigenes Blut auf, was?«

»So macht man das als Unternehmer, DI Geddes; das weiß man, wenn man unter Thatcher aufgewachsen ist. Der legitime Teil von Frankie Callahans Organisation wächst und wächst. Das heißt, wenn wir ihn in den nächsten paar Jahren nicht kriegen, kriegen wir ihn nie.«

»Der will sich einfach reinwaschen. Wie seine Tischtücher«, sagte Laura. Das fehlende »Was?« verriet Catherine, dass sie sich ein Grinsen verkniff.

»Er ist noch nicht ganz bereit, sein Kerngeschäft aufzugeben. Verdient am Heroin noch zu gut, vor allem, weil der Preis sich in diesen wirtschaftlich turbulenten Zeiten als sehr stabil erwiesen hat. Das Bay Tree ist aber sein Steckenpferd. Er wohnt nicht weit weg: eine echte alte Thornton-Bridge-Villa, keiner von den ultramodernen Fußballerfrauen-Klötzen in den Neubaugebieten mit Viersitzer-Whirlpool neben dem Schlafzimmer und Plasmafernseher auf dem Klo.«

»Hab gehört, hier wohnen auch ein paar Old-Firm-Spieler. Stimmt das?«

»Ja, und die gucken auch gerne im Bay Tree vorbei, was die Gäste wie auch Frankie natürlich besonders reizt. Er darf den geselligen Hausherren mimen, den Freund der Prominenten, den erfolgreichen Geschäftsmann und beliebten Restaurateur, und muss nicht mehr der hinterlistige, Heroin dealende, mordende Drecksack sein.«

»So einer freut sich bestimmt nicht, wenn die Polizei eines

Abends bei ihm im Lokal reinschneit und Aufsehen erregt, was?«, sagte Laura, die genau verstanden hatte, warum Catherine mit diesem Besuch bis jetzt gewartet hatte.

»Typen wie Frankie neigen meiner Erfahrung nach weniger zu dummen Spielchen und Machtbeweisen, wenn man ihnen ihre wertvolle Zeit stiehlt. Man kriegt direktere Antworten von ihnen, wenn sie einen nicht loswerden können. Und überhaupt machen wir jede mögliche Verlegenheit dadurch wieder wett, dass wir dem Laden durch unsere Anwesenheit ein bisschen Klasse verleihen.«

Callahan schätzte die Situation genau richtig ein, das musste Catherine ihm lassen. Er hatte wohl gesehen, wie Catherine und Laura der Bedienung am Empfang ihre Dienstausweise zeigten, und war durchs Restaurant geeilt, um die beiden abzufangen, bevor sie noch weitere Aufmerksamkeit auf sich zogen. Gleichzeitig hatte er sich wohl mental auf das Gespräch mit ihnen vorbereitet. Er hatte Catherines Timing und den gewünschten Effekt sicher sofort durchschaut, ließ sich seine Wut aber nicht anmerken und führte die beiden zügig, aber höflich in den Privatspeisesaal des Bay Tree, außer Sichtweite der anderen Gäste. Sollte ihre Anwesenheit doch jemandem aufgefallen sein, könnte er glauben, Callahan habe sie persönlich eingeladen, so ruhig verhielt er sich.

Überhaupt war Callahan sehr ruhig. Ganz anders als Paddy Steel, der Aggressivität ausgestrahlt hatte wie ein Van-de-Graaf-Generator statische Elektrizität, schien Francis Callahan, wie er sich mittlerweile gern nannte, sie eher zu absorbieren. Er gab überhaupt nichts preis, und wäre er Polizist gewesen, hätte er allein durch seine nervenaufreibende, tiefe Stille Geständnisse herbeiführen können.

Er ließ sie beide Platz nehmen, verzichtete aber darauf, den freundlichen Gastgeber zu spielen und ihnen etwas zu trinken anzubieten. Keine Spielchen; oder zumindest keine einfachen. Absolute Aufrichtigkeit ging von ihm aus, die aber nicht mit Fürsorglichkeit oder Empathie zu verwechseln war. Es war die Aufrichtigkeit, mit der sich auch ein Richter an den Saal wandte, wenn er seine schwarze Kappe aufgesetzt hatte.

Wenn Callahan einem sagte, dass er einem Böses wollte, müsste man sich Sorgen machen. Bei so viel Aufrichtigkeit.

»Sie sind wegen Jai McDiarmid hier«, sagte er, als sie sich gesetzt hatten. Wieder versuchte er, Catherine den Wind aus den Segeln zu nehmen, und übersprang die Formalität, so zu tun, als hätte er keine Ahnung, warum die Polizei wohl mit ihm reden wollte. Das sollte sie wohl überraschen, aber Catherine betrachtete es als Bestätigung ihrer Strategie: Er wollte sie so schnell wie möglich wieder loswerden.

»Warum sollten wir deshalb zu Ihnen kommen?«, fragte sie und stellte sich an seiner Stelle dumm.

»Sie sind ja auch nicht wegen mir hier. Sie wollen sicher mit Gary sprechen. Jai hat hinter seinem Rücken mit seiner Freundin rumgemacht. Ich lasse ihn eben holen. Er ist oben im Büro.«

In Callahans Stimme schwang keine Bedrohung mit, keine Verärgerung und kein Sarkasmus. Er hörte sich an, als hätte er von den Ermittlungen nichts zu befürchten, weil sie ihn in keiner Weise betrafen. Er ließ sich keinen Zorn anmerken, während er diese Unannehmlichkeit über sich ergehen ließ. Er zeigte sich nicht mal betont gelangweilt, wie es andere in seiner Situation tun würden.

Mit einem kaum merklichen Nicken rief er eine Bedienung herbei. Das Mädchen hatte wohl die ganze Zeit in Callahans Sichtweite gestanden, der im Blickfeld der offenen Tür zur Bar saß. Der Glasanbau des Hauptspeisesaals lag dem Privatraum gegenüber, der nach hinten rausging. Der Raum hatte sogar noch eins der kleinen Fenster, an die Catherine sich aus ihrer Kindheit erinnerte, nur die gerafften Gardinen waren durch moderne Vertikaljalousien ersetzt worden. Callahan flüsterte der jungen Frau etwas zu, und sie verließ den Raum zielstrebig, aber ohne Eile.

»Kannten Sie ihn?«, fragte Catherine.

Callahan nickte mit aufrichtig weit geöffneten Augen, die aber nicht verrieten, ob er McDiarmid aufrichtig gehasst oder ihm aufrichtig den Tod gewünscht hatte. Ungebeten würde er weiter nichts sagen.

»Was hatten Sie für eine Meinung von ihm? Hatten Sie geschäftliche Beziehungen zu ihm? Sind Sie mal mit ihm aneinandergeraten?«

»Ich kannte ihn nicht persönlich. Ich weiß, was für ein Mann er war. Ich weiß von ein paar Dingen, die er getan hat und von ein paar anderen, die ihm nachgesagt werden.«

Viel mehr würde er wohl nicht ins Detail gehen, nahm Catherine an. Alles, was er sagte, war völlig neutral gehalten, als wäre jedes seiner Worte schon vom Anwalt abgesegnet, bevor es ihm überhaupt über die Lippen ging.

Er drehte sich in Richtung Bar um, weniger ein Zeichen seiner Ungeduld, dass Fleeting endlich kommen sollte, als vielmehr eins dafür, dass er seinen Gästen nichts mehr zu sagen hatte, und es unhöflich wäre, sie einfach weiter anzustarren.

Catherine fühlte sich weniger an irgendwelche Benimmregeln gebunden und nutzte die Gelegenheit dazu, Callahans Gesicht zu studieren, was er natürlich bemerken würde. Trotz seines Status und seiner Bekanntheit war sie ihm noch nie so nah gewesen. Sie hatte ihn bisher nur einmal gesehen, über zehn Jahre vorher, als er an einem Samstagabend durch das Gewusel einer Polizeiwache geführt wurde. Danach hatte die Wahrscheinlichkeit eines direkten Treffens abgenommen, weil sie sich hauptsächlich mit Morden beschäftigte, die andere für ihn erledigten.

In der langen Stille erwischte Catherine sich bei dem Gedanken, ob sie Callahan unter anderen Umständen attraktiv gefunden hätte.

Er war Anfang vierzig, sah gut – aber nicht jung – für sein Alter aus, seine Falten verrieten die Jahre, aber nicht unbedingt, wie er sie verbracht hatte, ganz anders als viele seiner Kollegen, denen quasi das Wort »Verbrecher« auf die Stirn tätowiert war. Wüsste sie es nicht besser, hielte sie ihn womöglich für einen erfolgreichen Geschäftsmann, vielleicht einen Mann mit eigener Firma, der trotzdem den Großteil seines Verdienstes mit eigenen Händen erwirtschaftete. Sie fragte sich, ob er unter anderen Gegebenheiten so jemand hätte werden können; ob sein brutaler Charakter von seiner Sozialisation herrührte, oder ob sein Charakter sich selbst seinen brutalen Weg gebahnt hatte.

Er war schlank und braungebrannt, eine authentische Urlaubsbräune und kein Sonnenstudio-Orange, und er trug ein kurzärmliges, fliederfarbenes Hemd, das seiner Hautfarbe schmeichelte. Sein Haar war eine silbrige Mischung aus weiß und grau, hinten und an den Seiten sauber geschnitten und oben leicht gegelt, um es in Form zu halten. Der blonde Flaum auf seinen Armen schien ihr völlig fehl am Platz, weil sie ihn normalerweise mit den weichen, zerbrechlichen Ärmchen ihrer beiden Jungs verband. Er war klein; kleiner als sie auf jeden Fall. Sie bevorzugte Männer, die kleiner waren als sie, aber bei einem Meter achtzig, schränkte sie sich da nicht allzu sehr ein. Callahan war keine eins fünfundsiebzig groß. Komisch, wie oft die großen Männer der Glasgower Unterwelt in Wirklichkeit kleine Männer waren. Napoleon-Komplex. Giftzwerge und Terrier.

Seine Klamotten waren teuer, aber dezent. Geschmackvoll. Nicht aufdringlich, aber flott. Bei dem Gedanken erwachte sie aus ihrem Tagtraum. Flotter Frankie. So hatten ihn früher alle genannt, aber nicht, weil er auf sein Äußeres achtete. Seine Unterweltkollegen hatten ihm diesen Beinamen gegeben, weil er sich in der einen Sekunde noch mit einem unterhielt und einen in der anderen schon ganz flott aufgeschlitzt hatte.

Aus diesem Grund war er in seiner Ruhe weit bedrohlicher als Paddy Steel. Steel strahlte solche Energie aus, dass man atmosphärische Umschwünge leicht feststellen konnte. Wie viele schmerzvoll hatten feststellen müssen, war Callahan dagegen völlig undurchschaubar.

Er lehnte sich ein wenig auf seinem Stuhl zurück, was Catherine als Zeichen las, dass Gary Fleeting sich dem Privatraum näherte. Callahan stand zwar nicht auf und ließ sie allein, doch er schien sich innerlich völlig aus dem Geschehen zurückzuziehen, als seine Nummer zwei kam.

Während Frankie gelassen und emotionslos war, trat Fleeting großspurig und angriffslustig auf. Er wirkte ruhelos, sein Körper war immer in Bewegung. Er hielt nie länger als drei Sekunden still. Catherine wusste sofort, warum Lisa Bagan etwas mit Jai McDiarmid angefangen hatte, und warum sie es unbedingt hatte geheim halten wollen. Catherine erkannte Fleeting sofort als einen, der lieber prügeln statt vögeln würde, wenn er vor die Wahl gestellt wurde; als einen, der es geiler fand, herauszubekommen, dass ein anderer seine Freundin vögelte, als es selbst zu tun.

»Gary, diese Damen sind vom CID.«

Catherine wusste, dass Callahan keine Gelegenheit gehabt hatte, ihn vorzubereiten. Er hatte nur kurz mit der Bedienung sprechen können, die ihn holte. Sie wartete darauf, dass er ihren Besuch weiter erklärte, damit Fleeting Bescheid wusste; vielleicht ein kurzes, diskret nachdrückliches »die Damen sind wegen Jai McDiarmid hier«.

Callahan aber schwieg. War er sich sicher, dass Fleeting nichts mit dem Mord an McDiarmid zu tun hatte, oder nur, dass Fleeting genau wusste, warum sie da waren?

»Es geht um James McDiarmid«, sagte Catherine. »Ich höre, Sie hatten eine gemeinsame Bekannte.«

»Was ist denn? Gibt's was Neues, oder ist er immer noch tot?«

Doch, er wusste, warum sie da waren. Er wollte wohl Desinteresse vortäuschen, ihm fehlte aber die emotionslose Souveränität seines Chefs. Außerdem ließ er es sich nicht nehmen, den großen Macker raushängen zu lassen. Sobald er mit Polizisten in einem Raum war, spielte er den Harten. Man hätte wohl sagen können, dass er dieses Verhalten mit der Muttermilch aufgesogen hatte, aber die Chance, damals in Fleetings Gegend eine stillende Mutter zu finden, glich der, im Netball-Team der elften Klasse seiner Schule eine Jungfrau zu finden.

»Wo waren Sie Sonntag zwischen halb zwölf morgens und Mitternacht?«

»Das ist ja mal 'n ziemlich großes Zeitfenster«, antwortete er an Catherine gewandt, aber eindeutig auch für Callahan bestimmt. »Mann, da können einem ja die Gaswerke genauer sagen, wann sie den Boiler reparieren kommen.«

Callahan deutete ein Grinsen an, anscheinend echte Erheiterung und nicht nur eine Solidaritätsgeste. Catherine spürte aber auch einen Anflug von Ungeduld, er war wohl nicht begeistert von der Aussicht, dass Fleeting die Unterhaltung unnötig hinauszögerte. Entweder war ihm das Ganze wirklich egal, oder er hatte Besseres zu tun.

»Na dann fangen Sie doch mal an, das Fenster ein wenig zu füllen«, forderte Laura ihn in einem gereizt-herablassenden Ton auf, der eindeutig klarstellte, was sie von Fleetings Humor und ihm im Allgemeinen hielt.

»Wo waren Sie?«, wiederholte Catherine.

»Sonntag?« Er zuckte die Schultern. »Bis mittags im Bett, bestimmt bis eins, vielleicht länger. Hab mir Samstagabend 'ne kleine Schlampe klargemacht.« Dabei sah er gespielt verschwörerisch Laura an, als würde sie diese Anekdote womöglich bejubeln oder könnte sich damit identifizieren. »Nichts Großartiges, aber 'ne Muschi ist 'ne Muschi. Dann bin ich runter in die Kneipe, frühstücken und das Spiel gucken. Das war so bis sechs. Dann nach Hause, geduscht, umgezogen und hierhergekommen. Die brauchten wen an der Bar, sind grad zu viele im Urlaub. Ich hab als Gefallen für Mr Callahan ausgeholfen. So Viertel vor eins haben wir zugemacht. Reicht das für Ihr Fenster?«, fragte er und grinste Laura frech an.

»Hat diese ›kleine Schlampe‹ vielleicht auch einen Namen?«, fragte Catherine. »Den bräuchten wir nämlich, wenn wir Ihr Alibi bestätigen wollen.«

»Lynn, glaub ich, vielleicht auch Lyndsay. Hab ja gesagt, war nix Dolles. War schon ziemlich wild, sind die aber heute fast alle. Nehmen ihn überall rein, wie richtige, kleine Pornostars.«

Catherine konnte dem Köder besser widerstehen als Laura. Vielleicht lag es an ihrer längeren Erfahrung, vielleicht daran, dass der Köder nicht ihr galt. Sie fragte sich, ob sie sich beleidigt fühlen sollte, dass sie schon zu alt war, um geärgert zu werden.

»Tja, wenn die Kleine sich jetzt auch nicht mehr an Sie erinnert, war's das wohl mit dem Alibi, was?«, erwiderte Laura.

»Die wird sich schon noch erinnern. War ja bei mir in der Bude. Hat mir ihre Handynummer dagelassen. Ich schreib sie Ihnen auf«, sagte er zu Laura. »Oder Sie geben mir Ihre und ich schick Ihnen 'ne SMS.«

»In welchem Pub waren Sie?«, fragte Catherine.

»Bei mir um die Ecke. Im Raven's Crag. Kennen Sie den?«

»Ja«, bestätigte Catherine mit einem Seufzen. »Da holen sich viele ihre Alibis. Hat Sie da vielleicht auch jemand gesehen, der noch keine fünf Jahre gesessen hat?«

»Beim Raven's bin ich mir da nicht so sicher, aber hier haben mich Sonntagabend bestimmt 'n paar Dutzend Leute gesehen, und den Gästen des Bay Tree wollen Sie so was ja wohl nicht unterstellen, oder?«

»Gary war Sonntag ungefähr ab sieben hier«, sagte Callahan mit absoluter, fast zu starker Überzeugung. »Ich habe die Reservierungsliste noch hier, falls Sie einzelne Gäste befragen möchten. Ihre Telefonnummern stehen mit auf dem Blatt. Gillian wird Ihnen eine Kopie machen«, fügte er hinzu und winkte die Bedienung heran.

Er stand auf, um ihr ihre Anweisungen zu geben, und seine Körpersprache gab den anderen zu verstehen, dass er erwartete, dass sie nun gingen, weil für ihn alles gesagt war.

»Gut sechzig, siebzig Leute haben ihn gesehen«, sagte er. »Stammkunden. Ortsansässige. Ärzte, Anwälte, Lehrer. Ich glaube, Sonntag war sogar Marghrad Bell mit ihrer Familie hier, die Abgeordnete im schottischen Parlament dieses Wahlkreises. Sie verschwenden hier wirklich Ihre Zeit, glauben Sie mir.«

Wieder dieser neutrale Ton, absolute Überzeugung und Aufrichtigkeit. Keine Arroganz, kein Spott. Neben der Provokation auf zwei Beinen namens Fleeting wirkte Callahan fast, als wollte er wirklich helfen.

Und tatsächlich zeigte Fleeting genug Arroganz und Spott für beide. Als Catherine und Laura aufstanden, verschränkte er mit einem frechen Grinsen die Arme.

Die Bedienung, Gillian, brachte die Reservierungsliste von Sonntagabend. Catherine ließ sich von Fleeting die Handynummer seines One-Night-Stands von Samstag diktieren und schrieb sie mit aufs Blatt, damit Laura es nicht tun musste. Sie stand anscheinend kurz davor, etwas Unüberlegtes zu tun. Catherine war zwar auch nicht glücklich, aber sie war hier noch nicht fertig, und wusste, dass sie noch etwas warten musste. Sie würde es Callahan nicht gönnen, sie von Anfang bis Ende des Besuchs zu kontrollieren und den Besuch völlig diskret zu halten.

Sie ging mit den anderen in den Barbereich, drehte auf dem Weg zum Ausgang aber eine theatralische Pirouette, um die Aufmerksamkeit der Gäste auf sich zu ziehen. Der Speisesaal war wohl außer Hörweite, aber im Barbereich befanden sich ein gutes Dutzend Gäste, darunter ein Tisch mit genau solchen aufgedonnerten jungen Frauen, wie Fleeting sie sicher gerne beeindruckte.

»Mr Callahan, ich habe noch eine letzte Frage an Ihren Mitarbeiter, Mr Fleeting: Warum sitzen Sie eigentlich nicht im Gefängnis? Zugegeben, eine recht allgemeine Frage, die sich wohl die meisten Leute stellen, wenn sie Sie sehen, aber ich meine sie ganz wörtlich. Sie wurden vor kaum zwei Monaten mit einer stattlichen Menge Heroin gefasst und sollten bis zu Ihrem Verfahren in Untersuchungshaft bleiben, doch jetzt sind Sie hier, frei wie ein Vogel, der sich dumme, junge Mädchen ›klarmacht‹, wie Sie sagen, die ›ihn überall reinnehmen‹, aber ansonsten ›nix Dolles‹ sind. Wie kommt's?«

Zu Catherines Zufriedenheit verschwand das großspurige Grinsen von Fleetings Gesicht, und er sah sich besorgt nach dem Tisch mit den jungen Frauen um, aber jede weitere Reaktion wurde dadurch gebremst, dass Callahan ihm behutsam die Hand auf den Arm legte.

»Ich möchte meine Gäste nicht diesem Ton aussetzen«, sagte Callahan und starrte sie durchdringend, aber ohne Wut an. »Falls Sie dieses Gespräch fortführen möchten, sollten wir aus Rücksicht nach draußen gehen.«

Er versuchte nicht, sie weiter Richtung Tür zu führen, sondern verharrte schweigend und mit einem neutralen Gesichtsausdruck, der besagte, dass keiner von ihnen beiden irgendwelche Fragen beantworten würde, bevor sie nicht nach draußen gingen. Catherine sah, wie er kaum merklich den Kopf schüttelte, als die Bedienung wieder die Tür zum Privatraum öffnen wollte. Mit solchen Höflichkeiten war es nun vorbei. Aber auch wenn sie nach draußen gehen mussten, ging Catherine nicht davon aus, dass ein klassischer Parkplatz-Krach bevorstand. Callahan würde dafür sorgen, dass es nicht laut wurde. Zumindest nicht auf seiner Seite.

»Okay«, sagte Catherine, als sie im ehemaligen Vorgarten auf der Rollstuhlrampe zum Eingang standen. »Warum sind Sie draußen, Gary?«

Er grinste.

»Das würden Sie wohl gerne wissen.«

»In der Tat. Ich bin richtig neugierig. War es ein kleiner Formfehler? Ein Deal mit dem Staatsanwalt? Ich find's auch interessant, wie Sie sich zieren. Normalerweise würden Sie doch gewaltig die Klappe aufreißen. Haben Sie wen verpfiffen? War's das?«

»Sagen wir mal, es geht um Angelegenheiten weit oberhalb Ihrer Gehaltsstufe«, erwiderte Fleeting.

Bisher hatte Catherine ihre Emotionen kontrollieren können, aber jetzt spürte sie, wie die Wut hochkochte, und zwar umso stärker, weil sie hauptsächlich ihr selbst galt. Sie hätte ihre Frage im Raum stehen lassen sollen; sollte Fleeting sehen, wie er den Schaden wiedergutmachte. Stattdessen hatte sie sich in die Karten gucken lassen und zugegeben, dass es etwas gab, was er wusste und sie nicht, und wie sehr sie das ärgerte.

Callahan merkte es auch sofort.

»Das bringt Ihnen das Blut zum Kochen«, sagte er, die Augen voll durchdringendem, blutleerem Ernst. »Nicht wahr? Sie tun Ihre Arbeit, geben Ihr Bestes, und irgendwer weiter oben entscheidet sich anders ... Das bringt Sie bestimmt richtig zum Kochen.«

Weder sein Ton noch sein Gesichtsausdruck verrieten Genugtuung. Fast war es, als machte er sich Sorgen um sie. Man sah ihm äußerlich in keiner Weise an, dass er sich über sie lustig machte, wodurch es nur umso stärker wirkte. Wenigstens wusste sie, dass sie ihn so weit gebracht hatte.

»Der Einzige, der mir das Blut zum Kochen bringt – ob drinnen oder draußen – ist mein Mann«, erwiderte sie.

»Lieber er als ich«, sagte Fleeting halblaut, aber für alle hörbar.

»Das glaub ich gerne«, erwiderte Laura. »Wenn sie nur auf so dumme, kleine Hühner wie Lisa Bagan stehen, haben Sie wohl gestrichen die Hose voll vor Frauen, die keine Angst vor Ihnen haben. Und selbst *der* waren Sie nicht genug. Für 'ne anständige Nummer musste sie zu Jai McDiarmid gehen.«

Fleeting lachte nur hämisch, sabbrig und schnodderig.

»Da müssen Sie sich schon ein bisschen mehr Mühe geben. Meinen Sie, ich fand die so toll? *Die* hat sich doch bloß eingeredet, dass da noch was ist. Für mich war das vorbei. Ein Mädchen, das 'nen andern vögelt, ist keinen Schwanz mehr wert, und für mehr war die doch nie gut.«

»Tja, wie dumm von ihr, Sie einfach so gehen zu lassen, Sie Rosenkavalier«, sagte Catherine, um das Gespräch abzuschließen, weil sie wusste, dass es zu nichts mehr führen würde. »Wir sprechen uns noch«, fügte sie als Abschied hinzu.

»Ich glaub nicht«, erwiderte Fleeting, der wie erwartet das letzte Wort haben musste, während eine Bedienung ihm und Callahan die Tür öffnete.

Laura schnaubte vor Wut, als sie über die Straße zu ihrem Auto gingen. Sie war rot angelaufen, und ihr Blick hätte töten können.

»Ein richtiger Renaissance-Man, dieser Mr Fleeting, oder?«, merkte Catherine an und versuchte die Stimmung zu entschärfen.

Laura schüttelte nur den Kopf, als wäre sie zu wütend zu sprechen und müsste erst wieder ihren Ekel überwinden. Sie stieg ein und schlug die Tür zu.

»Wichser«, war alles, was sie herausbekam.

»Wichser mit 'nem dicken Alibi«, lenkte Catherine das Thema wieder auf die Arbeit.

Bei dem Gedanken verzog sich bei Laura wohl der Wutnebel, und sie konnte sich wieder konzentrieren.

»Ein *kompliziertes* Alibi«, urteilte sie. »Im Bett mit irgendeinem Häschen, das womöglich erst nach der Uhrzeit der Entführung aufgewacht ist. Dann ist er *angeblich* unten in der Mörder- und Schlägerkneipe, aber mal abgesehen von der Zuverlässigkeit der Zeugen, kann er sich kurz vorm Anstoß mal eben sehen lassen, dann noch mal beim Abpfiff und zwischendurch alles Mögliche machen. Er hat sich richtig Mühe gegeben, wirklich den ganzen Tag abzudecken. Und Callahan hat ihm dabei geholfen, was?«

Catherine konnte nicht widersprechen. Callahan war aus der Nähe vielleicht schwierig zu durchschauen, aber wenn man einen Schritt zurücktrat, konnte man aus seinem Verhalten, aus dieser Undurchsichtigkeit selbst, so einiges ablesen. Diese emotionslose, förmliche Kooperation, die gleichgültige Geduld, die leidenschaftslose Objektivität: All das deutete auf mehr hin als nur auf seine eiserne Disziplin. Er war ein Berufsverbrecher, der schon als kleiner Junge gelernt hatte, mit der Polizei klarzukommen. Sie waren gekommen, um einen seiner wichtigsten Helfer zu befragen, und er wusste, dass Fleeting entweder völlig abgesichert oder völlig unschuldig war. Auf jeden Fall würde die Polizei sich lächerlich machen. Den Augenblick hätte er doch genießen müssen, doch er ließ kein zufriedenes Lächeln über seine Lippen huschen, er wollte sie nicht »plattmachen«, wie sie Duncan zu einem seiner Spielzeuge hatte sagen hören, obwohl die beiden Polizistinnen sich ihm auf dem Silbertablett präsentiert hatten.

Warum nicht?

Weil er sie loswerden wollte. Er wollte alles vermeiden, was den Besuch unnötig in die Länge zog oder irgendwie auffiel. Die eine winzige Provokation kam, als sie schon vor der Tür waren. Ob er McDiarmids Mord vertuschen wollte oder nicht – Frankie Callahan hatte noch etwas anderes am Laufen, etwas viel Wichtigeres.

Etwas weit oberhalb ihrer Gehaltsklasse.

Zufluchtsort

Jasmine war schrecklich dankbar für das Navigationsprogramm, das Jim ihr unbedingt auf dem Handy hatte installieren wollen, denn ihre Kenntnis der Glasgower Topografie war außerhalb ihrer Komfortzonen West End und South Side bestenfalls vage. Verständlicherweise kannte sie sich in Northumberland überhaupt nicht aus, und sie bezweifelte stark, dass sie das Haus nur mithilfe einer Karte gefunden hätte. Selbst mit dem Navi war sie zweimal daran vorbeigefahren, weil sie der Software nicht einfach blind vertrauen wollte.

Die Adresse lautete 14 Hexham Road, Tolheaton. Der Dorf- oder Ortskern sollte noch gut drei Kilometer entfernt sein. Sie hörte auf das Gerät, wendete, aber wollte dem blinkenden Punkt nicht glauben, der sich mitten auf einem Feld nördlich der Straße befand. Als sie zum dritten Mal vorbeifuhr, sah sie zwischen den wuchernden Hecken unter hohen Bäumen das schmale Tor, kaum breiter als ein einzelnes Auto. Am verwitterten rechten Torpfosten hing tatsächlich eine rostige Vierzehn. Nummer zwölf war wohl nicht unbedingt ein direkter Nachbar in Tasse-Zucker-leih-Entfernung.

Vor dem Aussteigen schaltete sie den Warnblinker an und schaute in den Spiegel. Sie stand auf einer schmalen, kleinen Landstraße und hatte lange kein anderes Auto mehr gesehen, aber das Tor war nah bei einer Kurve, und je ruhiger eine Straße war, desto eher konnte sie sich vorstellen, dass plötzlich ein Rallyewagen angerast kam.

Sie war in ihrem geliebten roten Civic heruntergefahren und hatte die ganze Zeit besorgt nach der stetig sinkenden Tankanzeige geschielt. Am Morgen hatte sie Geld abgehoben, zwar nicht alles fürs Benzin ausgegeben, aber wenn sie auf der Rückfahrt noch mal tanken musste, hätte das bedenkliche Auswirkungen auf ihren Speiseplan für den Rest der Woche.

Sie machte sich schon Gedanken, wie sie kurzfristig an Geld kommen konnte, und ging gnadenlos ihren gesamten Besitz durch, wie viel sie für dieses oder jenes bei eBay bekommen würde. Was der Honda bringen würde, hatte sie aber nicht überlegt. Bevor sie den verkaufte, würde sie lieber anschaffen gehen. Den würde sie fahren, bis die Räder abfielen. Länger als die meisten Menschen, länger als jede Schule oder das College oder jede Wohnung und jedes Haus, in dem sie gewohnt hatte, war er ein vertrauter, verlässlicher Teil ihres Lebens gewesen.

Er hatte ihrer Mutter gehört und kam einem Neuwagen näher als jedes andere Auto, das Beth Sharp je besessen hatte. Sie hatte ihn gekauft, als Jasmine sieben war. Dieses schnittige, flache Mittneunziger-Modell kam Jasmine damals so exotisch, so sportlich vor wie ein Ferrari. Der Wagen war gebraucht, aber damals kaum ein Jahr alt und selbst dafür sehr wenig gelaufen. Dem Händler in Abbeyhill nahe Easter Road nach hatte er einem Englischprofessor an der Edinburgh University gehört, der irgendein Standardwerk geschrieben hatte, was bedeutete, dass die Erstsemester ihm jedes Jahr einen soliden Tantiemen-Scheck bescherten, den er teilweise in ein neues Auto investierte. In diesem Jahr war außerdem ein neues Modell erschienen, was den Wert des alten stark gesenkt hatte.

Jasmine konnte nicht verstehen, warum sie das Design geändert hatten. Der Neue sah unauffällig und spießig aus, und sie und ihre Mum waren einer Meinung, dass ihrer der schönste Wagen der Welt war. Dazu war er noch solide gebaut, und gewissenhafte Pflege und Wartung hatte ihn all die Jahre fit gehalten, bis er schließlich seine Besitzerin überlebt hatte.

Mum hatte ihn Jasmine vermacht, und als sie sich zum ersten Mal hinters Steuer setzte, brach sie in Tränen aus. Alles roch nach ihrer Mutter, als wäre sie nur kurz herausgesprungen, um etwas zu besorgen, und käme gleich wieder. In Wirklichkeit roch es natürlich nicht nach ihr, sondern Jasmine verband den Geruch des Wagens einfach mit ihrer Mutter.

Auch nach all den Monaten kam es ihr noch vor, als hätte noch vor Kurzem ihre Mutter darin gesessen. Manchmal musste Jasmine deswegen immer noch weinen, manchmal war es ihr auch ein kleiner Trost, aber auf jeden Fall würde dieses Gefühl immer bleiben.

Sie zog das Tor auf, hinter dem sich ein schmaler Feldweg befand. Er führte ein kurzes Stück durch einen alten Wald, der sich dann zu einer groben, aber gepflegten Wiese hin öffnete, hinter der ein großes Haus stand.

Es war ein düsteres, abweisendes Gebäude, zu groß für einen alleine oder auch für eine einzelne Familie, aber nicht protzig genug für ein Herrenhaus. Ihr fiel das Wort »Konvent« ein, aber nur, weil sie schnell etwas suchte, um ihre erste Assoziation zu vertreiben: »Irrenhaus«. Es sah wirklich so aus, als könnte hier eine Verrückte auf dem Dachboden wohnen, obwohl dieser Gedanke wohl hauptsächlich darauf zurückzuführen war, dass sie auf der Fahrt Schilder nach Rochester gesehen hatte. Außerdem waren ihre Eindrücke natürlich von der – lange unterdrückten, aber nun immer stärkeren – Ahnung beeinflusst, dass sie hergekommen war, um jemanden zu überraschen, der auf irgendeine Art und Weise mit einem berüchtigten, brutalen Gewaltverbrecher in Verbindung stand.

Was für ein Mensch wohnte in so einem Haus?, fragte sie

sich, als sie den Honda parkte, wollte aber schnell wieder an etwas anderes denken, weil sich »ein kranker Massenmörder« ziemlich richtig anhörte. Es wurde auch nicht besser, als sie hinter dem Haus ein surrendes Dröhnen hörte, das von einem Heckentrimmer stammen konnte, in ihrer Einbildung aber zweifellos von einer Kettensäge ausging.

Als sie die Treppe zur Eingangstür hinaufstieg, fiel ihr ein, dass niemand von ihrer Fahrt hierher wusste. Bis zum Nachmittag konnte sie ermordet und verscharrt sein – vielleicht direkt neben Jim.

Sie klingelte und war zutiefst erleichtert, als schnelle Schritte und aufgeregt-energiegeladene Kinderstimmen auf die Tür zukamen. Sie hörten sich nach Liverpool an. Jasmine hatte ein feines, zuverlässiges Ohr für Dialekte und konnte manchmal schon nach einigen Worten Spuren verschiedener Akzente erkennen. Bei den Stimmen hinter der Tür war solches Feingefühl aber nicht nötig.

Dann hörte Jasmine, wie die Kinder von einer älteren Frau mit neutralerem, englischem Middle-Class-Akzent mit einem Unterton von Birmingham und ganz leichtem lokalen Tyneside-Einschlag von der Tür weggerufen und auf ihr Zimmer geschickt wurden.

Die Kinderstimmen wurden leiser. Die Kleinen sollten sich nicht nur im Hintergrund halten, sondern die Frau wartete, bis sie weg waren, bevor sie die Tür öffnete. Jasmine musste an eine Freundin denken, bei der zu Hause der Familienschäferhund immer erst ins Hinterzimmer gesperrt werden musste, bevor Besucher hereingelassen wurden. Sie verstand aber bald, wessen Schutz diese Vorsichtsmaßnahme hier galt.

Die Tür wurde von einer Frau Ende vierzig, Anfang fünfzig geöffnet. Sie war ungefähr so groß und so schlank wie sie selbst, doch Jasmine hatte den Eindruck, dass die Frau sie wie eine Ringerin hochheben und durch die Luft werfen könnte. Sie trug einen Haarreif, und ihr Gesicht war ungeschminkt, aber unbestreitbar attraktiv in seiner würdevollen Reife. So ein Gesicht meinten Leute wohl, wenn sie von einer »aparten« Frau sprachen. Außerdem kam es ihr wie das Gesicht einer Frau vor, mit der man sich lieber nicht anlegte.

»Kann ich Ihnen helfen«, fragte die Frau. »Wissen Sie, wo Sie sind, oder haben Sie sich verfahren?«

Selbst hier, im tiefsten Nirgendwo von Northumberland, wirkte die Frage seltsam, fast wie ein Code. Jasmine bemerkte an ihrem Ton und Gesichtsausdruck Anzeichen eines inneren Konflikts. Sie wirkte misstrauisch, wollte es sich aber wohl nicht anmerken lassen, wie eine Beschützerin, die nicht verraten wollte, dass es hier etwas zu beschützen gab.

»Nein, ich hab mich nicht verfahren. Ich heiße Jasmine Sharp. Ich bin Privatdetektivin.«

Es kam ihr vor, als würde sie eine Textzeile vortragen, bloß war sie sich auf der Bühne nie so unsicher, weil sie dort nichts als echt verkaufen musste – schon gar nicht sich selbst.

Alle Anzeichen eines Konflikts schwanden aus dem Gesicht – nach dem letzten Wort war die Frau auf volle Verteidigung gegangen und hatte die Zugbrücke hochgezogen.

»Was wollen Sie hier?«, fragte sie.

»Ich muss mit jemandem sprechen, und ich habe diese Adresse bekommen.«

Die Frau schwieg. Sie war nicht feindselig, aber Jasmine konnte ihr Misstrauen spüren wie Pfeile hinter Schießscharten.

»Er heißt Tron Ingrams«, erklärte sie.

Nun entspannte sich die Frau anscheinend wieder ein bisschen. Das Misstrauen blieb, aber nicht die Verteidigungshaltung. Tron Ingrams war schon mal nicht der, den die Frau beschützte.

»Worüber wollen Sie mit ihm sprechen?«

»Ich ermittle in einem Vermisstenfall, und ich glaube, Mr Ingrams hatte im Oktober schon mal meinem Kollegen weitergeholfen. Ich hatte gehofft, er könnte mir vielleicht noch ein paar Fragen beantworten.«

Jasmine setzte darauf, dass sie grünes Licht bekommen würde, wenn sie von einem vorherigen Kontakt mit Ingrams sprach, aber die Frau blieb hartnäckig.

»Wer wird denn vermisst?«, fragte sie. »Wen suchen Sie?«

»Glen Fallan«, erwiderte Jasmine.

Die Frau schüttelte den Kopf, aber nicht aus Ablehnung, sondern weil sie den Namen nicht kannte. Auf jeden Fall wurde sie jetzt etwas zugänglicher.

»Kommen Sie doch rein und setzen Sie sich kurz. Tron arbeitet gerade noch hinten, macht aber gleich Pause. Ist ja fast schon Mittag.«

Sie öffnete die Tür ein Stück weiter und trat zur Seite.

»Ich bin übrigens Rita«, sagte sie. »Rita Cranleigh. Mussten Sie weit fahren?«

»Aus Glasgow.«

Rita führte sie in den Flur, der nach der Sonne draußen dunkel wirkte. Die Eichenvertäfelung an den Wänden schluckte eine Menge Licht und ließ ihre Schritte auf dem lackierten Dielenboden widerhallen. Jasmine sah eine Treppe zu einer Galerie, von der drei Türen abgingen. Alle waren geschlossen. Hinter einer davon hörte sie immer noch die Kinderstimmen.

Rita merkte, wie sie hinaufschaute, und wie neugierig sie war. Sie führte Jasmine an der Treppe und weiteren geschlossenen Türen vorbei in eine riesige Küche nach hinten raus. Jasmine hörte die Kettensäge jetzt lauter und näher, konnte ihren Benutzer aber immer noch nicht sehen; obwohl sich ihr Unbehagen langsam legte, war sie sich nun doch ziemlich sicher, dass es tatsächlich eine Kettensäge war.

»Sie wollen wohl wissen, was das hier für ein Haus ist«, sagte Rita, die sich Jasmines Neugier seltsam sicher schien.

»Ich will hier nicht rumschnüffeln«, erwiderte sie höflich. »Wenigstens nicht, was das angeht«, fügte sie mit verlegenem

Kichern hinzu. (Ich bin nämlich eine echte Privatdetektivin. Wirklich.)

»Es ist ein Zufluchtsort«, sagte Rita ruhig. »Die Frauen hier wollen meist nicht, dass ihr Aufenthaltsort bekannt wird, also müssen Sie entschuldigen, dass ich eben etwas abweisend war.«

»Kein Problem. Unter diesen Umständen hätte ich wohl nichts Schlimmeres sagen können als ›ich bin Privatdetektivin‹.«

»Das stimmt«, erwiderte Rita und grinste, als sie den Wasserkocher füllte. »Andererseits würde ein Privatdetektiv, der eine unserer Frauen sucht, sich wohl nicht unbedingt sofort als solcher ausweisen.«

Jasmine fürchtete einen Augenblick lang, dass Rita damit andeuten wolle, sie habe sie sofort als ungeschickte Amateurin erkannt, und ließ sich dazu verleiten, ihr einen neuen Misstrauensgrund zu geben.

»Könnte natürlich auch eine falsche Fährte sein. Lieber nach einem Mann fragen, um Sie abzulenken.«

»Nein«, erwiderte Rita fast amüsiert. Sie öffnete eine große, zweitürige Kühlgefrierkombination und stellte eine Milchtüte auf den Tisch neben eine Zuckerschale. »So jemand würde den Namen Tron Ingrams nicht kennen. Er behandelt unsere Zusammenarbeit diskret. Und überhaupt würde keiner versuchen, über ihn an die Frauen zu kommen. Der durchschaut sofort jeden.«

»Was macht er denn bei Ihnen?«

»Er arbeitet hier auf freiwilliger Basis, wenn er Zeit hat. Als Gärtner, Handwerker, Bote, alles, was so anfällt, um den Laden am Laufen zu halten. Er war früher Soldat. Er könnte einem morgens den Schuppen abreißen und nachmittags aus dem Material eine Brücke bauen. Ich weiß ehrlich gesagt nicht, wie wir je ohne ihn klargekommen sind, auch wenn wir es immer noch ab und an müssen. Er ist oft außer Landes.«

»Was macht er da?«

»Arbeiten.«

Jasmine fragte sich, ob sie nachhaken sollte, weil sie sich nicht sicher war, ob Rita absichtlich so vage geantwortet hatte oder es einfach nicht wusste.

Sie hörte, wie sich irgendwo im Haus eine Tür öffnete und ein paar Sekunden später wieder schloss.

»Die kommen erst wieder raus, wenn Sie weg sind«, erklärte Rita und holte drei Tassen aus einem Regal. Die Zahl stimmte Jasmine gleichzeitig erwartungsvoll und besorgt. »Sie wollen von niemandem gesehen werden, damit nichts zu den Leuten durchdringen kann, vor denen sie geflohen sind. Wir ergreifen alle möglichen Vorsichtsmaßnahmen, aber nichts ist todsicher. Manchmal verplappert sich jemand oder vertraut dem Falschen. Im Laufe der Jahre sind eine Menge Ehemänner und Partner hier aufgetaucht, und das ist nicht nur für unsere Frauen eine große Belastung. So etwas zerstört bei allen das Sicherheitsgefühl.«

»Was machen Sie dann?«

»Dann müssen wir die Polizei rufen.«

Sie hörte sich so an, als wäre das meistens den Ärger nicht wert.

»Die verwarnen die Männer und erteilen ihnen einen Platzverweis, aber die kommen doch wieder. Wenn sie wissen, dass ihre Frau oder Freundin hier ist, lassen sie nicht locker. Außer natürlich, wenn Mr Ingrams da ist«, fügte sie hinzu und zog die Augenbrauen hoch. »Wenn *der* jemanden verwarnt, kommt er nie wieder.«

Der Lärm draußen hörte auf, während Rita warmes Wasser in einen großen alten Teekessel goss. Sie hatte ihn gerade auf niedriger Flamme auf den Gasherd gestellt, als die Hintertür aufging und Ingrams hereinkam. Er trug eine Hose mit dunkelgrünem Tarnmuster, ein ärmelloses, schwarzes T-Shirt und eine Schutzbrille mit einem Gummiriemen. Man sah ihm seine militärische Vergangenheit sofort an: Er war groß, fit und durchtrainiert, seine Haut gebräunt und wettergegerbt wie bei jemandem, der in einem wärmeren Klima viel draußen gewesen war.

Als er die Tür zugezogen und sich die Brille abgenommen hatte, sah er, dass Rita Besuch hatte. Von der Tür aus fixierte er Jasmine mit einem Blick, der den von McDade im Vergleich wie ein Stimmungslicht im Hintergrund wirken ließ. Der Blick war so durchdringend, dass sie sich wie an den Stuhl genagelt fühlte, bis Ingrams sich von ihr abwandte und Rita fragend ansah. Er schien wenig begeistert von dem Besuch, aber Jasmine nahm an, dass das seine Standardeinstellung gegenüber Fremden war, die Rita noch nicht abgesegnet hatte.

Jasmine schätzte ihn auf Anfang vierzig, es konnten aber auch fünf Jahre mehr oder weniger sein; er hielt sich auf jeden Fall in Form, aber etwas an seinem Gesicht deutete auf eine schwere Vergangenheit hin. Als hätten seine Augen mehr gesehen, als ihm lieb war. Sie wirkten still und ließen eine eisige Kälte und gefährliche Tiefe vermuten, in der Schreckliches lauerte.

»Ah, Mr Ingrams«, sagte Rita freundlich. »Das hier ist Jasmine. Sie ist uns aus Glasgow besuchen gekommen. Sie ist Privatdetektivin und sagt, Sie haben vor einiger Zeit mit ihrem Kollegen über einen Vermisstenfall gesprochen. Sie würde Ihnen gerne ein paar Fragen stellen.«

Ingrams starrte wieder Jasmine an. Eine Spur von Verwirrung huschte ihm übers Gesicht, bevor es wieder den vorherigen Ausdruck unterdrückter Feindseligkeit annahm. Diesmal hatte sie keine Zweifel, dass seine Verwirrung daher rührte, dass er das Wort »Privatdetektivin« nicht mit dem vereinen konnte, was er vor sich hatte.

»Ich kann Ihnen nichts sagen, was ich nicht auch schon Ihrem Kollegen gesagt habe«, erklärte er. »Und auch Ihrem Kollegen hatte ich nichts zu sagen.«

Er ging zum Wasserhahn, schenkte sich ein Glas ein und trank es mit dem Rücken zu Jasmine aus. Aus der Nähe sah sie, dass er geschwitzt hatte, was das schwarze T-Shirt etwas kaschierte, und dass seine Haut mit einer feinen Schicht Sägemehl bedeckt war. Das Haar trug er kurz geschnitten und hinten und an den Seiten noch kürzer rasiert. Unter den graumelierten Stoppeln waren blasse Narben zu sehen wie die Kanäle auf dem Mars oder wie Überreste von Kornkreisen.

Sie schaute besorgt zu Rita hinüber, um zu sehen, wie sie seine Reaktion aufnahm, vor allem die Offenbarung, dass er Jasmines »Kollegen« doch nicht so sehr geholfen hatte, wie angedeutet.

»Ich glaube nicht, dass Jasmine ganz hier heruntergefahren wäre, wenn es keine neuen Fragen gäbe«, sagte Rita und schaute sie mitleidig, aber nicht überrascht an. Er hatte zwar eine Menge Sonnenschein genossen, war dabei aber sicher keiner geworden.

»Hab keine Zeit«, erwiderte er. »Ich muss nach Heddon ins Gartencenter, außerdem hat der Häcksler endlich den Geist aufgegeben und ich muss 'nen neuen besorgen.«

»Dann nehmen Sie Jasmine doch einfach mit. Sie kann Sie während der Fahrt befragen. Da könnten Sie doch zwei Sachen auf einmal erledigen.«

Es war schwer zu sagen, wem von beiden die Vorstellung weniger gefiel. Der Unterschied bestand vor allem darin, dass Jasmine ihre Bedenken gegen eine Fahrt ins Ungewisse mit Ingrams hinter einer Maske der Dankbarkeit für Ritas hilfreichen Vorschlag verstecken musste. Ingrams hatte dieses Problem nicht und warf Rita einen Blick zu, bei dem andere um Gnade winseln würden.

Die Tatsache, dass Rita sich davon irgendwie belustigt zeigte, gab Jasmine zu verstehen, dass die beiden ein tiefes Vertrauen verband. Rita hätte ihm den Vorschlag nie gegen seinen offensichtlichen Widerwillen aufgedrängt, und Ingrams hätte nicht mit so einem Blick reagiert, wenn sie nicht beide wüssten, dass Rita dagegen immun war.

Ingrams seufzte, murmelte etwas von Abfahrt in zwei Minuten und stapfte ohne weitere Förmlichkeiten wieder zur Hintertür hinaus.

Jasmine hatte keinen Grund zu glauben, dass sie Ritas Immunität teilte, aber sie wusste, dass sie keinen Rückzieher machen konnte, ohne zuzugeben, dass sie Angst vor ihm hatte.

Rita bemerkte ihr Zögern anscheinend und tätschelte Jasmine die Hand.

»Lassen Sie sich von ihm im Gartencenter einen Tee ausgeben, wenn er Sie schon von diesem hier wegreißt. Und keine Angst: Er ist eigentlich ein ganz Lieber.«

Jasmine musste an Hundebesitzer denken, die Dinge sagten wie, »der tut nichts«, während eine zähnefletschende Bestie im Park auf sie zuraste, und Herrchen absolut gar nichts dagegen tun konnte, wenn das geifernde Biest beschloss, ihr ein Bein abzureißen. Diese Frau, die den Zufluchtsort leitete, hielt sehr viel von Ingrams, was an sich schon ein gutes Zeugnis darstellte, aber, wie sie selbst gesagt hatte, gab es auch viel, was sie über ihn nicht wusste. Zum Beispiel, ob er Jasmines Onkel ermordet hatte und für sie das Gleiche plante. Auf jeden Fall hätte Jasmine es lieber gehabt, wenn Rita bei ihrem Vorschlag nicht von »erledigen« gesprochen hätte.

Der dunkle Ort

»Wann bist du fertig?«, fragte Drew, als Catherine den Blinker setzte, um an der West Street Underground Station zu halten.

»Mal sehen. Du weißt doch, wie es am Gericht ist.«

»Ja, klar. Aber meinst du wirklich, dass du rechtzeitig für die Jungs fertig bist?«

»Auf jeden Fall. Mach dir keine Gedanken. Lass dir ruhig Zeit.«

Catherine lachte kurz auf. Sie wollte ihn beruhigen, aber auch ihren Ärger darüber verbergen, dass er ihr nicht zutraute, Duncan und Fraser rechtzeitig von der Schule abzuholen. Drew fuhr nach Edinburgh zu einem Projektmeeting mit anschließendem Abendessen. Da er von zu Hause aus arbeitete und normalerweise für die Fahrten von und zur Schule zuständig war, machte er sich manchmal Sorgen und wirkte leicht reizbar, wenn Catherine sie übernehmen sollte, was zwar selten vorkam, aber dann oft ziemlich kompliziert wurde. Er sprach es nicht aus, aber sie wusste, wie sauer er war. Er musste schließlich jeden Tag mit Catherines unberechenbaren Arbeitszeiten leben, da wäre es nur gerecht, wenn er sich nicht über alle möglichen Probleme Sorgen machen müsste, wenn sie mal einsprang.

Catherine verstand ihn zwar, fand seine Haltung aber trotzdem unfair. Zugegeben, es hatte schon manchmal ein ziemliches Gehetze und ein paar Improvisationen in letzter

Sekunde gegeben, aber noch nie hatte einer der Jungs vor der Schule warten müssen, das würde sie nie im Leben zulassen.

Das wusste Drew, und er wollte auch gar nicht sagen, dass es Probleme geben würde. Er war wegen etwas anderem sauer, aber sie hatten jetzt keine Zeit, darüber zu reden, geschweige denn, etwas dagegen zu tun (und das war das Schlimmste).

»Okay. Ich ruf gegen fünf an«, sagte er und öffnete die Beifahrertür. In der Sekunde wurde aus dem starken Regen ein richtiger Wolkenbruch, aber Drew hatte es trotzdem eilig, nach draußen zu kommen.

»Viel Spaß. Gib mir 'nen Kuss.«

Sie befürchtete kurz, er würde ihn ihr verweigern, weil er schon halb draußen im Regen war, und einfach abhauen. Stattdessen lehnte er sich kurz hinein, drückte ihr einen flüchtigen Kuss auf den Mund und ging schon wieder zurück, als sie den Moment noch verlängern wollte.

»Sehen uns dann so um zehn.«

»Keine Eile. Lass dir Zeit. Hab dich lieb.«

Er antwortete nicht, sondern reagierte nur mit einem schwachen Lächeln und rannte mit seiner kleinen Herrentasche als Regenschutz über dem Kopf los.

Catherine sah ihm hinterher, wie er in der Station verschwand, während ihre automatischen Scheibenwischer hin und her schlugen wie zwei hyperaktive Metronome. Sie seufzte und setzte wieder den Blinker, um sich in den zähfließenden, lahmen Regenwetterverkehr einzuordnen.

Ihr war klar, dass der Sommer jetzt vorbei war. Ein Atlantiktief war herangezogen und hatte die Wärme einer längeren Sonnenzeit vertrieben, die natürlich größtenteils in den zwei Wochen stattgefunden hatte, als Catherine im Urlaub auf Menorca war. Jetzt war der Urlaub vorbei, das schöne Wetter auch, die Schule hatte wieder angefangen, und sie steckte schon knietief in einem neuen Mordfall. Sie hatte kaum etwas vom Sommer mitbekommen, so schnell war er vorbei gewesen, aber sie wusste auch gar nicht, was sie damit vorgehabt hatte.

Sie hatte wieder ein bisschen aufholen wollen. Vom Laufband hinuntersteigen und einen Schritt zurücktreten. Jetzt raste das Band wieder, alles wie vorher, nur vielleicht noch ein bisschen schneller. Fraser kam schon in die zweite Klasse, aber an manchen Morgen während der Schulferien hatte sie sich gefragt, warum Drew ihn nicht für den Kindergarten fertig machte. Duncan kam schon in die vierte.

Der Hauptgrund für diese ersehnte Auszeit war Drew.

Sie hatten seit sechs Wochen nicht miteinander geschlafen. Er glaubte wahrscheinlich nicht, dass sie mitzählte, dafür wusste sie, dass er es tat. Womöglich dachte er auch, dass es sie nicht weiter störte, aber da lag er genauso falsch.

So etwas konnte man niemandem anvertrauen, weil jeder die falschen, allzu dramatischen Schlüsse daraus ziehen würde. Für die meisten unbeteiligten Beobachter würden sechs Wochen ohne Sex gleich eine Ehekrise bedeuten. Zumindest für die unbeteiligten Beobachter, die nicht zwei Kinder und zwei Jobs hatten. Von einer Ehekrise konnte gar nicht die Rede sein – das Problem waren die Alltagskomplikationen. Sonst war alles okay. Gerade deshalb war es wohl umso schlimmer, dass sie den Sex vernachlässigt hatten. Auch Drews Verständnis hatte Grenzen. Seinem Verhalten und dem flüchtigen Kuss an diesem Morgen nach, waren die in der Nacht davor überschritten worden.

Sie verweigerte sich ihm nicht. Sie hatten nur Pech. Schwierige Umstände. Die Zeit vor dem Urlaub war ironischerweise gerade deshalb chaotisch und anstrengend gewesen, weil sie noch schnell alles abarbeiten wollte, was ihr sonst die ganze Zeit im Kopf herumschwirren würde. Sie hatte also einen Gang zugelegt, damit sie sich hinterher im Urlaub richtig entspannen konnte. Sie wusste, dass sie sich überarbeitete und Drew vernachlässigte, aber der Urlaub würde alles ändern.

Drew und sie würden viel Zeit füreinander haben und endlich mal über andere Dinge reden als Arbeit und Alltagsorganisation. Sie würden über die Zukunft reden, über alles, was sie gerne ändern würden. Sie würden über Sex reden und eine Menge nachholen.

Pech. Schwierige Umstände.

Fraser hatte in der fremden Umgebung der Villa Angst bekommen, vor allem, weil es nachts stockdunkel war und nicht wie zu Hause die Straßenlaternen durch die Vorhänge schienen. Er tauchte im Laufe des Abends immer wieder auf und hielt sie die ersten beiden Nächte bis in die frühen Morgenstunden wach, weil er immer müder und irrationaler wurde, sodass er überhaupt nicht mehr schlafen konnte. Am dritten Abend waren Catherine und Drew dann schon gegen neun wie erschlagen, weil sie seit ihrer Ankunft kaum geschlafen hatten. Dafür waren sie dann taufrisch und ausgeruht, als Duncan seinen Bruder ablöste, und sie sich die Nächte mit seinen Bauschmerzen um die Ohren schlagen konnten. Als die endlich nachließen, und Catherine wieder peinlich früh ins Bett gegangen war, um ein bisschen Schlaf nachzuholen, hatten sie schon acht Urlaubsnächte hinter sich, und Duncan überließ das Feld und den Darminfekt wieder seinem kleinen Bruder. Fraser wurde zwar schnell wieder gesund, aber sie hatten jetzt nur noch vier Nächte vom Urlaub übrig, als Catherines Körper Hochverrat beging und ihre Periode ganze fünf Tage zu früh einsetzte, sodass sie sich dreckig, betrogen und absolut nicht in Stimmung fühlte.

Wie John Cleese es sagte: Nicht die Verzweiflung, sondern die Hoffnung ist unerträglich; von dem Zeitpunkt an wirkte Drew weniger frustriert, weil er wusste, dass sowieso keine Gelegenheit mehr bestand, die ungenutzt verstreichen könnte. Drew betrachtete alles auf lange Sicht. So tickte er. Er war realistisch, philosophisch und sehr geduldig. Aber auch das hatte Grenzen.

Er hatte am Abend vorher für sie gekocht: drei Gänge, Kerzen, ein Riesenaufwand. Sie war später nach Hause gekommen als geplant, aber das fand er nicht weiter schlimm – er hatte die Jungs schon gebadet und in die Schlafanzüge gesteckt. Entspann dich, hatte er gesagt. Setz dich, trink ein Glas Wein und lass es dir schmecken. Das mit dem Essen und Trinken hatte sie noch hinbekommen, aber da sie direkt vom Bay Tree kam, wurde es mit dem Entspannen leider nichts. Sie konnte an nichts anderes denken und über nichts anderes reden; bzw. eher schimpfen als reden und eher brodeln als denken. Sie dachte zwar an Sex, aber nur an die schlimmsten Aspekte. Sie musste daran denken, wie Gary Fleeting Laura anzüglich angegrinst hatte, an seine One-Night-Stands mit »kleinen Schlampen«, die »ihn überall reinnehmen«. Beim Reden trank sie weit mehr als ihre Hälfte der Flasche, und als ihre Wut langsam nachließ, war ihre Energie auch am Ende. Sie konnte sich kaum noch daran erinnern, wie Drew höchstens fünf bis zehn Minuten nach ihr nach oben gekommen war, und als er ins Bett kam, war sie schon eingeschlafen.

Am Morgen war er ziemlich kurz angebunden gewesen, und als sie ganz aufgewacht war, verstand sie auch, warum. Er war nicht sauer wegen des Abends davor, nicht mal wegen der letzten sechs Wochen. Die Zukunft machte ihm Sorgen. Drew betrachtete alles auf lange Sicht, und ihm gefiel nicht, was er sah.

In der Dusche überlegte Catherine sich, was sie ihm sagen konnte, vielleicht noch am gleichen Abend, wenn er nicht zu spät nach Hause kam. Sie würde sich für den letzten Abend entschuldigen und die Gesamtsituation ansprechen. Sie hatten eine Menge Pech gehabt, würde sie sagen. Sie würde einen Witz machen, dass es bei ihnen wie bei der IRA war: Sie mussten nur ein einziges Mal Glück haben. Zumindest konnten sie ja nicht immer Pech haben.

Aber hatten sie wirklich nur Pech? Mal ganz ehrlich, Mädchen.

Nein. Und am letzten Abend hatte Drew auch nicht nur der fehlende Sex gestört. Sondern das, was dahintersteckte, dem sie vielleicht im Urlaub entflohen waren, aber das immer wieder auf sie warten würde, wenn sie zurückkamen.

Catherine hatte ihm geschworen, dass sie kein Klischee werden würde: eine höhere Polizeibeamtin, die sich von ihrer Arbeit auffressen lässt und sich von ihrem Partner entfremdet. Und alles in allem war sie das auch nicht. Die meiste Zeit hatten sie eine Balance in ihrem Leben, und sie waren eine normale, funktionierende, liebende Familie. Catherine steigerte sich nicht übermäßig in ihre Fälle hinein, sie war kein Workaholic, und sie trank auch nicht jeden Abend gegen die Ängste, Schrecken und Enttäuschungen an. Allerdings war die Tatsache unausweichlich, dass es sich um einen fordernden und eigentümlichen Job handelte, bei dem man immer wieder den schlimmsten Tag im Leben anderer Leute miterlebte und mit den schlimmsten Verbrechen der schlimmsten Menschen fertig werden musste.

Mal war es schlimmer, mal weniger. Manchmal kam alles auf einmal, aber gerade dann fühlte sie sich ihrer Familie am nächsten, weil sie ihr half, die Arbeit in Schach zu halten. Es gab aber noch ein ganz anderes Problem. Drew konnte es mit der Zeit immer und immer früher vorhersagen, aber er konnte es ebenso wenig aufhalten wie verstehen, was Catherine bedauerte. Für die Vorhersage war sie trotzdem sehr dankbar.

»Du gehst manchmal an einen dunklen Ort«, erklärte er. »Auf dem Weg dahin bist du wütend, und wenn du da bist, lässt du nichts an dich ran. Aber das Schlimmste ist, dass du hinterher tagelang abwesend bist.«

Sie beide hatten am Abend davor diese Wut erkannt. Manchmal fiel sie sogar anderen auf.

Du wolltest es zu sehr ... Du hasst diese Typen.

Moira Clark war es aufgefallen, und Graeme Sunderland auch. Ganz zu schweigen von Cal O'Shea, und Catherine wollte wirklich nicht darüber nachdenken, was der Pathologe sonst noch alles bemerkt hatte.

Sie alle hatten es mitbekommen, aber keiner von ihnen verstand, was wirklich los war.

Drew glaubte, ihr Beruf würde sie manchmal an den dunklen Ort entführen und sie vergessen lassen, dass sie eine Frau und Mutter war. In Wahrheit hatte ihr Beruf ihr überhaupt erst ermöglicht, dem dunklen Ort lange genug fernzubleiben, um eine Frau und Mutter zu werden.

Während sie auf eine Lücke wartete, sah sie sich noch einmal nach der U-Bahn-Station um und hoffte insgeheim, Drew käme zurückgerannt, um ihr einen richtigen Kuss zu geben und sich von ihr sagen zu lassen, dass das nur der Anfang war. Stattdessen sah sie es im Rückspiegel aufblitzen, als ein Corsa-Fahrer sie reinließ.

Sie hatte eine Angst, die sie sich in solchen Situationen nicht eingestehen wollte, als könnte sie sie so aus ihrem Kopf verbannen oder das Befürchtete selbst verhindern.

Sie hatte Angst, Drew könnte sie betrügen. Nicht einfach nur hypothetisch irgendwann mal, sondern heute Abend. Diese bisher nur vage Sorge war eine greifbare Möglichkeit im Hier und Jetzt geworden. Er könnte einfach ein bisschen zu viel trinken und dann etwas Dummes aber Verständliches tun. Ein bisschen beschwipst, mehr als ein bisschen sauer auf sie, voller Selbstmitleid und auf Wiedergutmachung aus – Catherine wusste zu gut, wie Menschen ihre Verfehlungen rechtfertigten. Und genau das machte ihr Angst.

Doch dann fiel ihr ein, dass er ja am Abend noch nach Hause kam. Ein wichtiges Meeting im engsten Kreis, dann Abendessen, und schon würde er in der Bahn von der Edinburgh Waverley Station nach Glasgow Central sitzen. Er blieb nicht über Nacht.

Spieledesigner waren nicht unbedingt Rockstars, aber auch keine Schulbibliothekare. Sozial wie ökonomisch verkehrten sie in hippen Kreisen. Während Catherine sich in ihrem eigenen Berufsdiagramm in einer Schnittmenge mit Kriminellen, Ärzten und Anwälten befand, teilte Drew eine mit glamouröseren Sphären. Zwei Schauspieler von *The Wire* hatten ihre Stimmen Figuren in *Hostile III* geliehen. Rockbands standen Schlange, um ihre Songs in Spielen unterzubringen, was Ruhm und Werbung versprach. Und natürlich gab es noch all die Nachwuchsmodels, mit denen die Launch-Events geschmückt wurden.

Drew war neun Jahre jünger als sie, und sie konnte nicht die Einzige sein, die ihn auf seine Süßer-Computerfreak-Art unwiderstehlich fand. Darin lag der Kern ihrer Angst: Manchmal fürchtete sie, er sei zu gut, um wahr zu sein. Zu gut für sie auf jeden Fall. Attraktiv, intelligent, erfolgreich, rücksichtsvoll, zärtlich und ein liebevoller, verantwortungsbewusster Vater. Was wollte so einer mit einer griesgrämigen, älteren Frau, die alles schrecklich kompliziert machte und ihn manchmal wochenlang nicht vögelte.

Und was hatte es damit eigentlich auf sich? Wo ein Wille ist, ist auch ein Weg, heißt es doch immer. Fehlte ihr also der Wille? Oder verlor sie ihn auf dem Weg zu oder von ihrem dunklen Ort einfach aus den Augen? Oder wollte sie Drew vertreiben? Wollte der Teil von ihr, der glaubte, er sei zu gut für sie, die unausweichliche Trennung beschleunigen und sich schon darauf vorbereiten, damit es sie nicht so schockierte und nicht so wehtat, wenn es so weit war?

Sie bremste an einer gelben Ampel. Sie hätte es noch hinübergeschafft, aber dahinter ging es auch nicht vorwärts. Das war eine rationale, besonnene Entscheidung, und genauso musste sie jetzt denken. Das waren doch alles dumme Gedanken. Sie hatte Angst, weil ihre Beziehung gerade etwas angespannt war, und es war sicher auch nicht weit hergeholt, dass es in ihrem Kopf nach einer anständigen Nummer ganz anders aussehen würde. Drew hatte nie irgendwelche Anzeichen gezeigt, dass er etwas Unüberlegtes tun würde und schon gar nicht, dass er mit seinem Leben unzufrieden war. Er war lieb, fürsorglich, selbstlos und hingebungsvoll. Aber sie war trotzdem froh, dass er heute Abend nicht in einem Hotel übernachten würde.

Sicht aus einer Sackgasse

Jasmine saß vorne in einem Landrover, der so robust und vom Wetter gezeichnet war wie sein Fahrer, und ihre Angst war teilweise einer schrecklichen Verlegenheit gewichen. Sie wusste nicht, ob die von ihrem Gefühl der Verletzlichkeit ausgelöst worden war oder andersherum, aber auf jeden Fall fühlte sie sich völlig ausgeliefert, als Ingrams mit ihr über die verschlungenen Landstraßen fuhr.

Sie war mit anderem beschäftigt gewesen, als sie am Morgen aus der Dusche kam, und erst jetzt fiel ihr auf, dass sie einen BH angezogen hatte, den sie normalerweise nur unter Blusen und anderen eher lockeren Oberteilen trug und nicht unter dem Elastan-Mix-Top, in das sie sich in unterkoffeinierter Trance gezwängt hatte. Ihre Nippel zeichneten sich unter dem Stoff ab; der war zwar nicht durchsichtig, aber die Konturen waren klar zu erkennen. Bei Jasmine wurde ein wohlbekannter Teufelskreis ausgelöst: Sobald es ihr auffiel, bekam sie eine Gänsehaut, die sich natürlich entsprechend auf ihre Brust auswirkte. Während ihres Gesprächs mit Rita hatte sie nichts gemerkt, aber in der Enge des Landrovers nahm sie unausweichlich die männliche Präsenz neben sich wahr. Hauptsächlich durch die Nase: ein Geruch von Natur, von frischem Schweiß und einer schwindenden Note Duschgel und Deo.

Sie verschränkte die Arme vor der Brust, hatte sich aber

schon so in die Sache hineingesteigert, dass ihr selbst das zu auffällig vorkam. Sie öffnete die Arme wieder und versuchte, entspannt, gelassen und professionell zu wirken.

Ingrams hatte anscheinend überhaupt nichts mitbekommen: Er konzentrierte sich auf die Straße, und wenn er sich doch kurz zu ihr umdrehte (nur an Kreuzungen), sah er ihr immer direkt in die Augen, was ihr auch nicht viel besser gefiel. Sonst gab er sich aber keine Mühe, sie zu beruhigen.

»Hoffentlich gefällt Ihnen die Aussicht, mehr werden Sie von dieser Fahrt nicht haben. Ich weiß nichts über den Typen, den Sie suchen. Ich habe Ihnen nichts zu sagen.«

»Ich hab Ihnen noch gar nicht gesagt, wen ich suche. Und ob Sie mir etwas zu sagen haben, wissen Sie erst, wenn ich Ihnen eine Frage gestellt habe.«

Ingrams seufzte nur, was bei seinem Körperbau eher einem Grummeln gleichkam, einem untergründigen Rumoren der Kontinentalplatten. Jasmine versuchte es mit dem einzigen Ansatz, der ihr einfiel.

»Ich glaube, Ihre Freundin Rita hatte erwartet, dass Sie ein bisschen freundlicher sind.«

Ingrams zog die Augenbrauen hoch.

»Meinen Sie, die ist auf Ihrer Seite?«, fragte er. »Das können Sie vergessen. Rita hat nur vorgeschlagen, dass Sie bei mir mitfahren, weil sie Sie so wieder schnell aus dem Haus hatte. Die hat nichts für Schnüffler übrig und ich auch nicht.«

Jasmine war fest entschlossen, sich nicht aus der Fassung bringen zu lassen. Außerdem wurde ihr klar, dass er nur deshalb so abweisend tat, weil er etwas wusste. Seit er sie gesehen hatte, wich er ihr aus. Dann war da noch der Akzent. Anfangs hatte sie an Tennisspieler und Golfer in Interviews denken müssen: Leute, die die meiste Zeit auf Tour und von Leuten umgeben waren, die Englisch nicht als Muttersprache hatten. Doch je mehr er redete, desto mehr fielen ihr Ungereimtheiten in seiner Aussprache und seinem Tonfall auf, und für ihr in der Schauspielschule sensibilisiertes Gehör wirkte sein Akzent verdächtig aufgesetzt.

Er sah andauernd in den Rückspiegel, und irgendwann drehte Jasmine sich um und schaute durch die Rückscheibe des Landrovers. Das Lenkrad war links, was hieß, dass er den Wagen im Ausland gekauft hatte. Wenn ihnen Autos entgegenkamen, kam es ihr komisch vor, ohne Steuer auf der rechten Seite zu sitzen. Sie sah hinter ihnen einen schwarzen Audi A4, dessen Fahrer eine Baseball-Cap trug. Ihrer Erfahrung nach schrie so eine Aufmachung *in* einem Fahrzeug geradezu »Arschloch«, und Ingrams hatte sicher guten Grund, mit einem gewissen Maß an fahrerischem Leichtsinn zu rechnen, aber er wirkte fast ein bisschen zu misstrauisch.

Er sah, dass sie sich umdrehte und bemerkt hatte, dass er sich Sorgen machte.

»Der folgt uns schon seit sechs Kilometern über drei Kreuzungen und zwei Kreisel. Gehört er zu Ihnen? Wenn ja, muss er an seiner Technik arbeiten. Nicht gerade unauffällig.«

»Nein, der gehört nicht zu mir. Hat wahrscheinlich nur noch keine Gerade zum Überholen gehabt. Sind Sie immer so paranoid?«

»Wenn Privatdetektive auftauchen, die mich über Tote ausfragen, die ich nicht kenne, dann ja. Umso mehr, wenn es zweimal passiert, obwohl schon beim ersten Mal klar war, dass Ihr Kollege bei mir falsch war.«

Jasmine schwieg ein paar Sekunden, damit er glaubte, er habe sie überzeugt. In Wirklichkeit war sie sich jetzt absolut sicher, dass er ihr etwas verheimlichte, und sie würde es ihm sogar erklären.

»Hatten Sie einen schlechten Morgen, Mr Ingrams? Mit dem falschen Bein aufgestanden? Hat Ihr Verein gestern Abend verloren?«

»Nein, aber mein Goldfisch ist gestorben und ich wurde bei der Ballettschule abgelehnt. Außerdem ist mein Schredder verreckt, aber all das ist nichts dagegen, dass ich hier zum zweiten Mal zu etwas verhört werde, wovon ich nicht die leiseste Ahnung habe. Das ist doch kafkaesk.«

»Im Gegenteil, Mr Ingrams. Ehrlich gesagt habe ich Sie nur gefragt, weil Sie mir übermäßig gestresst wirken, und da muss ich mich doch fragen, warum. Wenn man von jemandem ausgefragt wird, der fälschlicherweise glaubt, man wüsste Bescheid, geht doch die Welt nicht unter. Sie übertreiben's ein bisschen.«

Ingrams lachte spöttisch.

»Wenn ich also genervt bin, weil Sie mir Fragen stellen, die ich nicht beantworten kann, ist das der Beweis, dass ich es doch kann? ›Nur der wahrhaftige Messias leugnet es.‹ Wie gesagt: kafkaesk. Und warum hat der andere Kerl eigentlich Sie geschickt? Wollten Sie mal sehen, wie es bei Papi auf der Arbeit ist?«

Jasmine kam sich ertappt vor und merkte, wie sie rot wurde. Er hatte sie sofort durchschaut.

Aber ein kleiner Funken Empörung glühte auch in ihr. So wenig sie die Arbeit als Privatdetektivin mochte, konnte sie es doch nicht haben, wenn jemand, der sie gar nicht kannte, sich über sie lustig machte. Eine Stimme in ihr sagte: »Warte, gleich zeigen wir's ihm«, doch leider war es nur eine leise Piepsstimme, der auch sonst nichts einfiel. Ihr war klar, dass ihr nur die Wahrheit weiterhelfen konnte.

»Mein Chef ist verschwunden. Fast schon eine Woche lang. Und ich will wissen, was passiert ist.«

Ingrams nahm einen Sekundenbruchteil die Augen von der Straße und sah sie an: teils ungläubig, teils misstrauisch und absolut überrumpelt. Damit hatte er wirklich nicht gerechnet.

»Ich forsche bei den Aufträgen nach, an denen er gerade gearbeitet hat. Die Glen-Fallan-Akte lag offen auf dem Tisch und war wohl eine der letzten, die er sich angesehen hat.«

Ingrams seufzte leise, eher frustriert als gereizt.

»Auf die Gefahr, Sie in Ihrer Nur-der-wahrhaftige-Messias-Theorie zu bestärken – was stand denn in der Akte, dass Sie zu mir kommen wollten? Ich hätte gedacht, ich bin da als Sackgasse vermerkt.«

»Ihr Name und die Adresse des Zufluchtsorts waren überhaupt das Einzige in der Akte. Weshalb ich mich ernsthaft frage – und bitte entschuldigen Sie, wenn ich kafkaesk werde –, warum er sie sich plötzlich wieder ansehen sollte, wenn Sie ihm wirklich nichts zu sagen hatten. War er noch mal bei Ihnen?«

»Ja. Den hab ich doch gerade zerstückelt, als der Schredder verreckt ist.«

»Ich will doch nur herauskriegen, wo er war, seinen Zeitplan ausarbeiten. Er ist wahrscheinlich seit Donnerstag verschwunden. Wenn er meinetwegen Freitag hier war, wäre das schon ein Anfang.«

»War er aber nicht. Ich hab nichts von ihm gehört, seit er letztes Jahr hier war, und ich hab keine Ahnung, woher er die Adresse hatte oder warum er meinte, ich könnte ihm helfen.«

Ingrams schaute wieder in den Rückspiegel. Jasmine sah sich nicht um. Der Audi hatte sie nicht überholt, also war er wohl immer noch da. Die Straße war anscheinend selbst für einen halbstarken Raser zu hügelig und verschlungen. Er hatte wohl vergessen, die Fenster herunterzulassen und die Dance Music aufzudrehen.

»Das ist ja der Witz«, sagte sie. »Normalerweise könnte ich Ihnen das alles erklären: Wie die Spur mich zu Ihnen geführt hat, welche Quelle mir Ihren Namen gegeben hat, wie Sie in die gesamte Ermittlung passen. Dann könnte ich Ihnen Fragen stellen, die auf dem aufbauen, weswegen Jim ... mein Chef sich für Sie interessierte. Aber nichts davon steht in der Akte. Er nimmt es normalerweise extrem genau mit solchen Sachen, aber da fehlt alles. Also hat entweder jemand alle anderen Dokumente aus der Akte genommen, oder Sie, Mr Sackgasse, waren der Anfang und das Ende einer völlig erfolglosen Ermittlung. Was uns wieder zu der Frage bringt, warum ... mein Chef sich den Ordner wieder vorgeknöpft hat.«

Jasmine fluchte innerlich und hoffte, dass Ingrams die Bedeutung ihres Versprechers nicht bemerkt hatte und am besten auch nicht ihren Gesichtsausdruck. Aus irgendeinem Grund wollte sie auf keinen Fall zugeben, dass Jim ihr Onkel war. Vielleicht wollte sie einfach nicht zu viel von sich preisgeben, bevor sie nicht mehr über Ingrams wusste, aber er sollte auch nicht in seinem Eindruck bestärkt werden, sie hätte den Job nur aus Vetternwirtschaft bekommen. Dann wurde ihr aber verspätet klar, dass es keinen Grund gab, so zurückhaltend zu sein, und dass sie sich womöglich gerade dadurch verraten hatte, dass sie Jims Namen verschweigen wollte.

»Keine Ahnung«, erwiderte Ingrams. »Und überhaupt – wenn in dem Ordner so wenig stand, aus welchem Grund sind Sie sich dann so sicher, dass gerade der etwas mit dem Verschwinden Ihres Chefs zu tun hat?«

Einen schrecklichen Augenblick lang hatte Jasmine Angst, sie würde anfangen zu weinen. Es kam ihr vor, als würde Ingrams ihre Arbeit nicht behindern, sondern ihr nur erklären, was sie für einen Unsinn machte.

»Aus keinem besonderen«, gab sie zu. »Ich suche nur nach Hinweisen und lote die Möglichkeiten aus. Ich mache mir Sorgen ...«

Sie hatte »um ihn« hinzufügen wollen, hielt sich aber wieder zurück, um nicht zu verraten, wie nah sie Jim stand. Zum Glück konnte sie ein anderes plausibles Motiv vorschieben.

»Ende der Woche müsste ich mein Gehalt kriegen. Wenn ich ihn nicht finde, werd ich nicht bezahlt.«

»Mist«, sagte Ingrams. »Das ist ja mal eine leistungsbezogene Bezahlung. Immerhin erklärt das, warum jemand wie Sie so was macht.«

»Was soll das heißen, jemand wie ich? Eine Frau?«

»Jemand in Ihrem Alter, meine ich. Nehmen Sie es mir nicht übel, aber ›abgebrüht‹ sieht anders aus. Was machen Sie denn normalerweise? Sind Sie seine Sekretärin?«

Während er sprach, bremsten sie an einer weiteren Kreuzung, und Ingrams sah nach links und rechts. Als er an ihr vorbeischaute, merkte sie an seinem Gesichtsausdruck, dass er weder frech noch herablassend sein wollte. Er stellte ihr ehrliche Fragen, sein Gesicht verriet Aufrichtigkeit und sogar ein bisschen Mitgefühl. Das machte alles nur schlimmer.

Sie merkte wieder, wie sie rot wurde, weil sie wütend war und sich gleichzeitig schämte, erwischt worden zu sein. In ihrer kribbelnden Verlegenheit wollte sie wieder die Arme verschränken und tat es dann doch nicht, weil das noch mädchenhafter und erbärmlicher ausgesehen hätte.

Sie wollte unbedingt zurückschlagen, und plötzlich fiel ihr auch ein, wie.

»Nein, ich bin nicht die Sekretärin«, erwiderte sie kontrolliert verärgert, ohne eingeschnappt wirken zu wollen. »Ich bin Privatdetektivin. Kein Standard-Exbulle, aber ich verdiene damit schon meinen Lebensunterhalt. Und ich kann besser Menschen beurteilen, als Sie wohl denken. Sie haben eine Tochter in meinem Alter, oder? Vielleicht ein bisschen jünger.«

Sie sah eine winzige Reaktion, die aber zu neutral war, um etwas daraus zu folgern, zumal seine Augen immer noch zwischen dem Rückspiegel und der Straße hin und her wechselten. Er war auch zu keiner Antwort bereit.

»Wie kommen Sie denn darauf?«, fragte er.

»Stimmt's denn?«

»Erklären Sie mir, warum Sie es glauben, dann sage ich, ob es stimmt.«

Ingrams beschleunigte den Landrover stetig aber ohne Eile aus der Kreuzung heraus und behielt die nächste scharfe Kurve im Auge.

»Das würde erklären, warum Sie mich eher als Sekretärin als als Detektivin sehen. Sie hätten so Ihre Schwierigkeiten, sich vorzustellen, wie jemand im Alter Ihrer Tochter einem Beruf nachgeht, der normalerweise eher eine Domäne der Älteren, vor allem der älteren Männer ist; vor allem, wenn Sie den Beruf für eine junge Frau unzumutbar finden.«

Das hörte sich recht plausibel an und wirkte auch etwas harmloser als der wahre Grund für Jasmines Schlussfolgerung. Das wichtigste Indiz, auf das sie ihre Behauptung stützte, das sie aber schön für sich behalten würde, war, dass sie nun seit zwanzig Minuten in dieser Kiste herumgeschaukelt wurde und ihn nicht einmal dabei erwischt hatte, wie er ihr auf den Busen guckte.

Ingrams schwieg und fuhr, er schnitt die Kurve etwas, seine Augen wechselten immer noch zwischen Spiegel und Straße hin und her.

»Und?«, fragte sie schließlich.

»Hm?«, brummte er verwirrt. »Ach so. Nein. Ich hab keine Tochter«, stellte er beiläufig fest.

Verdammt, dachte sie. Super Leistung, Mädchen. Dem haben wir's gezeigt.

»Der Typ in dem Audi, gehört der zu Ihnen?«, fragte Ingrams, als hätten sie noch nicht darüber gesprochen. »Sie können's ruhig sagen. Wär kein Problem.«

Jasmine sah in den Seitenspiegel. Der Audi war um die Kurve gekommen und näherte sich zügig. Vor ihnen war die Straße frei und gerade – kein Gefälle, keine Steigung, kein Gegenverkehr.

»Nein, wirklich nicht. Ehrlich. Jetzt überholt er sowieso. Da.«

Ingrams ging ein wenig vom Gas, um den Audi auf der

Geraden überholen zu lassen. Als der Landrover langsamer wurde, drehte er den Kopf ein bisschen und ließ zum ersten Mal die Augen an Jasmine hinunterwandern; wenigstens zum ersten Mal, dass sie es bemerkt hätte. Jetzt, als ihnen niemand mehr folgte und sie geradeaus fuhren, gönnte er sich endlich mal einen Blick. Sie drehte sich zu ihm um und wollte gerade einen unterkühlten Kommentar abgeben, um ihn in Verlegenheit zu bringen, als sie merkte, dass er in Wirklichkeit konzentriert den Seitenspiegel beobachtete.

Als sie sich umsehen wollte, rammte Ingrams den Schalthebel in den dritten Gang und trat mit dem rechten Fuß voll durch, dass Jasmine in den Sitz gedrückt und ihr der Kopf nach hinten geworfen wurde. Fast im gleichen Augenblick explodierten die beiden hinteren Seitenfenster, als wäre das eine Reaktion auf den aufheulenden Motor.

Jasmine spürte, wie Glassplitter durch den Wagen flogen, als säße sie in einer Schneekugel, die wild geschüttelt wurde.

Sie schaute durch ihr Fenster und sah, dass der Audi beschleunigte, um wieder gleichauf zu ziehen. Durch das offene Beifahrerfenster zielte ein Mann mit einer Schrotflinte auf den Landrover. Sie hatte vorher nicht gesehen, dass noch jemand in dem Auto saß. Er hatte sich vorher wohl versteckt und den richtigen Moment beim Überholen abgewartet. Wenn Ingrams nicht so plötzlich Gas gegeben hätte, wäre ihr der Kopf weggeblasen worden.

Eine fast krampfartige Panik packte sie, ein ursprüngliches, eiskaltes Grauen. Keine Ungläubigkeit, keine Verwirrung. Sie wusste, dass der Mann mit der Schrotflinte echt war, die Gefahr auch und dass alles genau so war, wie es schien. Früher hätte sie sich wahrscheinlich hundert andere Erklärungen ausgedacht, statt zu akzeptieren, dass ihr so etwas passierte. Aber Mums Krankheit und Tod hatten ihre Perspektive grundlegend verändert. Sie wusste, dass auch die schlimmsten Ängste Wirklichkeit werden können und dass einem nichts

Schlimmeres erspart bleibt, nur weil man schon mal gelitten hat.

Der Audi war schneller und agiler als der verbeulte, alte Landrover. Ingrams konnte nicht einfach davonrasen. Ihr Schock wich schnell einer hilflosen Angst, und das Wimmern eines kleinen Mädchens, das nicht mehr weiterwusste, kam über ihre Lippen.

Wie gelähmt starrte sie den Audi an, der sich scheinbar in Zeitlupe der Schusslinie näherte. Dann zog Ingrams die Handbremse, schaltete wieder herunter und riss das Lenkrad herum.

Der Audi schoss nach vorne, als hätte der Landrover einen Bremsfallschirm geöffnet. Alles drehte sich, dass Jasmine fast schlecht wurde, und sie wurde heftig auf Ingrams zugeschleudert, als der Wagen über die schmale Straße rumpelte und rutschte. Ingrams rang mit dem Lenkrad und entlockte dem Motor und den Reifen Schmerzensschreie, während er sie vergeblich gegen die Gesetze der Physik ankämpfen ließ. Der Landrover schlidderte weiter seitwärts über den Asphalt und einen schmalen Grasstreifen, bevor er in eine hohe Hecke krachte und stehen blieb.

Beim Zusammenstoß schlug Jasmines Kopf gegen den Türrahmen und ihr fielen Glassplitter aus den Haaren. Ihre Finger waren blutverschmiert. Sie blutete, wusste aber nicht wo, denn der Adrenalinschub ließ sie noch keine Schmerzen spüren. Es hatte sich aber gelohnt: Der Landrover zeigte wieder in die Richtung, aus der sie gekommen waren.

Sie sah verzweifelt in den Rückspiegel. Siebzig, achtzig Meter weiter hatte der Audi angehalten und fuhr jetzt rückwärts auf sie zu. Dann merkte sie, dass der Landrover trotz des brüllenden Motors nicht von der Stelle kam.

»Fahren Sie los«, trieb sie Ingrams an und ruckte wie ein ungeduldiges Kleinkind auf ihrem Sitz hin und her. »Schnell. Warum geht's denn nicht los?«

»Wenn wir Pech haben, steckt der vordere Radlauf in der Hecke. Und wenn wir richtig Pech haben, ist die Achse gebrochen. Auf jeden Fall geht's erst mal nicht weiter. Scheiße.«

Damit löste Ingrams seinen Gurt und öffnete die Tür. Jasmine wollte ihre aufmachen, stieß aber sofort gegen die Hecke.

»Lassen Sie mich nicht zurück«, flehte sie, in ihrer Verzweiflung frei von jeder Scham.

»Kopf runter, verdammt«, herrschte er sie an. Sein Akzent hatte sich verändert. Er hörte sich nicht mehr aufgesetzt an. Er klang immer noch nach jemandem, der an vielen verschiedenen Orten gelebt hatte, nur jetzt eben nach einem Schotten, der an vielen verschiedenen Orten gelebt hatte.

Sie ließ sich auf ihrem Sitz hinabsinken und reichte noch kurz nach oben, um den Rückspiegel so einzustellen, dass sie die Straße sah. Ihr Herz schlug wie eine Double-Kick-Drum. Der Audi kam näher, das Jaulen des Rückwärtsgangs wurde lauter. Fünfzig Meter. Vierzig. Der Fahrer und der Beifahrer hatten sich beide umgedreht und schauten durch die Rückscheibe. Sie trugen Gummimasken, der Fahrer zusätzlich immer noch die Baseball-Cap, mit der er seine Tarnung getarnt hatte. Er war wohl davon ausgegangen, dass ein Paranoider wie Ingrams einen Richard Nixon hinter dem Lenkrad auf einer Straße in Northumberland sofort bemerkt hätte.

Sie hob den Kopf ein bisschen und suchte nach Ingrams. Sie hatte erwartet, dass er versuchen würde, das Vorderrad auf ihrer Seite zu befreien. Er war nirgends zu sehen. Plötzlich bekam sie noch mehr Angst, was sie nie für möglich gehalten hatte. Warum hatte er sie zurückgelassen? Wo zum Teufel war er?

Dann hörte und spürte sie ein metallisches Schnappen unter sich.

Der Audi hatte in gut zwanzig Metern Entfernung angehalten. Im Rückspiegel sah Jasmine, wie sich die Beifahrertür langsam öffnete und eine Gestalt in Nixon-Maske mit einer Pumpgun in der Hand zielstrebig, aber ohne Hast ausstieg.

Jasmine zuckte und schrie, als ihr die ersten Schüsse in den Ohren dröhnten. Als sie wieder in den Spiegel sah, stand der Mann mit der Nixon-Maske mit leeren Händen da, und seine Schrotflinte lag auf der Straße. Er sprang darauf zu, als Jasmine von einem zweiten Schuss aus ihrer Nähe erschüttert wurde, der die Pumpgun über den Asphalt zucken ließ, als wäre sie an einem Faden gezogen worden.

Jasmine setzte sich etwas aufrechter hin und sah aus der Fahrertür, wo Ingrams direkt am Wagen hockte. Er hielt eine Pistole in beiden Händen, sein Gesicht eisern konzentriert und einen Finger am Abzug.

Es rummste, als der Angreifer die Beifahrertür des Audis hinter sich zuschlug, und die Reifen quietschten, als der Wagen Gas gab. Ingrams schoss weiter, zerstörte die Rückscheibe und bohrte ein paar Löcher in die Karosserie, während der Wagen davonraste wie ein aufgescheuchtes Kaninchen.

Insgesamt schoss er sechsmal, hielt die Waffe aber auf den Audi gerichtet, bis er hinter der nächsten Kurve in gut vierhundert Metern verschwunden war. Erst dann wagte Jasmine auszuatmen.

Als der Audi wegfuhr, hatte sie nicht gewollt, dass Ingrams weiterschoss, teils wegen des Schocks, der sie jedes Mal hochriss, teils, weil sie Angst hatte, er könnte die Reifen treffen. Sie wollte nicht, dass der Wagen anhielt, dass der Angreifer einen Grund hatte auszusteigen und zurückzuschießen, falls er noch eine Waffe dabeihatte.

Im Nachhinein wurde ihr klar, dass Ingrams so etwas nie beabsichtigt hatte, schließlich behielt er das fliehende Auto nur im Visier, ohne weiterzuschießen. Er hatte sie verjagt und wollte sie nicht in eine Schießerei verwickeln.

Ingrams senkte die Pistole und ging gelassen zu der Schrotflinte, die er am Abzugsbügel aufhob. Der Schaft war von den Kugeln zertrümmert worden und hing krumm herab wie ein gebrochener Arm. Jasmine beobachtete das Ganze in erstarrter Ungläubigkeit, als wäre das kleine Rechteck des Rückspiegels in Wirklichkeit das Display eines Smartphones oder tragbaren DVD-Players, das Szenen zeigte, die nichts mit ihr zu tun hatten. Als sie sich wieder gefangen hatte, spürte sie einen stechenden, pulsierenden Schmerz, den die Angst vorher betäubt hatte.

Sie musste unbedingt aus dem Wagen. Obwohl die Gefahr zunächst gebannt war, wollte sie unbedingt dieser klapprigen Metallkiste entfliehen und die Füße auf den Boden stellen. Sie kletterte über den Fahrersitz und ließ sich ungeschickt auf die Straße rutschen.

Draußen war es heiß, wärmer als im lüftergekühlten Auto. Jasmine wurde ganz schwummrig, als sie in der unangenehmen Schwüle auf zwei Beinen stand. Aus irgendeinem Grund hatte sie erwartet, dass ihr draußen kalte Luft das Gesicht erfrischen würde wie Wasser, sie wieder klar denken und sich die Benommenheit abschütteln lassen würde. Sie stand immer noch unter Adrenalin, und die Ohren klangen ihr von Ingrams' Schüssen. Sie spürte, wie die Tränen wieder flossen, aber zu ihrer Überraschung war sie gleichzeitig auch wütend und frustriert.

»Alles okay?«, fragte Ingrams, als er die Pistole sicherte und sich in den Hosenbund steckte.

Er beugte sich in den Kofferraum, klappte eine Kiste auf und legte die kaputte Schrotflinte vorsichtig hinein. Seine Frage hing in der Luft, denn Jasmine fand sie sehr schwierig und merkte, dass sie keine einfache Antwort wusste.

»Was heißt denn okay unter diesen Umständen?«, fragte sie mit schwacher Stimme.

»Dass Sie auf zwei Beinen stehen, ist schon mal ein gutes Zeichen«, erwiderte er.

Irgendetwas an der Antwort brachte sie zum Kochen, vulkanisch zum Brodeln, und diese Gefühle schockierten sie so sehr, dass sie erst nicht verstand, warum. Es war seine ruhige, sachliche Art, die nahelegte, dass so eine Situation nichts Neues für ihn war. Er hatte sie in diese Welt hineingezogen.

»Ich steh vielleicht auf zwei Beinen, aber okay bin ich deshalb noch lange nicht«, sagte sie mit einem Beben in der Stimme, das zu einem Drittel aus Schock, zu einem weiteren aus einem Rest Angst und zum dritten aus kochender Wut bestand. »Von Anfang an haben Sie immer nur um den heißen Brei rumgeredet, und jetzt haben Sie mich fast umgebracht«, setzte sie fort und gab sich alle Mühe, klar und deutlich zu sprechen. »Ich würde sagen, Sie sind mir ein paar Antworten schuldig. Sie sind dieser Glen Fallan, oder? Deshalb steht sonst nichts in der Akte.«

Er schüttelte ernst den Kopf.

»Ich heiße Tron Ingrams. Ich kann Ihnen meinen Pass zeigen, meine Entlassungspapiere von der Army, was Sie wollen.«

»Und wer zum Teufel ist Tron Ingrams? Im einen Augenblick tuckern Sie wie ein Rentner vor sich hin, im nächsten geben Sie den Stuntman. Dann kommen maskierte Typen und schießen auf Sie, und Sie haben natürlich selber auch Pistolen unter dem Auto versteckt.«

»*Eine* Pistole. Eine einzige«, korrigierte er.

»Das reicht ja wohl, oder? Normalen Menschen wenigstens. Eine Pistole ist mehr als genug.«

Sie redete wirr vor sich hin, aber mittlerweile war ihr völlig egal, was für einen Eindruck sie machte, und dass sie sich wie ein hysterisches Mädchen benahm – sie hatte jedes Recht dazu, zumal die abgebrüht-professionelle Tour überhaupt nichts gebracht hatte.

»Was für ein Name ist Tron überhaupt? Woher wussten Sie eigentlich, dass der Kerl ein Gewehr hatte? Warum haben Sie 'ne Pistole unterm Auto, obwohl Sie in 'nem Frauenhaus arbeiten? Was waren das für Kerle? Ach ja, und warum wollten die Sie *umbringen?*«

Ingrams machte eine beschwichtigende Geste. Einen Augenblick dachte sie, er würde sie berühren, sie an den Armen fassen oder vielleicht umarmen, um sie zu trösten. Sie wurde steif, bereit, jeden Körperkontakt abzuwehren, obwohl sie sich heimlich danach sehnte.

»Ich kann ja verstehen, dass Sie ziemlich fertig sind«, sagte er, »und es tut mir wirklich leid, wenn ich Ihre Frage mit einer Gegenfrage beantworte: Aber könnten Sie mir vielleicht sagen, warum Sie genau meinen, dass die nicht hinter *Ihnen* her waren?«

Die Gnade des Gerichts

Catherine überquerte auf der Gorbals Street den Fluss, dann fuhr sie das Bridgegate entlang zum Parkplatz auf dem St. Margaret's Place. Sie war früh genug dran und fand einen Platz, wofür sie an diesem Morgen besonders dankbar war. Über die nahe Brücke rumpelte eine Bahn, und sie fragte sich kurz, wo Drew wohl jetzt war. Vielleicht ging er gerade die Treppe aus der Buchanan Street Station hinauf, vielleicht war er schon auf der Queen Street und holte sich einen Kaffee für die Fahrt.

Sie lief den Bürgersteig entlang und unter den kleinen Rundbau vor dem Eingang des High-Court-Gebäudes. Der Zylinder aus sieben Säulen sah für sie immer wie eine Riesenversion eines Telefontischchens ihrer Großtanten aus. Wie bei jedem öffentlichen Gebäude heutzutage war der Eingang rauchverhüllt, aber die richtigen mystischen Portale lagen weiter im Inneren. Für viele bestimmte die Tür, durch die sie das Gebäude verließen, die Zukunft, manchmal auf zehn Jahre oder länger.

Catherine war der Gnade des Gerichts nie ausgeliefert gewesen, aber im Gebäude wurde ihr trotzdem immer etwas unwohl. Zwar hatte sie hier auch viele Erfolge eingefahren, aber genauso wie manche Leute sagten, dass sie sich schon schuldig fühlten, sobald sie einen Polizisten sahen, hatten Gerichtsgebäude oft eine ähnliche Wirkung auf Polizisten.

Es war das gleiche Prinzip: das Bewusstsein, dass man einer höheren Macht ausgeliefert ist, die man kaum kontrollieren oder beeinflussen kann, und deren flüchtige Launen für einen unverhältnismäßige, unwiderrufliche und unerklärliche Auswirkungen haben können. In Catherines Fall ging dieser Effekt auf eine tiefere, persönliche Wut zurück, die immer noch köchelte, und auf eine Kränkung, die ihr insgeheim immer noch zu schaffen machte, obwohl der kaum nennenswerte Vorfall schon viele Jahre zurücklag.

Er hatte auch nicht in diesem Gericht stattgefunden, sondern am anderen Flussufer, am Carlton Place. Doch ob Sheriff Court oder High Court, die Erinnerung holte sie oft ein, sobald sie die Amtstrachten, die Richterbänke und die Aktenkoffer sah.

Sie war damals erst gut zwei Jahre Polizistin gewesen. Zwar keine blauäugige Anfängerin mehr, aber auf keinen Fall mit allen Wassern gewaschen. Einer Anfängerin hätten sie so etwas nicht zugemutet, und auch ihr hätten sie es nicht zumuten dürfen, verdammt. Die hatten sich selbst in die Scheiße geritten, sich die eigene Grube gegraben, und dann zerrten sie Catherine mit hinein, damit sie helfen konnte, weiterzuschaufeln.

Es geschah an einem ansonsten ruhigen Donnerstagabend in ihrer ersten Wache in der Barnes Street drüben in Braeside. Die Polizisten, um die es ging, waren Roddy Howard, ein autoritärer Roboter, der schon bei seiner Geburt fünfundvierzig gewesen sein musste, und wie der eifrige junge Padawan zu seinem Yoda, Mark McLean, dem selbst die unerfahrene Catherine ansah, dass er seine Unsicherheit kompensierte.

Howard war klassisches Constable-auf-Lebenszeit-Material. In jeder Wache gibt es einen: hochkorrekt, pflichtverliebt, jeden Humors unverdächtig und dumm wie Brot. McLean war weniger jemand, der in der Schule gemobbt worden war, als vielmehr einer, der gerne gemobbt hätte, aber nicht hart genug war. Als er dann den langen Arm des Gesetzes hinter sich spürte, hatte er einiges aufzuholen.

Den drei Angeklagten zufolge (und Catherine glaubte ihnen ihre Version mittlerweile hundertprozentig), waren sie gegen elf auf dem Heimweg vom Pub, als zwei von ihnen, Anthony McGuire und Allan Reilly, beschlossen, dass sie es nicht bis nach Hause aushalten würden. Wie gesagt, es war ein ruhiger Abend. Die Straßen waren so gut wie leer; die Barnes Street, auf der sie unterwegs waren, war sogar völlig ausgestorben, sonst hätten sie sich ja auch noch ein paar Hundert Meter zusammengerissen, wo die Wache doch gleich gegenüber war. Da aber niemand zu sehen war, gingen sie schnell in die schmale Gasse zwischen der Bank und dem Wohnblock, während ihr Kumpel mit der stärkeren Blase, Steve Gallacher, an der Straße wartete. Als sie gerade richtig losgelegt hatten, kamen Howard und McLean mit ihrem Einsatzwagen von der Main Street um die Ecke. Sie sahen Gallacher an der Straße herumlungern und wollten ihn überprüfen, als sie zwei weitere Gestalten hinten in der Gasse bemerkten. Einer der Polizisten rief »Hoi!«, was die beiden dazu veranlasste, Fersengeld zu geben und sich den Reißverschluss zuzumachen, während sie tiefer in die Gasse und auf den Parkplatz der Bank rannten.

Wie McGuire später vor Gericht aussagte, nahmen sie an, dass es sich bei dem Rufenden um einen wütenden Anwohner oder, in Braeside ebenso wahrscheinlich, um irgendeinen Schläger handelte, der an diesem Abend nichts anderes vorhatte. Auf jeden Fall warteten sie keine Aufklärung ab. Als sie dann sahen, wie zwei Polizisten den Parkplatz betraten, blieben sie stehen. Reilly sagte aus, er sei in dem Moment richtig erleichtert gewesen.

Und damit hätte die Sache erledigt sein sollen: mit einer kurzen Verwarnung. Jeder anständige Polizist hätte kapiert, was er vor sich hatte. Die jungen Männer waren weder sturzbesoffen noch aggressiv und vor allem keine bekannten Gesichter. Howard aber beschloss, die beiden festzunehmen, und vervollständigte das Trio, als Gallacher den Fehler beging, darüber seinen Unmut auszudrücken, da die beiden schließlich nur in eine Gasse gepisst hatten, die sowieso schon voller Hundescheiße und Glasscherben war.

Die drei verbrachten die Nacht in der Zelle, bevor sie wegen öffentlicher Ruhestörung und Widerstandes gegen die Staatsgewalt angeklagt wurden. Ersteres nennt man auch »Polizeistörung«, ein Anklagepunkt, der vermeintliche Täter mit zwei Polizisten als Zeugen vor vollendete Tatsachen stellt, und den viele zähneknirschend hinnehmen, egal, ob er den Tatsachen entspricht oder nicht. Den Widerstand gegen die Staatsgewalt bei der Festnahme gibt es auch immer gern als kostenlose, ebenfalls gegenseitig bezeugte Zugabe.

Die Angeklagten hätten es wohl darauf beruhen lassen, wären sie besoffen, aggressiv und vor allem mit dem Ablauf vertraut gewesen – sie hätten eben ihr Lehrgeld gezahlt. Aber so war es nicht: Sie waren drei anständige Burschen, die noch nie mit dem Gesetz in Konflikt geraten waren. Sie wussten, dass die Anklage wegen Ruhestörung einen Machtmissbrauch darstellte, aber wirklich sauer waren sie über die Sache mit dem Widerstand, weil die völlig frei erfunden war.

Sie stritten alle Vorwürfe ab, also ging der Fall vor den Sheriff Court. Und da kam Catherine ins Spiel. Howard und McLean sprachen sie allerdings nicht direkt an, sondern ihr Sergeant, Donald Morrison, an den sie sich bei schwierigen Fragen gern wandte. Er bat sie nicht um Hilfe; er erklärte ihr, dass sie helfen werde.

»Wir müssen das durchkriegen«, sagte er. »Ist auch 'ne wertvolle Erfahrung für dich, wenn du mal im Zeugenstand warst.«

Catherine war erschüttert. Es war zwar nicht ganz das Ende ihrer Unschuld, kein großer Moment der Ernüchterung, aber es war schon ein richtiger Schock, so direkt aufgefordert zu werden, vor Gericht zu lügen. Doch sie ließ sich von zwei Dingen überzeugen, die der Sergeant ihr eindeutig zu verstehen gab: Mitspielen war keine große Sache; ablehnen war undenkbar.

Man macht sich immer für seine Kollegen stark. Das ist die goldene Regel.

Ihr wurde erklärt, was sie sagen sollte, und versichert, dass es ganz schnell gehen werde. Reine Formsache, meinten sie.

Nichts davon stimmte. Das Einzige was ganz schnell ging, war, dass der Verteidiger sie einerseits als schwächstes Glied erkannte und den taktischen Fehler der Polizei genau durchschaute, der auch von der Aussage seiner Klienten gestützt wurde, dass keiner von ihnen Catherine an dem Abend gesehen habe.

»Ich saß im Wagen«, erklärte sie wie vereinbart, denn den Einwand hatten sie vorhergesehen. »Vorne. Die haben so einen Lärm gemacht, dass ich nicht wusste, wie viele es waren, und ich hatte Angst. PC Howard sagte, ich solle im Wagen bleiben, weil er fürchtete, die Jugendlichen könnten gewaltbereit sein.«

Um den Anklagepunkt des Widerstands gegen die Staatsgewalt zu stützen, sagte sie aus: »Die Angeklagten ließen sich nicht einfach so von PC Howard und PC McLean in den Wagen setzen. Sie traten gegen die Türen und schlugen um sich. Ich bin noch nicht so lange bei der Polizei, und es hörte sich schrecklich an.«

Sergeant Morrison war als moralische Unterstützung mitgekommen und nickte ihr unauffällig zu. Braves Mädchen. Gut gemacht. Catherine freute sich. Doch dann stand der Verteidiger auf.

»Was für Lärm haben die Angeklagten denn gemacht?«, fragte er. »Könnten Sie da vielleicht etwas mehr ins Detail gehen?«

Das hörte sich nach einer ehrlichen Nachfrage an, aber später verstand sie, dass er damit zeigte, dass er wusste, dass sie nicht dabei gewesen war. Das wichtige Wort war »Detail«: Er wusste, dass ihre Aussage vorher abgesprochen war, und dass sie an den Details scheitern würde.

»Sie haben gebrüllt und gesungen«, erwiderte sie, worauf sie sich mit ihren Kollegen geeinigt hatte. »Aus voller Brust, was ja mal passiert, wenn man betrunken ist. Dann vergisst man schnell, wie sehr man damit andere stört – vor allem in einer ruhigen Nacht in einer Wohngegend.«

»Und was haben sie gebrüllt? Oder gesungen? Können Sie mir ein paar Beispiele nennen?«

»Ich, äh, kann mich nicht mehr erinnern. Ich weiß nur noch, wie laut es sich in der stillen Nacht anhörte.«

»Nur ein Beispiel meinetwegen. Vielleicht haben sie irgendeinen Namen gerufen oder irgendeinen Satz, der sich Ihnen eingeprägt hat? Haben sie vielleicht wegen irgendetwas gejubelt?«

Sie erwischte sich dabei, wie sie zu Howard und McLean hinüberschaute, dann zum Sergeant auf den Zuschauerbänken.

»Ich weiß nicht mehr«, sagte sie hilflos. Sie wollte sich die Jacke über den Kopf ziehen und wegrennen.

»Anscheinend war es für Sie so eine traumatische Erfahrung, dass Ihr Unterbewusstsein das Ganze lieber ausblendet, als Sie den Albtraum noch einmal durchleben zu lassen«, spottete der Anwalt. »Doch das hat sich nicht auf alle Ihre Sinneseindrücke gleich ausgewirkt. Ihr Blick wurde anscheinend von Ihrer Panik noch geschärft. Sie haben erklärt, wie Sie ängstlich vorne im Wagen kauerten und sich vor den lauten, potenziell gefährlichen jungen Männern versteckten. Können Sie mir dann bitte erklären, wie Sie sehen konnten, wie die Angeklagten mit Zähnen und Klauen dagegen angekämpft haben, in den Wagen gesteckt zu werden?«

Es war eine Katastrophe. Die Klage wurde nicht nur abgewiesen, der Sheriff machte sie alle auch noch zur Schnecke, weil sie das Gericht eine Menge Zeit gekostet hatten und knöpfte sich Catherine besonders vor, weil sie »nicht die geringste Glaubwürdigkeit« an den Tag gelegt hatte. Sie merkte, wie sie rot wurde, als er das sagte, und es grenzte an ein Wunder, dass sie es noch aus dem Saal schaffte, bevor sie in Tränen der Erniedrigung und Scham ausbrach.

Die Reaktionen ihrer Kollegen waren ein bisschen gemäßigter, um es vorsichtig auszudrücken. Mal klappt's, mal nicht, schien ihre Einstellung zu sein, und Catherine verstand, dass es sich um eine Standardprozedur handelte, die tief in der Kultur verankert war. Abends gingen sie in den Pub, und fast die ganze Wache kam vorbei. Jeder gab ihr einen Drink aus und klopfte ihr auf den Rücken. Selbst Polizisten, die Howard und McLean für Arschlöcher hielten. Alle fanden, dass Catherine sich tapfer geschlagen hatte. Sie hatte ihre Loyalität bewiesen, was wichtiger war als irgend so ein beschissener, kleiner Ruhestörung-und-Widerstand-Fall. Niemandem war die Sache peinlich, so etwas passierte in dem Job eben manchmal.

Alle taten, als hätte sie eine Abschlussprüfung bestanden und würde jetzt richtig dazugehören, aber Catherine merkte, dass sie bei so etwas gar nicht dazugehören wollte. Sie fühlte sich ausgenutzt und dreckig. Hier ging es nicht um Solidarität, sondern um Nötigung, um den Zwang, sich unterzuordnen. Und wenn man erst bewiesen hatte, wie schwach die eigene Integrität war, war man nicht mehr in der Lage, gegen diese Missstände aufzubegehren.

Der positive Effekt des Ganzen war, dass sie eine immunisierende Dosis bekommen hatte. Sie schwor sich, dass nie wieder jemand sie dazu bringen würde, für ihn zu lügen, ganz egal welche Konsequenzen das für ihren Stand bei ihren Kollegen hatte. Vielleicht war es wirklich ein Test gewesen, ein

Initiationsritus, und vielleicht lag es an ihrer Ausstrahlung ab diesem Tag, aber auf jeden Fall wurde sie nie wieder um so etwas gebeten.

Sie würde auch niemals irgendwen für sich lügen lassen, was sich einfach anhörte, man musste ja einfach niemanden fragen, sich in der Praxis aber viel komplizierter darstellte. Es war allgemeiner Konsens, dass man manchmal ein bisschen ausschmücken musste, damit ein Schuldiger sich nicht von seinem schlauen Anwalt rausboxen lassen konnte. So etwas ließ Catherine in ihren Fällen aber nicht zu. Wenn man irgendeine übertriebene Klage verlor, weil jemand gelogen hatte, war das eine Sache, aber Catherine wollte auf gar keinen Fall eine legitime, solide Verurteilung gefährden, weil die Kreativität mit jemandem durchgegangen war und er die Integrität des ganzen Falls aufs Spiel gesetzt hatte.

Es gab auch Argumente dafür, so sein Glück zu versuchen, aber Catherine war keine Spielerin. Außerdem wollte sie ihr Verhalten nicht damit rechtfertigen, dass sie besser war als der Abschaum, den sie wegsperrte. Sie wollte an ihrem Verhalten selbst erkennen können, dass sie besser war.

Catherine ging durch die Lobby und versicherte sich auf den Bildschirmen, in welchem Saal heute Crown gegen Agnew verhandelt wurde. Von dem Fall erwartete sie keine große Spannung und fürchtete auch keine unberechenbare Laune des Gerichts.

Sammy Agnew war früh an einem Aprilmorgen aus dem kalten Wasser eines Kanals gerettet worden, nachdem zwei Jogger ihn gefunden hatten, festgeklammert an einem Abwasserrohr. Er zeigte starke Unterkühlungssymptome, die er wahrscheinlich nicht von denen eines vorangegangenen über zweiundsiebzigstündigen Saufgelages unterscheiden konnte.

Catherine staunte oft darüber, wie viele Mordfälle mit »dreitägigen Alkoholexzessen« zusammenhingen, wie es vor Gericht beschrieben wurde. Heutzutage hielt sie kaum noch drei Stunden durch. Zwei Gläser Wein, wenn die Kleinen im Bett waren, und schon dämmerte sie selig ein.

In einem Pub hatte sie vor Kurzem gehört, wie ein junger Mann seinen Kumpel daran hinderte, an der Bar einen Burger und Pommes Frites zu bestellen. Die Begründung: Essen gilt nicht. Selbst vor zwanzig Jahren hätte sie mit so einer Einstellung nichts anfangen können. Bei Typen wie Agnew war »Missbrauch« eigentlich ein viel zu alltäglicher Begriff für das, was sie mit Alkohol machten. Wahrscheinlich erforderte es weniger Zeit und Disziplin, seinen Körper auf olympisches Niveau zu bringen, als ihn auf so eine zeitliche wie quantitative Ausdauer beim Trinken hochzutrainieren. Bloß würde Sammy keine Medaille bekommen.

Denn während er sich gerade im Krankenhaus aufwärmte, wurde sein sogenannter bester Freund und Saufsportkumpan Peter Leckie aus demselben Kanal gefischt. Peter hatte allerdings nicht so viel Glück gehabt; seine Chancen, den trügerischen Tiefen zu entkommen, waren nämlich von der Tatsache geschmälert worden, dass er schon seit Stunden tot war, als er ins Wasser fiel.

Sammys Verteidigung lautete, er und Peter seien bei einem gemeinsamen Abendspaziergang von ein paar Schlägern aus der Gegend überfallen worden. Sie hätten Sammy in den Kanal geworfen, aber Peter habe sich gewehrt, was zur Folge hatte, dass er brutal zusammengetreten wurde, als die Gegenseite schließlich die Oberhand gewann. Das erklärte zwar die mehrfachen stumpfen Traumen an Peters Kopf, ein paar kleinere Fragen blieben aber offen. Zum Beispiel, warum Sammy von der Überwachungskamera eines nahe gelegenen Morrisons-Supermarkts beim Entwenden eines Einkaufswagens gefilmt wurde, mit dem er vor mehreren Zeugen einen reglosen Menschen Richtung Kanal schob, wobei er »huiiii« rief, um den Eindruck zu erwecken, dass er und sein Freund sich nur einen harmlosen Spaß erlaubten.

Auch die Blutspuren überall bei Sammy zu Hause gaben Rätsel auf; er hatte sicher putzen wollen, sobald er zurückkam. Sein gerissener Plan war wohl gewesen, die Leiche in den Kanal zu fahren, damit es wie ein Unfall aussah – betrunkener Schabernack unter Freunden, der ein tragisches Ende genommen hatte. Am traurigsten war eigentlich, dass Sammys alkoholgetränktes Gehirn den Plan zu dem Zeitpunkt wohl völlig logisch fand. Dummerweise kam zu seiner Unkenntnis jeglicher modernen Forensik und Ermittlungstechnik noch das Missgeschick, dass der sturzbesoffene Vollidiot gleich mit seinem verschiedenen Ex-besten-Freund in den Kanal gefallen war.

Wahrscheinlich sprach es für sein Geschick im Beschaffen von Alkohol während der Untersuchungshaft, dass er immer noch auf nicht schuldig plädierte. Wenn Catherine später anderen davon erzählte, lachten sie oft, aber sie selbst machte es stinksauer. Sie wusste, dass rechtsstaatliche Verfahren eingehalten werden mussten, aber gleichzeitig fragte sie sich, wie viel es den Staat wohl kostete, zu diesem vorbestimmten Schuldspruch zu kommen. Garantiert mehr als der Penner in seinem ganzen Leben verdient hatte. Der Scheißkerl wusste, dass er schuldig war, er wusste, dass er in den Knast kommen würde, aber er ließ sich von der Allgemeinheit das volle Programm bezahlen.

Vor ihr standen Leute in einem Pulk und sahen sich die Verhandlungsdaten an. Wie immer erinnerten Catherine die Hängemonitore stark an die auf dem Flughafen. Sammy konnte sich schon mal auf einen verdammt langen Urlaub einstellen. Als sie über die Köpfe hinweg die Augen von Monitor zu Monitor wandern ließ, sah sie eine vertraute Gestalt mit einem Aktenstapel unter dem Arm über den Flur laufen. Es war Dominic Wilson, der junge Star der Staatsanwaltschaft und Sohn des Erzfeindes genau dieser Institution, Ruaraidh Wilson, Queen's Counsel. Er trug einen leicht silbrigen, anthrazitfarbenen Dreiteiler, der ihn gleichzeitig ein bisschen extravagant aber auch älter wirken ließ. An irgendetwas erinnerte er sie, und sie hätte sich in den Arsch beißen können, dass es ihr nicht sofort einfiel. Er ahmte den Stil seines alten Herrn nach. War es ein Witz, eine kalkulierte Beleidigung, oder deutete es vielleicht doch an, dass er seinem Vater näherstand, als viele Leute glauben wollten? Vielleicht ein bisschen von beidem. Hatte es eine Annäherung gegeben? Oder kann doch niemand jemals seinem Elternhaus entfliehen?

Er hielt den Blick gesenkt und hatte sie wohl nicht gesehen; oder vielleicht hatte er sie zuerst gesehen und absichtlich weggeschaut. Das hieße, dass er nicht mit ihr reden wollte, was sie wiederum in ihrem Verdacht bestärkte, dass es etwas Besonderes gab, worüber er nicht reden wollte.

»Guten Morgen, Dominic«, sagte sie und stellte sich ihm in den Weg.

Er tat überrascht.

»Ach, hi, Catherine. Wie geht's Ihnen? Sind Sie wegen dem unglaublichen, schwimmenden Alki hier?«

»Genau, ich ...«

»Hals- und Beinbruch«, unterbrach er sie. »Tut mir leid, keine Zeit. Hab selber gleich 'ne Verhandlung.«

»Okay, aber zu den Sälen geht's da lang«, erinnerte sie ihn und warf einen kurzen Blick über die Schulter. »Wenn Sie noch Zeit für 'ne Kippe haben, haben Sie bestimmt auch Zeit für mich. Gehen wir!«

»Scheiße«, seufzte er und setzte beleidigt seinen Weg zum Haupteingang fort.

Sie wartete, bis er sich eine angezündet und daran gezogen hatte, denn sie wusste, dass sie vor seiner Nikotindosis nichts aus ihm herausbekommen würde.

»Wissen Sie, mit wem ich gestern geredet hab?«, fragte sie. »Mit Gary Fleeting.«

Er rollte die Augen, was bestätigte, dass er wusste, was kam.

»Und, wie geht's ihm so?«, fragte er durch zusammengebissene Zähne.

»Na ja, für einen, der gerade mit so einer Menge Heroin erwischt wurde, sah er mir ehrlich gesagt ein bisschen zu frei aus. Was ist passiert, Dom?«

»Die Wege der schottischen Justiz sind unergründlich«, erwiderte er müde. Er ballte die Faust und öffnete sie wieder mit der Handfläche nach oben, als wäre etwas weggezaubert worden oder entflogen. Catherine kannte die Geste von Ruaraidh Wilson, der sie manchmal in Verhandlungen einsetzte, wenn er ein wichtiges Beweisstück plötzlich nebensächlich oder völlig irrelevant erscheinen ließ. Für einen, der angeblich das absolute Gegenteil seines Vaters sein wollte, ähnelte er ihm doch verdammt stark. Der Apfel war eindeutig nicht weit vom Stamm gefallen, was die Witze und Andeutungen Lügen strafte, seine hingebungsvolle Arbeit als Staatsanwalt sei ein Beweis für eine Affäre seiner Mutter. Solche Sachen erzählten sich die Polizisten, wenn sie sich über die okkulte Macht Ruaraidh Wilsons hinwegtrösten mussten, die immer wieder ihre stärksten Anstrengungen zunichtemachte.

Bezeichnenderweise hatten genau diese verbitterten Polizisten Dominic in schwierigeren Zeiten immer als Sohn seines Vaters akzeptiert. In seiner Jugend und Studienzeit hatte er, angeblich aufgrund seines schwierigen Verhältnisses zu Wilson *père*, gedroht, auf die schiefe Bahn zu geraten. Es gab ein paar Probleme mit Alkohol und harten Drogen, die auch zu einigen Festnahmen führten.

Wahrscheinlich wären auch die eine oder andere Verurteilung und eine ganze Reihe anzüglicher Schlagzeilen dabei herausgekommen, wenn gewisse ranghohe Polizisten sich nicht überraschend mitfühlend und diskret gezeigt hätten. Catherine war damals ziemlich empört gewesen, dass der arme, kleine, reiche Junge eine Extrawurst bekam, die jemandem aus weniger illustren Kreisen wohl nicht angeboten worden wäre. Andererseits brachte es wohl auch seine Schwierigkeiten mit sich, der Sohn eines so übermenschlich erfolgreichen, leicht verschrobenen und krankhaft arbeitsbesessenen Menschen wie Ruaraidh Wilson zu sein.

Mit der Zeit bekam sie Respekt vor der Zurückhaltung ihrer dienstälteren Kollegen. Sie hätten Wilson mit den Schwierigkeiten seines Sohnes ohne Weiteres blamieren und diskreditieren, ihm alles heimzahlen können, was sie aber nicht taten. Als Catherine über das Warum nachdachte, verstand sie, dass sie doch alle derselben größeren Idee verpflichtet waren, ob sie wollten oder nicht.

Oft fragte man sich, wie Ruaraidh Wilson manche Leute überhaupt verteidigen konnte, und seine Methoden konnten einen so zur Weißglut bringen, dass man fast über Selbstjustiz nachdachte. Andererseits kitzelte er aus einem Polizisten alles heraus. Und wenn man doch mal gegen ihn und seinen Voodoozauber eine Verurteilung durchbekam, verbrachte man sicher keine schlaflosen Nächte mit der Frage, ob man wirklich den Richtigen eingebuchtet hatte. Also brauchte die Gerechtigkeit einen Anwalt wie Wilson. Zumindest redete Catherine sich das ein – manchmal war es nämlich das Einzige, was sie davon abhielt, mitten in der Nacht aufzustehen, quer durch die Stadt zu fahren und sein Haus anzuzünden.

Ihre Kollegen hatten garantiert auch in irgendeiner Form eine Gegenleistung für ihre Diskretion in Doms wilden Jahren bekommen. Wilson hatte Zugriff auf geheimste Informationsschätze und ein legendäres Geschick im Verhandeln geheimer Deals. Mal stürzte ein Fall gegen einen Bösewicht ab, dann bekam die Anklage ein paar Monate später einen anderen geschenkt. Es fand aber nie jemand heraus, was Wilson getan hatte. Wie bei einem großen Zauberer war man immer dann am weitesten von der Wahrheit entfernt, wenn man glaubte, man habe das Rätsel gelöst. Genau wie er es wollte.

»Wenn Sie ›unergründlich‹ sagen, hört sich das für mich eher nach ›verdächtig‹ an. Klären Sie mich auf.«

»Regen Sie sich nicht darüber auf, Catherine«, empfahl er zwischen zwei Zigarettenzügen, die derzeit sein einziges Laster darstellten. »Das bringt doch nichts. War doch nicht mal Ihr Fall. Sparen Sie sich Ihre Energie lieber für Ihre eigenen Ermittlungen.«

»Tu ich ja. Ich hab ’nen toten Dealer in Gallowhaugh, und Gary Fleeting passt genau. Und selbst, wenn er es nicht war, steckt sein Chef Frankie Callahan knietief in irgendeiner Sache, das weiß ich.«

»Ich glaube, wir würden Fleeting beide lieber für Mord als Drogenbesitz wegschließen. Dieser Kelch wird nicht an ihm vorübergehen.«

»Tja, an mir geht auf jeden Fall gerade etwas vorüber, und zwar hinter meinem Rücken. Ich will im Bilde sein, bevor ich mir meinen Mordfall aufbaue.«

»Wenn Sie *den* Fall hier aufgebaut hätten, wär’s auch bestimmt was geworden«, sagte Dominic. Er wollte ihr eigentlich keinen Honig ums Maul schmieren, aber überzeugend hörte er sich auch nicht an. Er wollte sie ablenken.

»Blödsinn. Mit dem Fall war alles in Ordnung. Da gab’s an keinem Detail irgendwas zu mäkeln. Den haben Sie nicht wegen der Chance auf eine Verurteilung aufgegeben. Da gab’s politische Gründe. Ich wüsste natürlich gerne, welche.«

Er zog lang an seiner Zigarette, starrte dabei in den Regen und tat so, als würde ihn die Sache langweilen, doch Catherine wusste, dass er ihr nur nicht in die Augen schauen wollte.

»Darüber darf ich nichts sagen«, erklärte er schließlich.

Sie schwieg und zuckte mit den Schultern, als wollte sie es dabei belassen. Das war aber nur eine Finte. Er würde reden, weil sie genau wusste, wie sie ihn kriegen konnte.

»Das mag ja sein«, sagte sie mit einem Seufzen, »aber wenn Sie es mir nicht anders erklären, muss ich daraus schließen, dass es etwas damit zu tun haben könnte, dass Gary Fleeting und Frankie Callahan beide Klienten Ihres Vaters sind.«

»Ach, leck mich am Arsch«, zischte er. »Mein Vater hat so ziemlich jeden Gangster in Glasgow schon mal vertreten. Das ist jetzt wirklich kein allzu großer Zufall.«

»Sicher, nur sollte hier zum ersten Mal einer seiner Klienten von seinem Sohn angeklagt werden. Plötzlich werden alle Vorwürfe fallengelassen. Ich sag ja gar nicht, dass da irgendwas Krummes gelaufen ist. Ihre Seite hat sicher auch was bei dem Deal herausbekommen. Mich wundert nur, dass Sie …«

»Sie haben doch keine Ahnung, wovon Sie reden«, unterbrach er sie abrupt. »Was nehmen Sie sich eigentlich raus? Der Druck kam doch von *Ihren* Leuten!«

Catherines Freude darüber, dass sie ihm eine Antwort entlockt hatte, wurde vom Inhalt dieser Antwort zunichtegemacht.

»Meinen Leuten? Einer von der Polizei hat Druck gemacht, den Fall abzuweisen? Wer?«

Er schüttelte ganz schwach den Kopf, eine winzige Geste mit riesiger Bedeutung.

»Es war nicht meine Entscheidung.«

»Nicht Ihre Entscheidung? Es war doch Ihr Verfahren.«

»Dachte ich auch. Aber Sie haben recht. Plötzlich wurde das Ganze politisch und lag nicht mehr in meiner Hand.«

»Wer hat Druck gemacht, Dominic?«, hakte sie wieder nach.

»Das soll ich nicht mal wissen und weiß Gott nicht weitererzählen.«

Er wusste es aber, und wollte es ganz offensichtlich weitererzählen. Er sah so stinksauer aus wie sie. Dummerweise war seine Zigarette fast nur noch ein Stummel, und ihre beiden Verhandlungen fingen in ein paar Minuten an.

»Nun sagen Sie schon«, bat sie und legte ihm die Hand auf den Unterarm. »Wir sind doch auf derselben Seite. Wenn ich hinter Frankie Callahan her bin, haben wir doch beide was davon, wenn ich vorher weiß, wer mir die Schnürsenkel zusammenbinden will, wenn ich nicht aufpasse.«

Seine Augen blitzten wütend auf.

»Sie können sich die Stimmungsmache sparen. Diese Schweine haben mir als Kind den Kopf getätschelt.«

Er zog ein letztes Mal und schnippte die Kippe in den Wandeimer.

Scheiße, dachte Catherine. Das war's. Aus, vorbei.

Sie gingen zusammen hinein, Dominic schritt zielstrebig durch die Eingangshalle, als wollte er sie abhängen. Catherine ging davon aus, nicht mal mehr einen höflichen Abschied zu bekommen, doch er blieb plötzlich vor seinem Saal stehen, und sah sich um, ob jemand in Hörweite war.

»Die Sache ist streng geheim, sehr heikel«, erklärte er. »Ich würde Ihnen zu gern alles sagen, und nichts lieber tun als Frankie Callahan anklagen, aber ich kann Ihnen den Namen nicht geben. Ich kann Sie aber darauf hinweisen, dass der Druck eine richtige Plage war.«

Damit drehte er sich um und schritt eilig durch die Tür, als wäre er im Gerichtssaal vor ihr sicher.

Weit oberhalb ihrer Gehaltsklasse, genau. Weit über seiner anscheinend auch, weshalb er ihr nichts sagen konnte oder wollte.

Dann merkte sie, dass er es gerade getan hatte.

Dass der Druck eine richtige Plage war.

Danke, Dominic.

Eine Heuschreckenplage. Locust.

Aufgespürt

Da Ingrams schon eine Pistole irgendwo unter dem Landrover versteckt hatte, war es auch nicht weiter überraschend, dass er unter der Rückbank einen gut bestückten Werkzeugkasten hatte. Nachdem er vorne unter den Wagen gesehen und festgestellt hatte, dass die Achse intakt war, holte er eine kurze Bügelsäge hervor und machte sich daran, die dicken, tiefen Stämme der Hecke zu entfernen und den Radlauf zu befreien.

Jasmine tupfte mit einem Taschentuch eine kleine Wunde links an ihrem Kopf ab. Sie hatte von den Glassplittern mehrere Schrammen abbekommen, kleine Diagonalen auf ihren Armen, die aber nicht schlimmer waren als die Kratzer, die die Fingernägel eines Kleinkinds hinterlassen könnten. Doch die Wunde an ihrem Kopf war tiefer und wollte einfach nicht aufhören zu bluten. Sie dachte erst, sie habe sie sich zugezogen, als sie sich den Kopf am Türrahmen gestoßen hatte, aber die Beule davon fand sie ein paar Zentimeter höher.

Diese kleinen Verletzungen kamen ihr verglichen mit der wichtigsten aber höchstens wie nebensächliche Unannehmlichkeiten vor. Auch die schimmernden Scherben spielten keine Rolle im Vergleich zu dem Schaden, den sie genommen hatte. Es kam ihr vor, als wäre ein Loch in die Welt selbst gerissen worden, wie sie sie verstand, und keines der äußeren Anzeichen wurde dessen Ausmaß gerecht.

Jetzt müsste doch einfach alles aufhören, fand sie. So langsam sollten zwei Dutzend Polizisten heranströmen, den Tatort großflächig abriegeln und mit ihren Ermittlungen anfangen. Sie selbst würde in die Obhut einer riesigen Maschinerie übergeben werden, in der sie jetzt nur noch eine Zeugin war, während fähigere Kräfte sich der Sache annahmen, in die Jasmine hineingezogen worden war.

Stattdessen machte die Welt anscheinend völlig gleichgültig so weiter wie vorher. Besonders Ingrams war wohl gerade nichts wichtiger, als den Wagen aus der Hecke zu befreien. Irgendetwas an seinem Pragmatismus kränkte sie zutiefst.

Verschiedene Autos fuhren in beiden Richtungen vorbei. Alle bremsten und sahen sich die Szene an, manche Leute ließen sogar das Fenster herunter und wollten helfen, doch Ingrams winkte alle schweigend weiter. Er wollte eindeutig niemandem etwas erklären müssen, woraus Jasmine Schlimmes schloss.

»Wollen Sie denn nicht die Polizei rufen?«, fragte sie ungläubig, als er die Fahrertür aufhielt und ihr bedeutete, wieder einzusteigen.

»Eigentlich nicht, nein. Es wäre ziemlich schwierig, denen zu erklären, was hier passiert ist, ohne zu erwähnen, dass ich eine Pistole dabeihatte, was mir einige Komplikationen bereiten würde.«

»Komplikationen? Männer mit Schrotflinten zum Beispiel? Ich würd sagen, wenn die mir den Kopf wegpusten, wird's ziemlich kompliziert. Ist doch nicht mein Problem, dass Sie in Sachen verwickelt sind, für die Sie 'ne Pistole unterm Auto brauchen. Doch, heute *war* es ja mein Problem, und deshalb hab ich allen Grund, die Polizei zu rufen.«

Ingrams ließ sie eine Weile schnattern und verwarf dann ihre Einwände, indem er den Motor startete. Sein Blick ließ sie wieder erstarren.

»Zuallererst, noch einmal: Pistole, eine, Singular. Zweitens, auch schon gesagt: *Sie* sind hier in irgendetwas verwickelt.

Und drittens, wenn ich keine Pistole gehabt hätte, würden wir jetzt beide an unseren Schussverletzungen sterben. Also fände ich es nur höflich, wenn Sie mich aus Dankbarkeit, dass ich Ihnen *zweimal* das Leben gerettet habe, nicht bei den Bullen verpfeifen würden.«

Jasmine schwieg eine Weile wütend. Dankbar war sie ganz und gar nicht, weil sie ihm immer noch nicht abkaufte, dass *ihr* das alles passiert war und nicht ihm. Der Kerl kann einem ein Gewehr aus der Hand schießen, wurde ihr klar. Das hieß, dass er sich bewusst dazu entschieden hatte, den Angreifer nicht zu töten oder auch nur zu verwunden, sondern ihn nur zu verjagen. Warum?

Komplikationen. Hinterher zu viel aufzuräumen. Schwierige Gespräche mit der Polizei. Wer würde selbst in so einer Situation nicht die Polizei einschalten? Und was würde er sagen, wenn sie darauf bestand? Sie musste wissen, an wen sie geraten war, vor allem, ob er der Schlimmste war, den man sich vorstellen konnte.

Er deutete ihr Schweigen als Ende der Diskussion und manövrierte den Landrover aus der Hecke heraus und vom Seitenstreifen herunter.

»Das muss aufgeklärt werden«, sagte sie so ruhig und nachdrücklich wie möglich. »Wenn Sie recht haben, und die hinter mir her waren, muss ich mich schützen. Tut mir leid, dass ich Ihnen Schwierigkeiten mache, aber ich muss zur Polizei.«

Ihr Herz hatte wieder angefangen zu rasen, fast so schnell wie bei dem Angriff, und es würde sich erst wieder beruhigen, wenn sie seine Antwort hörte, die leider auf sich warten ließ.

Jetzt schwieg Ingrams. Er fuhr den Wagen langsam auf den Asphalt, und als er behutsam beschleunigte, blies warme Luft durch die zerschmetterten Hinterfenster. Da er sich nicht weiter äußerte, machte sie sich Gedanken, wie er sie wohl am Reden hindern wollte.

»Ich kann Sie beschützen«, sagte er schließlich. »Besser als die Polizei. Ich komme mit Ihnen zurück nach Glasgow und gehe mit Ihnen der Sache auf den Grund.«

Ja, klar, war ihre erste Reaktion. Doch dann dachte sie an DS McDade und Sergeant Collins, daran, wie sehr sie sich gewünscht hatte, ernst genommen zu werden, und an die spätere Einsicht, dass sie ihr nur so weit helfen würden, wie es in ihrem eigenen Interesse lag. Ingrams dagegen bot ihr seine persönliche Hilfe an. Aber wer sagte eigentlich, dass es nicht auch nur in Ingrams' Interesse lag, ihr zu helfen? Welche Motivation hatte er, sich so einzumischen, außer der, die Polizei aus der Sache herauszuhalten?

»Ich dachte, das Ganze hat nichts mit Ihnen zu tun. Sie haben doch angeblich keine Ahnung, was los ist. Erinnern Sie sich noch dran?«

»Ich weiß wirklich nicht, was los ist, aber jetzt hat die Sache auf jeden Fall was mit mir zu tun. Ihr Chef verschwindet, und auf seinem Schreibtisch liegt offen eine Akte mit meinem Namen und der Anschrift des Zufluchtsorts. Sie kommen vorbei und wollen nachforschen, und plötzlich werden wir beschossen. Ich will wissen, was ich mit der Sache zu tun habe. Außerdem haben die meinen Landrover beschädigt. Den Selbstbehalt zahlen die mir gefälligst.«

Darüber dachte Jasmine kurz nach und tupfte sich den Kopf mit dem Taschentuch. Es sog immer noch Blut auf, und jetzt fühlte Jasmine auch einen kleinen, harten Klumpen direkt unter der Haut an einem Ende der Schramme. Es tat ziemlich weh, als sie ihn mit dem Fingernagel herauskratzte. Sie streifte ihn mit ein paar Haaren ins Taschentuch, rieb ihn sauber und schaute ihn sich zwischen Daumen und Zeigefinger an. Es war ein kleines Stück Metall.

»Ich glaube, mein Kopf hat ein Stück von Ihrer Tür mitgenommen«, sagte sie skeptisch. »Tut mir leid.«

»Schrotkugel. Wohl ein Querschläger. Genau genommen haben Sie gerade einen Kopfschuss überlebt. Glückwunsch.«

Beim ersten Wort hatte sie die Kugel entsetzt fallen lassen. Sie verschwand im Fußraum und rollte unter Jasmines Sitz zwischen Tausende von Glasscherben.

»Okay«, gab sie nach. »Keine Polizei. Sie können mitkommen, aber ohne Waffen. Egal wie wenige.«

»Es geht hier um Glasgow«, erwiderte er mit einem Akzent, der plötzlich doch ziemlich genau passte. »Nie im Leben fahr ich da ohne hin.«

»Dann fahr ich alleine. Ich hab nämlich die Erfahrung gemacht, dass bewaffnete Männer andere bewaffnete Männer anziehen.«

»Die Erfahrung? Sie haben nicht mal 'ne Stunde Erfahrung mit bewaffneten Männern.«

»Genau, und meiner Erfahrung nach geht es jedes Mal so aus, dass ich von anderen bewaffneten Männern beschossen werde.«

»Und wie Sie eben gesehen haben, ist das Ganze weit weniger tödlich, wenn man zurückschießen kann.«

Jasmine wusste, dass er recht hatte, dass sie nicht rational dachte, aber allein der Gedanke an die Kugel zwischen ihren Fingern ließ es ihr kalt den Rücken hinunterlaufen.

»Versprechen Sie mir einfach, dass es jetzt mit den Waffen vorbei ist«, bat sie. »Lügen Sie, wenn es sein muss.«

»Ich werd Sie nicht anlügen«, erwiderte er, ohne sich weiter zu erklären.

Sie schwiegen gut zwei Kilometer lang. Als sie an einen Kreisverkehr kamen, merkte Jasmine, dass sie nicht umgekehrt waren, sondern in der ursprünglichen Richtung weiterfuhren.

»Fahren wir gar nicht zurück zum Haus?«

»Ich muss noch das Teil für den Schredder besorgen.«

»Sie hatten doch gesagt, Sie brauchen einen neuen.«

»Da hab ich um den heißen Brei rumgeredet, wissen Sie noch?«

»Ich will ja nicht egozentrisch und rücksichtslos wirken, aber hat das nicht Zeit?«

»Nein. Das muss sein, wenn ich Ihnen helfen soll. Rita ist es zwar gewohnt, dass ich kurzfristig verschwinde, aber wenn ich halbfertige Arbeit zurücklasse, macht sie sich Sorgen. Sie soll sich gefälligst nur Sorgen um das Haus machen müssen.«

Jasmine konnte sich nicht vorstellen, dass irgendjemand sich Sorgen um jemanden machen könnte, der so gefährlich und Furcht einflößend war wie Ingrams, aber dann kam ihr der Gedanke, dass er vielleicht mehr für Rita war als nur eine Hilfe.

Als Jasmine auf den Parkplatz vor dem Büro fuhr, sah sie es auf dem Beton verräterisch schimmern.

»Das ist Jims Ermittlungswagen«, erklärte sie Ingrams. »Den hat sich wohl einer vorgeknöpft.«

Sie waren gegen halb acht in Glasgow angekommen und hatten gemäß Ingrams' Wunsch direkt Sharp Investigations angesteuert.

Am Zufluchtsort waren sie kurz vor fünf losgefahren. Ingrams hatte seine Arbeit zu Ende gebracht und noch kurz ein paar Sachen von sich zu Hause geholt. Nach einer knappen Dreiviertelstunde war er mit einer schwarzen Sporttasche über der Schulter zurückgekommen, über deren Inhalt sie nicht spekulieren wollte. Sie fragte sich, warum sie nicht auf der Fahrt den kurzen Abstecher zu ihm hatten machen können, aber er wollte wohl nicht, dass sie wusste, wo er wohnte.

Sie hatte auf einer schattigen Holzbank im Garten gewartet und ihm beim Arbeiten zugesehen. Er schredderte die Zweige einer wuchernden Hortensie, die er im Laufe des Morgens gestutzt hatte. Das Häckselgut sammelte er in einem Plastikeimer, den er immer wieder zum Mulchen in einen Streuwagen leerte. Er arbeitete zügig und eifrig, aber ohne Hast.

Als sie wieder am Haus angekommen waren, hatte Jasmine noch einmal kurz Rita gesehen.

Ingrams hatte den Landrover hinten geparkt, wo sie den Zustand des Wagens nicht sah. Rita hatte den Motor gehört und war nach draußen gekommen. Das kam Jasmine erst wie eine freundliche Geste vor, bis Rita sie bat, draußen zu bleiben, damit die Frauen sich nicht auf ihren Zimmern verstecken mussten. Rita war höflich, fast ein wenig mitfühlend, aber Jasmine hörte die Härte zwischen den versöhnlichen Tönen und erinnerte sich an Ingrams' Warnung, sie solle ja nicht glauben, dass sie in Rita eine Verbündete gefunden habe. Ingrams verschwand ein paar Minuten mit Rita im Haus, wo er wohl ein paar Dinge erklärte und sicher ein paar andere verschwieg.

Jasmine beschrieb ihm die Lage auf der Fahrt nach Norden und streckte das Wenige, was sie wusste, bis ins kleinste Detail über so viele Kilometer wie möglich. Danach quatschte sie einfach munter weiter über sich selbst, weil sie die Stille sonst nicht aushielt. Sie erwischte sich dabei, wie sie ihm persönliche, fast schon unangemessene Dinge erzählte: die Geschichte mit ihrer Mutter und wie sie zu ihrem Job bei Jim gekommen war.

Ingrams hatte anscheinend kein Problem damit zu schweigen, aber es störte ihn wohl auch nicht weiter, wenn sie redete, und ab und zu hakte er kurz nach und ließ sie dann weiterplappern. Mit Informationen über sich selbst wollte er sie allerdings nicht erfreuen. Ab und zu versuchte sie aber ihr Glück und hoffte, es wäre vielleicht schon eine Verbindung zwischen ihnen entstanden oder sie könnte ihn überrumpeln.

»Sie sind aus Glasgow?«

»Ursprünglich. Lange her.«

»Kannten Sie diesen Glen Fallan? Haben Sie schon mal von ihm gehört?«

»Nein.«

Ingrams kletterte aus dem Honda und streckte sich. Neben dem flachen Auto wirkte er noch größer. Er schlurfte auf den Lieferwagen zu, reckte den Hals und schüttelte Arme und Beine aus. Dann lehnte er sich vor und schaute durch ein zerbrochenes Fenster.

»Ein diskreter, unauffälliger Ermittlungswagen«, sagte er. »Woher wussten die, dass es seiner ist?«

»Vielleicht wussten sie es gar nicht. Aber er steht jetzt fast eine Woche hier herum.«

»Fällt Ihnen irgendetwas auf, was fehlt?«

»Jim lässt eigentlich nie was drinnen. Die Kamera nimmt er immer mit, wenn sie nicht in Betrieb ist.«

»Ich weiß ja nicht, was die suchen, aber sie geben sich Mühe.«

Jasmine schloss die Hintertür des Bürogebäudes auf und hielt sie Ingrams offen. Er ging mit vorsichtigen, überraschend leisen Schritten hinein, und sie kam zu dem besorgniserregenden Schluss, dass die Leute, die in den Wagen eingebrochen waren, noch im Büro sein konnten.

Sie stiegen leise die Treppe hinauf. Jasmine rechnete damit, dass Ingrams jeden Moment eine Waffe zog und musste sich eingestehen, dass sie enttäuscht war, als er es nicht tat. Warum hatte sie ihm bloß verboten, eine mitzubringen? Und warum hatte er sich nicht einfach durchgesetzt und ihr gesagt, sie solle nicht so blöd sein?

Zu ihrer großen Erleichterung war die Bürotür abgeschlossen. Jasmine wollte gerade den Schlüssel ins Loch stecken, als Ingrams sie zurückhielt. Er hockte sich hin und untersuchte das Schloss.

»Kratzspuren«, sagte er. »Frische. Das hat vor Kurzem einer geknackt. Die waren hier.«

»Warum sollten die das Schloss knacken? Warum nicht einfach die Tür eintreten, wie sie das Fenster vom Wagen eingeschlagen haben?«

»Sie sollten jetzt eigentlich schon tot sein. Einen Einbruch an Ihrem Arbeitsplatz würde die Polizei in Tyneside sofort mit Ihrem Mord in Verbindung bringen. Wenn ein unauffälliger Wagen nach ein paar Tagen ausgeräumt wird, ist das lange nicht so eine große Sache.«

»Tja, aber womit sollen sie den Angriff sonst in Verbindung bringen? Vielleicht war ich ja in Ihrem Wagen einfach nur zur falschen Zeit am falschen Ort. Was uns wieder zu der Frage bringt, wie man bloß auf die Idee kommen kann, dass einer, der Pistolen im Auto hat, eher angegriffen wird als andere.«

»Kein Kommentar.«

Jasmine schloss die Tür auf und schaltete das Licht an. Es gab keine offensichtlichen Anzeichen eines Einbruchs, und sie spürte auch nicht, dass jemand hier gewesen war, wie sie am Montag gespürt hatte, dass *niemand* da gewesen war. Das Büro sah mehr oder weniger genauso aus, wie sie es zurückgelassen hatte, was sie darüber nachdenken ließ, wie man frische Kratzspuren überhaupt von unschuldigen alten unterscheiden konnte, die von schlecht gezielten Schlüsseln stammten. Vielleicht war ja gar keiner eingebrochen, und der Wagen war nur irgendeinem Gelegenheitsdieb zum Opfer gefallen.

»Was haben sie mitgenommen?«, fragte Ingrams, während Jasmine sich umsah.

»Ehrlich gesagt kenne ich mich hier noch nicht gut genug aus, um zu wissen, was fehlt oder was die suchen könnten.«

Sie sah sich den Schreibtisch mit den Akten an, die sie fein säuberlich aufgestapelt hatte. Der stand zwar noch da, aber eins fiel ihr sofort auf.

»Die Glen-Fallan-Akte fehlt. Die war oben, weil ich mir die Adressen rausgeschrieben hab. Ansonsten weiß ich nicht.«

»Was ist mit dem Computer?«, fragte Ingrams.

Jasmine schaltete den PC an und spürte ein erwartungsvolles Kribbeln. Sie konnte sich die zuletzt aufgerufenen Dateien auflisten lassen, dann hätten sie endlich eine handfeste Spur.

Die Maschine piepste ungewöhnlich altmodisch. Jasmine schaute auf den Bildschirm, der größtenteils schwarz geblieben war und nur ein paar Zeilen weißen Text zeigte. In der untersten stand: »Please insert boot disk.«

»Scheiße«, sagte Ingrams.

»Was bedeutet das?«, fragte sie.

»Die haben die Festplatte formatiert. Alles gelöscht. Keiner soll wissen, worum es hier geht.«

»Wir haben zum Glück ein Back-up. Wir können zwar nicht sehen, worauf sie zugegriffen haben, aber die Daten selbst können wir wiederherstellen.«

»Immerhin. Haben Sie den FTP-Login?«

»Den was?«

»Egal. Wenn Sie Jims E-Mail-Adresse und den Host kennen, können wir ...«

Jasmine sah ihn verlegen an. Sie hatte keine Ahnung, wovon er redete.

»Ach nichts«, sagte er geduldig. »Wo wollten Sie denn noch nachforschen? Auf der Fahrt meinten Sie, Jim hätte gleichzeitig noch an einem anderen Fall gearbeitet.«

»Anne Ramsay. Aber der Polizist, der hier war, meinte, das wär 'ne Sackgasse. Eine arme Frau, deren Eltern und Bruder vor einem Vierteljahrhundert verschwunden sind. Und wir kommen da sowieso nicht weiter: Wir haben keine Kontaktdaten. Ich hab die Akte nicht, und die Dateien fehlen.«

»Haben die die Akte auch mitgenommen?«

»Nein, die fehlte vorher schon. Jim muss sie wohl mitgenommen haben. Ach, halt, ich hab doch ihre Telefonnummer. Die müsste im Telefon gespeichert sein. Anne Ramsay hat angerufen und nach Jim gefragt. Er hatte ihr wohl gesagt, dass er Anfang der Woche Neuigkeiten für sie hätte. McDade meinte, Jim wollte ihr nur behutsam beibringen, dass die Sache keinen Sinn hat. Er hat gesagt, Jim wusste sicher, dass es nicht richtig wäre, Geld von ihr anzunehmen.«

»Aber warum sollte Jim die Akte mitnehmen, wenn er ihr doch nur sagen wollte, dass es keinen Sinn hat? Er hatte bestimmt eine Spur. Und wenn man jemandem absagt, kündigt man doch nicht Tage vorher großartig irgendwas an, damit er sich Hoffnungen macht. Da müssen wir mal nachhaken.«

Jasmine sah sich wieder den Monitor an, auf dem der Cursor in Erwartung einer Bootplatte blinkte.

Blink. Blink. Blink.

Sie dachte an andere blinkende weiße Punkte auf schwarzen Bildschirmen, an Monitore und Warnsysteme, und das Unausweichliche ließ sie schließlich zusammenbrechen. Sie merkte, dass sie es schon seit Stunden verdrängte, dass sie sich mit anderen Dingen ablenkte, aber jetzt ging es nicht mehr. Sie bekam feuchte Augen, und die Tränen fingen an zu fließen.

»Was ist denn?«, fragte Ingrams mit sanfter, unaufdringlicher Stimme, als ginge es ihn eigentlich nichts an.

»Jim«, sagte sie mit zitternder Stimme. »Jim ist nicht nur mein Chef, sondern auch mein Onkel. Na ja, der Cousin meiner Mutter. Das alles: der Angriff, der Einbruch, die gelöschte Festplatte. Das heißt, er ist tot, oder?«

Sie starrte aus Jims Stuhl zu ihm hinauf und suchte in seinem Gesicht nach einer Antwort. Ingrams schwieg, denn es gab für ihn nichts zu sagen. Sie verstand, dass er es schon lange gewusst hatte, wahrscheinlich seit dem Moment, als die Schrotflinte die Autofenster zerschossen hatte.

Sie beugte sich nach vorne, stützte den Kopf in die Hände und versuchte, ihr Schluchzen vor diesem relativ fremden Mann zu verbergen, doch die Trauer übermannte sie, als sie die Wahrheit akzeptierte. Ihr war kalt und sie war schrecklich einsam. So eine Nachricht sollte sie doch von jemandem hören, der ihr nahestand, der sie in den Arm nehmen konnte.

Stattdessen hatte sie aus den Umständen schließen müssen, dass sie ihn verloren hatte. Ein Verlust auf Abstand: Sie akzeptierte, dass Jim tot war, wahrscheinlich schon seit Tagen.

Alle Befürchtungen waren wahr geworden, die ihre instinktive Angst im Büro am Montagmorgen mit sich gebracht hatte. In der letzten Zeit wurden wohl alle ihre schlimmsten Ängste wahr. Ja, es ist Krebs. Ja, er breitet sich aus. Nein, wir können nichts machen. Ja, nur noch ein paar Monate.

Ja, heute Abend geht es wohl zu Ende. Ja, jetzt ist sie weg.

Ja, Jim ist auch tot.

Ingrams schwieg und blieb ein Stück weit entfernt stehen. Sie wusste nicht, ob sie ihn dafür hasste, dass er in gleichgültiger Stille dastand, oder dankbar war, dass er auf Distanz blieb und sie in Ruhe ließ.

»Wer sind Sie?«, fragte Jasmine in einem heiseren Flüstern.

»Wir müssen uns überlegen, wo wir Sie heute Abend unterbringen«, erwiderte er. »Wenn die hier waren, wissen sie wahrscheinlich auch, wo Sie wohnen. Zu Hause sind Sie nicht mehr sicher.«

Jasmine bekam das schwindelerregende Gefühl, dass die Ereignisse sie überrumpelten, als würde sie im Treibgut einer Flut mitgerissen. Außer an Ingrams konnte sie sich an nichts mehr festklammern, und ihn kannte sie kaum.

»Ich brauch mein Handyladegerät«, war der einzige sinnvolle Gedanke, der es an die Oberfläche schaffte, während ihr Kopf versuchte, wieder alles unter Kontrolle zu bringen.

»Wir kaufen Ihnen morgen früh ein neues. Erst mal brauchen wir ein Hotel.«

»Ich hab kein Geld«, erklärte sie verlegen.

»Ich aber.«

»Warum helfen Sie mir?«

»Wenn ich's nicht mache, tritt Rita mir in den Arsch«, erwiderte er.

Sie nahm die Erklärung hin, denn sie war gerade nicht in der Lage nachzuhaken, aber sie beide wussten, dass das Unsinn war.

Zuerst fuhren sie zu einem großen Vierundzwanzig-Stunden-Supermarkt, kauften für sie Zahnbürste, Waschzeug und frische Klamotten, dann buchte Ingrams zwei Zimmer in einem Hotel am Clyde, einem großen, businessmäßig gesichtslosen Gebäude, in dem man wunderbar untertauchen konnte.

Auf seinen nachdrücklichen Rat hin bestellte sie sich etwas vom Room Service. Sie hatte eigentlich keinen Hunger, verschlang aber schließlich doch ein Club Sandwich, denn sie hatte den ganzen Tag kaum etwas gegessen. Als sie fertig war, wurde sie wie von einem Netz der Müdigkeit aufs Bett gezogen.

Sie konnte aber nicht gleich schlafen. Erst kamen wieder die Tränen. Jetzt war sie endlich allein und konnte unbeobachtet alles herauslassen.

Sie weinte wegen Jim, und weil sein Verlust sie ein Echo des Todes ihrer Mutter spüren ließ. Doch irgendwo tief in ihrem Schmerz und ihrer Trauer glomm ein winziges Fünkchen Hoffnung, weil Jims Verlust nicht mehr ganz so wehtat. Nie wieder konnte etwas so sehr wehtun.

Explosive Informationen

Catherine und Laura trafen sich mit Bob Cairns in einem Imbiss auf der Robertson Street abseits der Broomielaw am Clyde-Ufer. Es war ein altmodischer Laden, der gar nicht daran dachte, seine fettige Tradition zu verraten. Diese Lokale fand man fast nur noch in kleinen Seitenstraßen, was ihnen etwas Verruchtes gab. Nicht, dass der Verzehr gesättigter Fettsäuren hierzulande Gefahr lief, außer Mode zu kommen – er war nur ein schmutziges, kleines Geheimnis geworden, das die Stadt nicht mehr an die große Glocke hängte.

Bob saß in einer Nische, deren PVC-Polster so von Kratzern, Narben und Nähten übersät waren, dass sie wie die Gesichter der Glasgower Unterwelt aussahen. Catherine meinte beim Hereinkommen erst, sie könne Zigarettenrauch riechen, aber das war wohl doch nur eine unwillkürliche Assoziation – oder aber selbst die Jahre seit dem Rauchverbot hatten nicht gereicht, um den Laden ausdünsten zu lassen. Irgendwie war es beruhigend, dass es solche Lokale noch gab, und umso besser, wenn dann noch ein Polizist wie Bob Cairns darin saß. Man wusste, dass die Männer mit Gesichtern, die diesen Polstern glichen, da draußen waren, also brauchte man Männer aus Bobs Generation und mit seinem Ethos, um das Ganze irgendwie im Gleichgewicht zu halten.

Mit Latte light und Blaubeermuffins brauchte man Bob nicht zu kommen. Andererseits fraß er sich auch nicht auf einen Herzinfarkt zu: Vollkornbrötchen ohne Butter, *gegrillter* Speck, Grilltomate und braune Sauce. Für knapp sechzig war er wirklich fit, auch wenn heutzutage auf jeden Fall mehr von ihm da war als früher. Catherine hatte auch gehört, dass er gestern nicht zur Arbeit gekommen sei, was eigentlich noch nie vorgekommen war. Bei den überzuverlässigen Kerlen wie ihm machte man sich immer ein bisschen mehr Sorgen, wenn sie mal krank waren.

Heute sah man ihm aber nichts weiter an. Er hatte sein Handy auf dem Tisch neben einem dampfenden Becher schwarzen Tee liegen und wirkte angespannt und ein bisschen unruhig, während er sein Frühstück in sich hineinschaufelte. Catherine kannte diesen Blick: Ein Polizist, der wusste, dass etwas am Laufen war, und auf seinen Einsatz wartete.

Er lächelte nicht, als er die beiden sah, sondern bedeutete ihnen nur mit einem kurzen Nicken, dass sie sich zu ihm setzen sollten. Er konnte nicht mit Sicherheit gewusst haben, dass Catherine ihn hier beim Frühstück besuchen würde, aber irgendwie hatte er sie erwartet. Bill Raeside hatte ihr Bescheid gesagt, dass Cairns etwas Neues über den Mord an McDiarmid wusste, aber wie er eben war, wollte er nichts am Telefon weitergeben und zog Orte wie diesen der langweiligen Zweckmäßigkeit einer Polizeiwache vor.

Catherine wusste, dass sie ihm den Gefallen tun musste. Wie sie Laura erklärt hatte, schien es wohl auf den ersten Blick unnötig, was sich aber als fataler Trugschluss herausstellte, wenn man die Sache ein bisschen genauer betrachtete. Zum einen musste man alten Hasen wie Cairns und Fletcher ab und zu nach der Pfeife tanzen, um sie bei Laune zu halten, vor allem, wenn man selbst ranghöher war. Diese Männer forderten Respekt und nahmen einen nur ernst, wenn sie glaubten, dass man wirklich wusste, was sie wert waren. Wenn man sie unterschätzte, hielten sie einen für einen Idioten und hatten damit meistens recht. Wenn sie einen also zu einem Treffen in einen versifften Imbiss einluden, nörgelte man nicht herum.

»Ein bisschen Ehrfurcht zahlt sich aus«, erklärte sie Laura. »Und mangelnder Respekt geht nach hinten los. Polizisten mit so reicher Erfahrung, so vielen Kontakten und einem so tiefen Verständnis des Systems haben einen inoffiziellen Rang, ganz egal, was auf ihrem Dienstausweis steht, und wenn man den nicht anerkennt, bezahlt man dafür. Wenn du dich mit solchen Leuten anlegst, betrachten sie es vielleicht nicht unbedingt als ihren Job, dich zu verarschen, aber auf jeden Fall als ein schönes Hobby.«

Im Zeitalter elektronischer Kommunikation war es besonders viel wert, sich persönlich mit Kollegen aus anderen Einheiten zu treffen, wann immer sich die Gelegenheit bot. Cairns und seinesgleichen hätten es nie so genannt, aber so funktionierte Networking. Man tauschte eben nicht nur einzelne, unabhängige Informationshäppchen zu spezifischen Anfragen aus wie Arbeiterameisen. Und vor allem kam so leichter mal ein kleines Quidproquo zustande. Wenn Cairns etwas hatte, horchte er einen auch immer gerne aus, ob man vielleicht eine Gegenleistung bieten konnte.

»Schön, dass es dir wieder besser geht«, sagte Catherine, nachdem sie zwei Kaffee bestellt hatte. »Als ich gehört hab, dass Bob Cairns 'nen Tag krank macht, dachte ich schon, die Welt geht unter.«

Cairns sah sie einen Moment fragend an, bevor er verstand, wovon sie redete.

»Nee, mir geht's gut. Es ging auch gar nicht um mich – war eher ein Notfall in der Familie. Meine Jüngste hatte Probleme mit ihrer Bude. Sie ist in Preston an der Uni, fängt grad mit dem letzten Jahr an. Ist den Sommer über wegen 'nem Forschungsprojekt dageblieben. Auf jeden Fall ist ihre kleine Wohnung direkt am Fluss – wunderschön, bis mal Hochwasser ist. Hat jetzt 'nen halben Meter im Wohnzimmer stehen.«

Er trank einen Schluck Tee. Catherine merkte, wie er dabei zum Handy hinüberschielte.

»Erwartest du einen Anruf?«

Er rollte die Augen: und wie! Er wollte aber noch nichts verraten.

»Hab gehört, der kühne Abercorn wollte deine Hausaufgaben über den Mord an Jai McDiarmid abschreiben«, sagte er. »Schon rausgekriegt, was er vorhat?«

»Das bilde ich mir lieber nicht ein«, erwiderte sie. »Wenn man meint, man weiß, was Abercorn vorhat, hat er einen oft genau da, wo er einen will.«

Eine kalkuliert neutrale Antwort. Catherine würde niemandem verraten, dass sie vermutete, dass Abercorn Frankie Callahan deckte, schon gar nicht einem alten Hasen aus der Drogenfahndung. Jetzt genug davon, was Abercorn vorhat, dachte sie. Was hast *du* denn vor, Bob, und was erwartest du als Gegenleistung für deinen Tipp.

Die Beziehung von Drogenfahndung und Locust war so angespannt wie kompliziert. Cairns und Fletch genossen gerade den goldenen Herbst ihrer langen Karriere – eine Mischung aus Starsky & Hutch und Statler & Waldorf, wie Raeside es ausdrückte – und ernteten eine Menge Beifall von ihren Kollegen. Aber ihr Chef, Gerry Milligan, war ein genauso gerissener Politiker wie Abercorn, und die beiden hatten nur so lange freie Hand, wie es ihm passte. Der Leiter der Drogenfahndung wusste, dass ihre Verhaftungen und Beschlagnahmungen seine Einheit gut aussehen ließen, wie Abercorns langfristige Strategie Locust schlecht aussehen ließ, aber das hieß nicht, dass er sich einbildete, dass so etwas effektiv oder auf lange Sicht durchzuhalten war. Hier ging es immer auch um Diplomatie und Außenwirkung, und Catherine wollte keiner Seite etwas schenken, bevor sie nicht genau wusste, welche Auswirkungen das auf das Spiel hatte.

»Hat er dir schon die Moskito-Rede gehalten?«

»Nein. Ich gehöre wohl nicht dazu.«

»Vielleicht meint er auch, du kennst dich im einundzwanzigsten Jahrhundert genug aus, um seine Art von Polizeiarbeit zu verstehen.«

Seine Augen leuchteten verschmitzt – er wollte sie aufziehen. Sie warf ihm einen Blick zu, der ihm klarmachte, dass er dazu früher aufstehen musste.

»Du hast was für mich, hab ich gehört?«, sagte sie, zweifelte aber selbst daran, dass er es schon rausrücken würde.

Er schaute wieder kurz zu seinem Handy hinüber, riss dann zu ihrer Überraschung weit die Augen auf und antwortete mit einem auf mehrere Silben langgezogenen »J-o-a-a-h«. Es war, als hätte er vor lauter Spannung auf seinen Anruf ganz vergessen, sie wie üblich auf die Folter zu spannen.

»Ihr habt doch bisher noch keine großartigen Reaktionen aus der Öffentlichkeit auf den Zeugenaufruf im Fall des verstorbenen Mr McDiarmid bekommen, oder?«

»Versuchen müssen wir's eben«, erwiderte sie. »Was will man machen? So ist Gallowhaugh. Am helllichten Tag wird vor dreißig Leuten einer aufgeschlitzt, und hinterher hat kein Schwein was gesehen.«

»Mit *manchen* Leuten reden die Zeugen schon«, erwiderte er verheißungsvoll. »Meine Quelle – meine zuverlässige Quelle – berichtet mir, dass Paddy Steels Leute ihre eigenen Nachforschungen anstellen. Irgendwer hat Paddy wohl berichtet, dass er Sonntagnacht ungefähr zur Zeit, als McDiarmids Leiche abgeladen wurde, einen schwarzen Lieferwagen aus der kleinen Gasse hinter der Shawburn Road auf den Langton Drive hat einbiegen sehen.«

»Derselbe Paddy Steel, der mir erzählt hat, er würde McDiarmid nur ganz beiläufig kennen und hätte keine Ahnung, worum es bei dem Mord ging.«

»Genau. Und wie ich höre, hatte er dabei eine schusssichere Weste an.«

»Ein schwarzer Lieferwagen«, wiederholte sie. »Noch was? Hersteller? Modell?«

»Ford Transit.«

»Natürlich«, erwiderte sie. »Musste ja der Standardlieferwagen überhaupt sein. Immerhin war er nicht weiß, was?«

»Tja, der Witz ist aber, dass er auch nicht schwarz war.«

»Was?«

»Paddy Steels Trottel suchen nach dem A-Team, aber meine Quelle hat noch ’nen anderen Zeugen aufgetan, der sich daran erinnert hat, dass gegen Mittag ein *dunkelblauer* Lieferwagen vom Capletburn Drive aus in die Gasse gefahren ist.«

»Dunkelblau sieht gegen Mitternacht unter den Straßenlaternen wohl ziemlich schwarz aus«, urteilte Catherine. »Danke, Bob.«

»Wer weiß, ob’s was hilft.«

Er machte sich wieder über sein Speckbrötchen her und ließ noch mal den Blick übers Handy streifen.

»Du guckst das Teil an, als ob’s gleich ein Ei legt«, sagte Catherine.

»Oder mich in die Scheiße reitet«, gab er zu.

»Wie denn?«

Cairns trank einen Schluck Tee.

»Ich hab da einen Kontakt, einen Kontakt in *sehr* guter Position, der mir schon absolut unbezahlbare Tipps gegeben hat, aber er ist auch genauso launisch und schwierig, wie man es dafür erwartet. Er ist so gerissen wie ehrgeizig, und ich kann dir sagen, der macht sich einen Riesenspaß draus, beide Seiten gegeneinander auszuspielen. Man sagt ja immer, man kann sich ruhig ausnutzen lassen, solange man darüber Bescheid weiß, aber bei dem weiß ich nie so richtig, *wie* er mich ausnutzt, und das macht mich ungeduldig. Auf jeden Fall sollte er schon angerufen haben. Schon lange. Soll wohl was ziemlich Großes sein. Je mehr er einen hinhält, desto größer ist es.«

»Hat er schon was angedeutet?«

»Nur dass er glaubt, dass es heute laufen soll. Wahrscheinlich Drogen; sind ja immer Drogen. Mehr hat er nicht rausgerückt, wusste angeblich noch nichts Genaueres. Klar weiß er's, der kleine Wichser, aber er spannt einen gerne auf die Folter. Kriegt 'nen Riesenständer, wenn man ihm an den Lippen hängt. Hält sich auch ziemlich zurück: Alles bleibt bis zum allerletzten Moment sehr vage, wahrscheinlich, damit er seine Geschichte ändern kann, wenn ...«

Cairns verstummte, als das Handy endlich klingelte. Die Melodie war nicht einmal vollständig abgespielt worden, da hatte er das Gerät schon am Ohr. Er stand auf und ging aus dem Lokal, weg vom Gerede der Leute und vom Zischen der Kaffeemaschine.

»Was ich nicht alles für die Nummer geben würde«, sagte Catherine, während sie Cairns beim Telefonieren im Eingang beobachtete. »Nicht, dass sein Kontakt irgendjemand anderem etwas verraten würde, aber ich würde schon gerne wissen, wer es ist.«

»Nicht ganz so gern wie Dougie Abercorn«, erwiderte Laura, was Catherine grinsen ließ.

Cairns beendete das Gespräch schon nach zwei Minuten und kam zurück. Catherine hatte ihn selten so aufgeregt gesehen.

»Da ist wohl wirklich was los«, sagte er schnaufend. »Vielleicht verarscht er mich, aber vielleicht ist auch was los. Er verarscht mich sogar doppelt, weil er weiß, dass ich weiß, dass er mich vielleicht verarscht, ich aber auch nicht ignorieren kann, dass vielleicht was los ist.«

»Bob«, ermahnte ihn Catherine. »Du brabbelst wirres Zeug. Wie ist die Lage?«

»Er hat gesagt, in der Central Station liegt ein Paket im Schließfach. Hat gemeint, es könnte explosiv sein.«

»'Ne Bombe in der Central Station?«, fragte Catherine. »Solche Leute soll der kennen?«

»Der Kerl? Was weiß ich. Er hat aber nichts von 'ner Bombe gesagt. ›Könnte explosiv sein‹, genau das war's. Hab dir doch gesagt, dass er nie klar und deutlich mit einem redet. Ist immer alles in Scheiße und Stacheldraht verpackt. Auf jeden Fall geh ich kein Risiko ein. Wir müssen evakuieren.«

An einem Morgen unter der Woche die Glasgow Central Station evakuieren war leichter gesagt als getan; man konnte nicht einfach irgendwo einen Alarmknopf drücken und schon gingen alle brav zum Sammelpunkt. Sie mussten nicht nur den Bahnhof schließen, sondern auch alle Züge aufhalten, die einfahren wollten. Dazu brauchten sie die Kooperation der Transport Police wie auch die Autorisation von Scotrail, wofür Catherine als Detective Superintendent ihre strengste Ja-ich-mein's-ernst-Stimme einsetzen musste.

Niemand, der regelmäßig mit der Bahn nach Glasgow fuhr, würde sich allzu sehr darüber wundern oder gar Panik bekommen, wenn der Zug wenige Hundert Meter vor dem Bahnhof parallel zur Bridge Street stehen blieb. Allerdings könnte man es wohl ungewöhnlich finden, dass man beim Warten nicht wie sonst das Citizens Theatre anstarren und in Kindheitserinnerungen ans Weihnachtstheater schwelgen konnte, weil der Blick von einem halben Dutzend anderen wartenden Zügen versperrt wurde. Und das waren nur die, die schon fast da waren; jeglicher Verkehr in dieser Richtung musste angehalten werden, an jedem einzelnen Pendlerbahnhof der verschiedenen Strecken mussten die Bahnen warten.

Darüber musste Catherine sich aber keine Gedanken machen – die paar Signale konnte jemand anders auf Rot schalten. Ein paar Hundert Leute aus dem Gebäude zu manövrieren, würde logistisch weit komplexer werden.

Es war keine Zeit zu verlieren. Jeder Polizist, der innerhalb von fünf Minuten da sein konnte, wurde herbeordert, da blieb keine Zeit für Egos und Streit über Rang und Zuständigkeiten. Jetzt waren sie alle Freunde und Helfer. Catherine und Laura wiesen gemeinsam mit den uniformierten Schutzpolizisten die Reisenden zu den Ausgängen und suchten nach einzelnen Nachzüglern.

Als alle über Lautsprecher aufgefordert wurden, das Gebäude zu verlassen und den Anordnungen der Polizei zu folgen, fiel Catherine auf, dass die Leute wieder »Passagiere« waren. Sie erinnerte sich noch daran, wie sich die Ansagen in ihrer Jugend in den späten Achtzigern von einem Tag auf den anderen plötzlich an die »Kunden« wandten. In dieser auffälligen ideologischen Sprachmanipulation hieß es dann: »Zugestiegene Kunden« und »Kunden, die auf den Express nach Carlisle warten«. Man erklärte doch seinen Kindern nicht, dass Leute im Zug Kunden genannt wurden. Diese schwerfällige Verzerrung schrie förmlich nach feigem vorauseilenden Gehorsam der Thatcher-Regierung. Sie wusste nicht, wann aus Kunden wieder Passagiere geworden waren, freute sich aber darüber. Passagiere konnte man aus dem Gebäude jagen, wenn eine Bombendrohung vorlag – »Kunden« hörte sich so an, als könnten sie selbst die Gefahr abwägen, wenn sie bezahlt hatten.

Sie mussten aber nicht nur die Gleise und den Hauptsaal evakuieren. Heutzutage waren im Bahnhof mehr Läden, Pubs und Restaurants als in Catherines Jugend auf der Caldeburn Street. Es gab Sandwichläden, Zeitschriftenhändler, Friseure, Drogerien, eine Wechselstube, Modeaccessoires, einen Floristen, einen Grußkartenladen, einen Marks&Spencer-Minimarkt und sogar einen Juwelier. Einen relativ teuren mit dem ziemlich hochtrabenden Namen Coruscate. Laura ließ sich bei dessen Anblick zu einem zynischen Kommentar hinreißen.

»Ein Juwelier im Bahnhof? Der kleine Zwischenhalt für den Mann, der sein Gewissen nicht mehr nur mit Blumen beruhigen kann. Einen winzigen Augenblick lang an die Frau denken, weil man es sonst ja nie tut.«

Normalerweise hätte so etwas bei Catherine neugierige Spekulationen ausgelöst, was wohl in Lauras bisherigem Liebesleben alles schiefgelaufen war, aber gerade konnte sie nur darüber nachdenken, ob es nicht irgendwie auf sie selbst zutraf.

Vor ein paar Monaten hätte sie beinah Drews Geburtstag vergessen. Sie war über Nacht unterwegs gewesen, bei einem Meeting in London, also hatte sie den peinlichen Augenblick unwissentlich vermieden, am Morgen ohne Karte oder Geschenk dazustehen. Erst als sie auf ihren Flug wartete und durchs Terminal Five bummelte, war es ihr eingefallen. Sie hatte eine Armbanduhr voller Technik-Schnickschnack gesehen, die Drew bestimmt toll fand. Sie wusste, dass sie in der letzten Zeit keine Muster-Ehefrau gewesen war, und spielte mit dem Gedanken, die Uhr zu kaufen, um ihm zu zeigen, dass sie an ihn dachte. Andererseits hatte er ja bald Geburtstag, also sollte sie sie vielleicht noch verstecken, bis ... Oh nein!

Er fand die Uhr wirklich toll. Sie ließen sich Essen vom Inder liefern, teilten sich eine Flasche Wein und hatten Sex; tollen Sex. Eiligen, geilen, Oh-Gott-wie-lang-ist's-her-Sex, dann langsamen, zärtlichen, sanften und ein ganz klein bisschen fetischistischen Sex. Drew war ganz benommen vor Glück, und Catherine war unglaublich erleichtert, dass sie gerade noch die Katastrophe hatte verhindern können. Sie schwor sich, nicht mehr so egozentrisch zu sein, ihm gelegentlich ohne besonderen Anlass ein kleines Geschenk zu kaufen und auch an einem normalen Abend unter der Woche mal zu sagen, scheiß drauf, wir bestellen was, trinken 'nen Wein und vögeln.

Leere Versprechen.

Die Kunden waren schnell aus den Läden gekommen; sobald sie die strömenden Massen draußen bemerkten, wollten sie wissen, ob der Aufruhr ihnen die Reise versauen würde.

Bei den Mitarbeitern dagegen waren eine härtere Hand und ein strengerer Ton nötig, vor allem um ihnen klarzumachen, dass sie *nicht* noch schnell die Auslagen einräumen, die Schlüssel holen, den Alarm scharfstellen, die Türen abschließen und die Rollläden herunterlassen konnten.

Die Versicherung, dass außer der Polizei niemand mehr im Gebäude war, konnte nicht alle beschwichtigen. Bevor die letzten Mitarbeiter durch den Haupteingang auf die Gordon Street geführt worden waren, hatte Catherine es organisiert, dass sie in einem separaten Grüppchen warteten und hinterher als Erste wieder hineingelassen werden sollten, damit keiner der örtlichen Kleinkriminellen sich eine spontane Selbstbedienungstüte zusammenstellen konnte.

Zu beiden Seiten der Gordon Street wurde abgesperrt und alle Zivilisten auf die Bürgersteige der Union Street und Hope Street zurückgedrängt. Die Gordon Street selbst wurde zum Sammelpunkt für Polizeifahrzeuge. Gerade kam die Spürhunde-Staffel an. Der Wagen wurde zum Taxistand unter dem Glasvordach am Central Hotel durchgewunken, wo Cairns mit dem Handy am Ohr wartete.

»EOD ist unterwegs«, erklärte er Catherine – das Army Explosive Ordnance Department. »Ich seh wie der letzte Vollidiot aus, wenn hier gar nichts ist. Meine paranoide Seite fragt sich die ganze Zeit, ob mein Kontakt mich gerade fertigmachen will.«

»Für Lampenfieber bist du doch ein bisschen zu alt, Bob«, erwiderte sie. Moralische Unterstützung in Form einer vorsichtigen Ermahnung. Er wirkte trotzdem sehr angespannt, woraus Catherine schloss, dass auch sie Grund dazu hatte.

Cairns wies den Leiter der Hundestaffel ein: Er sollte einen Hund nach Drogen und einen nach Sprengstoff suchen lassen. Die Hunde waren auf beides trainiert, sollten aber so früh wie möglich wissen, womit sie es zu tun hatten.

»Wahrscheinlich sind es Drogen, wir müssen aber auch

den Sprengstoff ausschließen«, sagte er. »Mein Kontakt hat von den Schließfächern gesprochen, aber wenn wir da nichts finden, müssen wir die Suche ausweiten.«

Die beiden Hundeführer zogen ihren Tieren die hellblauen Geschirre an, was ihnen zu verstehen gab, dass die Arbeit anfing. Sie gingen durch den Haupteingang, und Cairns folgte ihnen in einiger Entfernung.

Nach ein paar Schritten blieb er stehen und drehte sich zu Catherine um.

»Kommst du mit?«, fragte er.

»Klar«, erwiderte sie, obwohl sie doch ein bisschen besorgt war.

Sie fragte sich, worauf dieser instinktive Widerwille beruhte. Hatte sie Angst, dass er sie mitnahm, damit sie die Verantwortung teilte, wenn sich das Ganze als falscher Alarm herausstellte? Dann kam sie an der leeren Hülle der Bombe aus dem Zweiten Weltkrieg vorbei, die gleich hinter dem Eingang stand, und ihr fiel ein ganz einfacher Grund ein, warum sie keine große Lust hatte, zu den Schließfächern zu gehen.

Um professionell und ruhig zu bleiben, wollte sie sich mit einem anderen Gedanken ablenken, wünschte sich dann aber sofort, ihr wäre keiner gekommen.

Drew und sie hatten sich am Anfang ihrer Beziehung immer an der Bombe getroffen, nachdem sie mit verschiedenen Zügen angekommen waren. Sie wusste noch, wie es war, die Menge zu beobachten und dann plötzlich zu sehen, wie er auf sie zukam. Mit der Zeit schien der Altersunterschied immer unwichtiger, aber damals hatte er wirklich etwas von einem jungen Toy-Boy gehabt: er zweiundzwanzig, sie einunddreißig. Sie hatten sich beide auf eine leichtsinnige, unkomplizierte Beziehung eingestellt und den anderen nie auf seine Langzeittauglichkeit eingeschätzt – in ihrem Fall, weil sie sich mit ihm nach einer anderen, gescheiterten Liebe nur ein bisschen ablenken wollte, und in seinem, weil er, na ja, zweiundzwanzig war. Das nahm ihr den ganzen Druck, sie konnte die Zeit mit ihm einfach genießen. Es war lustig. *Sie* war lustig.

Damals.

Er war gestern Nacht nicht nach Hause gekommen. Er hatte um sieben angerufen und gesagt, dass ein paar Leute aus dem Londoner Büro sich Zimmer im Malmaison in Leith genommen hatten, und dass er das auch tun würde, damit sie einen trinken konnten. Sie hatte gesagt, klar, viel Spaß, amüsier dich gut. Ihre irrationale Seite hatte nachgegeben; sie hatte keine Angst mehr, dass er sich betrank und über eine andere herfiel – wenigstens keine große Angst. Aber die Nachricht, dass er nicht kam, machte ihr doch zu schaffen. Er wollte es ihr gar nicht heimzahlen, aber ihr schlechtes Gewissen legte es als gerechte Strafe aus – wenn sie in der letzten Zeit doch nur etwas netter zu ihm gewesen wäre, hätte er die letzte Bahn genommen.

So hatte sie den Bahnhof noch nie gesehen – wie in einem Zombiefilm. Keine Menschen, keine Züge, keine Bewegungen. Aber auch keine Stille. In einem der Läden rechts von den Gleisen schrillte ein Alarm. Einer der starrsinnigen Wichtigtuer hatte sich den Anweisungen widersetzt und seine Alarmanlage scharfgestellt, und dann hatte sie wohl irgendein Uniformierter ausgelöst, der noch mal nach dem Rechten gesehen hatte.

Die Schließfächer waren vor ein paar Jahren modernisiert worden und hatten jetzt alle elektronische Tastenfelder. Jeder Benutzer richtete selbst einen vierstelligen Code ein, und wenn er ihn vergaß, konnte ein Mitarbeiter das Schloss zentral entriegeln, und es musste kein Ersatzschlüssel besorgt werden.

Als sie in den Bereich mit den Schließfächern kamen, zeigte sich zwischen den beiden Hunden ein extremer Unterschied. Während der eine methodisch auf und ab schnüffelte, zurückhaltend, als säße er neben dem Esstisch und wollte nicht allzu gierig auf die Reste wirken, steuerte der andere schnurstracks auf ein Fach zu und kratzte daran, als säße drinnen eine heiße Hündin auf dreißig Kilo Filetsteak. Catherine wünschte, sie hätte aufgepasst, welcher Hund auf welche Substanz angesetzt worden war.

Sie bekam ihre Antwort, als Cairns nicht den Sprengstoffräumdienst rief, sondern den Mitarbeiter, der das Fach öffnen sollte.

Der sah blutleer vor Angst aus, und damit er ihnen nicht noch vor die Füße kotzte, klärte Catherine ihn an Cairns Stelle auf: »Alles okay. Sind nur Drogen.«

Und verdammt noch mal, was für Drogen. Cairns zog einen mittelgroßen, anthrazitfarbenen Fiberglas-Rollkoffer hervor und legte ihn auf den Boden. Er öffnete den Verschluss, klappte den Deckel hoch, und gab den Blick frei auf Dutzende eng gepackte Quader von braunem Pulver in Paketband.

»Scheiße«, sagte der Hundeführer, der sein Tier bändigen musste. Er hockte sich neben seinen Schützling, der sich daraufhin beruhigte.

»Jackpot«, merkte Catherine an. Sie wussten es zwar erst genau, wenn sie einen Laborbefund hatten, aber Catherine ging davon aus, dass es reiner Stoff war. In der Form und Menge stand das Zeug sicher nicht kurz davor, direkt in ein paar Tausend Tütchen zu zehn Pfund abgepackt zu werden. »Ich würde sagen, wir haben hier gerade einer großen Nummer die Versorgung für die nächsten Monate weggeschnappt.«

»Joa«, sinnierte Cairns. »Das kann man schon explosiv nennen.«

»Irgendeine Ahnung, für wen die Lieferung war?«

»Nichts Konkretes, aber wir wissen es bestimmt bald, wenn der verhinderte Empfänger vor Wut um sich schlägt.«

Cairns rief die Hundeführer zurück und erklärte dem, der nach Sprengstoff suchte, dass diese Möglichkeit jetzt ausgeschlossen sei.

Der andere Hund wollte aber noch nicht gleich Feierabend machen. Jetzt schnüffelte er begeistert an einem anderen Schließfach herum, das er beeindruckenderweise sogar selbst öffnete.

Auf den zweiten Blick wurde klar, dass das daran lag, dass die Tür nicht mehr richtig schloss. Das Fach selbst war leer, was in der Gegend aber bei allen Dingen der Fall war, die sich nicht abschließen ließen.

»In dem hier sind auch mal Drogen gelagert worden«, sagte der Hundeführer. »Das ist wohl nicht die erste Lieferung, die hier verstaut wurde.«

»Nein«, erwiderte Cairns mit einem Grinsen. »Ich geh aber jede Wette ein, dass es die letzte war.«

Er seufzte und fing aus Erleichterung und Begeisterung an zu lachen. Es war ansteckend. Auch Catherine musste lachen. Das war ein Erfolg. Ein Riesenerfolg.

Der Koffer wurde von zwei Polizisten der Drogenfahndung nach draußen transportiert und in einem Wagen mit zwei Motorradeskorten weggefahren, die für zusätzliche Sicherheit und Geschwindigkeit sorgen sollten. Catherine gab grünes Licht, dass der Bahnverkehr wieder beginnen und die Absperrungen abgebaut werden konnten, wobei die Mitarbeiter der Bahnhofsläden wie vereinbart zuerst wieder hineindurften.

Catherine sah, wie sich die Filialleiterin des Juweliers an die Spitze der Gruppe schob. Trotz ihrer Stilettos hängte sie die anderen ab wie die schnellste Glamour-Mutti beim Elternrennen auf dem Schulsportfest.

Catherine nahm an, dass es ihr Alarm war, der da immer noch durchs Gebäude schrillte. An einem anderen Tag wäre sie wahrscheinlich hingegangen und hätte ihr auf die Finger geklopft, weil sie sich ausdrücklichen Polizeianordnungen widersetzt hatte, aber heute war ihr nicht danach. Sie fühlte sich wohl in ihrem Job als Polizistin und wollte sich die Laune nicht verderben.

Die Filialleiterin verschwand in ihrem Laden, aber der Alarm hörte nicht auf. Augenblicke später kam sie schockiert und wutentbrannt wieder heraus und stürmte auf Catherine und Cairns zu. Sie pöbelte, schnaufte und geiferte die beiden an, und was sie zu sagen hatte, bewies, dass auch an so einem schönen Tag auf jeden Sonnenschein ein Regen folgte.

Sie hieß Maraidh Morgan, und wie sich herausstellte, hatte sie die Anordnungen bedingungslos befolgt, und ihr Alarmsystem *nicht* scharfgestellt. Im Laden stand allerdings eine stets alarmgesicherte Vitrine mit den allerteuersten Luxusuhren, und der Alarm war ausgelöst worden, als sich jemand daran mit einem Trennschleifer zu schaffen gemacht und den gesamten Inhalt mitgenommen hatte.

Die Verlassene

Wie vereinbart, kamen sie kurz nach eins an. An der angegebenen Adresse in einem ruhigen Wohngebiet in Clarkston, südlich der Stadt, fanden sie ein rotes Sandsteinreihenhaus vor. Im Vorgarten spielte ein kleines Mädchen mit ihren zwei Plastikpuppen, die in einer Kinderkarre festgeschnallt saßen. Sie hatte schwarze Zöpfe und trug den Rock, das Hemd und den Schlips einer Schuluniform.

Jasmine öffnete das Gartentor und begrüßte sie, aber das Mädchen sagte nichts und rannte nach drinnen. Tron und Jasmine gingen den Plattenweg auf die offene Haustür zu. Sie hörten, wie das Mädchen ihrer Mutter ankündigte, dass jemand da war.

Jasmine klingelte trotzdem und wartete am Fuß der Steinstufen. Sie sah sich den Hausflur an und fragte sich: Was stimmt an diesem Bild nicht? Die verwirrende Antwort war wohl: gar nichts. Die Szene sah aus wie ein Bild häuslicher Zufriedenheit in einem Einkaufskatalog. Schönes Haus, geschmackvolle Einrichtung, ein süßer Fratz, der wohl gerade zur Schule ging, sowie ein Treppengitter und gerahmte Fotos, die auf die Existenz eines lockigen kleinen Bruders hinwiesen, der das Familienidyll vervollständigte.

Am Ende ging eine Tür auf, und Anne Ramsay kam aus einer geräumigen Küche auf sie zu. Gleichzeitig hielt ein silberfarbener Passat vor dem Haus, und der Fahrer stieg eilig aus, als wollte er unbedingt als Erster bei Tron und Jasmine sein.

Nach einer flüchtigen Begrüßung bat Anne sie in die Küche. Sie ließ den Besuch vorgehen und fragte ihren Mann mit fast vorwurfsvoller Neugier, was er schon zu Hause machte.

»Ich hab doch gesagt, ich mache früher Schluss, damit ich rechtzeitig da bin.«

»Ja, aber das musste wirklich nicht sein. Ich schaff das alleine, das weißt du doch.«

Jasmine fiel eine spezielle Spannung zwischen den beiden auf. Nämlich die Spannung zwischen zwei Leuten, die weder sich noch sonst wem eingestehen wollen, dass es eine Spannung gibt. Nicht aggressiv, nicht kochend, ohne Wut und Ärger, aber wenn man es erst bemerkt hatte, sah man gar nichts anderes mehr.

Annes Mann hieß Neil Caldwell, wie Jasmine den Briefumschlägen auf einer Küchenarbeitsplatte entnahm. Er trug Hemd und Krawatte, worin er sich aber sichtlich unwohl fühlte. Anne Ramsay dagegen war ziemlich locker angezogen, sah aber trotzdem völlig zugeknöpft aus. Sie trug eine luftige Hose und ein T-Shirt, aber Jasmine hatte den Eindruck, dass formellere Kleidung besser zu ihr passte, wie zu ihrem Mann informelle.

»Also, was haben Sie für uns?«, fragte Caldwell eilig, bevor den beiden auch nur ein Stuhl am Küchentisch angeboten worden war.

Auf einem Teller lag noch die Kruste eines Marmeladenbrots, die das kleine Mädchen wohl zurückgelassen hatte. Mitten auf dem Tisch warteten drei Hot-Wheels-Autos in einer Reihe vor dem Zuckerschalen-Kreisverkehr.

Anne schaute ihren Mann genervt an; er sollte wohl erst mal die Klappe halten. Sie schlug vor, dass sie sich setzten. Jasmine blieb bei ihren ersten Worten lieber stehen, weil sie sich dann weniger erbärmlich vorkam.

»Zuerst möchte ich mich entschuldigen: Jim Sharp hätte sich Anfang der Woche bei Ihnen melden sollen, womit wir auch schon beim Grund unseres Besuchs wären. Jim ist am Montag nicht zur Arbeit gekommen, und wir wissen nicht, wo er ist.«

Anne wirkte im ersten Augenblick völlig niedergeschlagen und dann etwas besorgt.

»Er ist verschwunden? Haben Sie sich bei der Polizei gemeldet?«

»Die Polizei weiß Bescheid«, erwiderte Ingrams, »aber ohne verdächtige Umstände können die keine Ermittlungen einleiten.«

Gut ausgedrückt, dachte Jasmine. Genau genommen stimmte beides.

»Und Sie meinen, das hat etwas mit seiner Arbeit für mich zu tun?«, fragte Anne.

»Als seine Kollegen ermitteln wir in mehrere Richtungen«, erwiderte Jasmine. »Im Moment überprüfen wir alle Fälle, an denen er gerade gearbeitet hat. Zu den meisten haben wir detaillierte Akten, aber wir mussten Sie stören, weil Jim leider Ihre Fallakte bei sich hatte, als er verschwand.«

Jasmine bemühte sich um einen ernsten, professionellen Ton, weil sie noch wusste, wie wütend Anne Anfang der Woche am Telefon geworden war.

»Ich kann verstehen, wenn es für Sie schwierig oder zumindest anstrengend ist, aber wir bräuchten von Ihnen eine Zusammenfassung des Falls, in dem Jim für Sie ermittelt hat.«

Anne seufzte stockend. Sie atmete tief ein, als wollte sie ihrem Ärger Luft machen, riss sich dann wohl doch der Sache wegen zusammen und atmete kontrolliert wieder aus.

Neil deutete die Situation weniger optimistisch.

»Soll ich das nicht lieber mit den beiden durchsprechen?«, schlug er in vorauseilender Fürsorge vor, was Anne sichtlich nervte.

»Ach, geht schon«, erwiderte sie etwas pampig. Jasmine kam es nicht so vor und Neil auch nicht, aber er konnte im Moment nichts tun. »Ich mach das schon«, setzte Anne fort. »Geh du mal nach oben und hol das, du weißt schon, aus dem Schrank. Und pass auf, dass Megan nicht aus irgendeinem Grund hier reinkommt, okay?«

»Klar«, sagte er, dankbar einen Auftrag zu haben.

Jasmine erwartete, dass Anne sich setzte, aber stattdessen blieb sie gegen eine Arbeitsplatte gelehnt mit verschränkten Armen stehen.

»Wenn Sie das Ganze aufnehmen oder mitschreiben wollen, dann los, ich erzähl's nämlich nicht zweimal.«

Jasmine bekam kurz Panik, unvorbereitet zu sein und als Hochstaplerin erkannt zu werden, wie sonst nur, wenn sie mit Jim unterwegs war. Sie hatte kein Diktafon dabei, nicht mal einen Notizblock.

Ingrams rettete sie und zückte sein Handy. Er drückte kurz auf dem Touchscreen herum und legte es auf den Tisch. Jasmine fiel ein, dass sie auch auf ihrem eine Aufnahmefunktion hatte, legte es aber nicht daneben, weil sie es ihm ganz offensichtlich nur nachmachen würde. Immerhin dachte sie daran, ihr Handy stummzuschalten. Sie hatte eine Weiterleitung vom Bürotelefon geschaltet und wollte nicht im falschen Moment gestört werden.

»Meine Eltern waren Stephen und Eilidh Ramsay«, begann Anne mit langsamer, präzise einstudierter Stimme. »Mein Vater war Statistiker bei einer Chemiefirma außerhalb von Milngavie, und meine Mutter war Grundschullehrerin. Wir wohnten in Bishopbriggs, zumindest seit ich neun Monate alt bin; vorher hatten meine Eltern eine Mietwohnung in Partick. Meine Mutter kam aus Paisley und mein Vater aus Kilsyth, wo auch seine Eltern noch wohnten.«

Sie wirkte völlig unbewegt, als spräche sie über die Familie von jemand anderem oder sogar über dessen entfernte Vorfahren. Vielleicht hatte sie das Ganze einmal zu oft erzählt, oder vielleicht hielt sie es nur so aus.

»Vor ziemlich genau siebenundzwanzig Jahren, im August 1983, war ich gerade zur Schule gekommen. Ich war vier. Ich war doppelt aufgeregt, weil ich gerade einen kleinen Bruder bekommen hatte. Charlie war vier Wochen alt. Und dann ... an einem Freitagabend.«

Bei der Pause horchte Jasmine auf. Anne hatte keine Probleme mit der Erinnerung, sondern sie musste sich zusammennehmen, damit ihre Stimme nicht brach.

»Ich habe bei Oma und Opa übernachtet, den Eltern meines Vaters. Meine Eltern sollten sich zusammen einen schönen Abend machen können und essen gehen, weil mit dem neuen Baby und so alles ziemlich chaotisch war. Und ich fand's total toll bei meinen Großeltern. Ich war oft da, meistens freitags oder samstags, damit Mum und Dad ausgehen und ausschlafen konnten. Damals konnte ich nie richtig verstehen, was für die beiden dabei raussprang, aber heute ist es mir glasklar.«

»Sie haben selber zwei?«, fragte Jasmine und fürchtete einen schrecklichen Augenblick lang, sie würde gleich irgendeine Tragödie über den kleinen Jungen von den Bildern hören, der nirgends zu sehen war.

»Megan und Charlie.«

Das sagte sie mit einem gezwungenen Grinsen, das verriet, dass sie einen Kloß im Hals hatte.

»Megan ist vier und Charlie drei. Er ist im Kindergarten, und Megan ist gerade in die Schule gekommen. Ich hatte noch ein paar Überstunden gut, und die feiere ich diese Woche ab, um ihr ein bisschen beizustehen. Im ersten Monat haben sie nur bis zwölf Unterricht. Die nächsten Wochen holt Neils Schwester sie dann ab.«

»Was machen Sie eigentlich beruflich?«

»Ich bin Anwältin. Harley and Pryde auf der Albion Street. Früher hab ich auch Strafrecht gemacht, aber vor zwei Jahren bin ich in die Eigentumsübertragung gewechselt, weil das einfach nicht so deprimierend ist. Aber das tut jetzt nichts zur Sache.«

»Ist Ihr Mann auch Anwalt?«

Anne lachte kurz auf. Jasmine wusste nicht, ob sie sich über die Vorstellung ihres Mannes als Anwalt lustig machte oder über Jasmine, weil sie auf die Idee gekommen war.

»Nein, Neil ist IT-Berater.«

Das erklärte ihrer Meinung nach wohl eine Menge. Jasmine wusste jetzt immerhin, warum er sich in Hemd und Kragen nicht wohlfühlte, aber offensichtlich sollte es auch weitere Schwächen andeuten.

»Auf jeden Fall«, setzte Anne genervt fort, weil sie sich hatte ablenken lassen, aber auch nur so genervt, wie wenn man einen Werbeanruf bekommt, während man gerade dabei ist, einen widerlich verdreckten Backofen zu putzen, »nahmen meine Eltern meinen Bruder Charlie an dem Abend mit, weil er noch gestillt wurde. Er war ein sehr ruhiges Baby. Hat immer die ganze Zeit friedlich geschlafen, weshalb sie ihn wohl auch ins Restaurant mitnehmen konnten. Oder ins Hotel.«

»Haben sie in einem Hotel übernachtet?«, fragte Jasmine.

»Nein, sie waren nur im Restaurant des Campsieview Hotels bei Lennoxtown. Sie wollten nur essen gehen, dann nach Hause nach Bishopbriggs fahren und mich am Samstagmorgen wieder abholen.«

Anne öffnete den Mund, sagte aber ein, zwei Sekunden lang nichts. Sie musste schlucken, bevor sie weitersprechen konnte: »Sie sind nie wiedergekommen.«

Sie sprach langsam und deutlich, als wollte sie sich an eine Rede erinnern und keine spontanen Gedanken formulieren.

»Meine Großeltern meldeten sie später am selben Tag vermisst. Den Hotelangestellten nach gingen sie um fünf nach halb elf und hatten Charlie im Tragebettchen. Meine Mutter stillte und trank nicht, und weil der Kaiserschnitt erst vier Wochen her war, konnte sie nicht fahren, also fuhr mein Vater und hatte auch nichts getrunken.«

Jasmine wusste nicht, was das zur Sache tat, aber Anne hatte es wie ein Gebet gesprochen, also musste es ihr eine Menge bedeuten.

»Sie wurden noch einmal gesehen«, sagte sie mit bebender Stimme. »Samstagmorgen gegen elf an der Raststätte Bothwell an der M74 nach Süden. Der Zeuge meldete sich, als der Fall durch die Lokalpresse ging. Er hatte erst nicht geglaubt, dass es wichtig war, aber er hatte zwei Leute gesehen, auf die die Beschreibung meiner Eltern zutraf, die ein Tragebettchen auf dem Rücksitz ihres Autos verstauten. Er erinnerte sich daran, weil er ihnen hatte helfen wollen, aber ziemlich brüsk zurückgewiesen wurde. Danach gab es keine Spur mehr von ihnen.«

Anne riss die Augen weit auf, um die Tränen zurückzuhalten.

»Und war die Polizei sicher, dass es wirklich Ihre Eltern waren?«, fragte Ingrams. »Nicht irgendwer anders mit einem Tragebett?«

Sie nickte resigniert, als hätte sie lange Jahre alle anderen Möglichkeiten abgewogen. »Es war ein ziemlich auffälliges Auto. Der Zeuge hat von einem lindgrünen Audi 80 gesprochen. So einen hat mein Vater gefahren. Ich kann mich selbst nicht mehr an das Auto erinnern, aber es ist auf ein paar alten Fotos bei uns in der Einfahrt zu sehen. Und sie hatten wirklich oft ziemliche Probleme damit, das Bettchen auf den Rücksitz zu kriegen. Damals gab es noch keine richtigen Kindersitze, und meine Oma hat gesagt, meine Mum hat das Bettchen immer quer hinter den Beifahrersitz geklemmt.«

»Was hat die Polizei noch herausgefunden?«, fragte Jasmine.

Anne atmete tief ein und gab eine leisere Version des stockenden Seufzers von sich. Wut, Frustration und dann Selbstkontrolle.

»Nichts. Überhaupt nichts. Zwischen Freitagabend und Samstagmorgen hat sie keiner gesehen. Als wären sie ins Auto gestiegen und irgendwo südlich von Hamilton vom Erdboden verschluckt worden. Ein paar Wochen war es eine große Story in der Presse, aber ich war damals noch zu jung, um das mitzukriegen. Auf jeden Fall zu jung, um zu verstehen, warum meine Eltern ...«

Sie verstummte, und ihr liefen Tränen über die Wangen. Jasmine kam sich wie eine aufdringliche Voyeurin vor und befürchtete, dass sie vor sich ihre eigene Zukunft sah. Wenn es Anne nach einem Vierteljahrhundert immer noch so wehtat, dann würde es für Jasmine wohl auch nicht so bald leichter werden.

»Tut mir leid«, sagte Anne, riss sich ein Küchentuch ab und tupfte sich das Gesicht ab.

Jasmine wusste aus schrecklicher Erfahrung, dass es in so einem Augenblick nichts Tröstliches oder Sinnvolles zu sagen gab, also schwieg sie, obwohl ihr die Stille sehr unangenehm war. Zum Glück kam Neil herein. Er stellte eine schwarze Archivbox auf den Tisch und wollte seine Frau in den Arm nehmen.

Anne scheuchte ihn mit der Hand weg, bevor er sie berühren konnte. Ihre steife Körperhaltung ließ keine andere Deutung zu. Nicht vor dem Besuch. Wenn überhaupt jemals.

»Bitte entschuldigen Sie mich«, sagte sie an die beiden gewandt. »Neil macht jetzt mit Ihnen weiter.« Und an ihn gewandt: »Ich geh mit Megan Charlie abholen.«

Neil nickte verständnisvoll, und sie ging ohne Eile aus der Küche. Er blieb eine Weile verlegen stehen und wusste nicht so recht, was er mit sich anfangen sollte; er wirkte, als wollte er sich für seine Gegenwart entschuldigen. Dann fiel ihm wieder ein, was er vorhatte, und er öffnete die Archivbox und bat die beiden, sich den Inhalt anzuschauen.

Sie war voller ausgeschnittener Zeitungsartikel, manche

davon in Klarsichthüllen, andere wie Andenken auf Tonpapier geklebt.

Andenken waren aber nicht das richtige Wort, fand Jasmine. Bei Andenken ging es um Nostalgie, um schöne Erinnerungen. Vielleicht hatte Anne deshalb keinen richtigen Namen für die Box. Sie blieb wohl die meiste Zeit geschlossen, denn selbst die ältesten Artikel waren kaum vergilbt, die Buchstaben und Bilder klar und nicht verblichen. Anne holte die Schachtel nicht hervor, um sich den Inhalt anzusehen – sie war eher ein Archiv, wo Anne aus Pflichtgefühl Dinge einlagerte.

»Wie Sie sehen«, erklärte Neil, »war das Ganze ein paar Wochen lang eine große Story. Annes Eltern sammelten wie besessen alle Einzelheiten; diese Besessenheit hat dann auch Anne übernommen. Die Regenbogenpresse hielt die Geschichte ziemlich lange am Leben und interviewte jeden einzelnen Wichtigtuer, der irgendwo einen grünen Audi und ein Tragebett gesehen hatte. Oft nahmen sie es wohl auch mit dem Modell und der Farbe nicht so genau. Irgendwann nahm die Presseaufmerksamkeit aber ab und das Ganze wurde Geschichte.«

Jasmine ging den Inhalt der Box durch und gab die Artikel an Ingrams weiter. Einige davon stammten aus den Neunzigern, bis ins neue Jahrhundert hinein, mal kleinere Artikel, mal ganzseitige Features. In einer Klarsichthülle lag eine gefaltete Doppelseite von 2003. Der Beitrag enthielt ein Familienfoto von Anne mit ihren Eltern, dem eine winzige Porträtaufnahme des Babys beigefügt war. Daneben befanden sich computergenerierte Bilder, wie die drei heute aussehen konnten. Diese neue technische Möglichkeit war der Aufhänger dafür, die alte Geschichte noch mal aufzuwärmen.

Über einem Kasten an der Seite war ein Foto von Anne abgedruckt, die Tage vor dem Verschwinden im Garten spielte, weil darauf auch der brandneue Audi 80 neben dem Haus zu sehen war. In das Bild eingesetzt war ein aktuelles Porträt von William Bain, der letzten Person, die die Ramsays vor ihrem Verschwinden gesehen hatte. Dabei standen auch ein paar Aussagen von ihm, aber verständlicherweise hatte er 2003 auch nicht mehr zu sagen als zwanzig Jahre vorher. Für ihn war es nur eine zufällige Begegnung gewesen, deren Bedeutung sich erst hinterher erschlossen hatte.

»Ab und zu kommt irgendwas heraus, was der Presse einen Grund gibt, das Ganze noch mal durchzukauen«, sagte Neil. »In den ersten Jahren gab es oft angebliche Sichtungen, meistens im Ausland. Irgendein Urlauber in Griechenland oder sonstwo sieht einen kleinen Jungen im ungefähr richtigen Alter mit einem Paar, das Annes Eltern einigermaßen ähnelt. Im Sommerloch sind die Zeitungsleute froh, wenn sie auf ein paar Seiten noch mal alles nacherzählen und ein Feature draus machen können. Über den Schmerz, den so was auslöst, machen die sich keine Gedanken.«

Ingrams studierte zwei dieser »Ramsay-Verschwinden neu aufgerollt«-Features: dieselben wenigen Fakten heruntergebetet, dieselben Fotos abgedruckt, zehn Jahre dazwischen, aber sonst genau die gleichen Artikel. Das Einzige, was sich geändert hatte, war das Zeugenporträt: Bain war älter und grauer und bekam seine fünfzehn Minuten Ruhm wohl in Raten über siebenundzwanzig Jahre ausbezahlt.

Der jüngste Artikel war von vor ein paar Wochen, ein halbseitiges Feature aus dem *Daily Record* berichtete davon, dass ein Privatdetektiv angeheuert worden war, um den Fall zu untersuchen. Es gab ein paar allgemeine Aussagen von Jim, sogar ein, zwei von Neil, aber keine von Anne. Überhaupt hatte Anne nie einen Kommentar abgegeben.

»Über die Jahre wurde ihr eine Menge Geld für ein Interview angeboten, aber sie will sich das nicht antun. Jedes Jahr ungefähr zur selben Zeit kommt wieder etwas. Jim war selbst auf die Idee gekommen, denen von seiner Ermittlung zu erzählen. Er meinte, die würden uns in Ruhe lassen, wenn sie einen neuen Ansatz hatten, und da hatte er wohl recht.«

»Was ist dann aus Anne geworden?«, fragte Jasmine. »Nachdem sie verschwunden waren.«

»Sie ist bei ihren Großeltern aufgewachsen.«

»Das muss schlimm gewesen sein. Man kann sich gar nicht vorstellen, wie man in dem Alter mit so etwas fertig werden soll.«

Neil nickte kurz und schaute weg. Er steckte die Hände in die Hosentaschen und schien sich innerlich zurückzuziehen und die beiden mit der Box alleine zu lassen.

Jasmine griff in die Tasche.

»Oh, mein Handy«, sagte sie zu Ingrams. Sie hielt das Gerät so, dass Neil nicht sehen konnte, dass sie auf ein schwarzes Display starrte. Ingrams dagegen sah es und warf ihr einen fragenden Blick zu. Sie hielt sich das Handy ans Ohr und erklärte kurz niemandem, dass sie gerade nicht konnte, und ein Kollege zurückrufen werde.

»Tron, das war Caroline von Galt Linklater wegen dem Turner-Fall. Kannst du sie mal eben zurückrufen? Die Akte liegt im Wagen.«

Ingrams willigte ein und stand auf. Er hielt immer noch einen Packen Klarsichthüllen mit Zeitungsausschnitten in der Hand.

»Kann ich die eben mitnehmen?«, fragte er.

Neil nickte abwesend. Ingrams hätte auch dieselbe Reaktion bekommen, wenn er sich die Mikrowelle hätte ausleihen wollen.

Bevor Ingrams die Küche verließ, bedeutete er Jasmine mit einem Blick, dass sie ihm hinterher alles erklären musste.

Die Erklärung war einfach. Neil hatte dichtgemacht, weil sich das Gespräch Themen genähert hatte, über die Männer nicht vor anderen Männern sprechen.

»Wie lange sind Sie schon verheiratet?«, fragte Jasmine, als Ingrams gegangen war.

»Sechs Jahre«, antwortete er neutral. Dann lächelte er, als hätte er bemerkt, dass er sich durch seinen Ton verraten hatte.

»Nicht immer einfach, oder?«, fragte Jasmine.

»Was soll das heißen?«, erwiderte er gereizt, bereit jeden angeblichen Makel seiner Ehe nachdrücklich zu dementieren.

»Nichts. Ich war nur mal mit einem zusammen, dessen Eltern gestorben waren, als er zehn war. Autounfall. Was das bei ihm angerichtet hat. *Zehn Jahre.* Er muss schrecklich einsam gewesen sein. Die Schwester seiner Mutter hat ihn aufgenommen. Ich mochte ihn wirklich, aber er hat mich nie so richtig an sich herangelassen, wissen Sie? Man macht immer Witze, dass kein Mann sich festlegen will, aber bei ihm war es wirklich so. Es lag nicht an mir. Niemand durfte ihm zu nahekommen, dann konnte er auch niemanden verlieren.«

Jasmine sah, wie sich Neils Züge lockerten, wie sein Misstrauen schwand und er sich auf das Gespräch einließ, weil er erkannt hatte, dass sie von etwas redete, was er genau verstand. Sie war stolz auf ihr Schauspiel- und Improvisationstalent, denn sie hatte sich natürlich alles nur ausgedacht.

»Genau wie Anne«, sagte er leise mit einem bittersüßen Lächeln. »Nur bei ihr war's zehnmal so schlimm. Bei ihr waren es nämlich nicht nur die normalen Verlustängste von Waisen, weil es nicht bloß um etwas ging, was ihren Eltern zugestoßen war. Bei ihr ging es um etwas, was ihre Eltern ihr *angetan* hatten. Sie waren zuletzt auf der M74 nach Süden gesehen worden. Wo wollten sie hin? Und vor allem: Warum haben sie sie nicht mitgenommen? Ziemlich genau zu der Zeit sollten sie sie doch abholen, und zwar auf der anderen Seite der Stadt. Man muss sich mal vorstellen, wie es ist, mit solchen offenen Fragen zu leben.«

»Sie mussten wohl ziemlich hartnäckig sein. Ich nehme an, sie hat Sie ein paarmal abgewiesen.«

Er lachte kurz trocken auf.

»Sagen wir mal, ich war wohl der nervöseste Bräutigam der Welt. Ich weiß noch, wie ich damals gedacht hab: Warum redet der Standesbeamte so langsam? Mach jetzt und gib uns deine Unterschrift, bevor sie es sich anders überlegt.«

Jasmine lächelte verständnisvoll.

»Wir haben uns an der Uni kennengelernt. Sie war an der University of Glasgow und ich an der University of Strathclyde, und wir hatten gemeinsame Freunde. Wir waren gut sechs Monate zusammen, dann hat sie sich im Sommer von mir getrennt. Na ja, genau genommen hab ich gesagt, so, dann lassen wir's lieber, aber sie hat es auf jeden Fall eingefädelt: Sie hat mich immer schlechter behandelt, bis ich genug hatte. Zwei Jahre später sind wir dann wieder zusammengekommen. In der Zwischenzeit war sie mit ein paar anderen Typen zusammen gewesen, von denen ich einen ein bisschen kannte. Er hat mir eine vertraute Geschichte erzählt. Als mir dann wieder das Gleiche passiert ist, hab ich sie darauf angesprochen.«

»Mutig.«

»Verzweifelt. Ich war total in sie verknallt. Bin ich immer noch. Eine Zeit lang stand unsere Beziehung auf der Kippe, ich wusste nicht, ob ich sie gerettet oder umgebracht hatte. Ich hatte sie wohl gerade eben gerettet. Anne gestand sich ein, was los war. Sie sagte, es hilft ihr, wenn sie darüber redet; dummerweise kann sie immer erst hinterher darüber reden.«

»Sie kann sich in dem Moment nicht eingestehen, warum sie es macht?«

»Genau. Sie ist fies zu mir, weil ein Teil von ihr glaubt, dass ich sie sowieso verlasse, und sie kurzen Prozess machen will, während ein anderer Teil von ihr sich versichern will, dass ich sie niemals verlasse, egal wie fies sie ist.«

»Das bringt bestimmt keinen Spaß.«

»Im Laufe der Jahre habe ich viele der Auslöser erkannt,

aber manchmal überrumpeln sie einen. Aber für Anne ist alles noch viel schlimmer, also will ich mich nicht allzu sehr bemitleiden.«

»Was hat es diesmal ausgelöst?«

Neil hielt inne, starrte Jasmine einen Augenblick durchdringend an und überlegte wohl kurz, ob er bestreiten sollte, dass sie sich gerade in so einer Situation befanden.

»Es fing ganz langsam an. Wir wussten beide, dass es kam, aber das ist auch kein Allheilmittel. Als Megan im April vier wurde, ging es wohl los. Anne war damals in dem Alter. Dass es schwierig würde, wenn Megan zur Schule kam, war sowieso klar. Das soll eigentlich für Eltern ein wichtiger Meilenstein sein, aber insgeheim hatten wir beide eine Riesenangst davor. Wir haben uns aber darüber unterhalten und uns einen Plan einfallen lassen.«

»Und da kam Jim Sharp ins Spiel?«

»Gewissermaßen. Megan war im Kindergarten – im gleichen wie Charlie. Wir wussten, dass einer der Vorteile ihres Schulanfangs war, dass wir den Kindergarten nicht mehr bezahlen mussten. Anne hatte schon oft davon geredet, dass sie einen Detektiv anstellen wollte, der den Fall neu aufrollte, weil die Polizei ziemlichen Mist gebaut hatte. Ich war dagegen, weil ich Angst hatte, dass man so nur die Wunde noch länger offen hält. Wer weiß, wie lange man jemanden bezahlen kann, der natürlich ein Eigeninteresse hat, die Ermittlungen solange wie möglich hinauszuzögern. Nichts für ungut.«

»Schon in Ordnung. So läuft das bei uns aber nicht. Jim würde so was nie tun.«

Jasmine bekam einen Schreck, als sie fast in der Vergangenheitsform gesprochen hätte und hoffte, dass die kleine Pause nicht aufgefallen war.

»Ich weiß. Er wurde uns empfohlen. Anne hat in ihrer Kanzlei und in ein paar anderen herumgefragt. Wir beschlossen, ihn mit dem Geld anzuheuern, das wir vorher für Megans Kindergartenplatz ausgegeben hatten. Wir hatten abgemacht, dass wir ihm ein paar Wochen geben würden, aber nicht zu viel erwarten wollten. Es hatte etwas Symbolisches: Wir bezahlten jemanden, damit wir uns keine Sorgen mehr machen mussten und eine Zeit lang unsere Ruhe hatten.«

»Aber dann hat Jim Anne berichtet, dass er diese Woche Neuigkeiten für sie hatte.«

Neil nickte stoisch. Diese Entwicklung hatte offensichtlich eine ganz neue Welle der Schmerzen und Frustrationen ausgelöst – alles verschlimmert, was es hatte lindern sollen.

»Anne hatte gesagt, sie hätte keine großen Erwartungen, aber Hoffnungen sind etwas ganz anderes. Sie glaubt schon seit Langem nicht mehr an Wunder, aber sie sucht schon ihr ganzes Leben nach etwas, was ihrer Seele Frieden verschafft. Sie ist sogar vor ein paar Jahren, kurz nach Megans Geburt, mal zu diesem Bain gefahren. Als Mutter war sie ganz neuen Gefühlen ausgesetzt. Ich weiß nicht, was sie sich von ihm erwartet hat, aber irgendwie war es ihr wichtig, mit dem letzten Menschen zu reden, der ihre Familie gesehen hat.

Ich bin mit ihr hingefahren. Es war schrecklich. Fürchterlich peinlich. Der Typ konnte ihr überhaupt nichts erzählen, aber wenigstens war er damit ehrlich. Ganz anders als die Hellseher: Von denen kamen im Laufe der Jahre eine Menge angeschissen. Die sind wirklich der letzte Abschaum. Sie müssen meine Lage verstehen. Ich weiß, dass Anne immer noch auf der Suche ist, aber ich muss sie vor Leuten beschützen, die sie ausnutzen wollen.«

Als Jasmine mit der Box unter dem Arm wieder den kurzen Gartenweg hinunterging, war sie froh, wieder draußen zu sein. Von außen sah es wie ein perfektes Zuhause mit einer perfekten Familie aus, aber drinnen herrschte eine bedrückende Atmosphäre, als wären Anne und Neil Märchenfiguren, die von einem bösen Zauber in ewigem Stillstand gehalten wurden. Um sie herum lief die Zeit weiter, aber sie konnten der Vergangenheit nicht entkommen.

Sie dachte an ihre eigene Mutter, und zum ersten Mal vermisste sie sie nicht nur, sondern war dankbar, dass sie ihre Begleitung, ihre Liebe zwanzig Jahre lang hatte genießen dürfen. Außerdem war sie dankbar, dass sie Zeit zum Trauern gehabt hatte, und sie erkannte, wie wichtig die Gewissheit war, dass ihre Mutter tot war.

Als sie in den Wagen stieg, hielt Ingrams einen kleinen, quadratischen Zettel von einem Notizblock hoch.

»Der hat in der Hülle mit dem »Zwanzig Jahre später«-Artikel von 2003 gesteckt. William Bains Kontaktdaten.«

Jasmine wusste nicht, was das zur Sache tat.

»Ja. Anne Ramsay ist mal zu ihm gefahren. Er konnte ihr aber nichts sagen. Was ist denn damit?«

»Seine private Telefonnummer steht auf Ihrer Liste.«

Ingrams zeigte auf den Rücksitz, wo sie die Abschrift der ein- und ausgegangenen Anrufe des Bürotelefons liegen lassen hatte.

»Jim hat wohl vor Kurzem mit ihm gesprochen«, sagte er.

»Ist wohl der Vollständigkeit halber der ursprünglichen Ermittlung nachgegangen. Bain weiß ja nicht plötzlich siebenundzwanzig Jahre später irgendetwas Neues.«

»Trotzdem hat Jim gesagt, er hätte Neuigkeiten. Rufen Sie ihn an. Sie sind Reporterin und wollen ein Interview ausmachen.«

Jasmine zückte ihr Handy und wählte.

»Sagen Sie aber nicht Ihren echten Namen«, fügte Ingrams hinzu, als es schon klingelte.

»Wieso nicht?«

»Weil er Sharp lautet.«

»Äh, ach ja«, verstand sie.

Für große Verlegenheit hatte sie keine Zeit, weil schon eine raue, ältere Männerstimme sich mit einem vorsichtigen »Hallo?« meldete.

»Hallo, Mr Bain? Hier spricht Sharon James von der *Evening Times*«, sagte sie und hoffte, dass sie sich richtig erinnerte, dass der jüngste Artikel aus dem *Record* gewesen war. »Ich schreibe einen Artikel über das Verschwinden der Familie Ramsay, und ...«

»Zweihundert«, unterbrach er sie barsch.

Jasmine warf Ingrams einen Blick zu, und ihr wurde klar, wie sehr es Leute nerven konnte, wenn sie immer wieder nach Dingen gefragt wurden, über die sie wenig oder gar nichts wussten. Bain war wohl im Laufe der Jahre stinksauer wegen solcher Anfragen geworden. Sie zweifelte zwar daran, dass das schon die zweihundertste war, aber sie konnte verstehen, warum er sich so aufführte.

Als er ein einziges Wort hinzufügte, kam sie sich ziemlich dämlich vor.

»Bar.«

»Zweihundert ... Pfund?«

»Ich hab euch das Ganze siebenundzwanzig Jahre lang immer und immer wieder runtergebetet. So langsam könnt ihr mir ruhig was dafür bezahlen.«

»Äh ... Moment, da muss ich kurz mit meinem Redakteur reden.«

Sie stellte das Handy stumm und wollte Ingrams die Lage erklären, aber er hatte alles im Griff.

»Sagen Sie hundertfünfzig; zweihundert, wenn wir ein Foto kriegen.«

»Ich hab keine zweihundert Pfund.«

»Haben Sie 'ne Kamera?«

»Mehrere im Büro.«

»Dann kümmere ich mich ums Geld.«

Ausgespielt

Trotz des beachtlichen Drogenfundes konnte Maraidh Morgan sich nicht beschweren, dass ihr Einbruch in den vierundzwanzig folgenden Stunden von der Polizei stiefmütterlich behandelt wurde.

»Ich hab noch nie gesehen, dass so viele Leute auf einen Einbruch angesetzt werden«, sagte Zoe Vernon, die an Catherines Schreibtisch lehnte.

Zoe aß das letzte Stück einer Banane, ihrer dritten, die außerdem wahrscheinlich Catherine gehört hatte. Sie hatte sich eine für die Pause mitgebracht, wusste aber nicht mehr, ob sie sie auf den Tisch gelegt oder in der Tasche gelassen hatte. Zoe knabberte den ganzen Tag an irgendwelchem Obst herum, was sich nie so recht einer bestimmten Mahlzeit zuordnen ließ. Sie war so fit, dass man schon müde wurde, wenn man nur daran dachte, wie viel sie wohl trainieren musste, um diesen Standard zu halten. Dafür konnte sie, wenn nötig, einen fliehenden Verdächtigen zur Strecke bringen wie ein kenianischer Jäger eine Gazelle, doch der Preis dafür war, dass sie alles Obst, was irgendwo herumlag – und sei es auf fremden Schreibtischen – als Freiwild betrachtete.

»Fast schon unverhältnismäßig«, stimmte Catherine zu.

»Hab gehört, Cairns ist total abgedreht. Ist ja auch ziemlich peinlich für uns. Da müssen wir eben öffentlichkeitswirksam Wiedergutmachung betreiben. Wir räumen den Bahnhof, und irgendwer spaziert da mit Uhren für, wie viel war's, hundertvierzigtausend Pfund raus.«

»Rolex Oyster, Ulysse Nardin, Baume & Mercier – das Feinste vom Feinsten.«

»Irgendwas auf den Überwachungskameras im Laden?«

»Baseball-Cap, den Kopf die ganze Zeit nach unten. An einer Stelle ist das Gesicht halb zu sehen. Cairns verteilt das Bild überall. Den Trennschleifer hatte der Dieb in 'ner Sporttasche dabei. Wir haben die Bänder aus dem Bahnhof noch nicht, aber bisher nehmen wir an, dass er sich während der Evakuation im Laden nebenan versteckt hat und dann durch die Hintertür raus und nebenan bei Coruscate wieder rein ist, 'ne Sache von Sekunden. Hat sich danach wohl hinter oder wieder in einem der Läden versteckt und ist später in der Menge verschwunden.«

»War also alles geplant? Er wusste, was passieren würde?«

»Sieht so aus. Aus dem Grund macht Cairns ja auch so einen Aufstand. Das ist nicht nur *bei* seinem Einsatz passiert, sondern *deswegen*. Das war eindeutig Cairns' Informant. Er hat ja vorher schon gesagt, dass der Kerl die verschiedenen Seiten gegeneinander ausspielt wie ein Profi. Der hat das Ganze geplant, wer auch immer er ist. Er hatte die richtigen Informationen über die Drogen, aber er wollte nicht leer ausgehen. Deshalb hat er auch das Wort »explosiv« eingebaut.«

»Er wusste, dass Cairns evakuieren würde.«

»Das heißt er – oder eher jemand, den er eingeweiht hatte – hat in Position im Bahnhof seine Gelegenheit abgewartet. Verdammt schwierige Situation für Cairns. Der Informant hat sich schon mehrfach als wertvoll erwiesen, aber wie viel will man sich bieten lassen? Keiner lässt sich gerne ausspielen, egal wie groß der Fang ist.«

»Der Wert der Drogen wird auf gut drei Millionen geschätzt.«

»Der Presse sagen wir sieben«, erwiderte Catherine,

was ein verschworenes Grinsen bei Zoe auslöste. »Und 'ne einmalige Geschichte war's ja auch nicht. Die haben die Schließfächer als Treuhandkonto benutzt. So konnten sie Deals im großen Stil abwickeln, ohne dass sie Gefahr laufen, bei der Übergabe erwischt zu werden. Wahrscheinlich verstaut der Lieferant den Koffer und rückt dann Schließfachnummer und Kombination raus, wenn er das Geld bekommen hat.«

»Alles klar«, erwiderte Zoe. »Dann kommt der Käufer und macht sich mit den Drogen aus dem Staub, ohne dass die beiden jemals zur gleichen Zeit am gleichen Ort waren. Der Lieferant kann mit der Bahn aus London oder sonstwoher kommen, abladen und die nächste wieder zurück nehmen. Minimales Risiko.«

»Je nachdem, in welcher Phase der Transaktion sie sich befanden, könnten jetzt die Fetzen fliegen. Keiner will verantwortlich sein, wenn's um die Frage geht, wer wem was schuldet.«

»›Könnte explosiv sein‹«, zitierte Zoe und zeigte eine andere Auslegung der gezielten Wortwahl des Informanten. »Gibt's schon was Neues, wer der verhinderte Käufer war?«

Catherine dachte an Frankie Callahans Ruhe, daran, wie er ihren Besuch hochprofessionell abgefertigt hatte. Ein Mann, der keine Komplikationen wollte; ein Mann, der etwas anderes Großes laufen hatte.

Sie sah durch die Glaswand, wie Laura mit ihrem ernsten, entschlossenen Blick auf ihr Büro zustapfte. Es war ja toll, mit jemandem zusammenzuarbeiten, der so engagiert und pflichtbewusst war, aber wenn die Kleine nicht ab und zu mal ein bisschen gute Laune verbreitete, musste Catherine sich wohl langsam Sorgen machen.

Laura hatte den Großteil des letzten Tages damit verbracht, wie eine Getriebene Gary Fleetings Alibi auf Löcher zu prüfen. Der Kerl war sich unantastbar vorgekommen, als er sie provoziert und herausgefordert hatte. Damit hatte er es zu ihrer obersten Priorität gemacht, ihn einzusperren.

Laura hatte Fleetings One-Night-Stand aufgespürt, eine Lyndsay McLaughlin. Sie gab zu, dass sie mit Fleeting geschlafen hatte, aber genau im Schlafen lag das Problem: Lyndsay sagte, sie sei gegen zwei Uhr nachmittags aufgewacht, und konnte Fleetings Aussage nicht bestätigen, er sei erst nach eins aus dem Haus gegangen.

Auch die Blätter des Bay Tree konnten Fleetings Abend nicht völlig abdecken. Alle Gäste, mit denen Laura sprach, konnten bestätigen, dass sie ihn hinter der Bar hatten arbeiten sehen, waren sich aber nicht so sicher, ob er noch da war, als sie später gingen. Einer sagte, er sei sich ziemlich sicher, bei der letzten Runde von Fleeting bedient worden zu sein, gab aber zu, dass er da schon ein paar intus hatte. Besoffene machten sich vor Gericht nie gut als Zeugen, egal womit sie ihre Brötchen verdienten oder wie vornehm ihre Adresse war.

Laura rauschte ungeduldig und zielstrebig auf Catherines Büro zu. Sie sah aus, als hätte sie Neuigkeiten.

»Genau die Frau, die ich gesucht habe«, grüßte Catherine sie, als sie durch die Tür kam. »Wir müssen noch mal los, Frankie Callahan ein paar unangenehme Fragen stellen.«

»Das könnte schwierig werden«, erwiderte Laura.

Zeuge

Die Tür wurde von einer streng aussehenden Frau in Krankenschwesternuniform geöffnet. Jasmine fragte sich kurz, ob William Bain vielleicht deutlich älter und gebrechlicher war, als das jüngste Foto ihn zeigte, aber dann sah sie das laminierte Namensschildchen an der Brust der Frau. Es wies sie als »Margaret Bain, Entbindungsstation« am Hairmyres Hospital in East Kilbride aus.

Sie ging einen Schritt zur Seite, um die beiden hineinzulassen, schloss die Tür aber nicht und warf sich eine leichte Jacke vom Treppengeländer über.

»Ich hab gleich Schicht«, erklärte sie. »Würd Ihnen ja 'nen Tee machen, aber ich bin spät dran. Er ist im Wohnzimmer.«

Jasmine wollte ihr gerade versichern, dass das gar kein Problem sei, aber da war sie schon durch die Tür gerauscht.

Sie blieben eine Weile im Flur stehen und fragten sich, ob Bain sie begrüßen werde, oder ob sie einfach direkt ins Wohnzimmer gehen sollten. Ingrams sah sich um und schlug fast mit seiner Sporttasche gegen die Wand, als er sich in dem engen Flur umdrehte. Er hatte einen Fotoapparat um den Hals hängen und ein Stativ sowie mehrere Wechselobjektive in der Tasche.

Die Ausrüstung hatten sie im Büro abgeholt und waren dann zunächst zum Silverburn Shopping Centre gefahren. Dort hatten sie einen Bissen gegessen und Jasmine einen Notizblock und ein paar Stifte als Reporter-Requisiten gekauft. Beim Essen gab Ingrams ihr ein paar Tipps, was für Fragen sie stellen sollte, wonach er mit ihr in ein Herrenmodegeschäft ging und sich eine schwarze Schirmmütze kaufte.

Die hatte er sich tief ins Gesicht gezogen, bevor sie bei Bain aus dem Auto gestiegen waren. Jasmine hatte ihn gefragt, warum er meinte, dass er als Fotograf so herumlaufen müsse, aber keine Antwort bekommen.

Ingrams hatte das Essen bezahlt, wie er schon das Hotel bezahlt und das Geld für Bain vorgestreckt hatte. Sie war für das Geld ebenso dankbar wie für die Hilfe von jemandem, der anscheinend wusste, was er tat, aber Angst machte ihr neben der Tatsache, dass sie bei einem Fremden verschuldet war, die, dass sie immer noch nicht wusste, was er von der ganzen Sache hatte. Er hatte gesagt, dass er wissen wolle, was er mit der ganzen Sache zu tun hatte, zumal dazu jetzt Tod, versuchter Mord und versuchte Beweisvernichtung gehörten. Andererseits hatte er auch versichert, dass er nur eine Nebenrolle spielte, und dass der Angriff in Northumberland Jasmine gegolten hatte. Soweit sie das beurteilen konnte, ging diese Gleichung nicht auf. Eine Variable fehlte.

Die Bains wohnten in einer Doppelhaushälfte aus einem Sozialbauprojekt der 50er-Jahre. Eins von den Häusern, die von außen winzig aussahen, aber drinnen überraschend geräumig sein konnten. In diesem Fall war der Effekt aber umgekehrt, weil drinnen alles vollgestellt war. Auf keiner Oberfläche war freier Platz, auf jedem flachen Gegenstand lag ein kleinerer. Zeitschriftenstöße dienten als Unterlage für DVD-Stapel und in manchen dunkleren Ecken sogar Videokassetten. An Wänden und unter Tischen griffen sonnengebleichte Pappkartons versetzt ineinander wie Ziegel einer Mauer. Hier wohnte ganz klar jemand, der nie etwas wegwarf und, wie am Geldumschlag in Ingrams Hand zu sehen war, auch nie etwas verschenkte.

Es roch nach Pommes; kein verlockendes Essigaroma, sondern drückender Fritteusengeruch. Jasmine wünschte, sie hätte nicht gegessen.

Bain saß in einem Sessel vor einem unverhältnismäßig großen Fernseher, auf dem Sky Sports News lief. Bei ihrer Ankunft drehte er den Ton leiser, schaltete aber nicht ab. Er sah wie Anfang sechzig aus, war aber möglicherweise jünger, denn er war offensichtlich kein langfristiger *Men's-Health*-Abonnent. Er war dicker als auf den Fotos, und seine Hängebacken deuteten das Ausmaß seiner Altherren-Verfettung nur an. Jasmine ließ den Blick über die Wände wandern und sah ein paar Fotos zwischen den Müllbergen. Keine Kinder. Nur er und seine Frau. Anscheinend wohnten sie schon seit Jahrzehnten hier.

»Das Geld dabei?«, fragte er.

Ingrams drückte Jasmine den Umschlag in die Hand, bevor er die Sporttasche öffnete und das Stativ vorbereitete. Bain schaute ihn kaum an. Er zählte das Geld und legte den Umschlag auf einen Beistelltisch, oder genauer gesagt auf eine gefaltete Zeitung auf einem ketchupverschmierten Teller auf einem Beistelltisch.

»Legen Sie los«, sagte er.

»Haben Sie was dagegen, wenn ich einfach drauflosknipse, während Sie reden?«, fragte Ingrams jetzt wieder in seinem seltsamen, gekünstelten Akzent.

Bain winkte gleichgültig mit der rechten Hand seine Einwilligung.

»Ich hab alle Artikel gelesen«, fing Jasmine an. »Und Sie haben die Geschichte natürlich schon oft erzählt, also setze ich das alles mal voraus und möchte die Sache aus einem anderen Blickwinkel betrachten.«

»Suchen Sie sich den Winkel aus, junge Frau. Das ändert nichts an den Fakten.«

»Wohin sind Sie damals selbst gefahren?«

»Zum Angeln. Ich kenn da 'ne gute Ecke in Galloway.«

»Was gefangen?«

»Weiß nicht mehr. Hab ich ehrlich gesagt noch nie drüber nachgedacht. Wissen Sie, wenn man hundertmal nach der einen Sache an dem Tag gefragt wird, vergisst man so ziemlich alles andere.«

»Warum haben Sie an der Raststätte gehalten?«

»Zum Tanken, und dann bin ich noch mal in dem kleinen Café pinkeln gegangen. Auf dem Rückweg zum Auto hab ich die dann mit ihrem Tragebett gesehen.«

»Wie haben sie gewirkt? Ruhig, aufgeregt?«

»Abweisend«, erwiderte er. »Sie wissen schon, beschäftigt.«

»Und dann haben Sie ihnen Ihre Hilfe dabei angeboten, das Bett ins Auto zu bekommen.«

»Genau. Damit hatten die ziemliche Schwierigkeiten. Hab nur gefragt, ob sie klarkommen, aber die wollten nicht. Hab erst nicht weiter drüber nachgedacht. Mit kleinen Kindern sind die Leute schnell mal gestresst. Das darf man keinem übelnehmen.«

»Haben Sie eine schwache Blase?«, fragte Ingrams, während er Bain durch die Kamera betrachtete.

»Was hat das denn damit zu tun?«, fragte Bain.

»Von hier zur Raststätte Bothwell sind es vielleicht zwanzig Minuten. Frag mich nur, warum Sie so schnell schon mussten.«

»Keine Ahnung. Hab's wohl einfach vor der Abfahrt vergessen«, erwiderte Bain und warf ihm einen bösen Blick zu.

Auch Jasmine wurde sauer auf ihn. Wenn er Bain wütend machte, hatten sie doch nichts davon.

»Warum, glauben Sie, haben Sie sich den Vorfall gemerkt?«, fragte sie. »Bevor der Fall in die Zeitungen kam, dauerte es ja ein paar Tage.«

»Keine Ahnung. Hatte es ein paar Kilometer weiter eigentlich schon vergessen. Dann les ich die Sache in der Zeitung, und da war's wieder, taghell. Deshalb rekonstruiert die Polizei solche Sachen doch, oder?«

Ingrams kam mit der Kamera etwas näher und bat Bain aufzustehen und für ein paar Aufnahmen aus dem Fenster zu schauen.

»Wir hätten gerne ein paar etwas interessantere Aufnahmen, wissen Sie? Quasi der Blick in die Vergangenheit. Wenn wir Sie immer nur so bis zu den Schultern haben, sehen Sie ja aus wie ein Verbrecher.«

Bain lachte ein bisschen verunsichert, posierte dann aber wie verlangt.

»Ist das Ihr Wagen, der Astra?«, fragte Ingrams und zeigte auf das silberne Auto vor dem Haus.

»Nein, der gehört den Nachbarn. Margaret ist mit unserem los.«

»Unserer ist der Civic.«

Bain setzte sich wieder und Ingrams schraubte die Kamera aufs Stativ.

Jasmine wollte gerade weiter Fragen stellen, als Ingrams ihr zuvorkam.

»Sie haben bei der Polizei ausgesagt, dass die beiden einen grünen Audi 80 mit A-Nummernschild fuhren, und dass das Tragebett lila war. Ist das richtig?«

»Ja. War 'n schönes Auto damals, der Audi 80.« Er lächelte Jasmine wissend an, weil er sie als Gesprächspartnerin vorzog. »Nicht ganz so toll wie der Quattro aus der Serie mit dem Mädchen, das in der Zeit zurückreist, aber trotzdem schön.«

»Was für ein Nummernschild hat der Astra Ihrer Nachbarn?«, fragte Ingrams.

Bain rutschte in seinem Sessel hin und her. Er drehte den Kopf, aber das Fenster war direkt hinter ihm, und er saß viel zu tief.

»Das heißt wohl, Sie wissen es nicht. Versuchen wir's mit einer einfacheren Frage: Welche Farbe hat unser Civic?«

Bain grübelte einen Augenblick und riet dann blau.

»Rot war's. Sie haben das Auto vor zwei Minuten gesehen und wissen es schon nicht mehr. Wie wollen Sie sich dann an die Farbe des Tragebetts erinnert haben, das sie mehrere Tage vorher kurz gesehen hatten?«

Bain kochte, und Jasmine fürchtete, er würde sie aus dem Haus werfen. Stattdessen seufzte er und beruhigte sich scheinbar wieder.

»Ich konnte mich an die Farbe erinnern, weil sie mich an einen Puppenwagen meiner kleinen Schwester erinnert hat«, sagte er und starrte Ingrams wütend an. »Und vor siebenundzwanzig Jahren war mein Gedächtnis auch noch ein bisschen besser als jetzt, okay? Und jetzt knipsen Sie lieber mal Ihre Fotos und lassen das Mädchen ihre Arbeit machen!«

Jasmine hielt einen Moment inne, bis die Spannung sich gelegt hatte. Sie warf Ingrams einen fragenden Blick zu, aber wie Bain sah sie nichts als Objektiv und Mütze. Sie sah sich ihre relativ neutrale, wenig provokante Fragenliste an, die hauptsächlich aus seinen Vorschlägen bestand, und fragte sich, was er vorhatte. Dann verstand sie, dass er ein Skript geschrieben und ihr absichtlich nur ihre Zeilen gegeben hatte.

Sie lächelte Bain warm an und machte weiter. Jetzt, wo sie ihre Rolle verstanden hatte, gab sie alles.

»Warum haben Sie sich gemeldet?«, fragte sie. »Ich meine, viele Leute hätten wohl einfach gesagt, sie haben nichts mit der Sache zu tun oder hätten sich eingeredet, dass sie doch nicht das gesehen haben, was sie erst glaubten.«

»Aus Pflichtgefühl, würd ich sagen. Ich hab von dem armen, kleinen Mädchen gelesen, das zurückgelassen wurde, und, na ja, jeder muss seinen Teil leisten, oder? Die meisten gucken heutzutage weg. Das ist doch das Problem in unserem Land.«

Bain lehnte sich vor und erhob den Zeigefinger.

»Hören Sie, damit das klar ist, das ist das allererste Mal,

dass ich deswegen Geld verlange. Ich hab mich nie an die Zeitungen gewandt – die sind immer zu mir gekommen.«

Er verschränkte die Arme und lehnte sich zufrieden wieder zurück.

Ingrams schnaubte spöttisch.

»Das findest du wohl witzig, Junge?«, fragte Bain aggressiv.

»Ja schon, ehrlich gesagt.«

»Dann komm doch her und sag's mir ins Gesicht, anstatt da hinter deinem Gerät den großen Mann zu spielen!«

»Pflichtgefühl?«, fragte Ingrams und schaute über die Kamera.

Als er weitersprach, hatte sich sein Akzent wieder geändert.

»Du würdest doch nicht mal andere Leute kostenlos deine Fürze riechen lassen, wenn du dafür Geld verlangen könntest.«

Bain sprang wütend auf, doch in seinem Gesicht war auch eine verwirrte Vorsicht zu sehen.

»Raus mit euch! Tut mir leid, Kleine«, wandte er sich an Jasmine, »aber das muss ich mir in meinem eigenen Wohnzimmer nicht anhören. Und hör mir mal zu, du Großkotz, wenn ich zwanzig Jahre jünger wär, würd ich dich die Straße rauf und runter treten wie 'nen nassen Sack!«

Ingrams kam hinter dem Stativ hervor, baute sich in voller Größe auf und nahm die Mütze ab, sodass Bain endlich sein Gesicht richtig sah. Und das Gesicht hatte sich verändert. Es war noch das gleiche, aber in seinen Zügen stand jetzt eine düstere Brutalität, die Jasmine rückwirkend eine Heidenangst einjagte, weil sie die letzten beiden Tage mit diesem Mann verbracht hatte.

Auf Bain wirkte die Enthüllung noch viel dramatischer. Er stotterte, schnaufte, seine Beine gaben nach und er kippte wieder nach hinten in den Sessel.

»Du«, krächzte er, und sein Mund zuckte wie ein Fisch auf dem Trockenen. »Du bist doch tot.«

»Mir geht's wieder besser. Und vor zwanzig Jahren hättest du dir genauso vor mir in die Hose geschissen wie heute. Prügeleien waren genauso wenig deine Stärke wie selbstlose Hilfe bei der Polizei aus ›Pflichtgefühl‹. Kreditkartenbetrug, okay. Ein bisschen Hehlerei. Wagenladungen geschmuggelter Zigaretten von A nach B bewegen. Aber dich freiwillig als Zeuge melden? Ach komm, Wullie, du hast doch noch *nie* was gemacht, wo nichts für dich rausgesprungen ist.«

»Das ist alles vorbei«, sagte er. »Schon seit zwölf Jahren, seit ich wieder draußen bin. Ich arbeite jetzt im Baumarkt, bei B&Q. Ich dreh nichts Krummes mehr.«

»Damals aber schon. Das arme, kleine Mädchen, für das du das Ganze angeblich gemacht hast, denkt ihr ganzes Leben, ihre Familie hat sie verlassen. Fragt sich seit siebenundzwanzig Jahren, warum ihre Eltern es getan haben, kann nicht schlafen, weil du den Bullen deine Geschichte erzählt hast. Du warst an dem Tag überhaupt nicht an der Raststätte, oder?«

»Doch, ich schwör's dir. Und ja, ich hatte wirklich was davon. Ich hab mich gemeldet, weil ich mir dachte, es schadet nicht, wenn ich bei der Polizei 'nen Stein im Brett hab. Ich hatte es damals ja nicht immer leicht mit denen.«

»Erzähl mir keinen Scheiß, Wullie. Das mit dem lila Tragebett hab ich mir nur ausgedacht. Ich weiß nicht, was das für 'ne Farbe war, aber du auch nicht. Aber du hast dir trotzdem schnell was ausgedacht, warum du sie dir angeblich gemerkt hast. Hör zu, wenn du mich anlügst, hast du's nicht leicht mit mir, besonders, wenn du auch noch *schlecht* lügst.«

Ingrams ging langsam ein paar Schritte auf ihn zu. Bain sah verloren nach der Tür und dann nach Jasmine, doch was er sich von ihr erwartete, wusste sie nicht.

Er log *wirklich* schlecht, was einen die Frage stellen ließ, warum er es nicht einfach zugab. Die Antwort wurde Jasmine klar: Er hatte vor irgendetwas weit mehr Angst als vor dem Mann in seinem Wohnzimmer.

Er schüttelte den Kopf und sagte: »Ich schwör's, ich schwör's, ich schwör's«, bis es nur noch ein weinerliches Flüstern war, ein Mantra verzweifelter Unterwerfung.

»Ich glaub dir ja«, sagte Ingrams, was eine gewisse Erleichterung, aber auch starke Zweifel auslöste. »Nicht, dass du die Ramsays gesehen hast«, erklärte er. »Darüber lügst du schon seit siebenundzwanzig Jahren. Aber über eins lügst du nicht. Du hast gesagt, dass du noch nie Geld verlangt hast, um über die Sache zu reden, und das glaub ich dir. Die Zeitungen sind zu dir gekommen, du hast dich nie um sie bemüht, weil du nicht wolltest, dass sie misstrauisch werden. Aber du bist heute trotzdem nicht zum ersten Mal dafür bezahlt worden, dass du die Geschichte erzählst, oder?«

Ingrams schob das Stativ zusammen und schraubte es langsam aber stetig von der Kamera. Jasmine wollte sich gar nicht vorstellen, was er damit vorhatte, aber Bain war seine rege Fantasie anzusehen.

»Wer hat dir gesagt, dass du lügen sollst, Wullie?«

»Glaub mir, Junge«, sagte er und schüttelte unheilverheißend den Kopf, »das willst du gar nicht wissen.«

Ingrams legte die Kamera vorsichtig in die Tasche und umschloss das Aluminiumrohr des Stativs mit der rechten Hand.

»Glaub mir, das will ich.«

Jasmines Blick wanderte von Ingrams Faust zu Bains Gesicht, das eigentlich ängstlicher hätte aussehen müssen. Stattdessen grinste Bain verbittert und hässlich. Das rachsüchtige Grinsen eines Geschlagenen, der weiß, dass das, was er gleich verrät, seinem Gegenüber nur schaden wird.

»Ich sag dir, wer mich bezahlt hat«, spottete er. »Ein richtig fieser, skrupelloser Kerl. Brutaler, gieriger und hinterhältiger als jeder Gangster der Stadt. Fallan hieß er. Detective Inspector Iain Fallan. Aber ich glaube, du kennst ihn als Dad.«

Identität

Jasmine sah, wie Bain sie durchs Wohnzimmerfenster beobachtete, während sie schweigend auf den Civic zugingen. Er wollte sich wohl versichern, dass sie wirklich fuhren. Es sah so aus, als wäre er am Telefon. Sie fragte sich, welche Seite des Gesetzes er angerufen hatte. Sie würden es wohl bald herausfinden, wenn sie sich nicht aus dem Staub machten.

Sie stellte ihr Handy wieder auf laut und sah, dass sie etwas auf der Mailbox hatte. Sie hörte die Nachricht ab, während sie zur Fahrerseite ging und einstieg. Es war ein Anruf für Jim, den das Bürotelefon weitergeleitet hatte. Sie horchte gespannt auf, als sie vor der Nachricht hörte: »Eine Nachricht für Jim Sharp«, aber ihr Puls fiel wieder, als sich der Anrufer als Scottish Gas herausstellte, irgendetwas über Wärmebilder. Jim hatte sich wohl den Dachboden isolieren oder einen neuen Boiler installieren lassen. Jasmine fing fast an zu schluchzen, wie wenn eine von Mums alten Freundinnen anrief, die es noch nicht gehört hatte, oder wenn Post für sie kam. Am schlimmsten war eine abonnierte Zeitschrift gewesen, weil sie zu den Dingen gehörte, über die ihre Mutter sich immer gefreut hatte, und auf das Leben verwies, das sie eigentlich noch leben sollte.

Sie schwiegen, während Jasmine den Motor startete und losfuhr. Ingrams fragte nicht nach der Mailbox-Nachricht und wollte Jasmine anscheinend kaum anschauen. Man konnte sich eigentlich nicht vorstellen, dass irgendjemand ihren Beifahrer als verletzlich bezeichnen würde, schon gar nicht nach allem, was sie eben erlebt und erfahren hatte, aber sie hatte wirklich den Eindruck, dass er ziemlich niedergeschlagen war. Er wirkte zerknirscht und reuevoll, ganz anders als der wütende Dämon, der gerade noch Bain bedroht hatte.

Sie hatte sich in seiner Gegenwart nie so recht entspannen können, aber jetzt schien er sich in ihrer unwohl zu fühlen. Das machte Jasmine aber nicht mit. In dem kleinen Auto war kein Platz für große offene Fragen.

»Dann können wir jetzt wohl aufhören, so zu tun, als wären Sie nicht Glen Fallan, oder?«, fragte sie.

Er schwieg noch eine Weile, und sie fragte sich, ob er eingeschnappt oder ernsthaft verletzt war.

»Der war ich mal«, erwiderte er schließlich leise und abwesend, als hätte er die Worte aus seinem tiefsten Inneren hochholen müssen. Dabei wollte er es wohl belassen.

»Wusste Jim die Wahrheit über Sie?«

»Ja.«

»Scheiße«, zischte sie und krallte sich vor Wut am Lenkrad fest. »Und Sie haben die ganze Zeit keinen Ton gesagt!«

»Er hat sich nicht bei mir gemeldet. Ich hab ihn wirklich letztes Jahr zum letzten Mal gesehen.«

»Warum war er damals bei Ihnen?«

»Das darf ich Ihnen nicht sagen. Das fällt unter Jims Verschwiegenheitspflicht.«

Jasmine seufzte, hätte aber am liebsten geschrien.

»Und fällt es auch unter seine Schweigepflicht, wenn man fragt, warum er Ihre Akte offen liegen hatte? Was haben Sie mit der ganzen Sache zu tun? Warum haben Sie alles liegen lassen und sind mit mir hier hochgekommen? Keine Lügen mehr. Sagen Sie mir die Wahrheit.«

»Ich hab alles liegen lassen, weil jemand auf uns geschossen hat. Ich bin mitgekommen, weil ich wissen will, warum.

Ich hab keine Ahnung, was ich mit der ganzen Sache zu tun habe, und wenn wir es herauskriegen wollen, müssen wir uns auf das konzentrieren, was wir wissen.«

»Was wir wissen? Ich weiß nicht mal, wie ich Sie nennen soll. Tron? Glen? Was für ein Name soll Tron überhaupt sein? Wie der blöde Science-Fiction-Film? Wie die Kirche?«

»Wie das Theater. Da ... ist mit mir etwas passiert.«

»Was?«

»Da habe ich beschlossen, dass ich nicht mehr Glen Fallan sein will. So hat mich seit zwanzig Jahren niemand mehr genannt.«

»Und würden Sie mich vielleicht aufklären, was diese Erleuchtung herbeigeführt hat?«

»Das ist gerade nicht relevant. Viel wichtiger ist, dass wir jetzt wissen, dass Bains Aussage gelogen war. Das ändert alles. Die Ramsays sind zum letzten Mal gesehen worden, als sie am Abend vorher das Campsieview Hotel in Lennoxtown verließen.«

»Warum sollte die Polizei ihre eigene Ermittlung verfälschen?«

»*Ein* Polizist hat Informationen manipuliert. Und wenn Sie meinen verstorbenen Vater kennen würden, wüssten Sie, dass er es nicht unbedingt von innen gemacht hat.«

»Also wollte Bain Sie nicht nur reizen? Ihr Vater war wirklich ein korrupter Polizist?«

»Sagen wir mal, seine korrupte Seite war noch seine beste.«

Jasmine sah kurz sein Gesicht, während er das sagte und sie an einer Ampel anhielt. Es verriet keinen Sarkasmus, sondern nur stählerne Bitterkeit.

»Wichtig ist«, setzte er fort, »dass mein Vater wusste, was für Auswirkungen Bains Aussage auf die Ermittlungen haben würde. Sie brachte den ganzen zeitlichen Ablauf durcheinander, und das Bewegungsbild erst recht.«

»Meinen Sie, Jim hatte das auch herausbekommen?«

Als alle Karten auf dem Tisch lagen, hatten sie Bain zu Jims Ermittlung ausgefragt. Bain gab zu, dass Jim bei ihm gewesen war, er selbst sei aber bei seiner Version geblieben.

»Natürlich ist Bain vor Jim nicht zusammengebrochen wie vor mir, aber wenn Jim die Ermittlung bis ins kleinste Detail vorangetrieben hat, ist ihm sicher klargeworden, wie viel von Bains Aussage abhing. Sie hat den ganzen Fall geprägt und ist letzten Endes für diesen ganzen Mythos verantwortlich. Bei einer letzten Sichtung spätabends am Hotel sagen alle, na ja, die armen Schweine liegen eben irgendwo tot im Straßengraben oder sind in irgendeinem Kanal abgesoffen. Bei der letzten Sichtung am helllichten Tag an einer Raststätte denken alle an eine Reise. All die Artikel, die die Story über die Jahre am Leben gehalten haben, die Leute, die den Zeitungen sagen, sie haben die Ramsays im Urlaub gesehen, all das geht auf Bains Lüge zurück.«

»Das heißt, Jim hat sich wahrscheinlich irgendwann gefragt, wie das Ganze ohne die Aussage aussähe. Warum hat die Polizei das nie getan?«

»Wahrscheinlich, weil sie sonst keine Spuren hatten und keine Gründe, an Bains Aussage zu zweifeln.«

»Aber Sie wussten es sofort, als sie sein Bild in der Zeitung erkannt haben.«

»Ich hab's nicht sofort gewusst. Ich hatte nur meine Zweifel, die auf einer detaillierteren Kenntnis von Mr Bains Charakter beruhten, als sie die Ermittler von damals wohl hatten.«

»Warum haben Sie mir nichts gesagt?«

»Ich wollte unser kleines Interview nicht allzu voreingenommen werden lassen, und ich brauchte von Ihnen etwas, was man Method Acting nennt, damit er nichts merkt.«

»Ich weiß, was Method Acting ist. Ich kenn mich mit Schauspielerei viel besser aus als mit Privatermittlungen.«

»Sie sind ausgebildete Schauspielerin?«

Darüber freute er sich sichtlich – unverhülltes Entzücken war in seinem Gesicht zu erkennen. Jasmine wünschte, sie könnte sich genauer ansehen, ob er sich vielleicht nur lustig machte und sich dachte, »tja, das erklärt so einiges«, aber sie musste die Straße im Blick behalten.

»Ich möchte nicht darüber reden. Wie Sie sagen, wir müssen uns konzentrieren.«

»Richtig«, stimmte er zu. »Und was Sie eben gesagt haben, stimmt auch: Mein Vater hätte leicht einen deutlich vertrauenswürdigeren Zeugen finden können als Wullie Bain.«

»Vielleicht hatte Bain andere Qualitäten, die ihn für den Job prädestinierten«, sagte Jasmine.

»Klar. Er kannte seinen Platz und war nicht zu neugierig. Wullie hat nie viele Fragen gestellt, wenn man ihm Geld in die Hand gedrückt hat.«

»Kannten Sie ihn damals gut?«

Er starrte geradeaus und hatte wohl ebenso wenig Lust darüber zu erzählen wie sie über ihre abgebrochene Schauspielausbildung. Dann atmete er durch und antwortete.

»Ich hab damals als Schuldeneintreiber für einen Gangster namens Tony McGill angefangen. Ich sage Gangster, aber eigentlich hatte Tony nie eine echte Gang. Meiner Erfahrung nach war die organisierte Kriminalität in Glasgow nie so richtig organisiert. Aber wenn man Tonys Interessen vertrat, traf man eine Menge Leute, knüpfte Kontakte. Das war wie Facebook für Verbrecher. Und ich vergesse nie ein Gesicht.«

Den letzten Satz sprach er nicht stolz oder bedrohlich, sondern wie einen bitteren Selbstvorwurf.

In der folgenden Stille ließ Jasmines Wut über seine Täuschung nach und sie sah, was dahinterlag. Er hatte bei dem Versuch, seine alte Identität zurückzulassen, seinen Namen aufgegeben, blieb aber belastet mit Glen Fallans Sünden. Und damit verstand sie auch endlich, wie sehr er sich für sie aufgeopfert hatte.

»Bain hat Sie erst erkannt, als Sie ihn mit der Nase drauf gestoßen haben. Sie hätten Ihre Identität verschweigen können, aber Sie haben sie preisgegeben, um mir zu helfen.« Sie schluckte und merkte, wie sie einen Kloß im Hals bekam, was in der letzten Zeit oft passierte, wenn jemand ihr mit Freundlichkeit begegnete. »Danke.«

»Ich hab meine Identität nicht erst da drinnen aufgegeben. Ich wusste schon, dass ich das muss, als ich mich entschieden habe, mit Ihnen nach Glasgow zu fahren. Danach war es nur eine Frage der Zeit.«

»Trotzdem danke.«

»Warten Sie damit lieber, bis Sie wissen, was noch zum Paket gehört.«

»Warum sind Sie überhaupt mit mir hergekommen?«, fragte sie, da er ohnehin gerade nicht mehr so reserviert wirkte.

Er starrte sie eine Weile ausdruckslos an.

»Ich hab mir damals viele Feinde gemacht. Eine Menge offene Rechnungen hinterlassen. Ich reagiere lieber schon auf die ersten Anzeichen, dass meine Vergangenheit mich einholt. Von wem war der Anruf?«, fragte er, um klarzumachen, dass das vorige Thema damit erledigt war.

»War für Jim. Nichts Wichtiges. Die Gaswerke wegen irgendwelcher Wärmebild-Geschichten. Ich glaub, die wollten ihm einen neuen Boiler aufschwatzen.«

»Können wir dann eine Nummer von Ihrer Liste streichen?«

»Hab ich noch gar nicht überprüft.«

»Darf ich?«, fragte er und nahm Jasmines Handy von der Mittelkonsole.

»Okay.«

Ingrams nahm das Papier vom Rücksitz und drückte sich dann zu Jasmines Anrufliste durch.

»Ja. Da ist sie: ausgegangener Anruf. Aber hier ist noch was:

Wussten Sie, dass Bains Nummer auch bei den eingehenden Nummern steht und nicht nur bei den ausgehenden?«

»Hatte ich nicht gesehen, nein. Vielleicht hat er Jims Anruf verpasst und deshalb zurückgerufen. Kann auch sein, dass ich sie falsch abgeschrieben hab«, gab sie zu. »Ich wollte ganz methodisch arbeiten, aber ich bin ja noch neu in dem Job.«

In dem Moment klingelte Jasmines Handy in Ingrams' Hand.

»Soll ich?«, fragte er.

»Bitte.«

Ingrams nahm ab. Jasmine hörte ein paarmal neutral »okay«, »alles klar«, und dann berichtete er dem Anrufer seltsamerweise: »Tut mir leid, Jim ist zur Zeit außer Landes. Ja, ganz unerwartet. Aber er hat mir vor seiner Abreise davon erzählt, ich komme dann gleich morgen früh vorbei. Maxwell Road, ja? Okay, bis dann.«

»Mit wem treffen wir uns in der Maxwell Road?«, fragte Jasmine.

»Mit der Scottish Gas. Geschäftskundenabteilung. Der Typ hat's noch einmal versucht, bevor er für heute Feierabend macht. Er hat mir ausgerichtet, dass die Wärmebilder fertig sind, die Jim angefordert hatte.«

»Was sind Wärmebilder?«

»Keine Ahnung, aber die, die Jim wollte, sind siebenundzwanzig Jahre alt. Ich glaub nicht, dass es da um einen neuen Boiler geht, oder?«

Brandschaden

»Wie hätten Sie Ihren Dealer gern?«, fragte Cal O'Shea. »Blutig? Medium?«

»À point«, erwiderte Catherine.

»Da haben Sie Glück.«

Alles schwamm. Catherine stand in einer drei Zentimeter tiefen Pfütze, die sich über die gesamte Fläche des Top-Table-Depots erstreckte. Es befand sich in einem einstöckigen Industriebau mit hoher Decke außerhalb von Hamilton, nicht weit vom East Kilbride Expressway. Es diente als zentraler Verteilungspunkt für die Tischwäsche-Abteilung von Frankie Callahans Gastronomiedienstleistungsfirma: Die Tischdecken und Stoffservietten wurden nach dem Waschen hierhergebracht und auslieferfertig in Rollwagen gestapelt.

Die Tischwäsche der Firma hatte die Feuerprobe bestanden und sich als so brandhemmend herausgestellt, dass sie verhindert hatte, dass das Gebäude ganz abbrannte, obwohl es großzügig mit Benzin getränkt worden war. Einem Feuerwehrmann zufolge waren mehrere Rollwagen auseinandergebrochen, was Hunderte von Metern Stoff auf den Boden stürzen ließ, die einen Großteil der Flammen erstickten und größere Strukturschäden am Gebäude verhinderten.

Natürlich musste fast das ganze Material wegen Brand- und Rauchschäden abgeschrieben werden, aber darüber würde Frankie sicher keinen Schlaf verlieren. Er war ja auch tot.

Im Gebäude befanden sich drei Leichen; zwei davon hatten die Feuerwehrleute teilweise unter Tischwäsche begraben gefunden. Sie alle waren verkohlt und nass, aber Cal versicherte, dass die Verbrennungen nur oberflächlich seien. »Was die drei sicher sehr erleichtern wird«, fügte er hinzu.

Die beiden teilweise verschütteten Leichen waren die von Frankie Callahan und Gary Fleeting. Sie lagen mit dem Gesicht nach unten und wiesen beide mehrere Schusswunden auf.

Der dritte Tote saß aufrecht mit Gummiseil an einen Stuhl gefesselt. Er sah aus wie ein makabrer König des Feuers, der von seinem Metallthron die Szene überschaute.

»Stichwunden in den Oberschenkeln, oberflächlichere Schnitte in der Brust und in beiden Wangen«, erklärte Cal. »Sieht so aus, als hätten sie ihn gefoltert und wurden dabei überrascht. Callahan und Fleeting wurden beide von hinten niedergeschossen und dann mit jeweils zwei Kopfschüssen hingerichtet. Hochprofessionell. Auch der Ehrengast bekam zwei in den Kopf, also war es wohl keine Rettungsmission. Wir haben sein Portemonnaie in einer Jacke in der Ecke am Hintereingang gefunden. Dem Führerschein nach war es ein Thomas Miller. Sagt Ihnen der Name etwas?«

Catherine sah sich das geschwärzte, von Austrittswunden zerfetzte Gesicht an. Selbst seine eigene Mutter würde ihn nicht mehr erkennen, die arme Frau.

»Tommy Miller«, sagte sie. »Archetyp des Glasgower Handlangers. Macht alles für jeden.« Sie wandte sich an Laura. »Man könnte sogar sagen, einer, der wirklich weiß, wie man beide Seiten gegeneinander ausspielt.«

»Meinen Sie, das war Bob Cairns' Kontakt?«

»Frankie und Gary hier waren anscheinend der Meinung. Das beantwortet wohl auch die Frage, wessen Heroin wir gestern abgefangen haben. Ein richtig schlechter Tag für die beiden. Morgens Drogen für drei Millionen verloren, abends erschossen und angezündet.«

»Ja. Das würde mich zum Kochen bringen«, äffte Laura Callahans hochseriösen Ton nach. »Das würde mich richtig zum Kochen bringen.«

Sie schaute verächtlich auf Gary Fleetings Überreste hinunter. Er wirkte jetzt gar nicht mehr so großprotzig. Seinen würden jetzt keine »kleinen Schlampen« mehr »überall reinnehmen«.

»Und, wer war's?«, fragte sie. »Der Lieferant? Vielleicht haben wir den Koffer einkassiert, bevor er bezahlt war, und er war nicht bereit, den Verlust einfach abzuschreiben.«

»Glaub nicht. Zu schnell und zu extrem. Bei so viel Heroin, wie Frankie Callahan im Jahr bewegt hat, wär's schlecht für's Geschäft, so überzureagieren. Die hätten irgendeine Kompensation ausgehandelt. Wenn die Ware während der Übergabe eine Zeit lang unbeaufsichtigt bleibt, haben die bestimmt irgendeine Absprache, was in so einer Situation passiert.«

»Hier wurden keine Fragen gestellt. Beide wurden in den Rücken geschossen, bevor sie irgendetwas sagen konnten, dann wurde Tommy erledigt, weil er ein Zeuge war. Hier ging's nur darum, dass die beiden sterben. Das legt ein einfacheres Motiv nahe.«

In dem Augenblick fielen Laura wieder die zwei Lieferwagen der Firma ein, die vor dem Depot parkten.

Es waren dunkelblaue Ford Transits.

Jemand hatte einen dunkelblauen Ford Transit in die Gasse fahren sehen, aus der Jai McDiarmid verschleppt wurde, und ein ähnliches Fahrzeug war auch ungefähr zu der Zeit beobachtet worden, als seine Leiche abgeladen wurde. Paddy Steels Leute hatten zwar nach einem schwarzen Wagen gesucht, aber den kleinen farblichen Sprung hatten sie möglicherweise doch irgendwann geschafft.

Catherine hörte förmlich Moira Clarks Stimme.

»Die Presse redet von Bandenkriegen, Drogenkriegen und Revierkämpfen«, hatte Moira ihr mal erklärt. »Und Banden,

Drogen und Reviere sind natürlich Faktoren bei diesen Vorfällen, sie sind aber nie der Hauptgrund. Hier bei uns planen die Leute ihre Gewalt nicht von langer Hand. Sie führen keine Kampagnen und haben keine Strategien. Vergeltungsaktionen, ja. Fehden, auf jeden Fall. Auge um Auge, Zahn um Zahn. Streit. Rache. Nie vergessen: Wir sind hier in Glesca.«

Als bräuchte sie noch eine weitere Bestätigung dieser Hypothese, klingelte ihr Handy und zeigte als Anrufer Detective Superintendent Dougie Abercorn an.

Im Sumpf verlaufen

»Ich will Ihnen hier gar nicht in die Suppe spucken«, sagte Abercorn. »Ich weiß, dass Sie glauben, Sie stehen kurz vor einem Erfolg, einem großen Erfolg, aber ich hab's im Urin, dass hier nicht alles ganz so ist, wie es aussieht. Ich würde Ihnen raten, nichts zu überstürzen.«

Aber so etwas musste er ja sagen, nachdem die Geschehnisse ihn ins Stolpern gebracht hatten. Irgendetwas war nicht so, wie es aussah? Wahrscheinlich stand es nur nicht in Abercorns Skript, und er wollte sie hinhalten, bis er die richtige Seite wiedergefunden hatte.

Er hatte ihr gesagt, sie müssten dringend miteinander sprechen, und sie »aus Diskretionsgründen« in sein Büro bestellt, was sich einfach zu verlockend nach Intrige anhörte. Wäre sie nicht ein paar Tage zuvor im High Court gewesen, hätte er es vergessen können, aber da sie wusste, dass Abercorn sich für Callahan eingesetzt hatte, spielte sie mal mit, weil sie davon ausging, dass sie ausnahmsweise mehr von dem Gespräch haben würde als er.

Sie freute sich zunächst diebisch darüber, dass sein Büro kleiner war als ihres, doch dann fiel ihr auf, dass das wohl nur so schien, weil es völlig zugestellt war.

Sie war fast ein bisschen enttäuscht. Abercorn kam ihr so aalglatt vor, dass sie sich sein Büro als zwanghaft aufgeräumt vorgestellt hatte: keine Büroklammer am falschen Ort, kein einziges loses Blatt auf dem Schreibtisch, nur ein topmoderner Laptop auf dem Tisch und daneben ein gerahmtes Foto von Frau und Kindern, die nicht seine waren, sondern ihm nur einen menschlichen Touch geben sollten.

»Ich überstürze gar nichts«, erwiderte sie. »Zumal meine Hauptverdächtigen im Mordfall McDiarmid zur Zeit unten in Cal O'Sheas Labor auf Eis liegen.« Sie rümpfte angewidert die Nase, als sie merkte, dass ihr Jackett schrecklich nach Grill roch. »Übrigens genau die Verdächtigen, von denen Sie mich zu Anfang meiner Ermittlung hatten fernhalten wollen.«

Das ignorierte Abercorn und lenkte ihre Aufmerksamkeit auf ein Verbrecherfoto zwischen den Aktenstapeln auf seinem Tisch. Daran angeheftet war ein schwarz-weißer Computerausdruck einer Sicherheitskamera-Aufnahme des gestrigen Einbruchs.

»Diese Aufnahme des Coruscate-Räubers haben wir herumgezeigt«, erklärte er. »Er wurde als Liam Whitaker identifiziert. Dieb, Einbrecher, Exknacki und vor allem enger Vertrauter von Tommy Miller.«

»Haben wir ihn schon?«

»Er ist untergetaucht.«

»Mit Schmuck für hundertvierzigtausend Pfund. Kein Wunder.«

»Kein Schmuck«, korrigierte Abercorn. »Uhren.«

»Wo ist der Unterschied?«

»Solche Luxusuhren sind bei den oberen Zehntausend der Unterwelt sehr beliebt.«

»Wenn schon protzen, dann richtig.«

»Nein, keiner von denen trägt so etwas wirklich. Viel zu teuer. Die Uhren *behalten* ihren Wert; teilweise steigt er sogar. Das sind Investitionen. Geldwäsche. Dann hat man seine zweihunderttausend Pfund nicht in bar zu Hause herumliegen, die nur darauf warten, vom Staat einkassiert zu werden, sondern in Form von Uhren zu zehn- bis zwanzigtausend das

Stück. Sammlerstücke. Und wenn man sein Kapital liquidieren will, verkauft man sie eben ganz legal.«

»Das ist doch alles nichts Neues. Mir war schon klar, dass Cairns' Kontakt die Räumung ausgenutzt hat. Aber immerhin wissen wir jetzt ungefähr, wie viel er dabei verdient hat.«

»Er war nicht nur Cairns' Kontakt«, gestand Abercorn halblaut. »Darum geht's mir. Unser Kontakt war er auch. Einer unserer V-Leute. Wir haben unauffällig Callahans Gang im Auge behalten, aber wir wussten nicht, dass Miller seine Informationen an mehrere Stellen weitergegeben hat. Das gibt dem Ausdruck *Verbindungs*mann eine ganz neue Bedeutung.«

Catherine riss unwillkürlich die Augen auf, wollte sich aber nicht zu offener Schadenfreude hinreißen lassen.

»Und er wusste, dass er sich das leisten konnte, weil er kapiert hatte, dass Sie nicht reagieren würden«, sagte Catherine. »Zumindest nicht direkt.«

»So kann man es wohl auch sehen, ja. Wir haben es erst heute erfahren, und Cairns weiß es selbst noch nicht.«

»Haben Sie deshalb dafür gesorgt, dass Fleetings Anklage fallen gelassen wurde?«

Abercorn öffnete den Mund, fand aber eine halbe Sekunde keine Worte. Er war beunruhigt, dass sie das wusste. Er sammelte sich aber schnell wieder.

»Wir müssen oft unangenehme Entscheidungen treffen und ein paar sehr bittere Pillen schlucken. Ich weiß, was man über uns, über mich sagt. Laufenlassen organisierter Krimineller unter speziellen Tauschgeschäften. Männer wie Cairns sind die großen Helden, weil sie ein paar Moskitos totschlagen. Wenn man den ganzen Sumpf trockenlegen will, kostet das eine Menge harte Arbeit, für die man nicht solchen Beifall hört.«

Da war ja endlich die Geschichte. Aber er war noch nicht fertig.

»Wir sind hinter den großen Fischen her. Gary Fleeting

taucht da überhaupt nicht auf, und Frankie Callahan ist ein Fliegenschiss. Hier meinen immer alle, Glasgow wäre die ganze Welt. Wir sind dabei, das riesige, hochkomplexe Vertriebssystem aufzuzeichnen. Nicht nur in Großbritannien, sondern von Moskau bis Marrakesch.«

Er zeigte auf die Akten- und Dokumentenberge, die drohten einzustürzen und ihn zu ersticken, wie die Tischdecken die Flammen erstickt hatten, die Callahan und Fleeting verbrannten.

»Gucken Sie sich die ganze Scheiße doch an. Was meinen denn eigentlich alle, was wir hier den ganzen Tag machen? Dass wir uns immer neue Schikanen ausdenken, wie wir den ›echten‹ Polizisten ans Bein pinkeln können? Wir kartografieren die Reichweite eines Lieferanten, der einen zentralen Knotenpunkt im Netzwerk darstellt. Ich konnte doch nicht Callahans Organisation sabotieren, nur um ein Nichts wie Gary Fleeting für fünf Jahre einzubuchten. Was hätte das bitte gebracht?«

»Ich würde sagen, James McDiarmids Mutter wüsste da schon eine Antwort.«

»Sie gehen einfach so davon aus, dass Fleeting ihn umgebracht hat. Ich bin mir nicht ganz so sicher, dass hier alles so ist, wie es aussieht.«

»Für mich sieht's ganz einfach aus«, konterte Catherine. »Gary Fleeting bringt James McDiarmid wegen einer Frau um oder warum auch immer, die beiden mochten sich eben nicht besonders: Vielleicht war die Frau auch nur 'ne Ausrede. Ein paar Tage später gibt Tommy Miller Bob Cairns einen Tipp, und der fängt Frankie Callahans Heroinlieferung ab. Frankie und Gary kriegen raus, wer gesungen hat und ziehen die *Reservoir-Dogs*-Nummer mit Tommy Miller ab, werden dabei aber aus Rache für McDiarmid von einem oder mehreren von Paddy Steels Leuten erschossen, die den Laden hinterher anzünden. Was soll denn da nicht stimmen?«

Abercorn zog ein weißes DIN-A4-Blatt in einer Klarsichthülle aus einer Schreibtischschublade und gab es ihr.

»Die erste Laboranalyse der Heroinlieferung von gestern«, erklärte er. »Reine Scheiße.«

»Rein? Nicht gestreckt?«

»Nein, Scheiße. Mist. Wertlos. Hauptsächlich Talkumpuder und Gips. Da war gerade genug Heroin drin, dass die Spürhunde anschlagen.«

Catherine überflog die Analyse, die das bestätigte.

»Es war also nicht Frankie Callahans Lieferung?«

»Unseren Quellen nach stand eine Lieferung an, und bisherige wurden über die Schließfächer im Bahnhof abgewickelt, bloß das, was Cairns abgefangen hat, war keine.«

»Also war es nur eine Attrappe, die Tommy Miller hinterlegt hat, damit evakuiert wird?«

»Ich glaube nicht. Dann hätte Cairns ihm die Eier abgerissen, dass wusste Miller. Miller hat seinen Tipp für wahr gehalten.«

»Aber wenn gar keine Heroinlieferung beschlagnahmt wurde, warum haben Callahan und Fleeting dann an Tommy Miller rumgeschnitzelt?«

»Keine Ahnung. Wie gesagt, irgendetwas ist hier nicht, wie es scheint. Man muss auch bedenken, dass Sie Paddy Steel Anfang der Woche mit Schutzweste haben joggen sehen. Ich könnte mir noch gerade vorstellen, dass der einen Vergeltungsschlag gegen Fleeting anordnet, aber gegen so jemanden Prominentes wie Frankie Callahan? Von so einer Eskalation hätte er doch nichts. Hier muss noch etwas anderes im Busch sein, wovon wir nichts wissen.«

Es musste aber auch noch etwas geben, was *er* nicht sagte, da war Catherine sich sicher. Er wirkte unsicher, ob er ihr noch etwas verraten sollte. Normalerweise hatte er ein absolutes Pokerface, aber so langsam geriet das Spiel wohl außer Kontrolle.

»Was wissen Sie noch?«, bedrängte sie ihn. »Nun sagen Sie schon, Sie stehen ja da wie ein Bengel mit vollgeschissener Hose.«

Er seufzte verunsichert und kaute auf der Lippe.

»Okay«, lenkte er ein. »Ich weiß, dass Sie glauben, wir würden immer nur Informationen aufsaugen und nie etwas zurückgeben. Das hier habe ich nicht zurückgehalten, ich dachte nur, es wäre unwichtig. Ich bin mir da immer noch nicht ganz sicher. Hat vielleicht überhaupt nichts mit der Sache zu tun, aber wenn man hier arbeitet, glaubt man irgendwann nicht mehr an Zufälle.«

Verdammt noch mal, genug gelabert. Er rückte wirklich nicht gerne damit heraus.

»Jetzt aber raus damit«, sagte sie.

»Sagt Ihnen der Name Glen Fallan etwas?«

Sie ließ ihn durch ihren Kopf hallen, doch nur winzige Erinnerungsfragmente lösten sich.

»Ich kann mich vage daran erinnern, dass ältere Kollegen mal von *Iain* Fallan gesprochen haben. Wurde der nicht ermordet?«

»Iain Fallan war in den Siebzigern und Achtzigern CID-Polizist in Gallowhaugh. Eines Abends wurde er tot in seinem Auto aufgefunden. Einzelne Stichwunde im Hinterkopf. Der Mörder wurde nie gefasst. Keine Einbruchsspuren, also wurde angenommen, dass er seinem Mörder genug vertraut hatte, ihn hinter sich im Auto sitzen zu lassen.«

»Ein anderer Polizist?«

»Fallan war korrupt, das wusste jeder. Er hatte Feinde und Verbündete zu beiden Seiten des Gesetzes. Sein Sohn folgte seinem Vorbild nur zur Hälfte. Er arbeitete als Schuldeneintreiber, Handlanger und Killer für Tony McGill und später für Stevie Fullerton, als Tony ins Gefängnis kam. Es gibt keine großartige Akte über ihn. Er war kein Glasgower Durchschnittskrimineller. Er war vorsichtig und diskret und kannte sich mit der Polizei gut genug aus, um sich nie erwischen zu lassen. Er hinterließ so gut wie nie eine Leiche, sondern ließ die Leute einfach verschwinden. *Viele* Leute.«

»Das hört sich alles so nach Vergangenheit an. Wenn er so gut war, was ist dann aus ihm geworden?«

»Interessanterweise ist er dann eines Tages selbst verschwunden. Vor einundzwanzig Jahren, im Sommer 1989. Es hieß, er sei zu Hause auf dem Land in Lanarkshire ermordet worden. Der Sage nach waren es Stevie Fullerton und seine Leute aus Rache dafür, dass Fallan Stevies Cousin wegen einer Frau umgebracht hat. Ganz normaler Verbrecher-Hickhack.«

Catherine wusste nicht, wohin das führen sollte. Fullerton war heutzutage ein ziemlich großer Fisch, aber sie hatte keinerlei Anzeichen gesehen, dass er sich im Krieg mit Frankie Callahan oder sogar Paddy Steel befinden könnte.

»Und was hat diese faszinierende Anekdote aus der Regionalgeschichte mit meiner Ermittlung zu tun?«

»Verlässlichen Quellen nach sieht Glen Fallan ziemlich gut in Form aus für einen Toten. Er ist gestern bei einem Exknacki und gelegentlichen Informanten namens William Bain aufgekreuzt.«

»Gelegentlicher Informant? Wollte der nicht bloß mal wieder die Hand aufhalten?«

»Mein Kontakt berichtet, dass Bain völlig eingeschüchtert war. Fallan soll aus seiner Identität kein Geheimnis gemacht haben, aber Bain hat nicht rausgerückt, was er wollte. Fallan hatte eine junge Frau um die zwanzig dabei und war mit einem roten Honda Civic da. Bain hat sich das Nummernschild aufgeschrieben. Der Wagen gehört einer Jasmine Sharp, die übrigens Montag auf der Wache in Partick eine Vermisstenmeldung aufgegeben hat: ihr Onkel, Jim Sharp, Privatdetektiv und Polizist im Ruhestand.«

Die Entschlossenheit und Klarsichtigkeit, mit der Catherine Abercorns Büro betreten hatte, waren nur noch Erinnerungen, als sie es wieder verließ. Sie war verwirrt, frustriert und verdammt wütend. Sie wusste nicht genau, was da drinnen passiert war, hatte aber das Gefühl, dass sie hinterher weniger wusste als vorher. Klassischer Abercorn. Zwar hatte er ihr eigentlich neue Informationen gegeben, aber trotzdem war ihr, als hätte sie ein Taschendieb ausgenommen. Sie hätte es vorher wissen sollen, aber das machte es nur noch schlimmer.

Psychospielchen waren das, sonst gar nichts. Abercorn war nicht auf Callahans Mord vorbereitet gewesen, und jetzt wollte er für Ablenkung sorgen, bis er selbst wieder auf dem Laufenden war.

Der große Dealer, den er überwachte – und für den er im Hintergrund die Fäden gezogen hatte, damit er im Geschäft blieb – war vor seiner Nase erschossen worden, und jetzt hatte er keine Spuren mehr. Hatte Abercorn Angst, dass sein Job am seidenen Faden hing? Meinte er, dass seine Vorgesetzten sich vielleicht Gedanken machen könnten, ob er wirklich besser für den Posten bei Locust war als sie, wenn sie diese Mordfälle löste und den vorangegangenen an McDiarmid? War er so paranoid? So kleinlich? Oder verbarg er in purer Abercorn-Art irgendeine andere Absicht, von der sie nichts wusste?

Auf jeden Fall würde sie sich nicht von ihm sabotieren lassen. Denn dieser ganze Glen-Fallan-Quark war doch ganz offensichtlich nur ein Versuch, sie auf die falsche Fährte zu locken.

Clarks Gesetz galt nach wie vor. Die Laboranalyse von Cairns' Heroinfang warf ein paar schwierige Fragen auf, aber die Personenkonstellation blieb doch dieselbe. Alles drehte sich um Gary Fleeting und Jai McDiarmid, Frankie Callahan und Paddy Steel, Liam Whitaker und Tommy Miller.

Sie spazierte langsam über den Parkplatz, um wieder einen klaren Kopf zu bekommen, als ihr Handy klingelte. Cal O'Shea war dran.

»Ich habe recht beunruhigende Neuigkeiten über unsere gegrillten Gangster«, sagte er, und sein diebischer Sarkasmus konnte einen Anflug von Sorge nicht verbergen.

Verdammt noch mal, was denn jetzt?, fragte sich Catherine.

»Die sind doch wohl immer noch tot, oder?«, erwiderte sie und glaubte, wenn sie die Latte für Unwahrscheinliches so hoch legte, konnte sie mit allem darunter fertig werden.

»Das schon, ja«, bestätigte er. »Aber das ist auch schon der einzige Aspekt des Ganzen, der bleibt, wie er zunächst ausgesehen hat. Das Feuer ist gegen zwei Uhr früh ausgebrochen, richtig?«

»Der Notruf ging bei der Feuerwehr um zwei Uhr fünfundvierzig ein. Warum?«

»Alle drei Männer waren schon Stunden vorher tot. Callahan und Fleeting wurden gestern Abend gegen acht umgebracht; Miller mindestens zwei Stunden davor. Außerdem haben sie sich die meisten ihrer Wunden post mortem zugezogen. Das Fehlen innerer Blutungen zeigt, dass Callahan und Fleeting mehrere Stunden *nach* ihren Kopfschüssen in den Rücken geschossen wurden; genau wie bei den Stich- und Schnittwunden von Miller, der schon lange tot war, als er an den Stuhl gefesselt wurde.«

»Sie meinen, das Ganze war gestellt?«

»Es ist gut möglich, dass keiner von denen am Leben war, als sie in die Lagerhalle gebracht wurden. Das Gebäude sollte ja abbrennen, aber der oder die Täter waren bessere Mörder als Brandstifter.«

»Warum stellt man das Ganze überhaupt, wenn doch alles abfackeln soll?«

»Damit ich nicht das herausfinde, was ich Ihnen gerade erzählt habe. Sie sollten eine völlig ausgebrannte Halle mit drei verkohlten Leichen finden, an denen sich noch erkennen lässt, dass zwei dabei überrascht und niedergeschossen wurden, wie sie den dritten gefoltert haben. Und hätten die Täter nicht die Brennbarkeit der Tischdecken stark überschätzt, hätten wir das Ganze auch geglaubt.«

Catherine legte auf und stand reglos vor ihrem Auto. Es war einer von den Momenten, in denen sie meinte, den Planeten unter ihren Füßen rotieren zu spüren. Sie fühlte keine so starke Bindung mehr zur Erde, kam sich kleiner vor, und die Gebäude um sie herum wirkten ein bisschen größer.

Nichts war, wie es schien. Bob Cairns hatte sich zu einem Koffer voll Staub führen lassen. Frankie Callahan hatte keine Heroinlieferung verloren. Er und Gary hatten nicht Tommy Miller gefoltert. Auf den Straßen war ein Killer unterwegs, der seit Jahrzehnten tot sein sollte. Und am allerseltsamsten: Es konnte gut sein, dass Dougie Abercorn ihr wirklich helfen wollte.

Geschwärzte Erinnerungen

Wieder einmal überfiel Catherine jemanden beim Frühstück, doch wenn sie daran dachte, wann sie verpennt ihr eigenes gegessen hatte, kam es ihr eher wie mittags vor. Sie roch frischgebrühten, *echten* Kaffee, sah Körbe voller Croissants und Gebäck, während Bedienungen mit dampfenden Tellern mit Speck, Haggis, Kippers und Rührei an ihr vorbeihuschten. Die meisten Gäste trugen Businessklamotten und unterhielten sich, lasen alleine Zeitung oder hielten als Vierergrüppchen ein Frühstücksmeeting ab. Alles sah fürchterlich erwachsen und zivilisiert aus.

Catherine hatte gerade so zwischendurch eine Scheibe Toast und eine halbe Tasse Tee geschafft, während sie verschütteten Ready-Brek-Haferbrei wegputzte, Gesichter abwischte und einen langen, hitzigen Streit über das Spielzeug aus der Packung schlichtete, das am nächsten Tag schon vergessen unter dem Kühlschrank liegen würde, während ihr einziger Verbündeter an der Arbeitsplatte auf der anderen Seite der Küche stand, sich schnell ein paar Löffel Cornflakes reinschaufelte und dabei den Matsch von gestern von zwei Paar Kinderturnschuhen kratzte.

Ganz so angespannt und hektisch war es nicht immer, schon gar nicht samstags; normalerweise blieb das Chaosniveau konstant, aber das Tempo war etwas entspannter, weil Drew recht flexible Arbeitszeiten hatte. An diesem Morgen hatte er aber einen Flug nach London zu erreichen, wozu er früh losmusste, wenn er es durch den Verkehr auf der M8 schaffen und auf dem Weg noch die Kleinen bei seinen Eltern abliefern wollte. Immerhin brauchten Sie sich keine Gedanken zu machen, wer sie von der Schule abholte.

Seit dem vorigen Abend war die Stimmung zwischen Catherine und Drew auch nicht mehr so angespannt. Als sie die Jungs ins Bett gebracht hatten, waren sie beide damit zufrieden gewesen, ein paar Stunden auf dem Sofa vor dem Fernseher zu sitzen. Auf Sky Movies lief *Die City-Cobra*, ein unwiderstehlich schlechtes Exemplar des Genres Eighties-Trash, das sie beide sehr schätzten. Für Catherine bildeten das simple Moralverständnis und die geradlinigen Lösungen eine schönere eskapistische Fantasie als jeder Science-Fiction-Streifen, während Drew gar nicht genug von der ganzen Maßlosigkeit und der übertriebenen Gewalt bekommen konnte, weil auch die Spiele, an denen er arbeitete, über diese Verbotenes-Vergnügen-Masche funktionierten.

Sie hatten zusammengesessen und gekichert wie zwei alte Freunde. Das hatte Catherine beruhigt, aber auch ein bisschen enttäuscht, weil sie sich nicht damit abfinden und schon gar nicht bei Drew diesen Eindruck erwecken wollte. Klar waren sie alte Freunde, aber der Sex sollte auch nicht zu kurz kommen.

Dafür konnte sie aber gerade nichts tun, selbst wenn sie beide nicht bei Sonnenaufgang hätten aufstehen müssen. Sie lehnte sich gerne auf dem Sofa an Drew, aber sie wollte nicht im Arm gehalten werden, nicht nackt sein. Wenn sie sich Drew nackt vorstellte, war er verbrannt wie Callahan und Fleeting, so sehr spürte sie seine Verletzlichkeit, seine Sterblichkeit. Der Gestank hatte sie den ganzen Tag verfolgt. Selbst nach dem Duschen stieg er ihr noch aus der Wäschetonne in die Nase.

Manche Sachen konnte man eben nicht einfach am Ende des Tages abwaschen.

Du gehst manchmal an einen dunklen Ort. Auf dem Weg dahin bist du wütend, und wenn du da bist, lässt du nichts an dich ran. Aber das Schlimmste ist, dass du hinterher tagelang abwesend bist.

Ich komme aber jedes Mal wieder zurück, Drew. Bitte warte auf mich.

Catherine sah die beiden in einer Ecke, so weit wie möglich von den Fenstern entfernt. Fallan saß mit dem Rücken zur Wand und behielt alle Ausgänge im Blick. Er hatte sie bemerkt, ließ es sich aber nicht anmerken. Vielleicht betrachtete er sie auch nicht als Bedrohung.

Jasmine Sharp war schlank und hübsch auf eine frische, mädchenhafte Art und Weise. Catherine hatte gelesen, dass sie zwanzig war, sie wäre aber auch noch als Schulmädchen durchgegangen, was aber vielleicht auch nur daran lag, dass sie neben Fallan so klein wirkte. Catherine vermutete, dass sie auch ganz anders aussehen konnte, wenn sie wollte. Sie trug kein Make-up, hatte einen Pferdeschwanz und sah irgendwie nach Waschtag aus. Catherine hatte sich sowieso schon gefragt, warum sich ein Mädchen mit einer Wohnung auf der Vicky Road in einem Hotel ein paar Kilometer entfernt einquartieren sollte. Jetzt wurde es ihr klar.

Sie sah aus wie auf der Flucht.

Catherine trat an den Tisch heran. Das Mädchen schaute sie an, aber Fallan konzentrierte sich weiter auf seinen Black Pudding mit Rührei. Trotzdem sprach er sie an, bevor sie selbst den Mund geöffnet hatte.

»Kann ich Ihnen helfen, Frau Wachtmeister?«, fragte er ohne aufzuschauen und ohne das geringste Zeichen von Hilfsbereitschaft. Er wollte ihr einfach nur mitteilen, dass er sie in der Sekunde, als sie durch die Tür gekommen war, als Polizistin erkannt hatte.

»Glen Fallan, nehme ich an?«, fragte sie. »Ich bin Detective Superintendent Catherine McLeod, CID.«

Sie streckte den beiden ihren Dienstausweis entgegen, damit er ihn und damit auch sie selbst ansah. Das tat er auch: Sein Blick hob sich langsam zum Ausweis und dann zu ihrem Gesicht.

Er bestätigte den Namen nicht, leugnete ihn aber auch nicht.

»Und Sie sind wohl Jasmine Sharp.«

Das Mädchen lächelte unsicher und nickte kooperativ. Sie war diese Zurückhaltung gegenüber der Polizei nicht so gewohnt.

»Darf ich mich setzen?«

»Ich glaub, das ist hier nur für Hausgäste«, knurrte Fallan.

Catherine ignorierte das und nahm sich einen Stuhl.

Jasmine schnaufte empört, was Catherine als Zeichen auslegte, dass sie sich die Einstellung ihres Mentors schnell angeeignet hatte. Dann erst verstand sie, dass eigentlich Fallan gemeint war.

»Was?«, fragte er.

»Ich musste drei Tage bohren, bis Sie den Namen anerkannt haben, und jetzt lassen Sie sich schon von Fremden so nennen?«

Eine Bedienung kam vorbei und fragte Catherine, ob sie Tee oder Kaffee wolle. Der Filterkaffee roch verlockend, aber sie entschied sich trotzdem für Tee, weil das kleine Mädchen in ihr sich immer noch sehr dafür begeistern konnte, wenn man im Restaurant eine Metallkanne und ein Kännchen Milch bekam.

»Ich bringe Ihnen allen eine frische Kanne«, sagte die Bedienung, die die Spannung am Tisch entweder nicht bemerkt hatte oder lieber ignorierte.

Fallan warf ihr für ihre unabsichtliche Mithilfe einen wütenden Blick nach, aber erst, als sie sich umgedreht hatte.

»Mr Fallan hat also unter einem Decknamen gelebt?«, fragte Catherine.

»Tron Ingrams«, erwiderte Jasmine hilfsbereit. Bei ihrem

völlig arglosen Gesichtsausdruck war es schwer zu sagen, ob sie einfach so naiv war, dass sie mit dieser Information so leichtfertig umging, oder ob sie Fallan ärgern wollte.

Was *macht* ihr beiden hier eigentlich zusammen?, fragte Catherine sich.

»Ich bin Tron Ingrams«, sagte er. »Den Namen Glen Fallan habe ich vor über zwanzig Jahren abgelegt.«

»Ein Name lässt sich viel einfacher ablegen als die eigene Vergangenheit. Besonders *Ihre* Vergangenheit, *Mr Ingrams.*«

»Wie haben Sie uns gefunden?«, fragte Jasmine leicht besorgt.

»Wir *staatlichen* Ermittler haben Zugriff auf nützliche Informationsquellen«, erwiderte sie, um das Mädchen noch ein bisschen einzuschüchtern. »Sie würden sich wundern, wie oft so ein Nummernschild heutzutage gescannt wird.«

Die Bedienung kam mit einer großen Kanne Tee zurück und schenkte ein.

Dabei ertappte sich Catherine, wie sie Fallan schockiert anstarrte. Einen Moment lang konnte sie das nicht verbergen. Sie hatte ihn schon mal gesehen. Sein Gesicht und seine Stimme hatten sie zunächst nur ihre Erinnerungen durchforsten lassen, was immer passierte, wenn sie jemanden traf, der mit der Unterwelt in Verbindung stand. Die Suche hatte nichts ergeben.

Erst ihr Geruchssinn, der mit der Erinnerung am engsten verknüpft ist, hatte sie über den Tee darauf gebracht. Sein Gesicht, seine Stimme und sogar seine Haltung wurden sofort in einen bestimmten Kontext gesetzt: Er hatte vor einem Vierteljahrhundert an einem anderen Tisch gesessen und Tee getrunken, während sie ihn voller Angst und Hass anstarrte.

Sie konnte nicht mal nach ihrer Tasse greifen, weil sie fürchtete, ihre Hand würde auffällig zittern.

Fallan schaute sie kurz an, weil er sie starren sehen hatte. Hatte er sie auch erkannt? Unwahrscheinlich. Er hatte sie damals wohl kaum bemerkt, nur noch ein verängstigtes Gesicht, wovon er jeden Tag Dutzende sah.

Die Erinnerung brach über sie herein wie eine Welle. Fallan war bei ihren Eltern in der Küche gewesen, gemeinsam mit dem schrecklichen, kleinen, grauen Mann, der sie immer noch manchmal in unruhigen Träumen heimsuchte: eine wandelnde Leiche mit flaumigen Haaren, die roch, als würde sie in einem Aschenbecher wohnen.

Er hatte am Tisch ihrer Eltern gesessen und ihren Tee getrunken.

Und ihr Geld genommen.

Catherine bemühte sich, die Fassung zu wahren. Der Deich um ihren aufgestauten Hass war undicht geworden, was ewig nicht passiert war. Sie hätte dringend einen Schluck Tee gebraucht, aber sie konnte ihren Händen immer noch nicht trauen; entweder würden sie zittern oder Fallan die kochend heiße Flüssigkeit ins Gesicht schütten.

»Was machen Sie denn wieder in Glasgow«, fragte sie, und versuchte erfolglos, ihre Wut zu verbergen. »Wollen Sie wieder da anfangen, wo Sie aufgehört haben?«

Fallan schwieg. Das Mädchen ertrug die Stille aber nicht so gut.

»Mein Onkel ist verschwunden. Er ist auch mein Chef. Die Polizei konnte nicht viel machen, also hat er mir geholfen.«

»Verschwindende Leute? Ja, damit kennt er sich aus.«

Als Fallan in Ruhe sein Frühstück beendet hatte, legte er das Besteck aus der Hand und sah Catherine in die Augen.

»Können wir Ihnen irgendwie helfen?«, fragte er in einem Ton, der ihr klarmachen sollte, dass er lieber in Ruhe gelassen werden wollte, wenn dies nicht der Fall war.

»James McDiarmid. Frankie Callahan. Gary Fleeting. Tommy Miller. Kommen Ihnen die Namen irgendwie bekannt vor?«

Fallan schlürfte gespielt vornehm seinen Tee.

»Nein.«

»Alle vier haben zwei Dinge gemeinsam. Sie stehen alle mit organisierter Kriminalität und Drogenhandel in Verbindung und sind alle in den letzten Tagen eines gewaltsamen Todes gestorben. Und in der gleichen Woche, in der ich es mit vier toten Verbrechern zu tun bekomme, ersteht zufällig auch Glen Fallan von den Toten auf. Tote Verbrecher, Glen Fallan. Glen Fallan, tote Verbrecher. Wie ich höre, gehören die beiden zusammen wie Eier und Speck, Kaffee und Milch, Pistolen und Kugeln. Verstehen Sie vielleicht, warum ich diese beiden Entwicklungen zueinander in Verbindung setze?«

»Wann sind sie gestorben?«, fragte er.

»McDiarmid am Sonntag, die anderen Donnerstag.«

»Sonntag war ich in Northumberland«, erwiderte er. »Hier hochgefahren bin ich Mittwoch.«

»Er war die ganze Zeit bei mir«, sagte Jasmine.

»Auch nachts?«, fragte Catherine. Ein widerlicher Gedanke, aber sie musste es wissen.

»Nein«, versicherte Jasmine und wirkte ebenso entsetzt.

»Und für Sonntag können Sie auch nicht für ihn bürgen, weil sie da noch nicht wussten, dass Ihr Onkel verschwunden war. Haben Sie eigentlich irgendeine Ahnung, wer dieser Mann ist? Was er getan hat?«

»Ich weiß, dass er mir das ...«, fing Jasmine an, brach aber ab, als Fallan ihr einen strengen Blick zuwarf.

»Wenn Detective Superintendent McLeod spezifische Fragen hat, antworten Sie ihr, aber lassen Sie sich nicht zum Erzählen animieren.«

Fallan sprach mit Jasmine, als wäre Catherine gar nicht da. Sie beschloss dafür, so zu tun, als wäre Jasmine nicht da.

»Warum sind Sie wirklich wieder hier, Fallan? Wenn Sie die Kleine nicht vögeln, dann ist das ganze altruistische Getue eine Tarnung für was anderes. Wollen Sie mit Stevie Fullerton abrechnen? Oder hatten Sie schon tränenreichen Versöhnungssex mit Stevie und helfen ihm jetzt dabei, die Konkurrenz aufzumischen?«

»Mit Stevie habe ich seit einundzwanzig Jahren nicht gesprochen, und von den anderen Leuten hab ich noch nie was gehört. Wer waren die?«

»Frankie Callahan, einer der größten Heroinbosse von Glasgow. Gary Fleeting, seine rechte Hand. Tommy Miller, Dealer, Dieb, Hehler und Informant. Jai McDiarmid, Dealer und enger Vertrauter von Paddy Steel einer weiteren Heroingröße. Jai wurde verprügelt, wahrscheinlich gefoltert, mit Kopfschuss hingerichtet und seine Leiche hinter seinem eigenen Sonnenstudio abgeladen. Die anderen drei hatten alle aus nächster Nähe zwei Kugeln in den Kopf gekriegt und wurden in einem Lagerhaus in Blantyre zurückgelassen.«

»Ich bin nicht mehr auf dem Laufenden, was Glasgower Gangster angeht«, erwiderte Fallan mit einem Schulterzucken. »Eins kann ich aber sagen: Das hört sich nicht nach Stevie an. Der hat nie einfach so Kriege vom Zaun gebrochen. Dem ging's immer nur ums Geschäft, nie um grundlose Gewalt.«

»Als er versucht hat, Sie umzubringen, hatte er also einen Grund? Ach nein, das war doch persönlich, oder? Sie hatten ja seinen Cousin erledigt.«

Zum ersten Mal hatte sie das Gefühl, ihn voll erwischt zu haben. Fallan fühlte sich sichtlich unwohl und warf dem Mädchen einen besorgten Blick zu.

Endlich griff Catherine zu ihrer Tasse und begoss ihren Erfolg mit einem Schluck Tee. Falls ihre Hand zitterte, merkte er es nicht.

»Genau genommen ist das natürlich reine Spekulation«, fügte sie hinzu und lächelte kühl. »Jazz Donnellys Leiche wurde nie entdeckt. Er ist einfach verschwunden. Das hört sich nach *Ihnen* an, oder?«

Jasmine starrte Fallan an, und er litt unter ihrem glühenden Blick.

»Wie Sie sagen«, erwiderte er leise und auffallend kontrolliert, »das ist Spekulation. Und passt auch nicht zu Ihren vier Leichen, die Sie ja schließlich gefunden haben.«

Er wirkte zufrieden mit seiner Retourkutsche, als ihm anscheinend etwas anderes einfiel.

»Die Vorgehensweise kommt mir aber doch recht bekannt vor«, sagte er, und sie wusste sofort, dass jetzt eine Bosheit kam: eine Information, die sich rächen würde, eine eiskalte Lüge, auf jeden Fall ein verbaler Mittelfinger. »Dann hätten wir es aber mit einer größeren Gang zu tun als der von Stevie. Mit der größten Gang von Glasgow.«

»Und wer soll die sein, Mr Seit-zwanzig-Jahren-nicht-mehr-auf-dem-Laufenden?«

»Da fragen Sie lieber mal jemand Älteres.«

Die Sünden benennen

Sie saßen lange still da, als die Polizistin gegangen war. Es war ein Schweigen, das ihre Beziehung für immer verändern würde. Je nachdem, womit man es brach; je nachdem, was Ingrams sagte. Und es musste etwas sein, was *er* sagte. Er stand jetzt vor der Entscheidung, ob er totschweigen wollte, was eben angesprochen worden war, oder ob sie ein Anrecht darauf hatte, Bescheid zu wissen.

Langsam wurden die Tische abgeräumt. Um zehn war die Frühstückszeit vorbei, und es war fünf vor. Sie hatten beide noch lauwarmen, ungenießbaren Tee in den Tassen.

»Ich hab sie nicht erkannt«, sagte er. »McLeod. Die Polizistin. Ich hab sie nicht erkannt.«

»Hätten Sie sie erkennen sollen?«

»Sie hat mich ja auch erkannt.«

»Na ja, sie wusste eben alles aus Ihrer Akte.«

»Nein. Ich hab's gesehen: Den Augenblick, als sie mich erkannt hat. Sie hat gar nicht damit gerechnet, und zack, da war's. War nicht zu übersehen. Blanker Hass, ein ganzes Leben voller Hass.«

»Warum? Weil sie Polizistin ist?«

»Persönlicher. Konkreter. Aber ich weiß nicht, weshalb, aber wie auch. Ich hab so vielen Menschen etwas angetan. Ich kann mich lange nicht an alle erinnern; hab damals schon nicht alle richtig wahrgenommen.«

Jasmine nahm ihren ganzen Mut zusammen, denn sie musste es wissen.

»Sie haben ... Frauen etwas angetan?«

Er sah ihr in die Augen.

»Ja«, erwiderte er, ohne den Blick abzuwenden. »Nicht direkt. Aber angetan habe ich ihnen etwas. Frauen und Kindern. McLeod hat sich wahrscheinlich hinter ihrer weinenden Mutter versteckt, während ich ihren Vater bedroht habe. Einer der zahllosen Zeugen, von denen man nie weiß, weil sie es nie jemandem erzählen.«

Jasmine schluckte. Es war das schwierigste Gespräch ihres Lebens; sie stellte Fragen, die sie nicht stellen wollte, an einen Mann, der sie nicht beantworten wollte, doch sie beide wussten, dass dieser Kelch nicht an ihnen vorübergehen konnte.

»Und die anderen Sachen, die sie gesagt hat ...«, fing Jasmine an, konnte die Sachen aber nicht benennen. Konnte ihn nicht fragen: »Haben Sie Menschen umgebracht?«

Und doch hatte sie ihn mit ihren ungeschickten, wenigen Worten gefragt.

»Es ist ein Märchen, dass die Verbrecher von früher Unschuldigen nichts getan haben«, erklärte er. »Wir wissen alle, dass das nicht stimmt. Aber neben all dem, was man als Kollateralschäden abtut, redet man sich gerne ein, dass man keine Zivilisten anrührt. Den Regeln nach darf man nur jemanden angreifen, der selbst mitspielt. Doch in Wahrheit ist irgendwann jeder Freiwild, der zwischen dir steht und dem, was du haben willst.«

Ingrams wandte sich ab und sah zum Fenster, doch in Wirklichkeit schaute er noch viel weiter, an einen Ort, den Jasmine nie sehen wollte.

Er schloss kurz die Augen, öffnete sie wieder und sah Jasmine wieder so verletzlich an, wie sie ihn im Auto auf der Rückfahrt von Bain gesehen hatte.

»Ich bin nicht böse, Jasmine. Gut aber auch nicht. McLeod

hatte recht. Man kann einen Namen zurücklassen, aber man kann sich selbst nicht davonlaufen. Als ich wieder hergekommen bin, die Angst in Bains Gesicht gesehen habe und den Hass in dem der Polizistin ... hab ich verstanden, dass ich mein altes Leben nicht von meinem neuen trennen kann. Ich muss meine Sünden benennen und ich muss den Namen tragen.«

»Sie sind also wieder Glen Fallan?«

»Ja.«

»Gut. Tron ist ein blöder Name.«

Gestohlene Blicke

Lauras Handy klingelte auf dem Rückweg zum Wagen, den sie direkt vor dem Haupteingang des Bay Tree geparkt hatten. Das Bay Tree befand sich an einer Einmündung an der Hauptstraße durch Thornton Bridge. Da das Gebäude ursprünglich ein kleines Landhäuschen gewesen war, hatte das Restaurant keinen eigenen Parkplatz, und normalerweise war abends und mittags die ganze Seitenstraße zugeparkt. Es war mittlerer Nachmittag, aber sie hätten zu jeder Uhrzeit einen näheren Parkplatz gefunden als bei ihrem letzten Besuch. Das Restaurant war bis auf Weiteres geschlossen.

Die Mitarbeiter waren alle vor Ort und hatten ziemlich verloren ausgesehen. Sie hatten nichts zu tun, wollten aber wohl durch ihre Anwesenheit guten Willen zeigen oder einfach nur wissen, ob sie noch einen Job hatten.

Catherines und Lauras Fragen hatten ergeben, dass am Donnerstag weder Callahan noch Fleeting aufgetaucht waren. Callahans Frau zufolge – einer wasserstoffblonden Cliché-Gangsterbraut, die mit ihrer Trauernde-Witwe-Masche ziemlich dick auftrug, wohl damit niemand an ihrer echten Trauer darüber zweifelte, eine Zwei-Millionen-Pfund-Villa und weiß Gott was noch an liquidierbarem Vermögen geerbt zu haben – war Frankie Donnerstagmorgen gegen acht aus dem Haus gegangen.

Acht Uhr schien Catherine ein bewusst früher Start in einen arbeitsreichen Tag. Vielleicht sogar einen richtig großen Tag mit einer großen Heroinlieferung.

Fleeting war zuletzt am Abend davor in seinem Lieblingspub gesehen worden, dem Raven's Crag. Dem Wirt nach hatte er relativ zurückhaltend getrunken und war lange vor der letzten Runde nach Hause gegangen. Auch das deutete darauf hin, dass er am nächsten Tag Großes vorhatte.

»Anthony Thomson«, kündigte Laura an, als sie aufs Handydisplay schaute. »Warum nennen den eigentlich alle Beano?«

»Wegen seines Dienstgrads«, erklärte Catherine. »Er ist ein Detective Constable.«

Lauras Grimasse nach hatte sie nichts verstanden, aber Catherine wollte es nicht weiter erklären.

Catherine setzte sich auf den Beifahrersitz, während Laura noch draußen blieb, den Anruf annahm und Bestätigungen ins Handy murmelte.

»Die ersten Laboranalysen der Top-Table-Lieferwagen sind da«, berichtete sie, als sie sich hinters Lenkrad setzte. »In einem wurden Blutspuren gefunden: null negativ. Das passt auf Jai McDiarmid.«

»Was bestätigt, was wir sowieso die ganze Zeit gesagt haben«, sagte Catherine mit einem frustrierten Seufzen, als die Beweislage sich wieder in die Anfangslage umkehrte. »Vielleicht haben wir ja gar nichts übersehen. Vielleicht ist das Ganze im Gegenteil genauso, wie wir es von Anfang an eingeschätzt haben, bloß ist irgendein Fremdkörper dazwischengekommen, der unsere Berechnungen durcheinanderbringt. Callahan und Fleeting haben sich auf jeden Fall auf etwas Wichtiges vorbereitet, und jetzt ist wohl ziemlich sicher, dass Fleeting McDiarmid umgebracht hat. Was also, wenn es genau das ist, wonach es aussieht: Einfache Rachemorde im Drogenmilieu?«

»Bloß wissen wir jetzt, dass die Szene in der Lagerhalle gestellt war«, erinnerte Laura sie skeptisch.

»Was ändert das? Wenn Steels Leute dahinterstecken, haben sie es vielleicht gestellt, dass Callahan und Fleeting Miller gefoltert haben, weil sie es in Wirklichkeit selbst waren. Oder sie wollten einfach nur vertuschen, dass sie Miller selbst umgebracht haben und Callahan und Fleeting gar nichts damit zu tun hatten. Vielleicht wussten Paddy Steel und Tommy Miller *beide* von der falschen Heroinlieferung. Denn da liegt für mich der Schlüssel: Das ist der Fremdkörper, der alles andere verfälscht.«

Laura schwieg. Sie starrte nur gequält durch die Windschutzscheibe, als ergäbe nichts, was Catherine sagte, mehr Sinn als Anthony Thomsons Spitzname Beano. Sie wollte gerade den Schlüssel ins Zündschloss stecken, hielt aber inne und ließ sich zurück in den Sitz sinken, als hätte sie alle Kraft verloren.

»Alles klar?«, fragte Catherine. Das hatte sie sie an dem Tag schon mehrmals fragen wollen, denn Laura wirkte noch missmutiger und abwesender als sonst, und jetzt musste sie endlich nachhaken.

Laura sah sie gleichermaßen besorgt und schuldbewusst an.

»Ich hab 'nen Fehler gemacht«, gestand sie. »Ich hätt's nicht tun sollen, aber es hat ja keinem wehgetan. Es hätte auch nie jemand rausgefunden, wär also ganz egal gewesen, was?«

»Aber?«, ermuntert Catherine sie.

»Aber ich hab dabei etwas rausgefunden, und wenn ich das erzählen will, muss ich auch sagen, wie.«

Als würde sie mit Duncan oder Fraser reden. Man musste ihnen versprechen, dass man nicht böse wurde, weil man es wissen wollte, aber gleichzeitig war klar, dass man sie vielleicht doch bestrafen musste.

»Jetzt mach schon. Mir kannst du es doch sagen. Ist doch schon fast draußen.«

Laura wirkte nervös, was endlich mal etwas anderes war als die Trübsal, die sie den ganzen Tag geblasen hatte.

»Donnerstagmorgen, in dem Café. Als Cairns seinen Anruf bekommen hatte. Du bist doch rausgegangen, um besseren Empfang zu kriegen, was?«

»Ja«, sagte Catherine ermunternd. Es war ihr weniger um den Empfang gegangen als um den Hintergrundlärm in dem vollen Café. Sie hatte Scotrail anrufen und die Räumung des Bahnhofs sowie das Anhalten der Züge anordnen müssen – da konnte man sich keine Missverständnisse wegen klirrendem Geschirr oder kreischendem Gelächter leisten, und ebenso wenig durfte sich die Maßnahme nach einer Schnapsidee bei Schinkenbrötchen und doppeltem Espresso anhören.

»Na ja, während du draußen warst, ist Cairns noch mal schnell aufs Klo, bevor der ganze Trubel losging. Sein Handy hat er auf dem Tisch liegen lassen.«

Laura biss sich auf die Lippe.

Sie wussten beide, was nun kam. Laura musste es nicht ausformulieren, aber es war ihr wichtig, sich zu verteidigen.

»Du hattest doch gerade ein paar Minuten vorher gesagt, weißt schon, was du nicht für die Nummer geben würdest.«

Catherine dankte noch einmal ihren Söhnen für die Vorbereitung auf solche Situationen und unterdrückte eine ganze Reihe wenig konstruktiver Reaktionen.

»Ich weiß ja, dass es falsch war, ich brauch jetzt wirklich keine Gardinenpredigt über die ethischen Aspekte. Ich hab bloß den Eindruck, dass ich nichts zustande kriege, seit ich hier bin. Dass ich alle enttäusche. Ich brauchte 'nen Trumpf in der Hinterhand. Ich wollte das Kaninchen aus dem Hut ziehen können. Hinterher hab ich natürlich gemerkt, dass es total blöd war, vor allem, weil ich das Kaninchen ja keinem zeigen konnte. Aber dir muss ich es zeigen. Ich hab gestern den Bericht zu Tommy Miller gelesen, und seine Handynummer, die da stand, war nicht die, von der Cairns angerufen wurde.«

»Hast du ’nen Namen?«

»Nein, ich hab mir nur den letzten eingehenden Anruf angeguckt. Der Anrufer war nicht im Handy gespeichert, da stand nur die Nummer.«

Catherine verspürte die wohlbekannte Erleichterung, einen Sturm vor sich zu haben, der sein Wasserglas wohl nicht verlassen würde. Zwar würde sie in näherer Zukunft nicht ihr Handy mit Laura alleine lassen, aber es gab für alles eine logische Erklärung.

»Wahrscheinlich hat Miller einfach mehrere Handys«, erklärte sie. »Besonders, wenn er mit so vielen Leuten in Kontakt stand.«

»Ist aber nicht ganz so wahrscheinlich, dass er dann gestern Abend rangegangen wäre, was?«

Catherine riss unwillkürlich die Augen auf.

»Ich hab von meinem Schreibtisch aus angerufen«, sagte Laura. »Hat sich einer mit ›Hallo‹ gemeldet, und als ich gefragt habe, ›Mit wem spreche ich, bitte?‹, hat er gleich aufgelegt.«

»Aber Miller war doch auf jeden Fall Cairns’ Kontakt. Abercorn hat doch bestätigt, dass Miller mit Locust und mit Bob in Verbindung stand.«

»Kann ja sein. Bloß hat er nicht Cairns angerufen, als wir Donnerstagmorgen mit ihm im Café waren.«

Catherines Kopf implodierte langsam. Wenn Cairns wirklich einen zweiten Informanten im Spiel hatte, war er ziemlich gerissen vorgegangen: Man konnte einen Kontakt gar nicht besser schützen, als seinen Tipp einem anderen zuzuschreiben. Doch wenn nicht Miller Cairns über die Lieferung informiert hatte, warum stand dann sein Kumpel Whitaker bereit, um den Juwelier auszuräumen?

»Tut mir wirklich leid«, versicherte Laura. »Ich bin normalerweise nicht so hinterhältig, das war nur so ein dummer, spontaner Einfall. Ich fand irgendwie, ich hab hier in Glasgow keinen guten Eindruck gemacht, aber das macht's wohl auch nicht besser, was?«

Catherine sah, dass ihr Tränen in die Augen schossen.

»Du machst dich doch super. Wie kommst du überhaupt auf die Idee mit dem schlechten Eindruck?«

»Ach ... mir fehlt wohl bloß Selbstvertrauen. Ich steh irgendwie neben mir.«

»Liegt's an der neuen Stadt? Warum hast du dich eigentlich versetzen lassen?«

Laura schwieg länger, als sie für die vorige Beichte gebraucht hatte.

»Schlimme Trennung«, sagte sie.

Catherine merkte, dass Laura nur ein paar Worte auf einmal herausbekam, weil sie sonst anfangen würde zu weinen.

»Schlimme Beziehung.«

Laura schaute ihr eine Viertelsekunde in die Augen, gerade lang genug, dass Catherine sehen konnte, dass ihr dieses Thema sehr naheging. Ihr Blick war voller Selbstzweifel, Reue, Schmerz und brennender Wut.

Catherine streckte die Hand aus und umfasste Lauras geballte Faust.

»Du machst das schon, Kleine«, flüsterte sie. »Du machst das schon.«

Dann explodierte die Windschutzscheibe.

Catherine bebte vor Angst, als plötzlich Tausende von Glasscherben die Luft füllten. Sie sah kurz Laura an und dann nach hinten. Auch die Rückscheibe fehlte.

Für den Bruchteil einer Sekunde sah sie einen maskierten Mann mit einer Pistole durch das heruntergelassene Fenster eines roten Autos zielen, bevor sie sich duckte, weil er wieder abdrückte.

Sie legten sich so flach wie möglich auf die Vordersitze und hörten weitere Kugeln über ihre Köpfe zischen, von Metall abprallen und die Seitenfenster zertrümmern. Der Rover neigte sich ein Stück zur Seite, als zwei Reifen getroffen wurden, dann heulte ein Motor auf und Reifen quietschten auf Asphalt.

Catherine zitterte immer noch vor Angst und war wie an den Sitz gefesselt, als hätte die Erde plötzlich die Schwerkraft mit Jupiter getauscht, aber sie musste unbedingt das andere Auto sehen. Sie zwang sich, den Kopf zu heben, und sah den Wagen noch eine Sekunde lang, bevor er um die nächste Ecke verschwand.

Das reichte, um zwei Dinge zu erkennen. Erstens, das Nummernschild war abgeklebt, zweitens, es war ein Honda Civic aus den Neunzigern.

Außerhalb des sichtbaren Spektrums

Im Eingangsbereich des Scottish-Gas-Gebäudes an der Maxwell Road wurden sie von einem Mann mit einem hellgrauen Anzug in Empfang genommen, der sich als Eric McGranahan vorstellte, Leiter der Geschäftskundenabteilung. Er war freundlich, sprach leise und wirkte auf Jasmine wie ein Mann, der mit sich zufrieden war, wovon man in der letzten Zeit wenige sah. Er sah wie Anfang sechzig aus, ungefähr Jims Alter, also überraschte es sie nicht weiter (bedrückte sie aber ein wenig), dass er und Jim alte Freunde waren.

»Jasmine *Sharp*?«, wiederholte er, als sie sich vorstellte.

»Ja. Jim war mein Onkel. Na ja, ein Cousin meiner Mutter.«

»*War?*«, fragte er besorgt.

»Ich meine bloß, meine Mutter lebt nicht mehr«, erklärte Jasmine, um die Situation zu retten.

»Ach ja, das hat Jim mal erwähnt. Mein Beileid.«

»Danke.«

»So gegen Neujahr, richtig?«

Jasmine nickte. Er lag um ein paar Monate daneben, aber sie fürchtete, dass ihre Stimme versagen würde, wenn sie jetzt antwortete.

»Ja, als ich Jim das letzte Mal gesehen habe, war das noch nicht lange her. So ist das, man will sich endlich mal wieder treffen, aber die Arbeit und alles ... und verdammt noch mal, Sie wissen ja, wie Jim mit seiner Arbeit ist.«

Jasmine lächelte wissend, und irgendetwas in ihr wagte immer noch zu hoffen, dass sie alles falsch verstanden hatte und Jim bald wiedersehen würde.

McGranahan führte sie hinauf zur Geschäftskundenabteilung im dritten Stock. Das Großraumbüro reichte von der westlichen zur östlichen Außenwand, und an einer Seite befand sich eine Reihe einzelner Räume hinter Aluminium und Glas. McGranahan hatte in einem davon sein Büro, doch er ging mit ihnen daran vorbei zu einem doppelt so breiten Raum, vier Türen weiter. Dort war an einer Wand eine weiße Leinwand befestigt, und ihr gegenüber hing ein Beamer von der Decke. Die Glaswand zum Großraumbüro ließ sich mit Jalousien abdunkeln. An der gegenüberliegenden fensterlosen Wand stand ein zweiteiliger Schrank, der Jasmine an die Posterständer in Souvenirläden erinnerte. Oben waren Dutzende große Rahmen beweglich aufgehängt, und unten befanden sich mehrere Reihen länglicher Sortierfächer, in denen jeweils eine Dokumentenrolle lag. Außerdem befanden sich in dem Raum ein Leuchttisch, ein Kopierer und zwei ausladende Schreibtische. Auf einem davon lagen acht Papprollen.

»Das ist der Kartenraum«, erklärte McGranahan. »Hat heutzutage fast nur noch historischen Wert, wo wir alles auf Computern haben, aber wie ich uns kenne, dauert es noch zehn Jahre, bis wir eine neue Verwendung für ihn finden.«

Er nickte auf den breiten Schrank zu.

»Das ganze Zeug spenden wir wahrscheinlich dem People's Palace oder irgendeinem Museum.«

»Was ist das alles?«, fragte Jasmine. In dem vordersten der Rahmen hing eine Art Karte.

»Straßenkarten von Glasgow. Oben sind die einzelnen Bereiche des Versorgungsnetzes abgebildet, und in den Fächern darunter sind in größerem Maßstab die Gasleitungen verzeichnet. Von den meisten gibt's mehrere Versionen, die gut fünfzig Jahre zurückgehen und zeigen, wie sich die Straßenführungen geändert haben.«

Ingrams ging an den Tisch mit den Papprollen.

»Sind das die Bilder?«, fragte er.

»Genau. Ich hab unsere arme Sekretärin Josephine runter in die tiefsten Keller gejagt, um die zu besorgen. Ich konnte kaum glauben, wie lange wir die schon machen lassen. Wenn Sie mich gefragt hätten, hätte ich gesagt zehn Jahre. In Wirklichkeit sind's über dreißig, aber Jim wollte nur die ersten beiden.«

»Was ist denn da genau zu sehen?«, fragte Jasmine.

McGranahan stellte sich neben Ingrams, nahm den roten Deckel von einer Rolle und zog ein Hochglanzpapier heraus. Er legte es flach aus und schob die Rollklammern vom Rand des Tisches darüber.

Das Blatt war knapp einen halben Meter hoch und eins zwanzig breit, und darauf waren vier dunkle horizontale Streifen zu sehen, die fast über die ganze Breite verliefen. Als Jasmine näher herantrat, sah sie, dass es sich um Schwarz-Weiß-Luftaufnahmen handelte, aber eins war seltsam. Sie waren so dunkel, dass sie fast wie Negative aussahen.

»Das sind Infrarot-Luftbilder von Glasgow, aufgenommen in überlappenden Ost-West-Streifen. Die lassen wir alle fünf Jahre machen. Damit können wir Häuser ausfindig machen, die viel Wärme nach außen abgeben, was auf den Fotos weiß aussieht. Wenn die Eigentümer Kunden bei uns sind, geben wir ihnen Tipps, wie sie etwas dagegen tun und ihren Gasverbrauch senken können.«

»Das hört sich so ein bisschen nach Schweinen an, die ihren Schlachter selber wählen«, sagte Ingrams.

»Klar, wenn man die Sache nur rein kapitalistisch-raffgierig sieht.«

»Der Brauch stammt wohl noch aus der Zeit vor der Privatisierung.«

»Damals wie heute – Verschwendung ist nie gut fürs Geschäft.«

»Haben Sie gesagt, Jim hatte Sie um zwei Luftbilder gebeten?«, fragte Ingrams.

»Genau. Vier Blätter bilden eine Aufnahme. Für jede einzelne musste vier oder fünf Nächte geflogen werden. Geringe Abweichungen aufgrund von Temperaturunterschieden kommen vor, aber da muss man sich die Überlappungen schon ganz genau ansehen. Die Bilder werden wegen der Vergleichbarkeit immer zur selben Jahreszeit aufgenommen. Immer im Dezember. Man braucht klare Sicht und Kälte, damit man eindeutige Wärmekontraste sieht. Die mit den roten Deckeln sind von der ersten Aufnahme, Dezember 1978, die mit den grünen von der zweiten, Dezember 1983.«

Jasmine und Ingrams sahen einander an. Die Aufnahmen stammten aus der Zeit vor und nach dem Verschwinden der Ramsays. Die erste war von fünf Jahren davor, die zweite von vier Monaten danach.

»Hat Jim Ihnen gesagt, warum er sich dafür interessiert?«, fragte Jasmine. »Uns hat er nämlich nur gebeten, sie abzuholen, falls Sie anrufen, während er weg ist.«

»Nein, leider nicht. Ich bin ja selbst neugierig. Er hat mich letzte Woche angerufen, da hatten wir monatelang nichts voneinander gehört. Als ich ihn gefragt habe, was er damit will, hat er mir versprochen, es mir bei ein paar Bieren zu erklären, wenn er fertig ist. Aber er hielt sich schon ziemlich bedeckt, was natürlich meine makabre Neugier nur anstachelte.«

»Weshalb makaber?«

»Eigentlich will ich ja nicht meine dunklen Geheimnisse verraten«, sagte McGranahan mit einem verschmitzten Grinsen, das verriet, dass er schrecklich enttäuscht wäre, wenn sie sich nicht dafür interessieren würden. »Irgendwann habe ich Jim mal davon erzählt, mein kläglicher Versuch, mit seinen Gruselgeschichten von der Polizei mitzuhalten.«

Er suchte die Streifen ab, seine Augen wanderten von links nach rechts. Dann fand er, was er gesucht hatte.

»Die Gebäude auf den Aufnahmen zuzuordnen ist eine schreckliche Kleinarbeit. Man muss sie mit den Karten abgleichen, dann mit unseren Akten, und ob es sich überhaupt um Kunden bei uns handelt. Tausende. Also haben wir am Anfang das Ganze bis zum Sommer ruhen lassen und dann einen Studenten als Ferienjob angestellt. Im Sommer '89 hatten wir für die Aufnahmen von '88 einen ziemlich verschrobenen Kerl da, und der hat's gemerkt.«

McGranahan nahm ein riesiges Vergrößerungsglas auf Rollen aus der Schublade unter dem Tisch. Er legte es auf einen Abschnitt eines Streifens und trat zurück, damit die beiden es sehen konnten. In der Mitte erkannte Jasmine ein Raster aus winzigen senkrechten Linien in sechs oder sieben langen horizontalen Reihen.

»Was ist das?«, fragte sie.

McGranahan grinste verschlagen.

»Die Nekropolis.«

Die größte Gang von Glasgow

»Es ist wohl nicht übertrieben, wenn ich sage, Sie brauchen einen Drink«, sagte Sunderland.

Er fing sie vor ihrem Büro ab, als sie von ihrer Untersuchung bei Samira Arora zurückkam, der Polizeiärztin. Es war nur eine Standardprozedur, die normalerweise ein Kollege mit Sanitätsausbildung durchgeführt hätte, aber Samira war sowieso im Haus und alle waren ein bisschen durchgedreht. Catherine hatte sich bloß eine Prellung am Ellenbogen zugezogen, als sie in Deckung gegangen war und sich an der Handbremse gestoßen hatte.

»Mir geht's gut«, versicherte sie. Der Schock war verflogen und der Empörung gewichen.

»Ja«, erinnerte sich Sunderland. »Mir ging's auch gut, als ich damals beschossen worden war; ein Bankraub '97. Am nächsten Tag tippt mir in der Supermarktschlange einer an die Schulter, und Sekunden später hab ich ihn im Kreuzfesselgriff am Boden. War dann doch nur eine Fünfundsechzigjährige, die mir sagen wollte, dass eine andere Kasse aufgemacht hat. Ich weiß nicht, was Samira gesagt hat, aber ich verschreibe Ihnen ein Bier gegen posttraumatischen Stress.«

»Ich glaub, Laura hat ein bisschen Beistand nötiger als ich. Gehen Sie lieber mal zu der.«

»Bin ich schon. Sie kommt auch mit, sobald sie mit der Untersuchung fertig ist.«

»Ich geh nirgendwohin, bevor wir das Schwein Fallan nicht haben. Warum dauert das überhaupt so lange? Kann doch nicht so schwer sein, verdammt noch mal. Wir wissen, wo er wohnt, und was er für ein Auto fährt.«

»Daraus wird nichts«, stellte Sunderland fest. »Wir haben ihn noch nicht, weil Ihre Anordnung widerrufen wurde. Von mir«, fügte er hinzu und verschränkte die Arme.

»Widerrufen? Warum?«

»Diese Information ist streng vertraulich und darf nur bei einem Bier weitergegeben werden. Jetzt holen Sie sich schon Ihre Jacke. Sie müssen doch nicht fahren, oder?«

+ + +

Sunderland stellte die Drinks ab, von denen keiner auch nur eine Sekunde auf dem Tisch stehen blieb. Catherine nahm ein paar anständige Schlucke und fühlte sich hinterher gleich ein bisschen besser.

Sie wusste, dass Sunderland dieses Treffen aus Anerkennung für das organisiert hatte, was sie durchgemacht hatten. Wahrscheinlich hatte er heute sogar frei gehabt. Diese Fürsorglichkeit unterstrich, wie ernst solche Zwischenfälle genommen wurden. Dazu passte allerdings überhaupt nicht, dass er ganz offen ihre Anordnung blockiert hatte, den Hauptverdächtigen festzunehmen.

»Sie hatten also ein kleines Treffen mit dem nicht mehr ganz so toten Glen Fallan«, sagte er.

»Ein Treffen?«, zischte Catherine zurück. »So würd ich's nicht gerade nennen.«

»Ich meinte heute Morgen beim Frühstück.«

»Ach. Sie müssen schon entschuldigen, Graeme, dass mich die andere Sache gerade etwas mehr beschäftigt. Und warum wird der Kerl nicht in diesem Moment hochgenommen?«

Sunderland trank einen langen Schluck von seinem Pint,

wovon ein kleiner Schaumrest auf seiner Oberlippe zurückblieb. Catherine erinnerte sich noch vage an ein fatales Schnurrbart-Abenteuer von vor zehn Jahren. Er hatte ihm einfach nicht gestanden, aber Catherines Meinung nach, stand ein Schnurrbart ungefähr so vielen Männern, wie es große schottische Cricket-Stars gab. Bei Drew im Büro hatten sich letztes Jahr alle zum Benefiz-»Movember« einen stehen lassen, aber Catherine hatte Drew selbst davon abgehalten und dafür seine Spende verdoppelt.

»Weil er es nicht war.«

»Bitte? Er hat doch in dem Auto von dem Mädchen gesessen. Und das Nummernschild hatte er abgeklebt, weil ich so blöd war, denen zu verraten, dass wir sie dadurch gefunden haben.«

Sunderland schüttelte den Kopf.

»Als ich es gehört habe, hatte ich so meine Zweifel und hab ein bisschen nachgeforscht. Heute Nacht wurde in Rutherglen ein roter Honda Civic mit M-Nummernschild geklaut. Der von Jasmine Sharp hat eins mit N. Deshalb war es abgeklebt. Nicht Glen Fallan hat heute auf Sie geschossen, sondern jemand, der will, dass wir das glauben.«

»Das beweist gar nichts. Kann doch auch Zufall sein.«

»Genau deshalb müssen Sie einen trinken, Catherine. Sie müssen den Schock und die Wut erst mal verarbeiten und wieder rational denken. Das wär doch ein Riesenzufall.«

»Und was war bitte die rationale Grundlage für Ihre Zweifel?«

»Ich kannte Glen Fallan. Nicht aus nächster Nähe, aber gut genug, um zu wissen, dass er nie versucht hat, jemanden umzubringen.«

»Sie wollen hier abstreiten, dass er ein Killer war? Das hat er mir doch selbst fast zugegeben.«

»Nichts läge mir ferner. Ich will damit sagen, ich weiß, dass nicht Glen Fallan auf Sie geschossen hat, weil Sie noch am Leben sind. Bei Glen Fallan gibt es keine Mord*versuche*. Wenn er Sie hätte töten wollen, würden wir uns hier nicht unterhalten. Mal im Ernst, Catherine – am helllichten Tag hält einer hinter Ihnen in genau dem Auto, mit dem Sie ihn sowieso in Verbindung setzen und zersiebt Ihren Wagen. Nicht gerade diskret.«

Jetzt verstand Catherine.

»Der Schütze wollte gesehen werden«, sagte sie.

»Es macht die Runde, dass Fallan wieder in Glasgow ist, und er hatte nie wenige Feinde. Sie haben doch heute Morgen mit ihm gesprochen. Wie hat er gewirkt? Was für Fragen haben Sie ihm gestellt?«

»Wie er gewirkt hat? Groß. Verhalten. Gefährlich. Der starke, gewalttätige Typ. Ich hab ihn nach Callahan, Fleeting, McDiarmid und Miller gefragt. Er meinte, er weiß nicht, wer die sind.«

»Glauben Sie ihm?«

»Ja«, gab sie zu. »Ich hab's mir nicht anmerken lassen, aber es war eindeutig. Er ist wegen irgendwas anderem hier. Er hat so ein junges Mädchen dabei, Jasmine Sharp. Arbeitet in der Detektei ihres Onkels, und das ist der Knaller, der ist selbst verschwunden. Polizist im Ruhestand. Jim Sharp. Mal von ihm gehört?«

»Ja, er war beim CID drüben in Clydebank. Guter Mann. Aber ein Workaholic. Kein Wunder, dass er Detektiv geworden ist. Solche Männer *können* gar nicht in Ruhestand gehen. Und der ist verschwunden?«

»Sieht so aus. Sie hat es Montag gemeldet. Fallan hilft ihr angeblich bei der Suche. Nennt sich heutzutage Tron Ingrams. Ich weiß einfach nicht, was er sich von der Sache verspricht, aber anderseits weiß ich auch sonst kaum was über ihn.«

»Tja, bevor Sie wissen, was er will, und solange es nicht direkt etwas mit Ihnen zu tun hat, halten Sie sich da lieber zurück. Seien Sie sehr vorsichtig und lassen Sie sich zu keinen Vorurteilen ihm gegenüber hinreißen, egal ob positiv oder negativ. Einer mit seiner Vergangenheit, der zwanzig Jahre erfolgreich untergetaucht ist, ist entweder geläutert oder mordsgefährlich.«

»Eins hat er aber erwähnt«, erinnerte sie sich. »Ich glaube, er wollte mich nur verwirren, aber er hat von der ›größten Gang von Glasgow‹ gesprochen. Meinte, ich soll mal jemand Älteres fragen. Wissen Sie, wer das sein soll?«

»Klar«, erwiderte Sunderland, der jetzt ein bisschen angespannter wirkte. »Wir.«

Infrarot und Überschallknall

Gegenüber der Ladenreihe im Erdgeschoss eines Eckhauses am Ende der Sackgasse fand Jasmine einen Parkplatz. Die Lücke war mit weißen Linien im Dreißig-Grad-Winkel zum Kantstein markiert, und auf beiden Straßenseiten standen die Autos wie Spielkarten aufgefächert. Die Straße war mit einer Phalanx von Betonpollern zu einer Sackgasse gemacht worden, die die jahrzehntelange Verbindung zur Hauptstraße unterbrochen und die Anfahrt verlängert hatten. Es war eine Wohngegend, deshalb gab es wenige freie Lücken und noch weniger Leute auf den Straßen. Sie waren nicht weit von Jasmines neuerlich verlassener Wohnung in einer Gegend der South Side, wo man manchmal diese isolierten kleinen Ladengrüppchen fand, als wären sie vom Innenstadtgletscher abgebrochen und davongetrieben.

Fallan hatte ihr den Weg zum Kartenhändler gewiesen. Jasmine musste an die Ironie denken, dass er den Laden mit seinem Handy gesucht und sich davon auch hierher hatte navigieren lassen, ihr aber versicherte, dass das Relikt nicht digitaler, gedruckter Karten noch lange nicht nutzlos sei. Sie wollten Messtischblätter vom Großraum Glasgow in einem Maßstab besorgen, der so nah wie möglich an dem der Wärmebilder lag. Außerdem brauchten sie jeder eine Lupe und ein paar Textmarker, damit sie mit dem womöglich längsten Such-den-Unterschied-Spiel aller Zeiten anfangen konnten.

Jasmine fand es nicht gerade ermutigend, dass Scottish Gas die Studenten für ihre Analysen immer acht Wochen lang anstellte, allerdings mussten die auch weit größere Flächen bearbeiten. Fallan ging davon aus, dass sie nur gut zwei Tage brauchen würden. Es würde mühsame, augenermüdende und nervtötende Arbeit werden, doch Jasmine war dankbar für das Projekt, denn es versprach zielgerichteten Fortschritt oder zumindest eine sinnvolle Beschäftigung, bis ihnen nichts mehr einfiel. Danach wartete ein Zustand, vor dem sie Angst hatte, ein Zustand ohne ihre Mutter, ohne ihren Onkel, ohne Job, ohne Ziel und ohne Geld.

»Alles klar?«, fragte Fallan, als sie die Straße überquerten. »Sie wirken ziemlich besorgt.«

»Das mit den leuchtenden Leichen. Ich krieg's einfach nicht aus dem Kopf.«

Das lag an der Verwesung, hatte McGranahan erklärt: Die chemischen Reaktionen, die beim langsamen Zerfall der Leichen stattfinden, produzieren genug Wärme, um von einer Infrarotkamera durch zwei Meter Erde und mehrere Hundert Meter klare Luft aufgezeichnet zu werden.

Jasmine ging etwas schneller, als sie ein Auto näher kommen hörte, einen silbernen Vectra. Er würde in der Sackgasse sowieso langsamer werden müssen, aber Fahrer konnten sich manchmal wie die letzten Schweine aufführen und bremsten oft nicht mal, um einen herauszulassen, obwohl sie auf eine rote Ampel zufuhren. Er würde sowieso gleich wieder wenden müssen, da kein Parkplatz mehr frei war.

»Es kommt noch schlimmer«, erklärte Fallan. »Manche der Friedhöfe waren zur Zeit der Aufnahmen schon seit Jahrzehnten geschlossen, und leuchteten nur ein bisschen schwächer als der Rest. Anscheinend brennt das eigene Licht nach dem Tod wirklich länger als im Leben – bloß kann man es nur auf Infrarotaufnahmen sehen, und am besten natürlich aus der Lu...«

Er brach mitten im Wort ab, und wirkte plötzlich angespannt wie ein Tier, das etwas gewittert hatte.

Jasmine sah, wie er den Kopf drehte, und Sekundenbruchteile später wurde sie schon um die Taille gegriffen und zwischen zwei parkende Autos geworfen. Sie fiel auf den Boden und stieß sich den Ellenbogen an einem Peugeot und das Knie auf dem Asphalt. Dabei hörte sie es über sich krachen und gleichzeitig, wie sich etwas in die Wand des Stadthauses bohrte. Aus dem Loch trat ein feines Staubwölkchen.

Wieder wurde sie beschossen, und anders als bei den meisten Dingen im Leben gewöhnte man sich daran nicht. Die Angst addierte sich sogar, als würde sie sich sofort an alle Angst aus Northumberland erinnern und die neue hinzufügen. Sie war auf allen vieren festgefroren, traute sich nicht, sich zu bewegen, aber auch nicht, dort zu bleiben.

Ein zweites Krachen folgte, begleitet von klirrendem Glas und wieder dem Einschlag in der Steinwand des Hauses, dann noch mal und noch mal.

Warum passierte ihr das? Sie hatte doch nichts getan. Wo war die Polizei? Wo war ihre Mutter? Wo war Onkel Jim? Wo war Fallan?

Er war weg, nicht mehr bei ihr, aber sie konnte ihn in der Nähe krabbeln hören, und unter einem Auto hindurch konnte sie ihn eine Parklücke weiter sehen.

Sie wagte, sich umzuschauen, und sah die Räder und die Seitenschürze des Vectras, der eben noch auf die Poller zugefahren war und jetzt mit laufendem Motor stand.

Die Schüsse verstummten, aber Jasmines Erleichterung hielt nur anderthalb Sekunden an, bis sie hörte, wie die Tür des Wagens aufgestoßen wurde. Der Schütze wollte aussteigen und nach ihnen suchen.

Doch plötzlich stieß Fallan sich mit den Fußballen ab, hechtete auf den Bürgersteig und rollte an den letzten parkenden Autos vorbei ins Freie. Er hockte, beide Hände vor sich gestreckt, in denen er etwas Metallisches hielt, was im Sonnenlicht des späten Nachmittags schimmerte.

Jasmine wartete auf die Schüsse, aber sie fielen nicht. Es knallte nur, als die Tür des Vectras wieder zuschlug, gefolgt vom schrillen Jaulen des Motors, als der Wagen schnell zurücksetzte. Jasmines Blick folgte dem Wagen aus der Froschperspektive, erst wichen die Räder und das Chassis ein paar Sekunden zurück, bevor die Reifen quietschten und der Motor aufheulte, als der Wagen eine präzise Hundertachtzig-Grad-Drehung hinlegte und vorwärts davonraste. Genau das Manöver hatte Fallan am Mittwoch mit seinem Landrover versucht, bloß hatte es diesmal bei dem Angreifer problemlos geklappt.

Sie blieb am Boden, bis sie sicher war, dass der Vectra wirklich weg war. Fallan kam zu ihr herüber. Sie sah es noch einmal metallisch schimmern, als er etwas in die Innentasche steckte.

Als er ihr auf die Beine geholfen hatte, sah sie sich um, schaute die Läden an, die von den Pollern versperrte Einmündung und die Straße dahinter. Knapp vierzig Meter rechts von ihr ging eine Frau mit ihrem Hund, ganz und gar außer Sichtweite des Geschehens, und sonst war niemand da – niemand kam angerannt und fragte, ob alles okay sei, niemand versteckte sich in einem Hauseingang, niemand rief mit dem Handy die Polizei oder, was wahrscheinlicher gewesen wäre, filmte damit die Szene. Zwar war eine Sackgasse nicht gerade ideal für ein Drive-by-Shooting, aber sonst hatte der Schütze sich den perfekten Moment ausgesucht. Wieder hatte keiner etwas gesehen, und die Welt machte einfach weiter wie vorher.

Diesmal war sie Fallan aber uneingeschränkt dankbar für sein Einschreiten.

»Sie haben mich also wirklich angelogen«, sagte sie. »Sie hatten ja doch 'ne Pistole dabei. Bitte ignorieren Sie es in Zukunft, wenn ich je wieder so was Dummes von Ihnen verlange.«

»Nein«, widersprach er. »Ich hab gesagt, ich lüg Sie nicht an, und Sie haben nicht weiter gefragt. Ich habe keine Pistole dabei.«

Er griff in die Jackentasche und zückte sein Handy.

»Was? Gibt's dafür jetzt auch schon 'ne Pistolen-App?«

»Ich bin davon ausgegangen, dass ich es eher mit einem Arschloch als mit einem guten Schützen zu tun habe. Die hatten Mittwoch schon Schiss, und ich dachte mir, dass es wohl einer von denen war. Hab so getan, als hätte ich 'ne Pistole, und er hat sofort den Schwanz eingezogen.«

Jasmine zitterte immer noch, als Fallan mit ihr in den Kartenladen ging, und sie wusste nicht, ob es gut oder schlecht war, dass sie sich diesmal schneller erholte als noch vor drei Tagen. Sie hatte nicht das Gefühl, dass ihr schlecht wurde, aber diesmal war sie ja auch nicht zusätzlich im Landrover herumgeschleudert worden. Vielleicht war es damit doch wie mit allem anderen: Wie beim ersten Mal ist es nie wieder.

Sie verließ den Laden vor ihm, ging um die Ecke und sah sich die Einschusslöcher an, während er die Karten und Lupen bezahlte. Zum Glück hatte der Corsa keine Alarmanlage gehabt, er hatte nämlich die Windschutzscheibe und beide Fenster auf der Fahrerseite verloren.

Sie fuhr mit den Fingern über die Hauswand. Sie musste sich versichern, dass es tatsächlich passiert war, denn schon verdrängte irgendein unbewusster Selbstschutzmechanismus die Ereignisse der vergangenen Minuten in die Unwirklichkeit. Sie spürte die Ränder der Löcher, die tief in den Stein reichten, der über ein Jahrhundert Glasgower Winter überstanden hatte, und es lief ihr kalt den Rücken hinunter, wenn sie daran dachte, in was sich die Kugeln auch hätten bohren können.

»Was für eine Pistole hatte er?«, fragte sie Fallan, als er mit den Papprollen unter dem Arm um die Ecke kam. »Sie hat sich so komisch angehört, leiser als letztes Mal, als wäre das Geräusch aus nächster Nähe gekommen.«

»Ich hab die Waffe nicht genau erkennen können, aber er hatte auf jeden Fall einen Schalldämpfer drauf.«

»Wie im Film? Was hab ich denn dann gehört?«

»Den Überschallknall, wenn die Kugeln die Schallmauer durchbrechen. Er hat sich eine ruhige Ecke ausgesucht, einen Schalldämpfer auf die Automatik geschraubt, wusste aber nicht, dass er auch Unterschallmunition brauchte. Kannte aber immerhin seine Grenzen; oder hatte genug von mir gehört, um sich nicht auf 'ne Schießerei mit mir einzulassen.«

»Fahren konnte er aber besser als Sie, das müssen Sie zugeben.«

»Hab ich auch gemerkt«, erwiderte Fallan und schaute sich nachdenklich die Bremsspuren von der Kehrtwende des Vectras an.

»Okay«, fing Jasmine an, »da Sie ja diesmal keine Pistole verheimlichen müssen, können wir doch auch die Polizei rufen, oder?«

»Bitte?«, erwiderte er. »Sie haben doch gesehen, wie der gefahren ist.«

»Ja, und?«

»Das *war* die Polizei.«

Die goldene Regel

»Ich muss mich bei Ihnen entschuldigen«, sagte Fallan, als Jasmine den Civic mit geübter Routine und richtigem Genuss präzise rückwärts in einer kleinen Lücke direkt vor ihrem Haus geparkt hatte. Die beruhigende Wirkung des Gewohnten änderte zwar nichts an ihrer Lage, aber zur Zeit war sie dankbar für jedes bisschen Entspannung.

Das war das Erste, was Fallan sagte, nachdem er beim Einsteigen erklärt hatte, dass sie genauso gut zu ihr fahren konnten wie ins Hotel, weil sie dort auch nicht mehr sicher waren. Wenn McLeod sie hatte finden können, konnte jeder Polizist sie finden.

Er hatte allerdings nicht erklärt, woher er wusste, dass wirklich Polizisten hinter ihnen her waren, außer der Tatsache, dass ihr Möchtegern-Killer ein ziemlich guter Fahrer war.

Jasmine hatte keine Einwände. Das Hotel hatte ihren Eindruck verstärkt, dass ihr Leben in der Warteschleife hing, dass sie aus der Alltagsrealität gerissen und in einen Schwebezustand versetzt worden war, auf den keine klare Zukunft folgte. Sie wollte wieder unter ihrer eigenen Dusche stehen, auch wenn die immer nur zwischen zu heiß und zu kalt wechselte; sie wollte ihr Haar und ihren Körper in ihre eigenen Handtücher wickeln, auch wenn die in den Monaten ohne Heizung nie richtig trocken wurden. Sie wollte eine Baked Potato aus der Mikrowelle essen und abgestandenes Wasser aus der billigen Zwei-Liter-Sprudelflasche auf ihrem Küchentisch trinken.

»Wofür?«, fragte sie, schaltete den Motor ab und steckte den Schlüssel ein.

»Na ja, vielleicht nicht entschuldigen, eher erklären. Die wollen doch nicht Sie umbringen, sondern mich. Sie sind wohl nur der Bonus.«

»Woher wissen Sie das?«

»Aus demselben Grund, aus dem Jim meine Akte aufgeschlagen hatte und mich besuchen wollte. Die Leute, die dahinterstecken, kannten meinen Vater, und sie und Jim glaubten, dass ich sie mit der Sache in Verbindung setzen kann.«

»Und diese ›Sache‹ ist eine der offenen Rechnungen, von denen Sie gesprochen haben?«

»Ja, und was für eine. Als der Typ seine Hundertachtzig-Grad-Wende gefahren ist, ist mir wieder eingefallen, was ich McLeod gesagt hatte. Es sollte eigentlich erst nur Sarkasmus sein, so was rutscht mir bei scheinheiligen Bullen schnell mal raus, aber ich glaube, ich hatte wirklich recht: Wir haben's mit der größten Gang von Glasgow zu tun.«

Fallan nahm die Wärmebilder, die Messtischblätter und die Lupen und folgte Jasmine in die Sackgasse. Als sie bei sich im dritten Stock den Schlüssel ins Loch steckte, wurde ihr klar, wie sehr die Welt aus dem Gleichgewicht geraten war, seit sie das letzte Mal über diese Schwelle getreten war, dass sie jetzt vor der Polizei floh und einen geständigen Mörder hereinbat.

Fallan ging direkt in die Küche, rollte die Bilder auf dem Tisch aus und beschwerte die Ränder mit Besteck. Jasmine stellte den Wasserkocher an und war erleichtert, dass der drittelvolle Milchkarton im Kühlschrank noch nicht abgelaufen war. Sie war nur drei Tage weg gewesen, aber es kam ihr vor wie ein ganzer Monat.

»Mein Vater hieß mit Spitznamen Drei-F«, sagte Fallan. »Nicht bei der Polizei – die Gangster haben ihn so genannt.«

»Drei-F?«

»Falscher Fuffziger Fallan.«

»Ach so.«

»Allerdings gibt es solche und solche korrupte Bullen. Natürlich ist es kein einfacher Job. Da kann man sich dauerhaft im Krieg befinden, also muss man sich überlegen, welche Schlachten man schlägt. Die, die man gewinnen kann und die, die am wichtigsten sind. Man kann nicht an allen Fronten kämpfen, und pragmatische Polizisten kapieren schnell, dass man sich nicht jeden einzelnen Dieb und Kleinkriminellen zum Feind machen muss. Man braucht Pakte. Man braucht Allianzen.«

»Manche Verbrechen sind eben schlimmer als andere«, sagte Jasmine.

»Öffentlich würden sie das nie zugeben, aber wenn sie gegen eine Sache hart vorgehen, müssen sie womöglich eine andere ignorieren. Natürlich beschweren sie sich immer, dass die da oben sich immer wieder anders entscheiden, was gerade das Schlimmste ist. Damals Anfang der Achtziger standen zum ersten Mal die Drogen ganz oben auf der Liste.

Wie gesagt hab ich für einen Gangster in Gallowhaugh namens Tony McGill gearbeitet. Den Paten von Gallowhaugh, wie die Zeitungen ihn zu seiner Freude nannten. Er hat sich immer gerne als Traditionalist gesehen und von seinem Ehrenkodex geredet, den die jüngeren Gangster angeblich nicht einhielten. Er hatte drei Teile. Erstens: keine Zivilisten verletzen.«

Er sah sie verschwörerisch an, weil sie darüber schon gesprochen hatten.

»Zweitens: nie jemanden bei der Polizei verpfeifen; und drittens: keine Drogen. Tony schrieb sich Nummer drei groß auf die Fahnen, aber nur aus Notwendigkeit, weil er keinen eigenen Lieferanten finden konnte. Leute, die einen hatten, bedrohten seine Vormachtstellung. Deshalb nahm er es persönlich mit Nummer zwei auch nicht so genau. Er deutete die Regel wohl eher als: ›Lass keinen wissen, wenn du jemanden bei der Polizei verpfeifst.‹«

»Er war ein Informant Ihres Vaters?«

»Sie hatten beide was davon. Als Polizist braucht man Erfolge. Zahlen: Festnahmen, Beschlagnahmungen, Verurteilungen. Tony half meinem Vater und dessen Kollegen dabei, die Zahlen hochzuhalten. Er gab ihm Täter, Drogen- und Waffenlager, und mein Vater konnte seinen Vorgesetzten zeigen, wie gut er war. Doch Tonys Vorteil bei der Sache war nicht nur, dass mein Vater und seine Kollegen bei Tonys Geschäften ein Auge zudrückten. Mein Vater sorgte auch dafür, dass er der mächtigste Gangster der Gegend blieb, und hielt seine Konkurrenten in Schach. Ich dachte damals immer, er würde sie nur einbuchten.«

Fallan starrte auf die Bildstreifen. Er war anscheinend mit den Gedanken weit weg, vielleicht in einer Vergangenheit, die sich dort in Infrarot widerspiegelte, wo wohl auch seine eigenen Sünden als winzige weiße Linien strahlten.

»Sie müssen wissen«, sagte er leise und reuevoll, »dass ich mal so was wie der Luke Skywalker zu Tony McGills Imperator Palpatine war. Mit dem Unterschied, dass ich ein paar Jahre nach dem Tod meines Vaters tatsächlich den Platz an McGills Seite einnahm. Daher weiß ich über die ganze Sache Bescheid. Verbrecher halten über die großen Wahrheiten meistens dicht und verbreiten dafür fleißig Unsinn. Tony sprach nicht gerne mit mir über meinen Vater, aber ab und zu rutschte ihm etwas raus. Manchmal habe ich auch Geschichten von Leuten gehört, die weder wussten, dass er mein Vater, noch dass er Polizist war.

Immer mal wieder hörte man das Gerücht, dass die Polizei Leute verschwinden ließ. Auf beiden Seiten des Gesetzes erzählte man sich diese Geschichten, und manche meinten, die Polizei hätte sie selber in die Welt gesetzt. Wenn die Bullen irgendeinem kleinen Krawallmacher ein bisschen Angst machen wollten, deuteten sie an, dass er mehr zu fürchten hatte als eine Nacht in der Zelle, und plötzlich war er ganz artig. Genauso ließ Tony seine Feinde glauben, dass die Polizei jeden verschwinden lassen würde, der ihm Schwierigkeiten machte. Auf jeden Fall ist es schwer, die Wahrheit vom Gerede zu unterscheiden. Damals habe ich nichts davon wirklich geglaubt, aber eins fällt mir jetzt doch wieder ein.«

Fallan seufzte melancholisch und schaute auf eine Stelle am oberen Rand der Wärmebilder.

»Wenn Polizisten oder Verbrecher auf dieses Gerücht anspielten – das wird auch Ihr Onkel Jim gewusst haben – drückten sie es immer gleich aus: ›eine einfache Fahrt in die Campsies‹. Und jetzt für zwei Punkte und den Hauptgewinn: An welcher Hügelkette kommt man vorbei, wenn man vom Campsieview Hotel in Lennoxtown zu Stephen und Eilidh Ramsay nach Hause nach Bishopbriggs fährt?«

Leise Stimmchen

»Schläft er noch?«, fragte Stephen seine Frau.

Er hatte das Fenster heruntergekurbelt, weil der Lüfter des Audis nur warme Luft herumwirbelte. Draußen war es auch nicht kälter, aber es kam ihm jetzt nicht mehr so stickig vor, und nach dem Essen durfte er nicht schläfrig werden. Aus Erfahrung wusste er aber, dass vor allem der Rücksitz den Luftzug abbekam, wenn man das Fenster aufmachte, und das wollte er Charlie nicht antun.

Eilidh kniete sich auf den Beifahrersitz und sah sich um, wobei sie Stephen mit der Schulter berührte.

»Tief und fest«, berichtete sie.

»Hab mir nur Sorgen wegen dem Luftzug gemacht.«

»Geht fast alles über ihn weg. Und das Verdeck vom Tragebett schützt ihn.«

»Ist trotzdem laut, oder?«

»Ach, Charlie lässt sich doch von so was nicht stören.«

»Ja, da ist er wirklich toll«, stimmte Stephen mit einem Lächeln zu. »Das absolute Gegenteil seiner großen Schwester.«

Annie war schlimm gewesen. Es lag wohl auch zum Teil an ihrer haarsträubenden Inkompetenz als erstmalige Eltern, aber in den ersten drei Monaten hatten sie die Kleine einfach nie länger als zwei Stunden zum Schlafen bringen können. Und wenn sie wach war, war ab und zu eine halbe Stunde ohne Geschrei auch das höchste der Gefühle. Auch jetzt war sie weiß Gott nicht das friedlichste Kind weit und breit, was wohl einer der Gründe für die vierjährige Pause vor Nummer zwei war. Stephen hatte sich oft Gedanken gemacht, dass das zweite Kind nicht genug Aufmerksamkeit bekommen würde, nachdem Annie die elterliche Geduld schon zum Großteil aufgebraucht hatte, bevor es überhaupt auf der Welt war.

Charlie dagegen gehörte zu der Sorte Baby, die anderen frischgebackenen Eltern wohl das Gefühl gab, alles genau richtig zu machen. Er dämmerte schnell weg, schlief stundenlang und lag einfach zufrieden da, wenn er wach war. Stephen hätte wohl gesagt, Charlie sei einfach damit zufrieden, die Welt an sich vorbeiziehen zu lassen, hätte er nicht gewusst, dass der Kleine bisher nur unscharfe Schemen sehen konnte, doch schon die faszinierten ihn anscheinend sehr.

Eilidh hatte ihn im Wagen gestillt, bevor sie ins Restaurant gegangen waren, damit er einschlief und sie in Ruhe essen konnten. Stattdessen lag er wach in seinem Tragebett neben dem Tisch, starrte still und interessiert alles an, was seine kleinen Augen ausmachen konnten, bevor er endlich beim Nachtisch einschlummerte.

»Was haben wir bloß gemacht, dass wir so ein ruhiges Baby bekommen haben?«, fragte Eilidh, als sie sich wieder auf den Sitz rutschen ließ und einen Ellenbogen ins offene Fenster lehnte.

»Vielleicht hatten wir was gut nach dem letzten. Ich liebe Anne aus tiefster Seele, sie ist mein ein und alles, aber man hat mit ihr wirklich alle Hände voll zu tun.«

»Je komplexer und ausgeklügelter eine Maschine ist, desto mehr Wartung braucht sie«, erwiderte Eilidh. »So erklär ich mir das. Falls sie sich als kleines Dummerchen herausstellt, komm ich mir ziemlich verarscht vor.«

»Das würde mich wundern. Sie ist genauso schlau, wie sie dickköpfig ist. Weißt du noch, als du damals auf dem Spaziergang auf ein Pferd gezeigt hast und sie darauf bestanden hat, dass es eine Kuh ist?«

»Da war sie achtzehn Monate«, lachte Eilidh. »Sie hatte die beiden verwechselt, weil sie in ihrem Bilderbuch auf einer Doppelseite waren, und wollte es sich einfach nicht ausreden lassen.«

»Die wird mal Anwältin«, sagte Stephen. »Oder vielleicht Diktatorin von 'nem kleinen Land in Mittelamerika.«

»Und ihr kleiner Bruder?«

»Charlie hat's nicht eilig. Der guckt sich erst mal in Ruhe alles an, bevor er sich entscheidet.«

Stephen sah Eilidh an, die zufrieden vor sich hin lächelte.

»War ein schöner Abend. Hoffentlich hat sie deine Eltern nicht allzu schlimm geärgert«, sagte sie.

»Das finden die doch toll. Die würden sie auch ganz behalten. Ja, das haben wir wirklich gebraucht. Ein Bier wär jetzt aber nicht schlecht. Vielleicht nehm ich mir zu Hause 'ne Dose. Die Pfeffersauce zu meinem Steak war großartig, aber ein bisschen salzig.«

»Hättest mehr Wasser trinken sollen.«

»Ich weiß, aber das ist so langweilig. Blöd, dass du nicht fahren kannst, wo du doch sowieso nicht trinkst.«

»So ist das nach 'nem Kaiserschnitt.«

Über die Handbremse hinweg legte sie ihm die Hand auf den Oberschenkel.

»Hat aber auch seine Vorteile.«

»Wirklich?«, fragte er vielleicht etwas übereifrig. Nach Annies Geburt hatte es gut zwei Monate gedauert, bevor sie wieder Sex hatten, doch in Wahrheit war Eilidhs Dammschnitt der geringste Grund gewesen. So pflegeleicht Charlie war, war er doch ein Baby, weshalb Eilidh fast die ganze Zeit todmüde war, genauso wie Stephen, ehrlich gesagt. Deshalb hatte er ganz vergessen, dass es diesmal keinen physischen Grund gab, warum sie nicht durften.

Eilidh ließ die Hand seinen Oberschenkel hinaufgleiten.

»Hast du wirklich nichts getrunken?«, fragte er.

»Ich bin ein absolutes Hormonbündel«, kicherte sie. »Das enthemmt noch viel mehr.«

Stephen gab Gas.

»Okay. Wenn wir ’nen Strafzettel kriegen, bist du schuld. Schnell nach Hause!«

»So lange halt ich’s nicht aus.«

»Was?«

»Guck doch mal, wo wir sind«, erklärte sie. »Keine fünf Minuten weit. Lass uns hinfahren, wie früher.«

»Aber Charlie liegt doch auf dem Rücksitz. Ich will ihn nicht umlegen. Ist immer so ein Krampf, das Teil da reinzuklemmen.«

»Nicht auf dem Rücksitz. Ist doch so schön warm. Wir haben ’ne Decke dabei. Wie damals.«

»Sind doch in zwanzig Minuten zu Hause.«

»Ist aber so eine Sache mit den Hormonen. In zwanzig Minuten hab ich’s mir vielleicht anders überlegt.«

»Dann los.«

Er kannte die Stelle, weil er als Kind oft mit dem Fahrrad dort gewesen war. Sie war nur ein paar Kilometer vom alten Haus seiner Eltern entfernt, wo er aufgewachsen war, bevor sie in die Doppelhaushälfte in Kilsyth zogen, wo sie jetzt noch wohnten. Oft war er den ganzen Sommer mit seinen Freunden mit dem Fahrrad unterwegs gewesen, und sie hatten jedes kleine Sträßchen, jeden Feldweg und Pfad erkundet.

Damals hatte es dort Absperrungen gegeben, weil der Steinbruch noch in Betrieb war. Er und seine Freunde hatten ihn überhaupt erst wegen der Explosionen gefunden. Er erinnerte sich, wie er in seinem Zimmer gesessen und es hatte knallen hören. Er hatte unbedingt wissen wollen, wo der Lärm herkam. Dann hatte er eines Tages die Schilder gefunden:

»Lebensgefahr: Steinbruch« und »Zutritt verboten«, was sich für Zehnjährige las wie »Süßigkeiten zu verschenken«.

Als er Eilidh kennenlernte und mit ihr dort hinfuhr, wurde schon lange nicht mehr gesprengt. Man konnte auf einem Feldweg an dem kaputten Holzzaun entlangfahren, der Stephen und seine Freunde damals mit seinen Verbotsschildern gelockt hatte.

Stephen fuhr langsam. Nachts musste man aufpassen, weil ganze Zaunabschnitte gestohlen worden waren und der Abgrund nah war.

Weil sie sich als Teenager für ihre Dates kaum mehr als eine Flasche Irn-Bru leisten konnten, waren sie an Sommernachmittagen oft hergekommen und hatten sich dort in Ruhe unterhalten. Später dann kamen sie gern abends her, weil seine Eltern sehr darauf achteten, die beiden nicht alleine im Haus zu lassen, da sie panische Angst hatten, er könnte sie schwängern.

Einen besonders schönen Blick hatte man dort nie: nur ein breites Halbrund aus Felsen, Erde, Büschen und Pfützen. Das Beeindruckende war die Höhe, die man oberhalb der senkrechten Wände erst so richtig spürte.

Stephen und seine Freunde hatten sich oft direkt an die Kante gelegt und die Arbeiter unten beobachtet. Wenn man leise war, bemerkten sie einen überhaupt nicht; so hatte er herausgefunden, wie selten Menschen nach oben schauen.

Eilidh sah nach Charlie, während Stephen die Decke aus dem Kofferraum nahm. Seine Mutter hatte sie extra für das neue Baby gestrickt. Er fragte sich, was sie wohl dazu sagen würde, wenn sie wüsste, dass sie die Decke für einen Quickie im Freien an genau dem Ort benutzten, wo sie in ihrer Jugend schon viele, viele Quickies gehabt hatten.

Eilidh hatte mit ihren Hormonen wirklich nicht übertrieben.

»Pass nur mit meinen Busen auf, ich bin da ein bisschen

wund«, sagte sie, bevor sie über ihn herfiel. Es war genauso ein Quickie wie bei ihren ersten, nervösen Versuchen. Die Kombination aus erotischen Erinnerungen, dem verruchten Reiz der frischen Luft und der Tatsache, dass ihr letztes Mal über einen Monat her war, führte dazu, dass sie beide nicht lange brauchten.

Hinterher lagen sie unter den Sternen da und genossen die Wärme. So spätabends war es sonst in Schottland nie so warm. Als wären sie im Urlaub. Auch die Luft roch anders: aromatischer, ein Hauch von Grillfeuer in der Luft, obwohl das nächste Haus sicher zwei Kilometer weit weg war.

Stephen wusste, dass es ein Moment war, an den er sich ewig erinnern würde. Darüber würden sie noch reden, wenn sie siebzig waren; wenn Charlie alt genug war, konnten sie ihn damit aufziehen.

Dann hörten sie einen Motor und sahen, wie sich ein Scheinwerferpaar unten in den Steinbruch schlängelte und schaukelte.

Klarheit

Zu ihrer Überraschung und großen Freude war Drew zu Hause, als Catherine von dem Wagen abgesetzt wurde, den Sunderland ihr organisiert hatte.

Er war auch gerade erst angekommen und packte seine Reisetasche aus. Sein Meeting in London war schnell zu Ende gewesen, und obwohl er eigentlich mit Freunden essen gehen und sich ein Hotel hatte nehmen wollen, hatte er sich doch lieber bei British Airways nach einem früheren Flug erkundigt und Glück gehabt.

»Da die Jungs bei meiner Mutter sind, hab ich mir überlegt, wenn ich den Flug um sechs Uhr fünfunddreißig kriege, bin ich bei günstigem Wind um halb neun zu Hause, und wir können uns einen schönen ruhigen Abend machen. Vielleicht indisch bestellen.«

Sie schmolz förmlich dahin. Anrufe in letzter Sekunde und wildes Gehetze, nur für etwas vom Inder um die Ecke, wo er doch in London in hippen Bars hätte relaxen und hinterher vornehm essen gehen können.

Das liebte sie an ihm: Er war impulsiv, aber nur, wenn es um sie ging. Das Tollste daran war, dass sie an so etwas merkte, wie verknallt er in sie war, obwohl sie so ein Albtraum sein konnte.

Sie lehnte sich an ihn, sie musste dringend in den Arm genommen werden. Er hatte wohl einen Kuss erwartet, aber sie hielt sich einfach stärker und stärker an ihm fest, bis ihr die Tränen über die Wangen liefen. Drew war sicher überrascht (und zweifellos auch stolz), dass seine Geste so emotional aufgenommen wurde, aber er hatte keine Ahnung, was ihre Tränen bedeuteten, und sie würde es ihm auch nicht erklären. Nicht heute Abend und auch nicht, bevor sie der Sache auf den Grund gegangen war. Er würde sich doch nur Sorgen machen.

Schließlich lehnte sie sich weit genug zurück, um ihm seinen Kuss zu geben, aber auch da bekam er mehr, als er erwartet hatte.

Sekunden vorher hätte sie gedacht, dass Sex das Letzte wäre, wonach ihr gerade war. Sie war so angespannt, so erschüttert, so wütend und sie konnte sich auf nichts länger als einen Augenblick konzentrieren. Doch als er sie im Arm hielt, ging es ihr sofort besser, sie beruhigte sich und wurde friedlicher. Und dann packte sie das Verlangen.

Sie rissen einander die Klamotten vom Leib – eilig, ungeduldig, ungeschickt.

Er wollte es ihr mit dem Mund machen. Noch eine nette Geste, aber nicht heute Abend. Er musste sie sofort vögeln. Meistens liebten sie sich eher zärtlich, feinfühlig, füreinander. Das konnte erotisch sein, das konnte Spaß machen. Aber heute mussten sie vögeln.

Eilig, ungeduldig, ungeschickt – sie kniff ihn aus Versehen in die Eichel, als sie ihn in sich schob. Er heulte kurz auf, aber zum Glück brauchte er jetzt auch länger, bis er kam. Gut. Sie kam ziemlich schnell, aber er sollte nicht aufhören. Er sollte sie weitervögeln, diese Forderung schrie sie fast, enthemmt vom Wissen, dass die Jungs bei ihren Großeltern waren.

Sie duschten, bevor das Essen kam, und aßen auf dem Sofa vor *Das Phantom Kommando*. Sie schafften es nicht bis zum Ende. Catherine lag mit dem Kopf auf Drews Brust, und irgendwann ungefähr bei Rae Dawn Chongs Raketenwerfer-

Missgeschick, legte er seine Hand auf ihren Busen. Sie hatte sich keinen BH mehr angezogen, nur ein T-Shirt, und als ihr Nippel unter seiner Berührung hart wurde, spürte sie durch die Shorts, wie er ähnlich reagierte. Sie nahm ihn eine Weile in den Mund, und dann verlangte sie, dass er sie noch mal vögelte, gleich dort auf dem Sofa, einfach weil sie es konnten.

Catherine duschte noch mal kurz, aber lang genug, dass Drew eingeschlafen war, als sie ins Schlafzimmer kam. Eben noch hatte er kichernd bemerkt, dass ihr »das bestimmt einen klaren Kopf gemacht« habe und vorhergesagt, sie würde bestimmt schnell einschlafen.

Dann war er aber sofort weggedämmert.

Catherine lag eine Weile in der Dunkelheit: friedlich, entspannt, aber im Kopf hellwach. Mit der ersten Sache hatte Drew aber recht gehabt: Sie schlief gerade deshalb nicht ein, weil sie einen klaren Kopf hatte. Einen sehr klaren.

Sie hatte sich vieles eingebildet und sich vom Versuch ablenken lassen, Verbindungen zwischen Phantomelementen herzustellen. Zu ihrer Verteidigung war aber zu sagen, dass sie ein bisschen in diese Richtung gestoßen worden war.

Ihre Wut und ihr lange brennender Hass hatten sie auf Fallan gebracht. Er wäre für sie der Angreifer gewesen, egal, aus was für einem Auto er geschossen hätte. Ihre Kombinationsfähigkeit, ihre Urteilskraft und ihre grundlegendsten Polizisteninstinkte waren von Emotionen ausgeschaltet worden, und jetzt verstand sie, dass es einfach eine völlig dämliche Vorstellung war, ein Profikiller würde sich mehr oder weniger ausweisen, bevor er ein ganzes Magazin aus ein paar Metern Entfernung in ein Auto pumpte, ohne einen der Insassen zu treffen.

Zwar hatte niemand sie umbringen wollen, dafür wollte man sie auf die falsche Fährte locken. Irgendwer wollte, dass sie Fallan jagte, um den es dabei aber gar nicht ging. Sie sollte nur von ihrem eigentlichen Ziel abgelenkt werden.

Es musste jemand sein, der wusste, dass Fallan wieder aufgetaucht war. Außerdem wusste er von dem roten Mittneunziger-Civic und hatte die Ressourcen, innerhalb kürzester Zeit einen ähnlichen zu finden und zu klauen. Außerdem war er informiert, dass sie Fallan getroffen hatte, dass sie wusste, was für einen Wagen Fallan fuhr und wozu er fähig war.

Sunderlands kurze, vorsichtige Warnung hallte ihr wie ein Echo durch den Kopf.

»Wir.«

Wer hatte ihr überhaupt zum ersten Mal von Glen Fallan erzählt und ihr damit ein fremdes Teil ins Puzzle geworfen, sodass nichts mehr zusammenpasste? Jemand mit vielen geheimen Kontakten in der organisierten Kriminalität dieser Stadt, jemand, der weise alte Köpfe wie Fletcher zum Grübeln brachte, wie weit man sich um das Vertrauen der Gegenseite bemühen durfte, bevor man sich auf ihre Seite ziehen ließ.

Detective Superintendent Douglas Abercorn.

Die Stimme der Angst

Jasmine drehte sich im Bett um und sah nach der Uhr. Die grünen LEDs zeigten zwanzig nach zwei an. Sie hatte Herzklopfen, war hellwach und angespannt, und nur an diesem plötzlichen Schrecken merkte sie, dass sie geschlafen hatte. Lange konnte es nicht gewesen sein, und vielleicht hatte sie sich beim Wegdämmern in die Ereignisse vor dem Kartenladen zurückversetzt gefühlt.

Es kam ihr vor, als hätte sie nur einen Sekundenbruchteil davon geträumt, bevor sie aufwachte; die Erinnerungen an die äußerlichen Geräusche und Bilder waren nur noch ein fernes Echo. Die inneren Empfindungen hatten sie aufschrecken lassen, als hätten ihr Gehirn und ihr Körper die Gefühle und Reaktionen abgearbeitet, die in dem Moment zunächst von anderen Überlebensmechanismen verdrängt worden waren.

Vorher hatte sie wach gelegen, sich frustriert hin und her gewälzt, aber obwohl sie todmüde war und endlich wieder in ihrem eigenen Bett lag, wollte der Schlaf einfach nicht kommen. Das lag sicher teilweise an dem Angriff, bei dem so viele mentale und physische Systeme überladen worden waren und sich danach erst langsam wieder einpendelten. Ihr Gehirn zum Beispiel war einfach nicht zum Schlafen bereit, aber auch nicht imstande, die Dinge zu analysieren, die auf es eingeprasselt waren. Das Ganze war einfach zu viel gewesen, und sie war zu müde – und ihr Gehirn zu überdreht –, um sich auf ein einzelnes Problem zu konzentrieren. Stattdessen sprang sie chaotisch von einem zum nächsten. Als würde jemand im Zimmer hektisch die Radiosender wechseln.

Besonders zwei Fragen forderten Antworten, die sie nicht kannte.

Die eine hatte damit zu tun, dass Jim, wie auch sie und Fallan, geglaubt hatte, die Wahrheit liege in einem flachen Grab irgendwo in den Campsie Hills, wo die Ramsays zur falschen Zeit am falschen Ort gewesen waren und etwas beobachtet hatten, was niemand hätte sehen dürfen. Doch selbst wenn Jim die Leichen gefunden hätte – was bewies das schon? Deswegen hätte er doch nicht umgebracht werden müssen?

Ein DNA-Abgleich mit Anne Ramsay könnte die Leichen identifizieren und beweisen, dass sie ermordet und nicht untergetaucht waren, aber das gab noch keinen Hinweis auf den Täter. Selbst wenn Fallan Verbindungen zwischen seinem Vater und Polizisten aufzeigen konnte, die heute noch im Dienst waren, hieß das nicht, dass sie etwas mit der Sache zu tun hatten.

Irgendetwas fehlte, aber das würde sie nicht herausfinden, indem sie sich schlaflos im Dunkeln hin und her wälzte.

Die andere, beunruhigendere Frage hatte damit zu tun, dass sie überhaupt noch lebte und sie stellen konnte. Da konnte nur Fallan sie aufklären.

Mit immer noch klopfendem Herzen und trockenem Mund beschloss sie, in die Küche zu gehen und sich ein Glas Leitungswasser zu holen. Im Flur erkannte sie am Schimmern um die Küchentür, dass dort noch Licht brannte. Als sie hineinging, war Fallan immer noch mit der Lupe über den Karten am Werk. Die Küchenuhr zeigte jetzt halb drei an, und er hatte sich anscheinend nicht vom Fleck gerührt, seit sie sich vor knapp vier Stunden von trügerischer Ermüdung ins Bett hatte locken lassen.

Diesen Mann wollte sie wirklich nicht zum Feind haben. Er war eine Maschine.

Als sie den Hahn aufdrehte und das erste, abgestandene Wasser ablaufen ließ, wurde sie von ihren letzten Gedanken gedrängt, das Thema anzusprechen, das ihr am meisten zu schaffen machte.

»Heute Nachmittag vor dem Laden – woher wussten Sie da, dass wir gleich beschossen werden würden? Als Sie reagiert haben, war das Auto hinter uns, und vorher hatten Sie gar nicht genau hingesehen. Und plötzlich werfen Sie mich gerade rechtzeitig aus dem Weg. Als hätten Sie hinten Augen. Genau wie Mittwoch.«

Fallan starrte sie an, als würde er abwägen, ob sie eine Antwort wert war, und einen langen Augenblick nahm sie an, sie würde keine bekommen.

»Angst«, sagte er schließlich. »Ich höre auf meine Angst.«

Jasmine sah ihn fragend an. Sie verstand nicht und fürchtete, dass er genau das erwartet hatte.

»Ich hatte auch Angst«, erklärte sie, »aber erst als er geschossen hatte, als ich wusste, dass ich in Gefahr war. Sie wussten es schon vorher. Woher?«

»Ich meine keine bewusste, spezifische Angst, sondern unterbewusste, allgemeinere. Etwas, was man spürt und nicht denkt – das intensive Gefühl, das einem drängend und eindeutig klarmacht, dass man in Gefahr ist. Kennen Sie das nicht? Wenn man plötzlich irgendwie merkt, dass in der direkten Umgebung irgendetwas einfach nicht stimmt.«

Wie wenn man einen Killer in der Küche sitzen hat, dachte Jasmine. Sie musste an den Anfang der ganzen Sache zurückdenken, als sie abrupt von einer unerklärlichen Beklemmung überrumpelt worden war.

»Doch. Montagmorgen, als ich ins Büro gekommen bin. Da wusste ich, dass irgendwas nicht stimmte, aber ich wusste nicht, *woher.*«

»Da wollte die Angst Ihnen etwas sagen. Bewusste Gedanken nehmen nur einen kleinen Teil des Gehirns in Anspruch – der größte Teil verarbeitet unterbewusst die Sinneswahrnehmungen. Unsere bewussten Gedanken basieren hauptsächlich auf Sprache, die sich erst relativ spät entwickelt hat. Sie ist wie ein hübsches, aber schlecht geschriebenes Programm auf dem leisen, effizienten, unterbewussten Betriebssystem, das neue Informationen viel, viel schneller verarbeiten kann. Der Teil des Gehirns, der einem sagt, dass man rennen muss, weil er ein Raubtier oder eine Lawine wahrgenommen hat, war schon lange vor der Sprache da und reagiert viel direkter.«

Sie wusste noch, wie sie hinterher in Jims Büro ihre Umgebung analysiert und nach den kleinen Hinweisen gesucht hatte, die ihr Gehirn unterbewusst sofort erkannt hatte.

»Und aus welchen Informationen hat Ihr Gehirn geschlossen, dass gleich jemand auf uns schießen würde?«, fragte sie.

»Gute Frage. Dass der Wagen auf dem Weg in die Sackgasse nicht gebremst hat; vielleicht ist er irgendwie auffällig gefahren; vielleicht hat kurz etwas aufgeblitzt, was mein Gehirn erst mithilfe anderer Informationen als Pistole erkannt hat – ich weiß es wirklich nicht. Ich kann versuchen, es im Nachhinein zu analysieren, aber darum geht's ja gerade: Das war keine Reaktion auf eine rationale Analyse, sondern auf etwas, was eine rationale Analyse verworfen hätte.«

»Sie haben sich darüber anscheinend schon mal Gedanken gemacht.«

»Das gehört bei meinem Leben dazu. Wir hören normalerweise nicht richtig auf die Angst. Wir spüren sie, versuchen aber, sie zu rationalisieren, indem wir bewusst und in Worten darüber nachdenken. Dann wollen wir uns meistens beruhigen und Gründe finden, warum es ein falscher Alarm war. *Wir reden uns ein, dass alles wieder gut wird.* Und für viele Leute war ich der Grund, dass es *nicht* wieder gut wird. Ich hab immer auf meine Angst gehört, und deshalb bin ich heute noch am Leben.«

Jasmine sah sich die Landschaftsstreifen auf dem Tisch an und fragte sich, wie viele kleine weiße Linien auf späteren Aufnahmen wohl auf den Mann in ihrer Küche zurückgingen. Dann bekam sie Angst, sie würde in Tränen ausbrechen, wenn sie an die kleinste weiße Linie von allen dachte – winzig, leblos, aber trotzdem noch leuchtend auf einem der Fotos sichtbar. Ein vier Wochen altes Baby, das nichts gesehen haben und nie irgendjemandem etwas hätte sagen können.

Dann hatte sie sie vor Augen: Eine Frau in Schwesternuniform mit einem laminierten Ausweis an der Brust.

»Bains Frau«, sagte sie.

»Die Krankenschwester? Was ist mit der?«

»Die ist keine Krankenschwester. Sie ist *Hebamme.*«

»Ja, und?«

»Sie haben es doch selber vor Bains Haus gesagt: Wenn Ihr Vater nach einem Zeugen gesucht hat, gab es doch massenweise bessere Kandidaten. Weshalb ist es dann Bain geworden?«

»Weil seine Alte auf der Entbindungsstation arbeitet«, sagte Fallan, der es jetzt verstanden hatte.

»Bains Nummer steht bei den ausgegangenen und eingegangenen Anrufen. Keine Handynummer, sondern das Festnetz zu Hause. Was also, wenn der eingegangene Anruf nicht von Bain war, sondern von ihr?«

Locust fliegt aus

Abercorns schwarzer Mondeo bog links von der Albion Street aufs Trongate ab. Catherine war zwei Wagen dahinter, zusätzlich getarnt, hoffte sie, weil sie Drews Auto fuhr, obwohl Abercorn wahrscheinlich nicht mal wusste, wie ihr eigenes aussah.

Er konnte überhaupt nicht wissen, dass sie da war. Das war ja das Tolle – als Polizist kommt man einfach nicht auf die Idee, dass man selbst beschattet werden könnte.

Dieser Straßenwechsel kam Catherine immer ein bisschen unwirklich vor. Die beiden waren einfach zu verschieden, als dass sie aufeinandertreffen dürften. Aus der Merchant City mit ihren Nobelwohnungen, trendy Pubs und hippen Restaurants, aus diesem aufstrebenden Glasgow der Tourismusbroschüren und Lifestyle-Seiten kam man direkt in diese verlotterte Gegend der Schnäppchenläden, abgewrackten Saufkneipen und Imbisse, Glasgows eigenes Bildnis des Dorian Gray. So sah es hier schon aus, solange sie denken konnte – wie ein vertrocknetes Anhängsel am Ende der Argyle Street, wo die Logos der Ladenketten handgeschriebenen Plakaten voller überflüssiger Apostrophe wichen.

So ist Glasgow. Die Stadt kann sich herausputzen und fein machen, aber eine Straße weiter lauert immer die hässliche Realität. Sie versteckt sich zwar nicht, aber die meisten Leute können ihr einfach aus dem Weg gehen.

Es war kurz vor zwei. Catherine verfolgte ihn schon seit fünf Stunden, aber Warten gehörte zu ihren Stärken. Diese Fähigkeit war nicht leicht zu meistern, aber wenn man es endlich konnte, verlernte man es nie wieder. Alles Einstellungssache.

Man musste sich damit abfinden, dass vielleicht nichts dabei herauskam und man seine Zeit verschwendete. Man durfte nicht an das denken, was man gerne beobachten würde oder auch nur überlegen, was überhaupt beobachtenswert sein könnte. Man musste einfach nur abwarten.

Das wurde natürlich dadurch erschwert, dass Catherine sich in einer unautorisierten Observation eines Kollegen befand, worauf sie nicht unendlich viel Zeit verwenden durfte, aber auch das hatte sie vorher gewusst. Sie hatte hingenommen, dass sie vielleicht nichts zu sehen bekommen würde und dass es, ebenso wichtig, vielleicht überhaupt nichts zu sehen *gab*.

Im Augenblick war sie optimistisch, dass endlich etwas passieren würde. Wenn man jemanden den ganzen Tag im Auto beobachtet hat, bemerkt man jedes kleine Detail, jede subtile Veränderung im Fahrstil. Abercorn fuhr auf einmal wie jemand, der knapp über der Promillegrenze lag – er war mit allem ein bisschen vorsichtiger, ein bisschen bedachter. Vielleicht lag das aber auch daran, dass er nach einem Tag im Stadtzentrum endlich hinaus ins wilde Umland fuhr.

Er war auf dem Gallowgate unterwegs nach Osten, am Barrowland Market vorbei und folgte dem Knick in der Straße auf die Tollcross Road. Er fuhr gleichmäßig und hielt Sicherheitsabstand zum Vordermann. Viel einfacher hätte er ihr die Verfolgung gar nicht machen können. Keine Ausweichmanöver, keine 180-Grad-Wenden und kein plötzliches Abbiegen, ohne zu blinken. Auch die Strecke war erst im Nachhinein verdächtig. Er bog links von der Tollcross Road ab, bevor sie zur Hamilton Road wurde, fuhr nach Norden am Tollcross Park vorbei, dann wieder nach Osten auf der Shettleston Road, nur um durch Mount Vernon wieder nach Süden und dann auf der Hamilton Road weiter nach Osten zu fahren. Vielleicht hatte er von einem Stau gehört, vielleicht hatte er seine Pläne geändert, aber sollte ihm der schwarze BMW zwei, drei Wagen hinter sich aufgefallen sein, konnte er sich mit einem unnötigen, hufeisenförmigen Umweg vergewissern, dass er verfolgt wurde.

Dann hätte er sie aber schon lange vorher bemerkt haben müssen, und das erschien ihr unwahrscheinlich. Sie hatte immer mindestens einen Wagen zwischen ihnen gelassen, und da er weder ihr Gesicht noch ihr Nummernschild gesehen haben konnte, hätte er auch nicht ahnen können, dass der schwarze BMW immer derselbe war.

Als er parallel zur M74 weiter nach Osten fuhr, ließ er sich jedenfalls nicht anmerken, dass ihm irgendetwas aufgefallen wäre, was ihn von seinen Plänen abbringen könnte. Gleichmäßig, vorsichtig, bedacht, zielstrebig, aber ohne Eile. Er fuhr auf der vierspurigen Straße am ehemaligen Calderpark Zoo vorbei, bis das grobe Gras und die Leitplanken an der Ortseinfahrt von Uddingston Bürgersteigen, Bäumen und Rotsandstein wichen.

Als der Mondeo rechts blinkte, zum Fluss hinunter, kribbelte es Catherine im Bauch. Dort unten kannte sie eine Adresse, ein stattliches Anwesen, das von elektronischen Schlössern und Überwachungskameras gesichert war, aber vor allem vom Ruf des Hausherrn. Es war aber auch nicht das einzige Haus in der Straße.

Sie durfte es nicht wollen, es sich nicht vorstellen, aber die Möglichkeit war einfach so faszinierend, dass ihr Herz schneller schlug.

Sie musste Abercorn überholen und weiterfahren, während er den Gegenverkehr abwartete. Sie behielt ihn aber im Rückspiegel im Blick und war jederzeit bereit zu reagieren. Er bog Sekunden später ab, als ihn wohl jemand durchgelassen hatte. Die Straße war breit genug, dass Catherine in einem Zug wenden konnte, ohne stark abbremsen zu müssen.

Sie beschleunigte auf die Kreuzung zu und hatte zum ersten Mal ein bisschen Angst, das Zielfahrzeug könnte außer Sichtweite sein, wenn sie abgebogen war. Sie hatte ihn heute schon ein paarmal aus den Augen verloren, hatte aber Ruhe bewahrt, besonnen abgewägt und ihn immer ungefähr da wiedergefunden, wo sie ihn erwartet hatte. Dieses Mal war es anders, weil sie sich dazu hatte hinreißen lassen, sich ein bestimmtes Szenario zu wünschen.

Einfach nur abwarten, sagte sie sich. Einfach nur abwarten.

Catherine bog höchstens dreißig Sekunden nach Abercorn an der Kreuzung ab, konnte aber kein einziges fahrendes Auto vor sich sehen.

Abwarten, abwarten.

Sie fuhr weiter und wollte überlegen, wo sie ihn wiederfinden könnte, wusste aber, dass ihr Gehirn erst wieder mitspielen würde, wenn sie an einer bestimmten Hausnummer vorbei war.

Schon vorher sah sie den Mondeo – zwischen einem großen X5 und einem Mercedes-Zweisitzer geparkt, Abercorn saß noch drinnen.

Catherine fuhr mit knapp über dreißig km/h wieder an ihm vorbei. Aus dem Kribbeln war ein richtiger Nervenkitzel geworden, als ihr Verdacht immer greifbarere Realität wurde. Die hundert Meter kamen ihr sehr lang vor, die zehn Sekunden wie eine Ewigkeit, aber erst, als sie eine zufriedenstellende Entfernung zurückgelegt hatte, parkte sie so, dass sie den Mondeo immer noch im linken Seitenspiegel beobachten konnte.

Sie erinnerte sich an das, was Fletcher vor einer Woche gesagt hatte.

Ich sag nur, pass auf mit Abercorn, solange du nicht weißt, welches Spiel er wirklich spielt. Und vor allem, auf wessen Seite er steht.

Laufenlassen Organisierter Krimineller Unter Speziellen Tauschgeschäften.

Dougie Abercorn, der Leiter von Locust, hatte gerade vor dem Haus eines gewissen Stevie Fullerton geparkt.

Phantome

Sie fingen Margaret Bain ab, als sie zu ihrem Schichtbeginn auf den Haupteingang des Krankenhauses zuging. Jasmine kam sich wie eine Journalistin vor, die eine ahnungslose Frau auf dem Weg zur Arbeit überfiel, und genau für so eine hatte sie sich ja bei den Bains zu Hause ausgegeben. Jasmine nahm nicht an, dass ihr Mann sie aufgeklärt hatte, wer sie und Fallan wirklich waren und was sie gewollt hatten.

Sie mussten noch ein bisschen warten. Margaret schaute misstrauisch, als die beiden sich näherten, und überlegte kurz, woher sie sie kannte.

»Ich darf nicht mit Journalisten sprechen«, sagte sie. »Wenden Sie sich bitte an die Krankenhausleitung.«

Jasmine wusste nicht, ob das stimmte, aber sie waren auch nicht da, um Mrs Bain in ihrer Eigenschaft als Krankenhausangestellte zu befragen, was sie wahrscheinlich selbst ahnte.

»Wir sind keine Journalisten«, erklärte Jasmine. »Wir sind Privatdetektive. Kollegen von Jim Sharp. Wir wissen, dass Sie mit ihm gesprochen haben.«

Margaret Bain sah plötzlich besorgt aus wie jemand, dessen Ängste sich gerade bestätigt hatten.

»Und in der Zwischenzeit ist er verschwunden«, fügte Fallan hinzu.

»Ich hab in zwei Minuten Schicht. Ich kann jetzt nicht.«

»Wir warten auf Ihre Pause«, sagte Fallan in einem Ton,

der ihr zu verstehen gab, dass sie auch noch dort sein würden, wenn sie sich bis Mitternacht drinnen versteckte. »Es geht um das Baby der Ramsays.«

Ihr Mund öffnete sich ein bisschen, aber sie sagte nichts. Mit einer verzweifelten Geste beendete sie das Gespräch und stürmte hinein, Richtung Entbindungsstation.

»Dann sind wir wohl 'ne Zeit lang hier«, sagte Jasmine, als Margaret am Ende eines hell erleuchteten Flurs verschwunden war.

Fallan schüttelte den Kopf.

»In der ersten Pause ist sie hier. Die kann's gar nicht abwarten, sich das alles von der Seele zu reden. Sie hat schreckliche Gewissensbisse, deshalb hat sie auch mit Jim gesprochen.«

Jasmine war ein bisschen Warten ganz recht, nachdem sie fast den ganzen letzten Tag mit augenstrapazierenden Such-den-Unterschied-Spielen in Infrarot zugebracht hatten. Dafür hatten sie jetzt eine Liste möglicher Stellen, von denen natürlich auch manche Schafe oder Kühe darstellen konnten.

Fallan hatte recht. Nach zwei Stunden kam Margaret Bain mit ernstem, besorgtem Gesicht zurück und wollte mit ihnen nach draußen, eine rauchen. Sie gingen ein paar Schritte weit an den Rand des Parkplatzes außer Hörweite der anderen Raucher in ihren Krankenhemden, die teilweise einen Tropf hinter sich herzogen.

»Ich wusste es nicht«, sagte sie als Erstes, nachdem sie ein paarmal an ihrer Entspannungs-Zigarette gezogen hatte, weil sie ahnte, dass es gleich unangenehm werden würde. »Das müssen Sie mir glauben, ich wusste wirklich nicht Bescheid.«

Jasmine wollte ihr versichern, dass sie sich kein Urteil erlauben wollten, erinnerte sich aber an das, was Fallan ihr beim Warten erklärt hatte.

»Lassen Sie sie reden. Füllen Sie keine peinlichen Pausen. Trösten Sie sie nicht. Das kann nur die Wahrheit.«

»Ich wusste ja gar nicht, dass es überhaupt etwas zu wissen

gab, bevor Mr Sharp zu uns kam«, setzte sie fort. »Ich habe gehört, wie er sich mit Willie gestritten hat, ihm vorgeworfen hat, er hätte gelogen, dass er vor all den Jahren die Leute an der Raststätte Bothwell gesehen hatte. Ich weiß ja, dass Willie nicht unbedingt immer mit allem ganz ehrlich war, aber da hab ich zum ersten Mal gehört, dass er bei der Sache gelogen haben könnte. Ich hab die beiden Sachen damals auch nie miteinander in Verbindung gebracht und im Laufe der Jahre schon gar nicht.«

Wieder zog sie an der Zigarette und atmete mit einem langgezogenen Seufzen aus.

»Willie und ich waren damals noch nicht verheiratet. Wir waren verlobt, haben aber noch nicht zusammen gewohnt. Ich wusste nicht mal, dass Willie der Zeuge war, bevor Jahre später eine Zeitung etwas darüber gebracht hat. Mir hatte er nie was davon erzählt. Niemandem eigentlich – in Willies Kreisen war es einfach nicht schlau, es an die große Glocke zu hängen, wenn man mit der Polizei geredet hat, wissen Sie?«

Jasmine nickte stumm.

»Es war wohl Sonntag, der Tag nachdem Willie die Leute angeblich gesehen hatte; aber da hatte er sich noch nicht bei der Polizei gemeldet und mir natürlich auch nichts gesagt. Zur Polizei ist er ein paar Tage später gegangen und hat behauptet, ein Zeitungsartikel hätte seinem Gedächtnis auf die Sprünge geholfen. An dem Sonntag hat er mich aber um einen Gefallen gebeten.«

Sie schaute in die Ferne nach Westen in die hügelige Landschaft, als sähe sie dort den Pfad, den sie gewählt hatte, und wünschte sich, ihn ändern zu können.

»Okay, ich war damals auch nicht der ehrlichste Mensch, den's gab«, gab sie zu. »Es war ja nur Urkundenfälschung, mehr nicht. Ich hatte das schon ein paarmal gemacht und mir jedes Mal geschworen, dass es das letzte Mal war. Ich hatte schreckliche Angst, erwischt zu werden, aber das Geld kann man ja immer gebrauchen, oder? Und überhaupt, ich hab mir gedacht – es tut doch keinem weh. Ein Verbrechen ohne Opfer. Hab ich mir zumindest eingeredet.

Willie hat mich gebeten, eine Geburt einzutragen. Heute läuft das alles über Computer, aber damals brauchte man nur die Krankenhauskarte der Eltern, die die Entbindungsstation ausstellte, und einen Eintrag in der offiziellen Liste des Krankenhauses, die an das Standesamt weitergeleitet wurde.

An dem Sonntag hat Willie gesagt, ich soll eine Elternkarte besorgen und einen Eintrag in die Geburtenliste schreiben. Ich wollte erst nicht, aber das Geld war zu gut. Zweitausend Pfund, ein Vermögen. Wir wollten heiraten, uns die Hochzeit und Flitterwochen zusammensparen und dann zusammenziehen.

Ich dachte, es wäre wie immer – jemand brauchte eine falsche Identität. Vorher hatte Willie so eine immer als Komplettpaket verkauft. Mir hat er gesagt, es wäre wieder das Gleiche. Wenn man eine falsche Geburt registriert hat, kann man mit so einer Phantomidentität nämlich alles Mögliche anstellen: Kindergeld beantragen, sich einen Pass ausstellen lassen, was weiß ich alles. Ich hab nie gefragt.«

Wieder zog sie an der Zigarette und wieder schaute sie nach Renfrewshire, als wäre es das Land vergangener Sünden.

»Ich hab gerade gesagt, ich dachte, es wäre das Gleiche wie immer, aber ich wollt's mir nur einreden. Dafür gab's keine zweitausend. Das war mehr als sonst, aber ich hab nicht nachgefragt. Hab mich nur darum gekümmert, dass es klappt, ohne dass ich erwischt werde. Ich bin nie drauf gekommen, dass es irgendwie um ein echtes Baby gehen könnte. Nicht bevor Ihr Kollege Mr Sharp zu uns kam.«

»Sie haben ihn angerufen, oder?«, fragte Jasmine. »Das stand in der Anrufliste. Haben Sie ihm das Gleiche erzählt wie uns?«

Sie nickte.

»Mittwoch vor einer Woche. Er hat mich auf der Arbeit besucht, wie Sie auch. Wollte wohl ohne Willie mit mir reden.«

»Was haben Sie ihm noch erzählt?«, fragte Fallan. »Konnten Sie ihm einen Namen sagen?«

»Nein. Ich kann mich nicht mehr erinnern. Ein Junge, das weiß ich noch. Kein Vorname. Den braucht man für die Krankenhauskarte nicht – nur die Namen der Eltern. Falls die sich noch nicht sicher waren.«

»Sie wissen den Namen nicht mehr?«, fragte Fallan skeptisch. »Sie haben doch selber gesagt, es war nicht wie immer. Sie haben zweitausend Pfund gekriegt.«

Sie schämte sich sichtlich und schien den Tränen nah.

»Das ist schon fast dreißig Jahre her. Und ich hatte es vorher nicht nur ein, zwei Mal getan.« Sie verzog das Gesicht, verstört und bedrückt von der Erinnerung. »Es gab viele Namen – ich hab's im Laufe der Jahre sechs, vielleicht sieben Mal gemacht. Ich weiß nicht mehr. Tut mir leid. Ich kann Ihnen aber dasselbe sagen wie Mr Sharp. Sie können sich auf dem Standesamt die männlichen Geburten dieses Datums ansehen. Aber nicht von diesem Krankenhaus«, fügte sie hinzu. »Damals war ich am Victoria.«

Geheime Tauschgeschäfte

Catherine machte sich langsam Sorgen, sie könnte aufgeflogen sein. Im Seitenspiegel konnte sie nicht viel mehr als die Beifahrerseite des Mondeos sehen, dafür aber die ganze Straße vor Fullertons Haus. Abercorn hatte sie noch nicht überquert. Er saß wohl immer noch im Wagen, doch worauf wartete er?

Sie verfluchte ihre Vorsicht, ihre Geduld. Sie hätte fünfzig Meter früher parken sollen, zwischen dem blauen Corsa und dem grauen A5. Von da hätte sie den Mondeo voll im Blick gehabt, und der große Handwerkerwagen vier Plätze hinter ihr würde ihr nicht die Sicht versperren. Oder sie war nicht geduldig genug gewesen und hätte noch ein bisschen weiter fahren und dann wenden sollen. Dann hätte sie auf der anderen Straßenseite in sicherer Entfernung mit dem Gesicht zu Abercorn parken können.

Abwarten. Einfach nur abwarten.

Sie wollte sich auf dem Sitz umdrehen, um zu sehen, ob sie so einen besseren Blick an dem Lieferwagen vorbei hatte, aber sie wusste, dass sie auf gar keinen Fall die Augen vom Seitenspiegel nehmen durfte. Der Sinn des ganzen Tages, womöglich der Schlüssel zur ganzen Ermittlung lag in dem Bild, das von dem kleinen, abgerundeten Glasrechteck zurückgeworfen wurde, also konzentrierte sie sich weiter darauf und wagte kaum zu blinzeln. Deshalb stieß sie vor Schreck fast ans Dach, als die Knöchel einer Faust wenige Zentimeter von ihrem Ohr dreimal kurz gegen das Fenster auf der Fahrerseite klopften.

Sie fuhr herum, und aus dem Schrecken wurden Schock, Grauen und schließlich Erstaunen, als sie Dougie Abercorn mit strengem Gesichtsausdruck, aber erheitert funkelnden Augen sah.

Catherine stieg mit hochrotem Kopf aus dem BMW und wusste nicht, was sie sagen sollte. Ihr fiel nur ein: »Es ist nicht das, wonach es aussieht«, was überhaupt nicht infrage kam, weil beide eindeutig wussten, dass es genau das war, wonach es aussah.

»Schicker Wagen«, bemerkte Abercorn trocken.

»Der von meinem Mann. Wann haben Sie ihn bemerkt?«

»Als Verfolger? Kann ich nicht sagen, das wäre unfair.«

»Halten Sie sich nicht zurück. Verdammt, ich dachte, ich kann das.«

»Können Sie sicher auch, aber es war eben nicht fair, weil ich Gegenmaßnahmen laufen hatte – zwei andere Wagen, die nur nach Verfolgern suchen. Sie hatten keine Chance.«

Catherine wusste nicht, ob sie erleichtert sein sollte, dass es nicht an ihrer eigenen Unfähigkeit gelegen hatte, oder schockiert, weil mehrere andere Kollegen sie erwischt hatten.

»Team Eins hat gemerkt, dass ich verfolgt werde, deshalb bin ich am Tollcross Park hochgefahren. Dann konnte Team Zwo vorfahren und Sie aus dem Gegenverkehr identifizieren.«

»Warum sind Sie dann trotzdem zu Ihrem Ziel gefahren? Oder haben Sie mich als Witz zu Stevie Fullerton geführt? Und weshalb müssen Sie sich vor Verfolgern schützen?«

»Kein Witz. Ich schütze mich wirklich vor Verfolgern, weil ich hierherkomme, aber ich besuche nicht Stevie selbst. Kommen Sie mit rein? Es wird sicher interessant.«

Er zeigte auf das Fullerton-Anwesen, dessen elektrisches Tor sich schon öffnete.

»Ich muss schon sagen, Sie stecken das ja ziemlich locker weg«, sagte sie verlegen.

»Als Chef von Locust kriegt man ein ziemlich dickes Fell. Außerdem sind Sie nicht die Einzige, die glaubt, dass hier korrupte Polizisten im Spiel sind. Sie haben sich bloß den Falschen vorgeknöpft.«

»Und wer soll der Richtige sein?«

»Da kann Liam Whitaker uns weiterhelfen, hoffe ich.«

»Whitaker ist hier? Bei Stevie Fullerton?«

»Deshalb ja die Vorsichtsmaßnahmen. Seit dem Einbruch ist er untergetaucht, wie Sie wissen, aber nicht nur, damit er nicht festgenommen wird. Er fürchtet um sein Leben, genauer gesagt davor, dass die Polizei ihn umbringt. Stevie Fullerton hat ihn vor ein paar Tagen bei sich aufgenommen. Er hat sich über inoffizielle Kanäle bei uns gemeldet. Stevie weiß, dass man nicht ewig abtauchen kann und hat wohl auch eine Chance gewittert. Wir durften unter der Voraussetzung mit Whitaker sprechen, dass wir seinen Aufenthaltsort nicht an die restliche Polizei weitergeben – zumindest nicht, bevor gewisse Fragen geklärt sind, und dann wird er unser Zeuge.«

»*Durften* sprechen? Sie waren schon bei ihm?«

»Gestern. Sonntag. Für Sie muss ich bürgen, weil Sie in dem Deal nicht vorkamen, aber eins muss klar sein: Wenn die Sache vorbei ist, ist Whitaker ein freier Mann.«

»Ist mir recht. Doch was für eine ›Chance‹ ist das Ganze für Fullerton?«

Abercorn tippte sich aufs Handgelenk. Catherine dachte, er meinte, sie mussten sich beeilen und hätten keine Zeit darüber zu reden. Dann verstand sie.

»Ein guter Deal kostet eben«, bemerkte sie abfällig.

»Laufenlassen Organisierter Krimineller Unter Speziellen Tauschgeschäften«, erwiderte Abercorn.

Whitaker kam Catherine wie eine gerade entlassene Geisel vor, doch seine Gefangenschaft war noch nicht vorbei. Er trug Klamotten, die nicht wie seine aussahen, hatte einen Drei- bis Viertagebart und stand ein bisschen neben sich wie jemand, der erst lange nicht geschlafen und dann lange nichts anderes getan hatte. Seine Nägel waren heruntergekaut, und da dort nichts mehr zu holen war, nagte er an der Nagelhaut weiter, wann immer jemand anders sprach.

Fullerton hatte sich verabschiedet, nachdem er sie zu Whitakers derzeitiger Unterkunft geführt hatte. Er hatte Catherine gemustert und sich wohl gefragt, ob er sie erkannte. Sie war sich ziemlich sicher, dass die Antwort Nein lautete, in Zukunft aber Ja wäre. Er vertraute Abercorn, denn sein Versprechen genügte, dass sie Whitakers Aufenthaltsort nicht weitergeben würde. Vielleicht war Fullerton sich aber auch sicher genug, dass sie Whitaker ohne Haftbefehl weder jetzt noch später einfach mitnehmen konnten.

»Erzählen Sie Detective McLeod, was Sie mir erzählt haben«, forderte Abercorn.

Sie saßen in einem Zimmer nach hinten raus mit halb geschlossenen Jalousien. Whitaker erklärte, dass er sich nicht in Sichtweite der Straße begeben hatte, seit er auf dem Rücksitz eines Jeeps liegend hergekommen war. Catherine fand das übertrieben; er versteckte sich vor Zeugen, die ihn an die Polizei verpfeifen konnten und nicht vor Scharfschützen. Doch dann fiel ihr ein, von wem Whitaker den Tipp für den Coruscate-Einbruch hatte, und was mit ihm in der Zwischenzeit geschehen war.

»Was? Noch mal das Ganze?«, erwiderte Whitaker. Kooperation mit der Polizei fiel ihm anscheinend selbst dann nicht leicht, wenn sie ihm eine sichere Zukunft ermöglichen sollte.

»Sie müssen die Angelegenheit noch sehr oft wiederholen, bevor Sie dafür eine Du-kommst-aus-dem-Gefängnis-frei-Karte bekommen, Liam«, erklärte Abercorn. »Und sollten dabei irgendwelche Unstimmigkeiten auftauchen, haben Sie ein Problem. Legen Sie los.«

Er knabberte kurz am Fingerknöchel und fing an.

»Tommy hatte mir Bescheid gesagt. Hat gemeint, er kann garantieren, dass der Bahnhof Donnerstagmorgen geräumt wird. Keine Ahnung, woher er das wusste, aber so war das mit Tommy – überall seine Finger drin. Hat mit allen zusammengearbeitet, aber immer diskret. Hat zum Beispiel auch mal 'n bisschen für Frankie Callahan gemacht, ohne dass der wusste, dass Tommy auch für Stevie hier gearbeitet hat. Ich mein, wir waren schon jahrelang befreundet, und selbst ich hab manchmal Sachen gehört, wo ich mir dachte: Was? Mit *dem* hatte Tommy auch zu tun, wissen Sie?«

Abercorn sah Catherine mit hochgezogenen Augenbrauen an – ja, wussten sie. Schließlich informierte Tommy auch gleichzeitig verschiedene Polizisten, ohne dass die vom jeweils anderen wussten.

»Wir hatten es ganz genau geplant, und ich bin ein paarmal im Bahnhof gewesen und bin den Ablauf durchgegangen. Alles war geregelt. Bloß hat Tommy sich Mittwoch nicht bei mir gemeldet. Hab nichts gehört und ich konnte ihn auch nicht erreichen. Hab's Donnerstagmorgen weiter versucht. Immer noch nichts. Dachte schon, das Ganze wär abgeblasen, bin aber trotzdem zum Bahnhof gefahren, man weiß ja nie. So was ist bei Tommy manchmal passiert – dann war er einfach nicht mehr zu finden. Ich dachte, ist wahrscheinlich Zeitverschwendung, aber bei dem Geld lass ich's drauf ankommen.«

»Ja, für 'nen sechsstelligen Betrag kann man schon mal ein Stündchen im Bahnhof vertrödeln«, sagte Catherine.

»Auf jeden Fall hatte Tommy genau richtig gelegen, wie Sie wissen. Es gibt 'ne Durchsage, dass das Gebäude geräumt wird, also halt ich mich an den Plan. Ich geh sofort in den Kartenladen und kriech zwischen die beiden Aufsteller – die stehen direkt nebeneinander, aber unten hab ich noch gerade dazwischengepasst. Dann hör ich, wie die Polizei reinkommt und alle rausschickt, auch die Mitarbeiter, aber ich bleib unten. Als alle weg sind, bin ich zur Hintertür raus in den kleinen Gang hinter den Läden, wo die ihre Mülltonnen und Packkisten haben und so, und dann bin ich hinten beim Juwelier rein. Rein und raus in ein paar Sekunden. Zack, zack, zack.«

Er wirkte unsicher und knabberte sich einen Hornhautrest vom Zeigefinger. Er hätte eigentlich in seinem Triumph schwelgen können, aber er näherte sich der Stelle, die er nicht hatte vorhersehen können, und ab der alles schieflief.

»Geplant war, dass ich in der Menge nach draußen gehe, wenn alle wieder reingelassen worden sind. Ich hab ganz am Ende des Gangs hinter den Läden gewartet und die Augen offengehalten. Ich dachte, als Erstes kommt das Bombenräumkommando oder so, aber stattdessen fährt da ein Wagen die Rampe hoch, Sie wissen schon, hinter Gleis achtzehn.«

Catherine nickte. Gleich hinter der Rolltreppe zu den unteren Gleisen ging von der Hope Street ein Hufeisen ab, auf dem man direkt an Gleis Achtzehn heranfahren, jemanden aussteigen lassen und vorwärts wieder hinausfahren konnte.

»Zwei Kerle und ein Hund. Polizisten. Ich hab kurz oben über den Zaun geguckt und mich gleich wieder geduckt. Hab mir fast in die Hose geschissen – der Hund hätt mich ja aufspüren können. War aber nicht wegen mir da. Der eine ist mit dem Hund Richtung Schließfächer gegangen, und der andere hat mit laufendem Motor gewartet. Paar Minuten später hör ich schon, wie der Erste wiederkommt. Ich guck noch mal, und er hat 'nen Riesenrucksack dabei. Er steigt wieder ein, und zack sind sie wieder weg.

Ich denk mir: Glück gehabt! Gleich lassen sie wieder alle rein. Stattdessen kommen jetzt andere Polizisten mit anderen Hunden rein, als würden sie grad erst mit der Suche anfangen.«

Catherine erinnerte sich an den Spürhund, der auch beim zweiten Schließfach angeschlagen hatte und sogar die Tür aufmachte, weil das Schloss kaputt war. Sie dachte an die Zeugenaussagen zu Callahan und Fleeting am Mittwochabend – zwei Männer mit großen Plänen. Im Bahnhof hatte tatsächlich eine Lieferung auf sie gewartet, bloß war sie weggeräumt worden. Und dann, ein paar Stunden später, wurden auch die beiden weggeräumt. Für immer.

»Ich war bei Cairns, als er den Tipp bekam«, erklärte Catherine Abercorn. »Aus Gründen, die ich nicht nennen kann, weiß ich, dass der Anruf nicht von Tommy Miller kam.«

»Er hatte einen zweiten Kontakt? Meinen Sie, Cairns wurde reingelegt?«

»Nein, ich glaube, *ich* wurde reingelegt. Von Cairns. Er hatte mir ausrichten lassen, dass er Informationen für mich über den McDiarmid-Mord hatte. Er wollte sich früh Donnerstagmorgen mit mir in 'nem Imbiss zwei Minuten von der Central Station treffen. Das hat er so eingefädelt, damit ich vor Ort bin und die ganze Sache mitmache. Ich hab sogar für ihn bei Scotrail angerufen und die Räumung des Bahnhofs angeordnet. Seinen Anruf hat er nur gekriegt, damit ich ihm das Ganze abkaufe; oder um ihm Bescheid zu sagen, dass seine Leute so weit sind. Auf jeden Fall war am anderen Ende wohl einer von den beiden, die Liam gesehen hat.«

Noch etwas anderes wurde glasklar, als sie das Letzte laut aussprach. Der Anruf war auf jeden Fall von einem Polizisten gekommen. Er hatte abgenommen, als Laura von ihrem Schreibtisch aus angerufen hatte, aber nicht, als Catherine es an diesem Morgen vom Handy aus versucht hatte. Alle ausgehenden Anrufe von der Wache wurden als dieselbe Nummer angezeigt, also hatte er wohl gedacht, Cairns wäre dran.

»Womit wir beim Grund meines Besuchs wären«, sagte Abercorn und griff in eine Jackentasche. Er zückte einen A5-Umschlag und zog einen Stapel Fotos heraus. Catherine erkannte die meisten als Polizisten, dazwischen ein paar Verbrecher und Zivilisten zur Kontrolle.

Whitaker zog eine angestrengte, frustrierte Grimasse, als er die Bilder studierte. Bei ein, zwei Aufnahmen nahm er sich etwas mehr Zeit, wollte sich aber noch nicht festlegen. Catherines und Abercorns Blicke trafen sich, als Whitaker beim Porträt von Cairns' bestem Kumpel Fletch ankam, was bestätigte, dass sie ihn beide für den Spitzenkandidaten hielten, aber Whitaker erkannte ihn nicht.

»Ich hab's doch schon gesagt«, erklärte er Abercorn, »ich hab nur ganz kurz geguckt. Ein paar von den Typen hier kommen mir bekannt vor, aber das ist auch schon alles.«

»Was ist mit den Überwachungsbändern?«, schlug Catherine vor. »Der Bahnhof ist doch voller Kameras.«

Abercorn warf ihr einen strafenden Blick zu, als hätte sie etwas Offensichtliches übersehen.

»Die Drogenfahndung hat Scotrail Donnerstag alle Überwachungsdatenträger abgenommen«, sagte er. »Die haben's nicht eilig, die an Locust weiterzugeben, und wenn doch, können Sie sich drauf verlassen, dass die Aufnahmen ein paar Lücken haben. Cairns – und wer auch immer seine Komplizen sind – hatten mehrere Tage zum Schneiden.«

Abercorn lenkte Whitakers Aufmerksamkeit zurück auf die Fotos.

»Jetzt geben Sie sich doch mal Mühe. Sie waren doch die ganze Zeit da.«

»Ja, aber ich hab mich versteckt, schon vergessen? Der Wagen war mit dem Rücken zu mir geparkt, also hab ich das Gesicht vom Fahrer nie gesehen. Und der andere, ich hab doch gesagt, ich hab den Kopf vielleicht 'ne Viertelsekunde über den Zaun gesteckt. Ich hatte gerade Uhren für hundertfünfzigtausend geklaut. Wenn die hochgucken und mich sehen, bin ich am Arsch. Der war 'n bisschen älter, mehr kann ich nicht sagen.«

Abercorn schaute zum halb verdunkelten Fenster. Dort war nichts zu sehen, und Catherine wusste, dass er nur seine Enttäuschung verdauen musste.

»Na ja, eine andere Möglichkeit haben wir ja noch«, deutete er an.

»Welche denn?«

»Wir lassen Ihnen die Bilder hier, Liam«, sagte er. »Vielleicht erinnern Sie sich ja besser, wenn Sie ein bisschen Ruhe haben.«

Sie gingen nach draußen in den dunklen Flur, aber Abercorn wollte wohl erst etwas sagen, wenn sie ganz aus dem Gebäude waren. Diese Wände hatten sehr neugierige und wenig vertrauenswürdige Ohren.

»Bob Cairns ist schon seit über dreißig Jahren Polizist in dieser Stadt«, sagte er leise, als sie auf der Straße waren. »Er hat Freunde in jeder Abteilung, Vertraute auf allen Ebenen. Wenn wir Fragen stellen, weiß er sofort Bescheid. Er hat *mindestens* zwei Komplizen, die natürlich auch die Ohren aufsperren und deren Identität wir nicht kennen. Doch ich geh jede Wette ein, dass einer davon Fletcher ist.«

»Ich auch.«

»Dann fehlt noch mindestens einer, und wir wissen nicht, wie weit und wie hoch die Sache geht.«

»Bitte sagen Sie mir, dass da jetzt ein ›Aber‹ kommt.«

»Natürlich. Es wird Ihnen aber nicht gefallen.«

»Lassen wir's drauf ankommen. Was ist Ihre andere Möglichkeit?«

»Ich glaube, wir müssen uns noch mal auf ein freundliches Gespräch mit Mr Fallan einlassen.«

»Der weiß nichts von der Sache«, versicherte Catherine. »Das können Sie mir glauben. Nichts wäre mir lieber, als wenn er was damit zu tun hätte.«

»Dazu wollen wir ihn auch gar nicht befragen. Ich hab mich noch ein bisschen genauer über seinen Vater informiert. Iain

Fallan war beim CID drüben in Gallowhaugh. Andere Zeiten – der hat sein Gesetz selbst geschrieben, kann man sagen. Hat sich so ein bisschen als Wildwestsheriff verstanden.«

»Und jetzt wollen Sie mir sagen, dass Bob Cairns sein Hilfssheriff war?«

»Einer davon. Neben Bill Raeside zum Beispiel.«

Catherine wurde rot vor Empörung, als sie zum zweiten Mal verstand, dass sie ausgespielt worden war.

»Raeside hat einen Schäferhund. Er hat mir auch ausgerichtet, dass Cairns Informationen für mich hatte und sich mit mir treffen wollte. Sein Foto war dabei, aber Whitaker hat gleich weitergeblättert. Noch wer?«

»Ja«, sagte Abercorn, der sichtlich unter einer schweren Last litt, die gleich weniger geteilt als vielmehr verdoppelt werden würde. »Ein junger Detective Constable namens Graeme Sunderland.«

Namen auf einem Blatt

Das Standesamt war auf der Martha Street, gleich um die Ecke vom Veranstaltungszentrum der Strathclyde University. Jasmine war bestimmt schon zwanzigmal daran vorbeigelaufen, ohne darauf zu achten, was sich in dem Gebäude befand; sie hatte sogar mal spätabends/frühmorgens an der verschlossenen Tür mit einem Typen rumgemacht, bevor sie am George Square mit dem Nachtbus nach Hause gefahren war. Vorher war sie mit Freunden bei einem Twin-Atlantic-Konzert gewesen. Sie hatte mit ihm geredet und getanzt, bevor sie toll mit ihm herumgeknutscht hatte. Er hatte sich als richtiger Gentleman erwiesen und die Hände nicht tiefer als bis zu ihren Schultern gleiten lassen.

Scott hatte er geheißen, meinte sie, oder vielleicht Sam. Später hatte sie erfahren, dass er erst sechzehn war und noch zur Schule ging – in die zwölfte Klasse an der Glasgow Academy. Natürlich hatte er wie ein Student ausgesehen, eigentlich sogar älter als sie. Die von der Privatschule sahen irgendwie immer älter aus. Bessere Klamotten oder vielleicht bessere Gene – bei denen hatte bestimmt seit Generationen keiner hungern müssen. Das war jetzt anderthalb Jahre her, und Jasmine musste sich immer noch ausweisen, wenn sie Alkohol kaufte. Er hatte ihr seine Nummer gegeben, und sie hatte ihn wirklich anrufen wollen, aber dann wurde Mum krank; genauer gesagt, sie bekam die Diagnose.

Als sie die Stelle sah, an der sie sich geküsst hatten, und das große Veranstaltungszentrum an der John Street, merkte sie, dass sie sich so viele Sorgen über die Zukunft gemacht hatte, dass sie nur selten an die Welt dachte, die sie verloren hatte. Nicht nur Mum war ihr genommen worden. Samstagabende, Jungs, Freunde, Konzerte, die Studentenjahre, die Zeit zum Träumen, all das war auch fort. Aber ein *bisschen* davon konnte sie doch wiederhaben, oder? Wenn sie das Ganze hier überstanden hatte. Wenn irgendwann niemand mehr auf sie schießen würde.

Fallan erklärte, wonach sie suchten, und der Mann am Schalter war so freundlich und hilfsbereit, dass Jasmine schon ein bisschen misstrauisch wurde. Ihre Erwartungen hatten sich wohl verschoben, weil sie mehrere Tage fast nur mit schwierigen, verschlossenen, aggressiven und teilweise sogar mordbereiten Menschen zu tun gehabt hatte.

Er sah aus, als arbeitete er möglicherweise schon in dem Gebäude, seit es gebaut worden war. Er passte so gut zu seinem Job und seiner Umgebung, dass sich sicher kaum jemand hier eins ohne das andere vorstellen konnte. Er war einer dieser vornehmen älteren Herren, die man sich unmöglich als junge Männer vorstellen kann, und die damals wahrscheinlich auch nicht anders gewesen waren. Er bewegte sich sicher schon seit Jahrzehnten so erhaben und leichtfüßig.

Er verschwand im Archiv und kam gut zehn Minuten später mit ein paar leicht vergilbten Blättern zurück. Er wollte sie gerade auf den Tisch legen, als er plötzlich unsicher und nachdenklich wirkte.

»Sie sind schon die Zweiten, die in der letzten Zeit danach fragen«, sagte er. »Ich hatte gerade ein kleines Déjà-vu, und dann ist mir eingefallen, dass ich genau diese Blätter vor gut zehn Tagen für einen Herrn herausgesucht habe.«

Jasmine und Fallan sahen einander an. Jim.

»Die vom Victoria wollten Sie, ja?«, versicherte er sich.

»Ja.«

»Genau. Sonntag, einundzwanzigster August 1983. Genau der gleiche Tag. Acht Geburten: drei Mädchen und fünf Jungen.«

Jasmine holte ein Blatt Papier aus der Tasche und schrieb die Namen der Jungen und der registrierten Eltern in alphabetischer Reihenfolge ab. Noch eine Liste zum Abarbeiten wie die in ihrer Tasche mit den Anrufen des Bürotelefons. Die kam ihr jetzt wie ein altes Überbleibsel vor, der erste Schritt auf ihrer Reise. Diese neue Liste dagegen würde sie ans Ziel führen. Sie enthielt die Antwort, die sie suchten.

Bevor sie fertig abgeschrieben hatte, stieß Fallan entschlossen mit dem Finger auf den letzten.

»Der«, sagte er.

»Woher wissen Sie das?«

»Ich weiß es eben, das können Sie mir glauben. Man arbeitet nicht jahrelang für Tony McGill, ohne den Namen zu hören. Natürlich ist er hier in der Gegend nicht allzu selten, also könnte es auch Zufall sein, aber davon gehe ich nicht aus.«

»Sie haben recht«, stimmte Jasmine zu, zog die Anrufliste aus der Tasche und faltete sie auf.

Fast ganz oben bei den ausgegangenen Nummern – einer der letzten Anrufe.

»Ich dachte, es wäre einfach eine der Kanzleien, für die Jim gearbeitet hat«, sagte sie. »Jim hat ihn wohl angerufen, als er den Namen auf der Liste gesehen hatte.«

»Er hätte aber nicht am Telefon darüber gesprochen. Nicht über so etwas Heikles. Er hat sich sicher mit ihm verabredet. Und deshalb hat er Anne Ramsay gesagt, dass er Neuigkeiten für sie ...«

Jasmine bekam vage mit, wie sich neben ihr etwas bewegte, wie jemand durch die Schwingtür ein paar Meter weiter kam. Sie sah, wie Fallans Gesicht plötzlich höchste Alarmbereitschaft signalisierte, und ihr wurde eiskalt, weil ihr die

Kontrolle über die Situation jeden Moment wieder entrissen werden würde.

Diesmal wurde sie aber nicht auf den Boden geworfen, und es würden auch keine Kugeln fliegen. So wie Fallan aussah, wäre ihm das wohl lieber gewesen.

Zwei Stachelschweine beim Liebesspiel

Sie saßen an einem achtbeinigen Tisch in einem kleinen Besprechungsraum in den City Chambers mit Blick auf das Ende der John Street, das zwischen den Gebäuden hindurchlief. Abercorn hatte den Raum spontan von einem Kontakt beim City Council zur Verfügung gestellt bekommen. Catherine wusste nicht, ob die Wahl nur auf diesen Ort gefallen war, weil er nah und frei war, oder ob Abercorn ihre Gäste damit auf Bürgerpflicht und Kooperation fürs Gemeinwohl einstimmen wollte.

Bei Fallan war das wohl ein bisschen zu viel verlangt. Er wirkte durch die Umgebung eingeengt wie ein Raubtier im Zoo, unruhig und aggressiv. Wenn sie von ihm etwas hören wollten, mussten sie sich beeilen. Bei dem Mädchen hätten sie schon bessere Chancen, aber Catherine glaubte nicht, dass sie sie ohne Weiteres von ihrem Begleiter isolieren konnten. Seine Körpersprache stellte ihn als ihren bedingungslosen Beschützer dar, und ihre zeigte ihm gegenüber mehr Vertrauen, als sie sich wahrscheinlich selbst bewusst war.

»Samstagnachmittag gegen halb drei wurden Laura und ich von einem Mann in einem roten Neunziger-Honda-Civic beschossen.«

Catherine beobachtete ihre Gesichter. Fallan blieb ausdruckslos; kühl und kalkulierend. Jasmine Sharp wirkte erschrocken; überrascht und offensichtlich verwirrt.

»Wir wissen, dass Sie es nicht waren«, setzte Catherine fort. »Aber irgendwer will, dass wir das denken.«

»Interessant«, sagte Fallan. »Zwei Stunden später hat jemand aus einem silbernen Vauxhall Vectra auf uns geschossen. Bloß unser Schütze hat nicht nur so getan – er wollte uns wirklich umbringen. Auch Mittwoch hatte es einer unten in Northumberland versucht, und ich glaube nicht, dass die beiden Vorfälle nichts miteinander zu tun haben.«

Catherine hatte davon noch nichts gehört, und auch Abercorn sah aus, als wäre ihm das neu.

»Davon wussten wir nichts«, sagte sie. »Warum haben Sie es nicht gemeldet?«

Sie erwartete nicht, dass jemand wie Fallan ihr so eine Frage beantwortete. Er enttäuschte sie nicht.

»Ich weiß, dass die Polizei viel zu tun hat«, erwiderte er trocken und ohne zu lächeln. »Ich will sie nicht mit Banalitäten behelligen.«

Catherine ging nicht darauf ein.

»Die beiden Zwischenfälle am Samstag hatten auf jeden Fall etwas miteinander zu tun«, sagte sie. »Erst wurden wir beschossen, und wenig später sollten Sie tot sein, damit Sie kein Alibi mehr angeben können. Wir sollten dann glauben, dass Sie uns von unseren Ermittlungen abhalten wollten, nur um selbst erschossen zu werden und die Antworten auf viele schwierige Fragen mit ins Grab zu nehmen.«

»Was für schwierige Fragen? Wer die Typen umgebracht hat, von denen Sie erzählt hatten?«

»Zum Beispiel.«

»Wie haben Sie überlebt?«, fragte Laura. »Ich dachte zwar erst, der Kerl wäre einfach ein schlechter Schütze, aber er muss doch ziemlich gut gewesen sein, um ein Magazin in unser Auto zu jagen, ohne eine von uns zu treffen. Waren Sie bewaffnet?«

»Ja«, erwiderte Fallan. Er gab den drei Polizisten Zeit, sich ihre Fragen zu überlegen, bevor er hinzufügte: »Mit einem Handy.«

»Er hat so getan, als wär's 'ne Pistole«, erklärte Jasmine. »Da ist der gleich abgehauen.«

»Mein Ruf ist mir wohl vorausgeeilt.«

»Oder der Ihres Vaters«, sagte Catherine.

Fallans Reaktion kam Catherine wie eine Veränderung des Klimas im Raum vor. Sie hatte gerade tatsächlich die Lyra des Orpheus gezupft, doch die Frage war, was nun aus Fallans persönlicher Unterwelt emporsteigen würde.

»Sie wissen, dass es jemand von der Polizei war«, stellte er fest. »Woher?«

»Unter anderem daher, dass Sie es mir gesagt haben.«

»Die größte Gang von Glasgow«, bestätigte er.

»Warum wollen die Sie umbringen? Sie haben sich zwanzig Jahre lang nicht blicken lassen und plötzlich schießen die auf Sie. Worüber haben Sie nachgeforscht?«

Jasmine wollte antworten, aber Fallan kam ihr zuvor.

»Ich zeig Ihnen meins, wenn Sie mir Ihres zeigen.«

Abercorn nickte zustimmend. Catherine hatte sowieso mit offenen Karten spielen wollen, aber wenn selbst er dazu bereit war, musste es wirklich um viel gehen. Oder er hatte sich ausgerechnet, dass Fallan und das Mädchen ihnen mehr zu erzählen hatten als andersherum.

»Was können Sie mir über einen Polizisten namens Bob Cairns sagen?«, fragte Catherine und machte aus einer Enthüllung in fast abercornschem Stil eine Anfrage. Sie hoffte, dass Fallan nicht Gleiches mit Gleichem vergelten würde, sonst konnten sie die ganze Nacht damit verbringen.

»Ein guter Freund meines Vaters. War dauernd bei uns zu Besuch. Die beiden haben oft bis spät in die Nacht getrunken und sich unterhalten. Als ich klein war, wollte ich immer Polizist werden, so gut haben mir die Geschichten gefallen. Ich mochte Bob.«

Er zuckte mit den Schultern, als hätte er nicht mehr zu sagen, und Catherine wäre jetzt an der Reihe. Dann sprach er doch mit finsterer Stimme weiter.

»Natürlich wusste ich es damals nicht besser. Ich hab noch nicht verstanden, dass er zwar 'ne große Klappe hatte, aber trotzdem nur eine kleine Ratte war, die die Augen vor dem verschlossen hat, was bei uns zu Hause los war. Sonst hätte er sich ja mit meinem Vater anlegen müssen.«

»Was war denn los?«, fragte Laura mit einer Dringlichkeit, die ihren Verdacht verriet.

»Genau das, was Sie denken«, erwiderte Fallan und hielt ihren Blick einige schwierige Momente lang.

Catherine wusste nicht, was er in Lauras Augen sah, aber die beiden hatten sich auf jeden Fall verstanden.

»Dann ist er noch dabei?«, fragte Fallan Catherine. »Spielt immer noch den anständigen Glasgower Bullen vom alten Schlag? Oder ist er in Rente?«

»CID-Leute gehen mit fünfundfünfzig in den Ruhestand«, erklärte Abercorn. »Er ist noch im Dienst. Können Sie sich vorstellen, warum er Sie umbringen wollte?«

»Wenn er es wirklich ist, *weiß* ich, dass er mich umbringen will. Aber, wie ich es sehe«, sagte Fallan und schaute wieder Catherine an, »haben Sie mir noch nicht Ihres gezeigt.«

Catherine schwieg einen Augenblick und nickte dann ernst. Sie spielte keine Spielchen.

»Okay, hier ist die Zusammenfassung«, fing sie an. »Letzten Donnerstagmorgen hat Bob Cairns mich zu einem Treffen gebeten, weil er Informationen über den Mord an einem mittelgroßen Dealer namens James McDiarmid hatte. Während Laura und ich bei ihm waren, bekam er einen Anruf, vorgeblich von einem Kontakt namens Tommy Miller, in dem es um eine mögliche Bombe in der Central Station ging. Wir haben keine Bombe gefunden, dafür etwas, was nach einer großen Heroinlieferung für Frankie Callahan aussah. Gleichzeitig hat Liam Whitaker, ein Einbrecher und Freund von Tommy Miller, die Räumung dazu genutzt, Uhren für hundertfünfzigtausend Pfund bei dem Juwelier Coruscate im Bahnhof einzusacken.

Später mussten wir feststellen, dass es sich bei dem ›Heroin‹ um wertlosen Staub handelte. Whitaker hatte gesehen, wie zwei andere Polizisten zuerst in den Bahnhof gingen und ihn mit einem Rucksack wieder verließen, der wahrscheinlich die echte Drogenlieferung für Frankie Callahan enthielt. Am Ende des Tages waren Callahan, sein Handlanger Gary Fleeting und der Kontakt Miller alle tot, in einer Szene angeordnet, die so aussehen sollte, als hätten die ersten beiden den dritten gefoltert und wären dabei erschossen worden. Cairns' Tipp war aber gar nicht von Miller gekommen, sondern von jemand anderem, höchstwahrscheinlich von einem der beiden Polizisten, die Whitaker beim Abtransport des echten Heroins beobachtete.«

»Was hat Cairns Ihnen über den anderen Mord gesagt?«, fragte Fallan.

»Er hatte gehört, dass Paddy Steels Leute in Verbindung mit Jai McDiarmids Tod nach einem schwarzen Ford Transit suchten. Einer anderen Zeugenaussage nach sei der Wagen aber dunkelblau gewesen.«

»Die Spurensicherung hat dann in einem der dunkelblauen Lieferwagen von Frankie Callahans Restaurantdienstleistungsfirma Blut gefunden«, erklärte Abercorn. »Der Wagen stand vor dem Lager, wo Callahan, Fleeting und Miller tot aufgefunden wurden.«

»Und hatten Sie vorher schon irgendeine Bestätigung von Cairns' Tipp?«, fragte Fallan.

»Nein«, räumte Catherine ein. »Wenn ich drüber nachdenke, war Cairns die einzige Quelle. Aber wenn die das Ganze gestellt haben, wie haben sie McDiarmids Blut in Callahans Wagen gekriegt?«

»Ganz einfach«, erwiderte Fallan. »Wenn sie McDiarmid selbst umgebracht haben.«

»Aber warum sollten sie ...«, setzte sie an, bevor sie es ganz genau verstand. »Die haben das Ganze gestellt. Sie bringen McDiarmid um, weil sie wissen, dass Fleeting verdächtig ist, weil McDiarmid was mit seiner Freundin hatte. Und das gibt Paddy Steel ein Motiv für den Mord an Fleeting und Callahan.«

»Und die beiden mussten sterben, damit sie nicht fragen können, wo ihr ganzes Heroin hin ist«, sagte Abercorn. »Die Frage sollte durch den Koffer mit dem falschen Heroin beantwortet – oder zumindest verschleiert – werden. Deshalb musste auch Miller sterben – er wusste, dass an dem Tag eine echte Lieferung im Bahnhof abgelegt wurde. Und das ist auch der Grund dafür, dass Cairns mit der Suche nach Whitaker so einen Riesenaufstand getrieben hat – er hätte nicht dort sein dürfen.«

»Die große Frage ist doch, wer *noch* da war«, sagte Catherine zu Fallan. »Wer waren die anderen Polizisten? Wir wenden uns an Sie, weil Cairns mit Ihrem Vater zusammengearbeitet hat. Wir müssen wissen, wer noch mit dabei sein könnte, und wie weit nach oben das Ganze womöglich geht. Cairns' Kumpel in der Drogenfahndung, Fletcher, steht ganz oben auf unserer Liste, weil die beiden schon ewig immer mal wieder zusammenarbeiten, nur damals in Gallowhaugh noch nicht. Wir wissen, dass Ihr Vater außerdem mit Bill Raeside und Graeme Sunderland zusammengearbeitet hat. Sagen Ihnen diese Namen etwas?«

Fallan nickte ernst und lehnte sich zurück. Man sah ihm an, dass ihm viel durch den Kopf ging, wovon er sicherlich nur einen Bruchteil aussprechen würde.

»Bill Raeside – oder Wullie, wie er damals hieß – war der Depp vom Dienst. Dazu geboren, Anweisungen zu befolgen. Hatte nie selber den Finger am Abzug, hat aber sehr gerne von den Machenschaften seiner Freunde profitiert und sie unterstützt.«

»Raeside war als erster Kollege vor Ort, als McDiarmids Leiche entdeckt wurde«, erinnerte sich Laura.

»Außerdem hat er dafür gesorgt, dass Locust nicht informiert wurde, und Sunderland nahegelegt, mir den Fall zu geben.«

»Was ist Locust?«, fragte Jasmine.

»Meine Abteilung«, erklärte Abercorn. »Organized Crime Unit Special Task Force. Warum hat er gerade Sie für den Fall vorgeschlagen?«

Catherine kochte vor Wut, als sie sich wieder eingestehen musste, dass sie hereingelegt worden war.

»Die haben wohl damit gerechnet, dass ich mich dankbar auf das Motiv stürzen würde, das auf kleine Verbrecherfehden schließen lässt.«

Sie spürte Fallans Blick.

»Die dachten sich, Sie werden einem geschenkten Gaul schon nicht ins Maul schauen«, sagte er und verstand auch, warum.

Oh, Moira Clark, wo bist du?, dachte Catherine.

»Und diesen Vorschlag nahm Graeme Sunderland bereitwillig an«, sagte Abercorn. »Wie hat *der* eigentlich damals ins Bild gepasst?«

Fallan schwieg eine Weile, und bevor er sprach, schnaufte er kaum hörbar. Er wirkte hin- und hergerissen, und Catherine nahm an, dass als Nächstes nicht die ganze Wahrheit kommen würde.

»Sunderland hat damit bestimmt nichts zu tun«, sagte er schließlich. Er sprach voller Überzeugung, aber seine Eile, das Thema abzuschließen, machte die anderen umso misstrauischer.

»Woher wollen Sie das wissen?«

Wieder hielt er inne, und Catherine stellte sich vor, wie er innerlich gewisse Zeilen auf dem Dokument schwärzte, bevor er es übergab.

»Mein Vater, Cairns und Raeside waren ein eingeschworenes Grüppchen. Haben jahrelang zusammengearbeitet. Sunderland war der Neue, der für seinen ersten CID-Posten nach Gallowhaugh geschickt worden war. Er wird ein bisschen was mitbekommen haben, aber nur so viel, dass die drei sehen konnten, ob er selbst interessiert war. Von den größeren Sachen durfte er bestimmt nichts wissen; nur Kleinkram, gegen den er nichts machen konnte. Er war aber nicht interessiert. Hat sich schnell wieder versetzen lassen. Und ihm nehm ich's am wenigsten übel.«

»Was?«, fragte Laura.

»Dass sie alle ignoriert haben, was bei uns zu Hause ablief. Mein Vater war brutal, sehr brutal. Man wird nicht zu dem, was ich wurde, wenn man Ned Flanders als Vater hat. Sie haben alle so getan, als hätten sie nichts mitbekommen, selbst wenn es ganz offensichtlich war, weil sie Angst hatten, ihn zu konfrontieren. Ich hab mich auch nicht getraut, was zu sagen, aber ich war noch ein Kind. Die sollten doch das Gesetz verteidigen, die Schwachen beschützen. Tolle Polizisten. Sunderland war der Einzige, der sich wenigstens für seine Feigheit geschämt hat. Der ist nicht Ihr Mann, das können Sie mir glauben. Außerdem zu jung.«

»Zu jung wofür?«, fragte Catherine.

»Sie haben doch gesagt, Cairns steht kurz vorm Ruhestand. Raeside bestimmt auch. Ich würd sagen, Sie suchen jemanden, der auch nicht mehr lange hat.«

»Wieder Fletcher«, sagte Catherine und Abercorn warf ihr einen zustimmenden Blick zu.

»Um wie viel Heroin geht's?«, fragte Fallan.

»Drei Millionen en gros«, erwiderte Abercorn. »Das hat Frankie Callahan unseren Quellen nach pro Lieferung bezahlt. Pur und ungestreckt.«

»Hört sich an, als hätten die sich einen kleinen Bonus zur Pension dazuverdienen wollen«, sagte Fallan.

Catherine erinnerte sich an das, was Abercorn vor einer Woche über Cairns und Fletch gesagt hatte.

Es gibt viele Polizisten wie die beiden. Die haben ihre dreißig Jahre hinter sich, stehen kurz vor der Pension und sind pleite, obwohl sie ihr ganzes Leben gearbeitet haben, und dann sehen sie jeden Tag die Dealer in ihren gepimpten Jeeps vorbeirollen und Geld verpulvern, als gäbe es kein Morgen.

Es kam ihr vor, als würden die Wände des Raums sich von ihr wegbewegen, als würden sich wieder die Dimensionen der Welt verschieben, sodass nichts mehr so zusammenpasste wie vorher. Nichts war mehr sicher. Clarks Gesetz war widerlegt, die Guten waren sehr, sehr böse, und sie befand sich nicht nur auf derselben Seite wie ihr Lieblingsfeind von Locust, sondern auch wie einer der wenigen Menschen auf der Welt, die bei ihr ernsthafte Mordlust auslösten.

So langsam war es Zeit, dass er ihr Seins zeigte.

»Sie haben gesagt, Mittwoch hat Sie unten im Süden jemand umbringen wollen?«, fragte sie.

Jasmine nickte bereitwillig; Fallan starrte nur.

»An dem Tag hat Bob Cairns einen von sehr wenigen Tagen seiner Karriere krank gefeiert. Wie Sie es ausdrücken, Mr Fallan, ich glaube nicht, dass diese Vorfälle nichts miteinander zu tun haben. Die Sache in der Central Station musste von langer Hand geplant werden. Die drei mussten vorsichtig, geduldig und vor allem diskret sein. Warum also sollte Cairns bei allem, was er um die Ohren hatte, nach Northumberland runterfahren, um Sie umzubringen?«

»Weil sein Anteil an dem Drei-Millionen-Drogendeal ihm nichts bringt, wenn er den Rest seines Lebens im Knast sitzt.«

Fallan sah das Mädchen an und gab ihr das Zeichen, dass sie an der Reihe war.

Skeptisch aber erwartungsvoll fragte Catherine sich, ob diese Übergabe der Redeführung bedeutete, dass er seinen Teil der Abmachung einhielt.

Das Mädchen erzählte ihre Geschichte.

Und wie.

Sünden des Vaters

Ruaraidh Wilson stand mit dem Rücken zu ihnen und starrte durch das beeindruckende Triptychon seiner hohen Bürofenster auf die St. Vincent Street. Catherine erinnerte das an die seltene Situation, wenn er vor Gericht eine unerwartete Frage oder Antwort gehört hatte, und sich abwandte, um sich eine Reaktion zurechtzulegen.

Er hielt den Kopf gesenkt und stützte sich auf der Fensterbank ab, wodurch seine Frackschöße leicht hochrutschten. Catherine hatte geglaubt, er trage so etwas nur als Kostüm vor Gericht und war überrascht, als sie ihn auch in seiner Kanzlei so antraf, wie einen Schauspieler, der nie seine Rolle verlässt. Er hatte schon ab Mitte zwanzig diesen Look des gesetzten Herren gepflegt, ein zeitloser, vielleicht etwas altmodischer Mann. Er wirkte dabei weder abgehoben noch allzu exzentrisch; nur ein bisschen eigen. Er existierte abseits jeder Mode als Intellektueller, der an solche Oberflächlichkeiten weder Zeit noch Hirnschmalz verschwenden wollte. Oder aber er hatte mit viel Hirnschmalz herausgefunden, dass er weise und imposant wirkte, wenn er genau diesen Eindruck erweckte.

Wenn er sich wieder umdrehte, erkannte man meistens an der erwartungsvollen Energie in seinen Zügen, dass er mit seiner Reaktion zufrieden war, auch wenn er sich dafür bekümmert, wütend oder verwirrt stellen musste. Als er sich diesmal umdrehte, wirkte er einfach nur alt.

Alt und auf einmal sehr, sehr müde.

»Es geht um seinen Sohn«, hatte Catherine Wilsons Sekretärin erklärt. Sie kam sich ein bisschen schlecht vor, weil sie wusste, was er sicher dachte, wenn die Polizei sich mit diesen Worten bei ihm ankündigte. Es musste aber sein. Sie mussten ihn sofort zu fassen bekommen, ohne dass er vorher telefonieren konnte. Jim Sharp hatte einen Termin mit ihm ausgemacht und war nie wieder aufgetaucht.

Ihr Gewissen wurde durch den Gedanken etwas beruhigt, dass es ihm leichter fallen würde, mit seiner zweitgrößten Angst fertigzuwerden, wenn er erst die größte durchlebte.

Doch auch mit Nummer zwei kam er anscheinend nicht ohne Weiteres klar.

Er wirkte erschrocken, als fünf Leute in sein Büro marschierten, statt der erwarteten zwei, aber auch das musste sein. Catherine wollte ihn sofort wissen lassen, dass er die Angelegenheit auch mit all seiner Macht, seinem Geschick und seinen Verbindungen nicht kontrollieren konnte.

Fallan und das Mädchen hatten ihr auch eindeutig klargemacht, dass sie nicht bereit waren, die Sache auszusitzen, und wenn man bedachte, was sie aufgedeckt hatten, war es wohl ihr gutes Recht, mit hineinzukommen.

Wilson lehnte sich ans Fensterbrett, als reichten der gute Meter bis zu seinem Mahagonischreibtisch und dessen eigene Tiefe nicht als Distanz zu den Eindringlingen in seinem Büro.

»Ich wusste es damals nicht«, sagte er.

»Das haben wir schon oft gehört«, erwiderte Fallan.

»Wirklich, ich hatte keine Ahnung.« Er hob eine Hand vors Gesicht und stützte die Stirn auf drei schlanke Finger. »Ich war jahrelang krank vor Angst, dass dieser Tag kommen würde, aber mit der Zeit habe ich immer seltener daran gedacht, bis ich irgendwann fast glaubte, er würde nie kommen. Ich hatte eine vage Vorstellung, was ich ihm sagen würde, aber jetzt fehlt mir selbst die.«

Wilson stiegen die Tränen in die blutunterlaufenen Augen.

»Er ist immer noch mein Sohn«, sagte er, und sein Gesicht verzerrte sich zu einem Schluchzen.

Catherine gab ihm einen Augenblick Zeit, widerstand aber dem Drang, ihn verständnisvoll anzuschauen.

»Wir müssen wissen, was passiert ist«, forderte sie.

Wilson sammelte sich wieder und wischte sich mit einem weißen Taschentuch das Gesicht ab.

»Ich hab's für Wilma getan«, erklärte er. »Meine verstorbene Frau. Ein Kind, das war ihr größter Wunsch. Wenn man jung ist, hat man nie Angst davor, *keine* zu kriegen; man geht einfach davon aus, dass es irgendwann passiert. Was betreibt man nicht für einen Aufwand, damit es *nicht* passiert ...«

Wehmütig schüttelte er den Kopf.

»Bei ihr ist es einfach nicht passiert. Bei uns. Sie hatte mehrere Fehlgeburten, und die Ärzte sagten, mit jedem Mal werde es unwahrscheinlicher, dass sie das nächste behalten werde. Für sie selbst wurde es auch gefährlich, sagten sie. Sie bekam Depressionen und zog sich immer mehr zurück. Wir ließen uns natürlich für eine Adoption registrieren, aber wir standen auf einer langen Warteliste.«

Er schloss die Augen und wandte den Kopf ab, als wollte er eine Erinnerung verdrängen, oder vielleicht auch etwas, was in der Zukunft lag.

»Fletcher McDade war ein Freund von mir. Wir haben zusammen Golf gespielt. Ich hatte ihm von Wilma erzählt.«

»McDade?«, hakte Jasmine plötzlich nach. »Das ist Fletcher? Cairns' Kumpel?«

»Schon seit sie Kadetten in Tulliallan waren, glaub ich«, erwiderte Catherine. »Was ist denn mit ihm?«

»Egal«, sagte Jasmine und schaute zu Wilson hinüber. »Das hat Zeit.«

Catherine fragte sich, warum das Mädchen die Verbindung nicht schon vorher hergestellt hatte, als ihr einfiel, dass sie ihn noch nie mit Nachnamen genannt hatten. Das tat niemand – bei der Polizei war er für alle Fletcher oder Fletch.

Wilson wirkte dankbar für dic Unterbrechung; alle guten Anwälte wissen, was eine Pause wert ist, wenn sie feststecken. Diesmal konnte er den Karren aber nicht aus eigener Kraft aus dem Dreck ziehen.

»Fletcher kam mitten in der Nacht zu mir. Ich dachte, jemand wäre gestorben. Das stimmte auch, nur nicht der, von dem er mir erzählte. Fletcher sagte, irgendein Mädchen hätte eine Überdosis genommen, ein armer Junkie, und das Baby hätten sie in ihrer Wohnung gefunden. Das Kind sei kaum eine Woche alt. Die Mutter hätte es zu Hause total zugedröhnt zur Welt gebracht und sei danach irgendwann losgegangen, neuen Stoff besorgen. Die Geburt war nicht registriert worden. Die Mutter war tot, und von dem Baby wusste keiner.

Er sagte, sie könnten das Baby als unseres registrieren lassen, und niemand würde es je anzweifeln. Der Kleine würde ein gutes Zuhause bekommen, und wir bräuchten ihm die Sache nie zu erklären. Er musste nie wissen, dass er adoptiert war, und wir brauchten uns auch keine Sorgen zu machen, dass es ihm jemand anders erzählen würde, weil es keiner wusste. Wenn man mitten in der Nacht vor Verzweiflung nicht mehr ganz bei Sinnen ist, hört sich das alles ganz einfach an.«

»Hatten Sie keine Angst, dass es auffallen könnte, dass Ihre Frau nicht schwanger war?«, fragte Catherine.

»Wilma war schon lange nicht mehr aus dem Haus gegangen«, erwiderte er. »Wie gesagt war sie immer verzweifelter, immer depressiver geworden. Und auch immer üppiger. Heutzutage nennt man das ›Frustessen‹, glaube ich. In der Nacht kam sie nach unten, als sie uns reden hörte. Fletcher musste sie nicht zweimal fragen. Wir dachten, schlimmstenfalls drängelten wir uns ein bisschen vor und ersparten uns die ganze Adoptionsbürokratie.«

»Wann haben Sie die Wahrheit erfahren?«

»Ende der Woche stand die Story über die Ramsays in allen Zeitungen. Ich wollte es lange nicht wahrhaben, wollte mir einreden, dass es Zufall war, aber in Wirklichkeit wusste ich es. Ich habe diskret nachgeforscht und an dem Tag, in der ganzen Woche, keine einzige Drogentote gefunden.«

»Haben Sie Fletcher darauf angesprochen?«

»Ja, vorsichtig. Er hat schließlich zugegeben, dass es keinen toten Junkie gegeben hatte, sagte aber, es wäre nicht gut für mich, wenn ich mehr wüsste. Wörtlich. Ich habe es dabei belassen; ich wusste, dass er recht hatte. Ich wollte nicht mehr wissen und konnte auch nichts ändern. Zu dem Zeitpunkt hätte ich Wilma das Baby nicht mehr wegnehmen können, und ich habe es ihr nie verraten. Die Last musste ich allein tragen.«

»Das hat Sie aber erpressbar gemacht, oder?«, sagte Catherine. »Dass die Polizisten so etwas über Sie wussten.«

Er schüttelte schwermütig den Kopf.

»Nein. *Ich* hatte *die* in der Hand. Ich hatte mir schlimmstenfalls eine illegale Adoption zuschulden kommen lassen. Ich weiß nicht, was mit den Ramsays passiert ist, aber mir war klar, dass für Fletcher und seine Kollegen weit mehr auf dem Spiel stand, wenn die Wahrheit herauskam; aber das hätte ich nie zugelassen. Was das mit Wilma angerichtet hätte ... und später auch mit Dominic ...«

»Hat sich die Polizei deshalb auch in Dominics wilden Jahren so verständnisvoll gezeigt?«, fragte Catherine. »Wurden da Fäden gezogen und Gefallen eingefordert?«

»Ich habe nie auf jemanden Druck ausgeübt. Ich glaube, Fletcher und gewisse andere fühlten sich für Dominic verantwortlich und haben deshalb vermittelt. Die haben sich mit gutem Recht schuldig gefühlt. Aber nur ich war dafür verantwortlich, dass Dominic über die Stränge schlug. Manchmal wurde mir die Last einfach zu schwer. Man sagt, es macht nichts, dass er nicht mein leiblicher Sohn ist, und das stimmt absolut, aber wenn man stark belastet wird, kommen einem unangebrachte Gedanken. Es gab oft Spannungen zwischen uns, und ich habe oft dazwischen geschwankt, ihn hart ranzunehmen und ihn dann wieder aus schlechtem Gewissen zu verziehen.

Vielleicht kann man eine gewisse Ironie darin finden, dass er sich von mir distanzierte, sich sogar öffentlich von mir lossagte. Aber deshalb tut es nicht weniger weh. In den letzten Jahren verstehen wir uns sogar deutlich besser, seit seine Mutter ... seit Wilma tot ist. Wahrscheinlich hat er mittlerweile selbst verstanden, dass unser Metier nicht ganz so moralisch schwarz-weiß ist, wie er immer geglaubt hat.«

»Warum haben die Polizisten das Baby nicht einfach bei jemandem vor der Tür oder bei einem Krankenhaus abgesetzt?«, fragte Jasmine.

»Weil es dann eine Ermittlung gegeben hätte«, erwiderte Catherine. »Irgendwer hätte Verbindungen gezogen. Stephen Ramsays Eltern hätten das Kind sicher identifizieren können. So ist Charlie Ramsay einfach aus der Welt verschwunden.«

»Bis jetzt«, sagte Jasmine, und Wilson zuckte zusammen. »Bis mein Onkel die Wahrheit herausgefunden hat. Was ist mit Jim passiert?«

»Ich dachte, ich wäre noch mal davongekommen«, erwiderte Wilson. »Ich hatte vor ein paar Wochen den Artikel gelesen, dass Anne Ramsay einen Detektiv angeheuert hatte. Bald darauf rief mich dieser Jim Sharp an und wollte einen Termin, damit wir uns unterhalten konnten. Ich wusste, worum es ging, und erwartete natürlich das Schlimmste. Ich habe Fletcher angerufen. Er sagte, ich solle mir keine Gedanken machen – der Detektiv sei ein Polizist im Ruhestand, und er würde das schon mit ihm regeln. Das hat er wohl auch, denn ich habe nie wieder von Sharp gehört.«

»Wir auch nicht«, sagte Jasmine düster.

Vom alten Schlag

»Können wir Wilson vertrauen, dass er nichts unternimmt?«, fragte Jasmine ängstlich. »Vielleicht telefoniert er in diesem Augenblick mit denen.«

Sie hatten sich in einen Privatraum eines nahen Bar-Restaurants an der St. Vincent Street zurückgezogen, den Abercorn besorgt hatte. Jasmine war schon mal zum Mittagessen dort gewesen und hatte mit Freunden das Semesterende gefeiert. Sie hatte viel mehr ausgegeben, als sie sich leisten konnte, weil sie die Rechnung geteilt hatten und Charlotte Queen dabei gewesen war. Jasmine wäre mit Pasta und Birnen-Cider zufrieden gewesen, aber Charlotte hatte Austern und Champagner bestellt, weil sie nicht daran dachte, dass nicht jeder einen Millionär als Vater hat; dass nicht mal jeder überhaupt einen Vater hat.

Jasmine wusste kaum etwas über ihren, nur dass er tot war. Ihre Mutter hatte nie über ihn gesprochen und sich nie auf das Thema eingelassen. Das meiste, was sie aus sich herauskitzeln ließ, war, dass er einen Riesenfehler gemacht hatte, den sie selbst nur mit Glück überstanden hatte, und dass Jasmine ihre Rettung gewesen war. »Mein Geschenk Gottes«, hatte ihre Mutter sie immer genannt, obwohl sie gar nicht religiös war.

Jasmine hatte versucht, sich aus den seltenen und vagen Andeutungen ein Gesamtbild zusammenzubasteln – halblaute Bemerkungen von Verwandten, versehentliche Offenbarungen ihrer Mutter, wenn sie nicht aufgepasst hatte oder später, als sie unter Schmerzmitteln stand, doch bei Letzteren war sie nicht nur enthemmter, sondern auch unzuverlässiger. Jasmine wusste nur, dass ihre Mutter in einem schlechten Stadtteil von Glasgow aufgewachsen war, und sich mit gefährlichen Leuten eingelassen hatte, weil sie glaubte, dass die sie vor anderen gefährlichen Leuten beschützen würden. Als sie schwanger war, war sie nach Edinburgh gezogen, weil sie mit Jasmine neu anfangen wollte. Wie Jasmine war sie auf die Schauspielschule gegangen, hatte sich dann aber mit einem Leben als Schauspiellehrerin und natürlich Mutter abgefunden.

»Ich vertraue ihm«, sagte Catherine. »Er kann das Ganze nicht unter den Teppich kehren, aber wenn er es so lange zurückhalten will, dass er sich vorher noch in Ruhe mit seinem Sohn zusammensetzen kann, dann kooperiert er.«

Catherine wollte sie beruhigen, aber Jasmine war instinktiv misstrauisch. Die Polizistin war ihr gegenüber immer relativ höflich gewesen, aber ihre konstante unterschwellige Feindseligkeit Fallan gegenüber knisterte förmlich in der Luft, und Jasmine hatte das Gefühl, dass auch sie ein bisschen davon abbekam.

»Dass er kooperiert, wäre übertrieben«, sagte Abercorn. »Er macht, was wir ihm sagen, aber er hilft uns nur, soweit er sich damit selbst entlastet.«

»Klar«, stimmte Catherine zu. »Aber wenigstens bleibt er neutral. Ein Gutes hat's auch, dass er ein wichtiger Zeuge ist – immerhin verteidigt er die Schweine nicht, wenn wir vor Gericht gehen.«

»Das ist noch Zukunftsmusik«, warnte Abercorn. Er wandte sich an Jasmine. »Was wollten Sie uns eigentlich über Fletcher sagen?«, fragte er.

»Er war letzten Dienstag im Büro«, erwiderte sie. »Er hat gesagt, er hätte von der Vermisstenmeldung gehört und wollte ermitteln, weil er Jim von der Arbeit kannte. Im Nachhinein ist mir aber aufgefallen, dass er sich ziemlich erschreckt hat, als er reinkam, als hätte er nicht mit mir gerechnet.«

»Der wollte die Bude ausräumen«, urteilte Fallan. »Alle Akten mitnehmen, die Jim mit den Ramsays in Verbindung bringen. Er – oder einer von seinen Leuten – hat's später nachgeholt, als wir weg waren.«

»Er hat sich auch komisch benommen«, sagte Jasmine. »Anfangs sehr ernst, voller Fragen, und dann hat er mich ziemlich schnoddrig abgefertigt und gesagt, ich soll mir keine Gedanken machen.«

»Er hat Sie ausgehorcht, wie viel Sie wissen«, erklärte Catherine. »Und dann hat er beschlossen, dass Sie keine Gefahr darstellen.«

»Dummes kleines Huhn, das nicht weiß, was es macht«, erwiderte Jasmine und zuckte die Schultern.

»Trotzdem sind die Ihnen am nächsten Tag gefolgt«, sagte Fallan. »Und als Sie dann nicht nur weiter nachgeforscht haben, sondern auch noch als Erstes zu mir gefahren sind, wurden die unruhig. Schlimm genug, dass die Geister der Vergangenheit wieder auferstehen, und wenn sie dann noch den sicheren Drei-Millionen-Deal gefährden ... Ich glaub, ich nehme die Entschuldigung von eben doch zurück. Keiner von uns wäre ein Kollateralschaden gewesen. Als die uns zusammen gesehen haben, mussten wir beide sterben.«

»Aber warum sollten die sich von Ihnen bedroht fühlen?«, fragte Jasmine. »Sie konnten die nicht mit dem Verschwinden der Ramsays in Verbindung setzen, sondern nur mit Ihrem Vater.«

»Mein Vater ist nicht der Einzige, mit dem die nicht in Verbindung gebracht werden wollten.«

»Mit wem denn noch?«, fragte Catherine, deren Stimme Jasmines überraschten, ungeduldigen Ton angenommen hatte.

»Heroin für drei Millionen bringt drei alten Bullen nichts, wenn sie ihren Ruhestand nicht damit verbringen wollen, auf dem Pubklo Tütchen für 'nen Zehner zu verticken. Die mussten auch einen Käufer an der Hand haben.«

Fallan wandte sich an Abercorn.

»Sie sind hier der Experte für organisierte Kriminalität. Was macht Tony McGill denn heute so?«

Abercorn verzog das Gesicht, als er wohl etwas tiefer in seinem Gedächtnis kramen musste als erwartet.

»Hat knapp zwanzig Jahre gesessen, nachdem er in Liverpool mit einem frisch gekauften Drogenkoffer erwischt wurde, der Motley Crue ein Jahrhundert lang bei Laune halten könnte. Hat immer behauptet, er wäre reingelegt worden, aber das war ja bei OJ nicht anders.«

»Er *ist* auch reingelegt worden«, erwiderte Fallan. »Nur nicht von der Polizei, wie es in seinen persönlichen Legenden heißt. Das ist aber graue Geschichte. Was macht er heute?«

»Ist vor sechs Jahren rausgekommen. Seinen Sohn, auch Tony, kennen Sie?«

»Teej. Lebender Beweis, dass Talent oft eine Generation überspringt.«

»Ja. Er hat den Familienbetrieb übernommen, und Tony senior hat von drinnen die Fäden gezogen. Kein ›Goldenes Zeitalter‹, kann man wohl sagen. Als Tony zurückkam, war von seinem einstigen Imperium kaum noch etwas übrig. Da war er sechzig. Jetzt ist er siebenundsechzig, achtundsechzig. Nicht gerade auf dem aufsteigenden Ast.«

»Gangster sind keine CID-Bullen. Da gibt's kein festes Pensionsalter.«

»Der alte Tony sieht sich auf jeden Fall noch als großen Mann, aber für alle anderen ist er eine Witzfigur. Ein Mann von gestern. Hat immer noch viele Kontakte, aber die werden auch älter und sterben aus. Hat auch immer noch die gleichen Probleme wie früher, nämlich keinen eigenen Lieferanten.

Vor allem sind seine schlimmsten Ängste Wirklichkeit geworden, während er gesessen hat.«

»Wer das Spice kontrolliert, kontrolliert das Universum«, sagte Fallan.

Diese Achtziger-Film-Anspielung entlockte Catherine unwillkürlich ein winziges Lächeln. Sonst hatte sie aber keiner verstanden, schon gar nicht Jasmine.

»Die, die eine direkte Versorgung hatten, konnten sich breitmachen«, erklärte Abercorn. »Selbst wenn McGill nicht gesessen hätte, hätte er nicht verhindern können, dass ihm seine Macht verloren ging. Alle seine alten Reviere – Gallowhaugh, Shawburn, Croftbank – man kennt ihn da noch, aber er hat nichts mehr zu sagen.«

»Und wer hat was zu sagen?«

Abercorn blieb die Antwort im Hals stecken. Er schaute plötzlich Catherine an, bevor sie beide fast gleichzeitig antworteten.

»Frankie Callahan.«

»Gangster und Bullen vom alten Schlag«, sinnierte Fallan. »Alte Bündnisse und alte Gewohnheiten vergehen nicht.«

»Alte Gewohnheiten wie Spuren verwischen und Beweise verschwinden lassen«, sagte Catherine. »Wir wissen alles, haben aber nichts in der Hand. So einfach verknacken wir die Kerle nicht.«

»Dann sorgen wir dafür, dass sie es selbst tun«, erwiderte Fallan ernst.

»Wie?«, fragte Catherine mit der zaghaften Neugier von jemandem, der weiß, dass es eine Antwort gibt, aber nicht, ob sie ihm gefällt.

»Wie ich's sehe«, antwortete Fallan, »können Sie nicht auf Ihre üblichen Kanäle zurückgreifen, weil Sie nicht wissen, wer mit denen in Kontakt steht. Das heißt, Sie müssen die Ermittlung an Sharp Investigations übergeben – Jasmine und ich kümmern uns drum.«

Catherine sah ihn mit mahnender Skepsis an.

»Dabei muss etwas rauskommen, was wir vor Gericht verwenden können«, warnte sie. »Wenn Sie jemanden an einen Stuhl fesseln und im Hintergrund Gerry Rafferty laufen lassen, braucht's keinen Ruaraidh Wilson, um uns fertigzumachen.«

Fallan tat unschuldig und verletzt, wodurch er für Jasmine paradoxerweise dämonischer aussah, als je zuvor. Und da hatte er ihr noch nicht mal erklärt, was er vorhatte.

»Nein, nein, bei dem Plan verlassen wir uns nicht nur auf *meine* Talente.«

Einfache Fahrt in die Campsies

Jasmine hörte Schritte draußen im Flur, atmete kontrolliert und bereitete sich auf ihren Einsatz vor. Sie musste es auf Anhieb richtig verkaufen. Diesmal gab es keine Proben, keine Wiederholungen und keine zweite Aufführung, bei der sie sich verbessern konnte.

Sie musste besorgt wirken, aber nicht ängstlich; die Angst kam später. Eher verzweifelt als resigniert. Demütig. Zerknirscht. Hilflos. Genau wie am Telefon.

»Mr McDade, es tut mir leid, es tut mir so schrecklich leid«, hatte sie gesagt. »Ich wusste nicht, an wen ich mich sonst wenden soll. Ich weiß, dass sie mir gesagt hatten, ich soll die Sache Ihnen überlassen ... hätte ich das bloß getan. Aber ich ... ich hab mir solche Sorgen um Jim gemacht. Ich hab doch sonst niemanden. Ich musste einfach wissen, was los ist, aber ... es war alles so schrecklich. Irgendwer hat auf uns geschossen, und dieser Fallan, der *Psychopath* ...«

An der Stelle hatte sie sogar Tränen hinbekommen; zumindest das Schluchzen.

»Jetzt mal ganz langsam, junge Frau. Ganz ruhig. Tief durchatmen. Was ist passiert?«

»Viel zu viel. Das Ganze ist völlig außer Kontrolle geraten. Ich hab ein paar Sachen rausgefunden, und ich hab Angst. Der Typ, von dem Sie geredet haben, Glen Fallan, der ist nicht tot. Ich dachte erst, er wär jemand anders, und er würd mir helfen, aber er ist genauso, wie Sie gesagt haben, und irgendwer will ihn umbringen, und jetzt ist er festgenommen worden, und wenn die auch hinter mir her sind, kann mir keiner helfen, und da gibt's so Fotos, und ich weiß nicht ...«

»Halt, halt, halt. Ganz ruhig. Er ist festgenommen worden?«

»Ja. Er hat auf irgendwelche Polizisten geschossen, und war dabei mit *meinem* Auto unterwegs, und ich hab Angst, dass die denken, dass ich was damit zu tun hab. Ich weiß ja, dass Sie gesagt haben, ich soll mich da raushalten, aber ich glaub, das hat alles damit zu tun, was mit Onkel Jim passiert ist. Haben Sie schon irgendwas rausgefunden?«

»Ich habe ein paar Nachforschungen angestellt. Aber nichts so Dramatisches wie Sie anscheinend. Was war das mit irgendwelchen Fotos?«

»Das sind so Infrarotbilder, die Jim angefordert hatte. Luftaufnahmen vom Norden von Glasgow, hauptsächlich von den Campsie Hills, Ende 1983 aufgenommen. Der Typ, von dem er die haben wollte, hat gesagt, da kann man auch Körperwärme drauf sehen, sogar von Friedhöfen. Ich glaub, Jim wollte rauskriegen, wo irgendwelche Leichen liegen, und irgendwer hat ihn deswegen umgebracht. Ich hab Angst, dass ich als Nächstes dran bin. Aber wenn ich Ihnen die Fotos gebe, können Sie da doch ermitteln, oder? Dann können Sie rauskriegen, was los ist, und wer dahintersteckt, und dann bin ich sicher, und ...«

»Ganz ruhig, junge Frau. Keine Angst. Alles wird gut. Haben Sie die Fotos bei sich?«

»Ja. Ich bin in Jims Büro. Hab mir gedacht, hier bin ich am sichersten, weil die hier schon eingebrochen sind. Können Sie herkommen? Bitte? Schnell?«

»Rühren Sie sich nicht vom Fleck. Ich bin gleich bei Ihnen.«

Und jetzt war er im Haus, nur noch Sekunden entfernt.

War das der Anfang vom Ende oder das Ende vom Anfang? Hoffentlich Ersteres. Sie musste diesem Stillstand entkommen, diesem Leben in der Warteschleife.

Sie versetzte sich innerlich sieben Tage zurück, und alles, was in der Zeit passiert war, rauschte an ihr vorbei. Ihre Umgebung blieb die gleiche, aber die Welt sah anders aus; die Augen, die diese Welt, diese Umgebung betrachteten, waren jetzt andere.

Manches hatte sich aber nicht geändert. Wieder war sie in Jims Büro und wollte wissen, wie er verschwunden war. Wieder war Detective McDade auf dem Weg hierher, wollte Beweise verschwinden lassen und würde jemanden antreffen, den er nicht erwartete.

»Keine Angst, Sie sind die ganze Zeit gedeckt«, hatte Fallan ihr versichert.

Warum dachten manche Leute eigentlich, dass die Situation *sicherer* wurde, wenn noch mehr Waffen ins Spiel kamen?

Die Tür öffnete sich, und McDade kam herein.

Für diesen Part hatte sie keinen festen Text – nur die richtige Mimik und Haltung, als sie am Fenster stand und erwartungsvoll die Papprollen im Arm hielt.

Sie umklammerte die Rollen ein bisschen zu fest, sodass sie zusammengedrückt wurden und eine fast auf den Boden fiel, als sie sie hilflos McDade entgegenhielt. McDade ging schnell auf sie zu, um sie ihr abzunehmen, als er kalten Stahl im Nacken spürte.

»Hände hoch und nach außen«, befahl Fallan. »Eine Heckler und Koch Mark 23 mit Schalldämpfer zielt genau auf deinen Gehirnstamm, und anders als bei deinem Versuch am Samstag hat sie Unterschallmunition geladen, die dir leise im Schädel hin- und herspringt, bis von deinem Gehirn nur noch Matsch übrig ist.«

Das erzählte Fallan ihm wenigstens. In Wirklichkeit hielt er nur ein Stück Rohr, was aber nicht schlimm war, weil er in ein paar Sekunden eine Automatik mit Schalldämpfer in der Hand halten würde.

»Wo ist deine Waffe?«, fragte er.

McDade griff sich in die Tasche.

Fallan senkte die Pistole und presste sie McDade nun unten in die Wirbelsäule.

»Ganz langsam«, forderte er. »Den Lauf zwischen den Fingern. Und überleg dir gut, ob du was versuchst, bloß weil ich nicht mehr auf deinen Kopf ziele. Ich brauch dich zwar lebendig, aber laufen musst du meinetwegen nie wieder.«

McDade zog ganz langsam am Lauf eine Pistole mit Schalldämpfer aus der Jacke. Fallan nahm sie ihm ab, begutachtete sie kurz, warf das Magazin aus und schob es gleich wieder hinein.

»Du bist dann wohl Fallans Junge«, stellte McDade ruhig fest. »Nicht ganz so festgenommen, wie mir gesagt wurde«, fügte er hinzu und warf Jasmine einen bösen, vorwurfsvollen Blick zu.

»Da bin ich wohl schon wieder mit meinen zarten Füßchen am falschen Ort herumgetrippelt«, erinnerte sie ihn an seine abfälligen Worte bei seinem letzten Besuch.

»Ich finde ja nicht, dass du Jasmine etwas vorwerfen kannst, wenn man bedenkt, was du mit ihr vorhattest«, sagte Fallan.

»Und was Sie meinem Onkel Jim angetan haben.«

»Ich weiß nicht, wovon Sie reden. Ich wollte mir nur die Fotos ansehen, von denen Sie gesprochen haben.«

»Mit einer Beretta mit Schalldämpfer?«

»Das Mädchen hat gesagt, jemand hätte auf sie geschossen. Ich wollte sie beschützen.«

»Ach ja, hatte ich ganz vergessen – du bist ja Bulle. Du achtest immer sehr darauf, das Richtige zu tun, nicht wahr, Detective Inspector McDade?«

»Detective Sergeant. Und ich würde sagen, du legst jetzt

mal die Pistole weg. Es stimmt, dass sich ein paar gefährliche Leute für euren Fall interessieren, aber ich kann euch damit helfen.«

»Das glaub ich gerne«, erwiderte Fallan. »Deshalb machst du jetzt auch mit uns eine kleine Tour in die Campsies. Es ist nämlich so: Wir wissen schon, was ihr getan habt, also hilft dir lügen und leugnen nicht weiter, wenn du auch wieder zurückkommen willst.«

»Was denn?«, fragte er nervös.

Sie nahmen Jims Ermittlungswagen. Fallan hatte Jasmine vorgeschickt, schauen, ob die Luft rein war und ob McDade niemand gefolgt war.

»Außer seinem Wagen ist keiner hier«, berichtete sie. »Ein silberner Vauxhall Vectra.«

Jasmine schloss Jims Wagen auf, und Fallan ließ McDade auf dem Fahrersitz Platz nehmen. Fallan setzte sich daneben und Jasmine stieg hinten ein.

Fallan hielt McDade die Schlüssel hin und zielte dabei mit der Beretta in der Rechten auf ihn.

»Spontan fallen mir zwanzig Körperteile ein, in die ich ein paarmal schießen kann, ohne dich ernsthaft am Fahren zu hindern«, warnte er.

»Wohin fahren wir?«, fragte McDade.

Fallan hatte McDade die Wahl des Wagens als eine »Geste des Gedenkens an Freunde, die nicht mehr unter uns weilen«, erklärt. In Wahrheit hatten sie im Wagen schon zwei Kameras und einen Audiorekorder aufgebaut, der die Signale der Funkmikrofone aufzeichnete, die sie beide trugen. Außerdem trugen sie beide Diktafone, und Jasmine ließ ihr Handy als zusätzliche Sicherheitsvorkehrung auch aufzeichnen. Sie wollten jedes Wort und jede Nuance mitschneiden. Sie wollten nicht nur ein Geständnis von ihm hören, sondern vor allem Details, die nur ein Täter wissen konnte, die ihm vor Gericht das Genick brechen würden. Und das größte davon würde ihr Ziel bestimmen.

»Du fährst uns jetzt zuerst zu den Ramsays und dann zu Jim Sharp«, erklärte Fallan, als McDade den Motor startete.

»Ich weiß wirklich nicht, wovon du redest.«

Fallan drückte McDade das Ende des Schalldämpfers in den Oberschenkel.

»Fordere mich nicht raus. Wir wissen, dass du dabei warst, als die Ramsays gestorben sind. Wir wissen, dass Dominic Wilson als Charlie Ramsay auf die Welt gekommen ist. Wir wissen, dass du das Baby zu deinem Freund Ruaraidh gebracht hast. Wir wissen, dass du sein Ansprechpartner in dieser Sache bist, dass er dich angerufen hat, als Jim sich voller Fragen bei ihm gemeldet hatte. All das haben wir direkt von Wilson, also gib Gas.«

McDade seufzte bebend. Angst, Wut, Schock und Resignation waren ihm anzumerken. Er legte den Gang ein und fuhr los.

»Tja, du fragst dich wohl, warum Wilson dich nicht angerufen hat, als *wir* ihm schwierige Fragen gestellt haben. Das hat wohl zwei Gründe. Zum einen wusste er nicht, dass er quasi einen Mordbefehl gab, als er dich wegen Jim angerufen hat. Viel wichtiger ist aber, dass er wusste, dass er nichts zu befürchten hat, weil wir ihm das Leben nicht unnötig schwer machen wollen. Euch eigentlich auch nicht.«

McDade warf Fallan kurz einen skeptischen, neugierigen Blick zu und schaute dann wieder auf die Straße.

»Wie meinst du das?«, fragte er, als er eine Auffahrt auf die M77 hinauf beschleunigte.

»Weil es uns nicht um Gerechtigkeit geht. Wenn ein paar alte Männer ins Gefängnis gehen, kommt Jasmines Onkel Jim auch nicht zurück.«

»Was?«, fragte Jasmine hörbar schockiert und zutiefst empört. »Das war so nicht abgemacht. Und wie es mir hier um Gerechtigkeit geht.«

»Die werden Sie nicht finden. Gerechtigkeit ist ein Hirngespinst, Peter Pans Schatten. Selbst wenn Sie sie erwischen, ist sie nicht greifbar, und die Miete können Sie davon auch nicht bezahlen.«

»Worum geht's uns denn dann?«, fragte sie mit beißendem Sarkasmus.

»Schadenersatz«, erwiderte er und sah McDade an. »Ich hab nämlich mal gelesen, dass es Kulturen gibt, in denen man als Strafe für einen Mord für die Hinterbliebenen des Opfers verantwortlich wird. Das hat mich sehr beeindruckt. Ich möchte das Prinzip auf unsere Lage anwenden. Als ihr Jim Sharp umgebracht habt, habt ihr Jasmine nicht nur den Onkel genommen, sondern auch die Lebensgrundlage.«

»Ihr wollt Geld? Warum fahren wir dann in die Campsies?«

»Als gegenseitige Versicherung. Es läuft nämlich so. Hinten im Wagen haben wir 'ne Schaufel liegen. Du bringst uns zu den Leichen und gräbst sie uns zum Beweis aus. Die werden zwar nicht mehr großartig aussehen, aber Eilidh Ramsay trug einen goldenen Verlobungsring mit einem Diamanten, einem Rubin und einem Smaragd. Da ihr ja alle Bullen seid, glaub ich nicht, dass einer von euch dumm genug war, den zu klauen und in Umlauf zu bringen, also müsste er noch da sein. Jim wird natürlich einfacher zu identifizieren sein.

Dann haben wir einen Beweis dafür, was du weißt. Vielleicht können wir ja ein paar Fotos von dir bei der Arbeit machen. Danach geht's an die Finanzen, und ihr könnt zahlen, bis es wehtut. Wenn wir dann das Geld haben, kannst du mit Cairns und Raeside wieder herkommen und die Leichen verschwinden lassen, damit wir euch nichts mehr tun können und ihr uns nichts mehr tun müsst.«

»Und was, wenn ich *nicht weiß*, wo diese Leute begraben sind?«, fragte McDade mit echter Sorge.

»Dann fahren wir trotzdem in die Campsies, nur gräbst du mit der Schaufel ein großes Loch, ich verpass dir zwei in den Kopf und verscharr dich, und wir machen morgen Abend dasselbe mit Bob Cairns oder Bill Raeside.«

»Scheiße«, murmelte McDade, der sich gebrochen anhörte. »Wie viel wollt ihr denn?«

»Dreihunderttausend. Zwei für Jasmine, eine für mich.«

»Drei …?«, keuchte er und lachte ungläubig. Jasmine war von seinen Schauspielkünsten nicht beeindruckt. »Ihr habt wohl vergessen, dass ihr es hier mit Polizisten zu tun habt, nicht mit Gangstern. Wir sind pleite. In 'nem guten Jahr leben wir von unserer Pension.«

»Ja, das täte mir auch schrecklich leid, wenn ich nicht mit diesem Juwelendieb geredet hätte, der dich Donnerstagmorgen mit 'ner großen Tasche voller reinem Heroin hat aus der Central Station kommen sehen. Meine Quellen berichten, Frankie Callahan hat drei Millionen pro Lieferung bezahlt. Natürlich könnt ihr Tony McGill für die Drogen selbst nicht ganz so viel abnehmen, vielleicht zwei Millionen, aber da ihr ihm ja noch die Konkurrenz aus dem Weg geräumt habt, müssten wir mindestens bei zweieinhalb sein. Vielleicht zweivier, damit ihr es sauber durch drei teilen könnt, achthundert für jeden. Oder hab ich jemanden vergessen?«

McDade kochte vor Wut, seine Fingerknöchel wurden weiß, als er sich am Lenkrad festkrallte.

»Nein.«

»McDade, Cairns und Raeside … und jetzt ist auch Fallan wieder dabei, ganz wie früher, was? Bloß diesmal nimmt Fallan nicht sein Viertel, sondern bloß knapp über zehn Prozent. Das hört sich doch fair an, oder? Wenn wir die Leichen gesehen haben, rufst du ein paar Leute an. Wir wollen das Geld heute. Alles.«

»Wir haben's nicht.«

»Und wie ihr das habt«, erwiderte Fallan und schob McDade

den Schalldämpfer in die Leiste. »Die Sache im Bahnhof war Donnerstagmorgen, und jetzt haben wir Dienstagabend.«

Der Wagen wankte leicht, als er die Spur wechselte.

»Meinst du, Tony McGill rückt einfach so drei Millionen raus?«

»Nein, ich nehme an, ihr habt Raten vereinbart, aber wenn ihr nicht ganz dämlich seid, ist die größte Rate gleich bei Lieferung fällig. Vielleicht ein Drittel? Zwanzig Prozent?«

»Fünfundzwanzig«, gab McDade mit einem Seufzen zu.

»Dann ist ja alles klar. Dreihundert sollten kein Problem sein, und den Rest habt ihr sicher, ohne dass ihr noch irgendwen umlegen müsst. Sagt euch einfach, Big Fall hat sich zuerst seinen Anteil genommen. Ha, Schmiergeld von Tony McGill – wie in der guten alten Zeit. An dich kann ich mich aber gar nicht erinnern. Du warst auch nicht beim CID in Gallowhaugh, oder? Du warst bei der Drogenfahndung. Wie ist das denn gelaufen?«

»Was meinst du damit?«

»Ich meine, was hatten beide Seiten davon? Drogenfahndung – ich nehme mal an, dass Tony dir gute Tipps geben konnte, viele Festnahmen, Drogenbeschlagnahmungen. Ich weiß nur nicht, was du ihm bieten konntest. Normalerweise ging's darum, mal zwei Augen zuzudrücken, aber Tony hatte keine Drogengeschäfte laufen, die du hättest übersehen können. Das war doch seine Masche: der Mann, der die Drogen aus Gallowhaugh raushält. Was hast du für ihn getan? Hast du damals schon wie heute Probleme für ihn gelöst, Konkurrenz aus dem Weg geräumt? Hast du für ihn die Ramsays umgebracht? Was hatten die getan? Wie ist das gelaufen?«

»So war's nicht«, erwiderte McDade mit bebender Stimme. Er hörte sich den Tränen nah an. »Das war ganz anders. Du nennst das die gute alte Zeit, so ein Quatsch. 'Ne beschissene Zeit war's. So jung bist du auch nicht, dass du dich nicht dran erinnern würdest. Wild und brutal war's. Wir hatten nur 'nen Bruchteil von den Leuten, die wir gebraucht hätten. Da mussten wir ab und zu eben einen Pakt mit dem Teufel schließen und die am wenigsten schlimme Lösung hinnehmen.«

»Leute in die Campsies schleifen und erschießen hört sich für mich schon ziemlich schlimm an.«

»Und das von dir«, erwiderte McDade verbittert.

»Ich schimpf mich ja auch nicht Freund und Helfer, oder wie euer Spruch geht. Ihr sollt doch die Guten sein.«

»Im Vergleich zu dem Abschaum, mit dem wir's zu tun hatten, waren wir's auch, das kannst du mir glauben. Sind wir immer noch. Damals war nicht alles schwarz-weiß.«

»Dann erklär mir mal die Grautöne.«

McDade schaltete einen Gang runter, als er auf die Ausfahrt Royston and Springburn zukam, wo es nach Norden ging, von der Stadt in die Campsies. Jasmine meinte, sie habe gesehen, wie seine Linke sich in Richtung Jackentasche bewegte, und befürchtete kurz, er habe dort eine zweite Pistole versteckt. Fallan hatte es anscheinend auch bemerkt, wirkte aber unbesorgt.

»Es gab einen Unfall«, sagte McDade. »Ich hatte da 'nen kleinen Dealer, der den ganz Harten machte. Ich wusste, dass er einen Lieferanten oben in Maryhill kannte, aber ich hab nichts aus ihm rausgekriegt. Das hab ich Bob erzählt, und der meinte, er könnte mir helfen. Er und dein Vater und Bill. Die wollten mal kurz hinten im Wagen mit ihm reden ...«

Fallans Blick verfinsterte sich.

»Die Methode ist mir geläufig. Hab oft gesehen, wenn die Reste nachts in den Spooky Woods in Gallowhaugh abgeladen wurden. Manche konnten sogar noch geradeso laufen. Unsere Steuergelder.«

»Na ja, der Kerl ließ sich nicht so einfach brechen. Zu hart, zu stur, zu dumm, um einfach damit rauszurücken. Dann war's zu spät.«

McDade schluckte, ernsthaft von dem Augenblick verstört, als sich alles geändert hatte und nichts mehr wie vorher war.

»Plötzlich haben wir 'ne Leiche im Wagen. Was nun? Ich kannte da aber 'ne Stelle. 'Nen Steinbruch in den Campsies, gerade erst geschlossen. Viel lockere Erde, Geröll, und komplett umschlossen, da konnte einen keiner sehen. Da haben wir ihn begraben.«

»Wie hieß er?«

»McGeoch«, sagte er leise. »Scotty McGeoch.«

»Keine große Trauer, nehme ich an?«

»Er wurde vermisst gemeldet, aber seine Leute hatten 'ne lange Verdächtigenliste, wer ihn gerne loswerden wollte, und wir standen nicht drauf.«

»Jackpot«, sagte Jasmine trocken.

»Es war ein Albtraum«, erwiderte McDade.

»Aber ein wiederkehrender«, bemerkte Fallan.

McDade nickte zerknirscht.

»Nicht lange danach hatten wir mit diesem Schwein, diesem widerlichen Dreckschwein, Vinny McLellan, zu tun. Erinnerst du dich an den?«

»Ich kannte die Familie.«

»Tja, der kam nach 'nem Mord ungeschoren davon, weil alle Angst hatten, gegen ihn auszusagen. Hat ein Mädchen vergewaltigt, das als Zeugin infrage kam. Er war ein tollwütiges Tier, und wir haben ihm den Gnadenschuss gegeben. Die Gerechtigkeit hatte gesiegt. Das hätte uns niemand vorgeworfen, aber mich hat's trotzdem lange ganz krank gemacht. Man hat irgendwann keine Angst mehr, erwischt zu werden, aber man lebt trotzdem nicht leicht damit. Dann sagt man sich aber, man muss es eben, man muss seine Last tragen.«

»Für Mord büßt man ein Leben lang«, sinnierte Fallan.

»Das Dumme ist, es wird einfacher. Das weißt du sicher auch. Vor allem, wenn man's mit Schweinen zu tun hat.«

»Und wie sieht's mit Lehrerinnen und Chemiestatistikern aus?«

»So war das nicht«, wiederholte McDade. »Da ging's um einen Kerl namens Jai Kerrigan, der oft für Tony gearbeitet hat. Gehörte irgendwann zum engsten Kreis. Erinnerst du dich an den Namen?«

»Ich erinnere mich dran, dass er eines Tages auf Nimmerwiedersehen verschwunden ist.«

»Es stimmt nicht, dass wir für Tony McGill Leute haben verschwinden lassen. Er hat das Gerücht allerdings nie dementiert. Aber die Sache war ganz anders. Da ging's um die Interessen von vielen. Jai hatte Tony hintergangen und wollte in Kooperation mit den Cassidys Heroin in Gallowhaugh dealen. Das hätte unberechenbare Auswirkungen gehabt und wäre sehr blutig geworden – wir hätten bis zu den Knien in Leichen gestanden. Wir haben einen Präzisionsschlag ausgeführt, könnte man sagen.«

»Eine notwendige Maßnahme?«, sagte Fallan.

»Damit haben wir einer Menge Leuten das Leben leichter gemacht und teilweise verlängert. Wir sind mit ihm in den Steinbruch gefahren – ich, Bill, Bob, dein Vater und McGill. Er musste unbedingt dabei sein. Hat rumgehampelt, wollte den Moment künstlich in die Länge ziehen, bis dein Vater genug hatte. Hat Jai eine in den Kopf gejagt. Doch dann haben wir einen Schrei gehört, von einer Frau. Wir gucken hoch – es war ein richtig warmer, klarer Abend – und von oben guckt uns 'n Pärchen entgegen. Keine Ahnung, was die da gemacht haben – vielleicht gevögelt. Ihr Auto stand nah an der Kante zum Steinbruch, wir hatten's aber die ganze Zeit nicht gesehen, weil die Scheinwerfer und der Motor aus waren und man sowieso selten nach oben guckt.«

McDade seufzte noch einmal reuevoll – noch ein Augenblick, den er nicht ändern konnte.

Sie verließen Bishopbriggs in Richtung Kirkintilloch.

»Sie rannten zum Auto, weil wir sie gesehen hatten und wollten abhauen; der Motor heulte auf, und die Räder drehten wohl auf dem Gras durch. Wir hatten Panik. Dein Vater hat einen Schuss abgefeuert. Und was für einen. So was kriegt man nie wieder hin, und wenn man's 'n Monat lang versucht.«

Er schüttelte den Kopf, den Blick nach vorn auf die Fahrbahnmarkierungen in der Dunkelheit gerichtet.

»Hat wohl genau im richtigen – oder falschen – Moment 'nen Reifen getroffen. Das Auto schlingert zur Seite, als würd's einer am Band ziehen, und fliegt über die Kante. Schlägt senkrecht mit der Motorhaube zuerst auf. Die hatten beide keinen Gurt an, wohl keine Zeit gehabt. Als wir am Auto waren, waren sie tot. Beide durch die Windschutzscheibe auf massiven Fels geklatscht. Die hatten keine Chance. Wir stehen völlig benommen da und wissen nicht, ob wir geschockt oder erleichtert sein sollen, als wir plötzlich den Kleinen heulen hören.«

»Wie hat er überlebt?«

»Das Tragebett war so fest eingeklemmt, und er selber ganz dick in Decken eingewickelt. Dem war nichts passiert.«

»Außer, dass er jetzt Waise war.«

»Tja«, erwiderte McDade düster. »Da konnten wir nichts machen. Oder doch. Wir konnten ihm ein gutes Zuhause geben.«

»Und seitdem habt ihr euch immer um ihn gekümmert.«

»Immer. Immer. In der Nacht hat sich 'ne Menge geändert. So was steckt man nicht einfach so weg. Na ja, manche Leute vielleicht schon«, fügte er hinzu und warf Fallan einen bösen Blick zu. Jasmine brauchte einen Augenblick, um zu verstehen, dass McDade nicht Glen selbst meinte, sondern dessen Vater.

»Was ist mit dem Wagen passiert?«, fragte Fallan mit professionellem Gespür fürs Detail.

»McGill hat ihn abschleppen und verschrotten lassen. Oder wahrscheinlich ausgeschlachtet und 'nem geklauten die Fahrgestellnummer verpasst. Den hat die Sache auch nicht allzu sehr mitgenommen.«

»Aber *Euch*?«, fragte Fallan ungläubig. »Deshalb erschießt ihr dreißig Jahre später immer noch fleißig Gangster und Exbullen?«

»Es *hat* uns sehr mitgenommen. Wir haben es nicht einfach so überwunden – aber Tony McGill und dein Vater haben immer noch Geschäfte gemacht, und dem konnten wir nicht einfach so einen Wunsch abschlagen.«

»Und ihr wolltet sicher nicht, dass er das Gefühl bekommt, ihr könntet ihn verpfeifen.«

»Nein, er wusste, dass wir alle viel zu viel Angst vor ihm hatten.«

»Da hattet ihr ja großes Glück, dass ihn jemand ermordet hat.«

»Davon weiß ich nichts«, versicherte McDade im Brustton der Überzeugung, dass Jasmine es ihm sofort glaubte. »Nichts. Aber als er tot war, wurde alles anders. Es war ein Neuanfang. Ich hab einfach meine Arbeit getan, keine krummen Dinger mehr. Das war bei uns allen so. Keinen Wildwestkram mehr, kein Schmiergeld.«

Jetzt waren sie mitten auf dem Land, über einen Kilometer von den Lichtern der Stadt entfernt. Jasmine konnte Insekten vor den Scheinwerfern sehen, sie hatten Fernlicht an, weil ihnen niemand entgegenkam. McDade bog auf eine einspurige Straße ab, deren Einfahrt zwischen Bäumen versteckt lag. Man musste sie schon gut kennen, um sie im Dunkeln nicht zu übersehen.

»Wir hatten einen schweren Job und haben alles gegeben, das war unsere Pflicht. Wir waren immer zuverlässig, haben uns zwischen den Abschaum und die Psychopathen auf der einen und die normalen Menschen auf der anderen Seite gestellt, die einfach nur leben wollen. Und wir mussten zugucken, wie Kerle wie Stevie Fullerton, Frankie Callahan, die

Cassidys und was weiß ich wer noch immer reicher und unantastbarer wurden; immer *respektabler*, während wir die Leichen wegräumen und durch das Leid waten, die denen ihren Wohlstand sichern.«

Jasmine spürte gleich das Gefälle der holprigen, verschlungenen Straße. McDade fuhr langsam, als hätte er Angst, die Achse könnte bei einem Schlagloch oder einer Furche brechen. Er war die Strecke auf jeden Fall schon mal gefahren, er kannte alle Kurven und alle Gefahren. Das Fernlicht strahlte Wände aus Gestrüpp und Geröll zu beiden Seiten an, und unter den Rädern knirschten Kiesel und festgefahrene Erde.

»Und wir kriegen kaum unsere Hypotheken bezahlt, die Studiengebühren unserer Kinder, die Pflegehilfen. Wenn wir endlich in Ruhestand gehen, sind unsere Pensionen schon komplett verplant und unser Erspartes aufgebraucht. Bill Raeside hat dreißig Jahre gearbeitet, seine Frau ist an Krebs gestorben, was kriegt er dafür? Ich hab mein ganzes Arbeitsleben mit diesem angeblichen Krieg gegen die Drogen verbracht, und wo sind wir jetzt? Mehr Süchtige und mehr Dealer als je zuvor, und wir beschlagnahmen geschätzte ein Prozent davon. War's das wert? All unsere Bemühungen, all die Toten, all die Morde? Nie im Leben? Ja, wir haben beschlossen, dass wir uns eine kleine Entschädigung auszahlen. Ein paar mehr tote Verbrecher machen auch keinen Unterschied.«

»Und wie sieht's mit toten Expolizisten aus?«, fragte Jasmine. »Jim Sharp hat genauso lange gearbeitet wie ihr, seine Ehe ist gescheitert, und er hat seine Kinder kaum gesehen, weil er so engagiert war. Wo ist sein Anteil an dem Heroindeal?«

McDade brachte den Wagen sanft zum Stehen. Jasmine konnte im Scheinwerferlicht in gut fünfzig Metern Entfernung eine senkrechte Felswand sehen. An den Rändern standen vereinzelte Bäume und Büsche, wo vor siebenundzwanzig Jahren wohl noch lose Erde und Sträucher gewesen waren. Sie fragte sich, um welche vergrabenen Sünden sich ihre Wurzeln wohl geschlungen hatten.

»Jim hat alles wieder hochgeholt«, sagte McDade jetzt eher verbittert als zerknirscht. »Gerade wollten wir unsere Zukunft sichern, als er unbedingt die Vergangenheit ausgraben muss. Wir hatten gebüßt, unsere Strafe abgesessen. Wir haben ein Vierteljahrhundert für die Sache mit den Ramsays bezahlt.«

»Dann gehen wir mal fragen, ob sie euch vergeben«, sagte Fallan.

McDade stieg langsam aus dem Wagen, öffnete die Fahrertür übertrieben vorsichtig, fast widerwillig, während Fallan ihn beobachtete. Als er auf den Beinen war, hechtete McDade plötzlich nach rechts, sodass er hinter der Seitenwand des Wagens verschwand.

Im gleichen Augenblick wurde die Hintertür aufgerissen, und ein Mann zielte mit einer einläufigen Pumpgun auf Jasmine. Er hatte die Augen weit aufgerissen und wirkte nervös, weshalb sie doppelt eingeschüchtert war und umso bereitwilliger gehorchte, als er ihr befahl auszusteigen. Raeside, nahm sie an – nie selbst den Finger am Abzug, hatte Fallan gesagt, aber umso gefährlicher als jemand, der mit so einer Waffe vertraut war.

Sie stieg langsam aus und Raeside ging ein paar Schritte zurück, hielt aber die ganze Zeit Augenkontakt. Es war Vollmond und fast wolkenlos, und das Scheinwerferlicht wurde von den Felswänden zurückgeworfen.

Als sie ein paar Schritte auf dem staubigen Boden gegangen war, sah sie Fallan. Ein Mann, der alle anderen überragte, hielt ihm eine Pistole an den Kopf. Cairns. Der war wohl am Beifahrerfenster aufgetaucht, als Fallan McDade beim Aussteigen beobachtet hatte.

Jetzt sah sie auch ein Auto hinter den Bäumen versteckt. Sie waren als Erste hier angekommen und hatten sich auf die Lauer gelegt, weil sie wussten, wohin die Fahrt ging. Jetzt wusste sie auch, warum McDade so langsam in den Steinbruch gefahren war – seine Kollegen sollten Zeit haben, sich in Position zu bringen.

»Wir sind jetzt seit dreißig Jahren Polizisten«, beantwortete Cairns ihre unausgesprochene Frage. »Versteh mich nicht falsch, du bist nicht die schlechteste Schauspielerin, die uns je untergekommen ist, aber habt ihr echt gemeint, wir wissen nicht, wie eine Falle aussieht?«

Sie erinnerte sich daran, wie McDade die Hand an seine Tasche gehalten hatte, und fragte sich, ob dort sein Handy gesteckt hatte und Cairns und Raeside über eine offene Leitung auf dem Laufenden hielt. Vielleicht hatten sie außer Sichtweite gewartet, als McDade ins Büro gegangen war, und waren dem Wagen dann diskret gefolgt. Vielleicht war es von vornherein abgemacht gewesen, dass McDade sie hierherführte.

McDade zeigte sich mit einem Klarsichtbeutel über der Hand vor dem Wagen. Er ging vorsichtig auf Fallan zu, nahm ihm die Beretta ab und krempelte die Tüte um, als hätte er einen Hundehaufen eingesammelt.

Fallan grunzte ernüchtert.

McDade gab Raeside die eingetütete Beretta, übernahm die Schrotflinte und zielte auf Jasmine.

»Ich nehme an, mit der Waffe habt ihr Frankie Callahan, Gary Fleeting und Tommy Miller erschossen?«, sagte Fallan.

»Genau«, erwiderte Cairns. »Und jetzt sind nur noch deine Fingerabdrücke drauf.«

»Erstklassige Beweisfälschung. Mein Vater wäre stolz.«

»Nimm's mir nicht persönlich, Junge. Hat sich bloß so ergeben.«

»Alles klar. Fletcher hat mir auf der Fahrt alles erklärt. Ich war zu Tränen gerührt. Ist ja 'ne richtige Ehre, dabei sein zu dürfen.«

»Spiel du dich hier noch als Moralapostel auf!«, zischte Cairns. »Wir müssten noch ganz schön tief fallen, bis wir auf deiner Stufe wären.«

»Dann beweist es«, forderte Fallan. »Lasst das Mädchen laufen. Die weiß nichts über euch. Die Leichen könnt ihr verlegen. Sie hat doch sowieso viel zu viel Angst, um etwas zu sagen. Zahlt ihr ein kleines Schweigegeld, dann habt ihr sie in der Hand.«

»Ich will gar kein Geld«, flehte Jasmine. »Ich halt dicht, ich vergess sofort alles. Bitte, ich will nicht sterben.«

Die Stille war bis zum Zerreißen gespannt. Zumindest dachten sie darüber nach.

»Er hat recht«, sagte McDade. »Wenn sie verschwindet, gibt's noch 'ne Vermisste, die mit den Ramsays in Verbindung gebracht werden kann.«

»Was?«, fragte Cairns. »Du meinst ›kann mit den Ramsays in Verbindung gebracht werden‹ ist schlimmer als jemand, der alles weiß und frei rumläuft?«

»Bringt sie wenigstens erst um, wenn sie euch von Campbell de Morgan erzählt hat«, bat Fallan. »Das könnte nämlich Auswirkungen auf eure Entscheidung haben.«

»Von wem?«, hakte Cairns nach.

»Campbell de Morgan«, wiederholte Jasmine laut, damit sie alle hörten, »war ein Chirurg, nach dem diese kleinen, roten Flecken auf der Haut benannt sind. Wisst ihr, was die bedeuten?«

»Nein, was?«, fragte Cairns ungeduldig. »Krebs?«

»Überhaupt nichts«, erwiderte sie. »Ganz anders als die winzigen roten Punkte, die ihr alle auf der Stirn habt. Die bedeuten nämlich, dass ein Team von Polizeischarfschützen euch im Visier hat, seit ihr hier seid.«

Die drei sahen einander an und erkannten die roten Punkte, die von weniger auffälligen Stellen auf die Stirnen gewandert waren, als Fallan das Codewort gegeben hatte.

Von der Kante aus, wo die Scharfschützen lagen, erschallte eine Megafonstimme.

»Legen Sie die Waffen langsam ab, die Hände hinter den Kopf und gehen Sie auf die Knie.«

Cairns und McDade keuchten in ungläubiger Verzweiflung, doch alle drei gehorchten sofort und ohne hektische Bewegungen. Sie wussten, dass Polizeischarfschützen sich im Zweifel für die Sicherheit der Zivilisten entscheiden würden. Ein unwillkürliches Zucken, und das war's. Es war vorbei.

»Was hatten Sie noch gesagt? Sie wissen, wie 'ne Falle aussieht?«, fragte Jasmine Cairns, als sie von den drei knienden Männern zurücktrat.

Cairns reagierte nicht. Er starrte nur Fallan an.

»Mal was Neues«, sagte Fallan. »Ich schick die Bösen in den Knast, genau wie mein Vater es nie gemacht hat.«

»Dein Vater?«, fragte Cairns und spuckte auf den Boden. »So wie's aussieht, kann ich's jetzt ja sagen. Ich hab ihn umgebracht.«

Seine Stimme war voller Hass, voller Überzeugung.

Fallan sah mitleidig auf ihn hinab.

»Ich gehör nicht zu denen, die immer wissen, wenn jemand lügt«, sagte er. »Aber ich weiß, dass du jetzt lügst. Du warst schon damals 'ne feige, kleine Ratte, und du hast dich nicht geändert. Na ja, ich muss dann mal los, und gleich kommt einer, der mit dir reden will. Es geht um Sümpfe und Moskitos oder so, glaub ich.«

Familie (I)

Catherine ließ normalerweise niemanden im Auto rauchen, aber diesmal machte sie eine Ausnahme. Dominic Wilson war so aufgeregt, dass sie Angst hatte, er könnte die Tür aufreißen und nach draußen hechten, wenn er sich nicht mit einer Zigarette beruhigte. Catherine saß mit ihm hinten und Laura fuhr. Ihre kleine schwarze Wolke hatte sich in den letzten Tagen etwas aufgehellt. Laura war etwas ruhiger geworden, besonnener, und wenn sie etwas sagte, wirkte sie selbstbewusster. Irgendwie fand sie Glen Fallan wohl faszinierend, worüber Catherine sich weniger freute, aber wenn das die Polizistin zum Vorschein brachte, von der ihre Kollegen an der Ostküste so geschwärmt hatten, sollte es ihr recht sein.

»Wie geht's Ruaraidh?«, fragte Catherine. Eine heikle Frage, das wusste sie, aber auch ein gutes Thema, um Dominic von dem bevorstehenden Treffen abzulenken. Sie hatte bewusst die Worte »Dad« und »Vater« vermieden, weil die mittlerweile ziemlich fragwürdig waren.

»Der ist verreist«, erwiderte Dominic. »Mit seiner Freundin nach Malaysia gejettet. Alle meinen, er ist vor der Presse geflohen, aber ich glaub eher vor mir. Komischerweise bin ich ihm gar nicht böse. Aus irgendeinem Grund bin ich sogar weniger sauer auf ihn als je zuvor. Vielleicht steh ich immer noch unter Schock, aber mir kommt's nicht so vor.«

»Ich war dabei, als er zum ersten Mal damit konfrontiert

wurde«, erklärte sie. »Und an einer Sache gibt es keine Zweifel – an seinen aufrichtigen Gefühlen für Sie.«

»Ja. Ich glaub, ich bin nicht böse auf ihn, weil er mir irgendwie leidtut. Ich weiß nicht, ob er aus schlechten Gründen was Gutes getan hat oder andersrum. Und ohne hier allzu anthropisch werden zu wollen: Seine Entscheidungen haben mich zu dem gemacht, was ich bin, daran kann ich nichts ändern. Totaler Hirnfick. Hab's im Kopf schon tausendmal durchgekaut, komm aber zu keinem Schluss.«

»Die Staatsanwaltschaft denn?«

»Ach, er kommt da auf jeden Fall ungeschoren raus. Ich hab damit aber nichts zu tun, bin ja befangen. Ich überleg, ob ich mir selber Urlaub nehmen soll. Bin ehrlich gesagt froh, dass ich mich damit nicht befassen muss. Irgendwann kann mal wer seine Doktorarbeit über den Kuhhandel schreiben, den die da gerade damit treiben, wem sie was genau vorwerfen.«

»Undurchschaubar verschachtelte Deals und Kompromisse?«, fragte Catherine.

»Und wie. Die Kunst, einen angemessenen Abschluss zu erreichen, ohne in gewisse Wespennester zu stechen. Jeder hat seine Eigeninteressen im Auge. Ihr habt die Drogen nie gefunden, oder?«

»Keine Chance«, gab Catherine zu. »Auf Nimmerwiedersehen in Tony McGills Labyrinth verschwunden, wahrscheinlich schon Stunden nach der Sache im Bahnhof.«

»Ja. Cairns, Raeside und McDade geben uns auch nichts über ihn, was mich wundert. Ich hätte gedacht, sie tun alles, damit so wenig wie möglich an ihnen kleben bleibt.«

»Man hat's nicht leicht als Polizist im Gefängnis«, erklärte Catherine. »Die werden da drinnen 'ne Menge Feinde haben, also brauchen sie dringend Verbündete. Für die ist es wichtiger als je zuvor, dass Tony McGills Gangsterkarriere einen goldenen Herbst erlebt.«

Laura hielt vor dem Haus der Ramsays. Catherine spürte

förmlich, wie Dominic einen neuen Panikschub bekam, als der Motor endgültig abgeschaltet wurde. Er hatte es nicht gerade eilig auszusteigen.

»Ich bin schrecklich aufgeregt«, sagte er, was ganz offensichtlich war.

»Keine Angst. Ich hab sie vor ein paar Tagen kennengelernt. Sie ist sehr sympathisch.«

»Ich kenn sie doch auch«, erwiderte er. »Hab sie bestimmt schon zehnmal getroffen. Als sie noch Strafverteidigerin war, hab ich ihre Klienten angeklagt. Das ist ja so komisch. Jetzt ist alles anders.«

»Sie haben doch schon mit ihr telefoniert, oder?«

»'Ne gute Stunde.«

»Dann ist doch alles klar.«

»Ich weiß, ich weiß. Aber jetzt persönlich ... ich bin einfach aufgeregt. Es wird bestimmt toll«, versicherte er sich. »Ich hab 'ne Nichte und 'nen Neffen, wussten Sie das? Tanten und Onkel auch; Cousins und Cousinen. Bisher war meine Familie immer so klein und abgeschlossen.«

Er griff nach dem Türöffner. Endlich fasst er sich ein Herz, dachte Catherine, aber dann hielt er inne und drehte sich wieder zu ihr um.

»Hab ich Ihnen schon gesagt, dass ich in Wirklichkeit katholisch bin?«, fragte er.

Sie schüttelte den Kopf.

»Ich bin wohl mit drei Wochen getauft worden. In einer Ironie des Schicksals hab ich sogar 'ne Dauerkarte vom Celtic Park.«

»Wieso Ironie?«

»Ich hab so mit zwölf beschlossen, dass ich Celtic-Fan bin, um meinen Vater zu ärgern. Der ist schließlich vornehmer Rangers-Anhänger mit braunen Handschuhen und allem. Und jetzt kommt raus, dass ich sowieso die ganze Zeit katholisch war.«

»Genug geredet«, sagte Catherine. »Jetzt mal rein mit Ihnen.«

Als sie den Gartenweg entlanggingen, machte Jasmine Sharp die Haustür auf, die die Rolle der Anstandsdame für ihre Auftraggeberin übernommen hatte.

Jasmine führte Catherine und Dominic ins Wohnzimmer, wo Anne Ramsay stand und händeringend wartete. Sie sah genauso aufgeregt aus wie Dominic, aber eher erwartungsvoll als ängstlich. Catherine bemerkte, dass der Boden voller Spielzeug lag, aber keine Kinder da waren. Waren wohl zu Oma abgeschoben worden, damit dieser Moment der Zusammenführung sie nicht zu sehr verwirrte.

Anne schwieg. Sie wollte wohl etwas sagen, öffnete den Mund ein, zwei Sekunden, bekam aber kein Wort heraus; Worte reichten nicht. Dann trat sie zwei Schritte vor und drückte Dominic an sich. Die Tränen flossen schon, bevor sie sich berührten. Sein Körper bebte von ihrem Schluchzen, und auch seine Arme schlossen sich eng um sie, als er nachgab.

Catherine schaute still Jasmine an und nickte in Richtung Tür. Auch Annes Mann, Neil Caldwell, verstand und ging mit ihnen in den Flur, wo Laura wartete.

»Kommt sie klar da drinnen?«, fragte Jasmine.

»Auf jeden Fall«, erwiderte Neil, dessen Augen selbst feucht geworden waren. »Schon seit Tagen ist sie wie ein Kind an Heiligabend, voller freudiger Erwartung. Jetzt hat sie Seelenfrieden.«

Er zog ein Taschentuch hervor und tupfte sich die Augen und die Nase.

»Wir sind Ihnen so dankbar«, sagte er zu Jasmine. »Und das mit Ihrem Onkel tut uns unendlich leid.«

Jasmine nickte. Catherine sah, dass sie selbst den Tränen nah war.

»Und lassen Sie sich nicht zu viel Zeit mit der Rechnung«,

forderte Neil. »Keine falsche Bescheidenheit. Besser konnten wir unser Geld gar nicht investieren.«

»Ist schon okay«, erwiderte Jasmine leise. »Mir ging's nicht ums Geld.«

Catherine merkte, dass das Mädchen von ihren Gefühlen überwältigt war.

»Sie schickt Ihnen die Rechnung«, sagte sie. »Dafür sorge ich. Von Dankbarkeit können Sie keine Miete zahlen«, belehrte sie Jasmine mit einem freundlichen Lächeln.

Das Mädchen nickte ertappt.

»Ja«, erwiderte sie. »So was Ähnliches meinte Glen auch.«

Sofort verging Catherine das Lächeln.

»Hör mal«, sagte Laura, als sie den Zündschlüssel drehte, während Catherine sich den Gurt anlegte, »sobald jemand seinen Namen sagt, siehst du aus, als würdest du gleich jemanden schlagen. Das ist ziemlich gruselig.«

Catherine sah sich nach dem Haus um. Vor der offenen Tür unterhielt Jasmine sich noch mit Neil Caldwell.

»Nicht so gruselig wie Fallan«, erwiderte sie. »Wir reden hier von jemandem, der in gewissen Kreisen so berüchtigt ist, dass er letzte Woche einen bewaffneten Angreifer mit einem Handy verjagt hat.«

»Ja, aber heutzutage ist er doch anscheinend auf unserer Seite.«

»Mir geht's nicht darum, für welches Team er spielt, denn das kann sich jederzeit ändern, sondern darum, wozu er fähig ist. Einmal Killer, immer Killer«, fügte sie mit einer Überzeugung hinzu, die hauptsächlich auf der Angst beruhte, dass es stimmen könnte.

»Kein Wunder. Je mehr ich von seinem Vater höre ...« Laura schüttelte sich. »Ein absoluter Psychopath.«

»Sag ich doch«, erwiderte Catherine. »Der Apfel fällt nicht weit vom Stamm.«

Laura nahm die Hand vom Schalthebel und drehte sich zu Catherine um.

»Du hasst ihn richtig, oder?«, fragte sie. »Das ist nicht nur Angst. Echter Hass. Kanntest du ihn damals, bevor er untergetaucht ist?«

Catherine seufzte und verschaffte sich Zeit, um sich zu sammeln. Sie wollte sich nicht auf dieses Thema einlassen, nicht vor Laura und nicht jetzt. Sie war Laura aber eine Antwort schuldig, weil sie recht hatte.

»Ich hab ihn vor langer Zeit mal kurz getroffen«, erwiderte sie. »Da war er ein Niemand, ein kleines Rad in einer schrecklichen Maschinerie, dem nicht klar oder immerhin egal war, was er angerichtet hat, weshalb er sich gar nicht mehr dran erinnert. Ihn hasse ich deswegen nicht, sondern alles, wofür er steht.«

Laura dachte darüber nach und verstand wohl, was Catherine meinte, war aber sichtlich unzufrieden damit. Sie sah auch nicht mehr aus wie jemand, der seine Gedanken für sich behalten würde.

»Aber steht er nicht auch dafür, dass wir uns nicht vom schlimmsten Ereignis unseres Lebens definieren lassen müssen?«, fragte sie und hörte sich an, als wollte sie unbedingt daran glauben. »Steht er nicht für die Möglichkeit, dass wir uns ändern können?«

Familie (II)

Vor Jims Beerdigung war das Wetter umgeschlagen, und starke Regenböen durchnässten die Leute, die in einem der kurzen sonnigen Abschnitte unvorbereitet nach draußen gegangen waren. Zum ersten Mal seit Monaten war der Regen kalt und der Wind eisig, woraus Jasmine schloss, dass der Sommer jetzt wirklich vorbei war.

Sie hatte keine Angst vor dem Winter. Er konnte nichts Schlimmeres bringen als der letzte, dessen tiefste Temperaturen seit vierzig Jahren noch das Harmloseste waren.

Bevor sie ihn begraben konnten, mussten sie die Obduktion und alle dazugehörigen Ermittlungen abwarten, damit Jims Leiche nicht mehr als Beweisstück gebraucht wurde. Diese zweite Beisetzung fand an einem angemessenen Ort statt, wo die Leute ihn beerdigten, die ihn geliebt hatten und um ihn trauerten.

Jasmine stand zwischen ihnen, vermisste ihn, erinnerte sich an ihn, liebte ihn, doch diesmal glaubte sie nicht, dass ihr die Tränen kommen würden. Sie hatte schon geweint, dachte sie, genug geweint; lange vor allen anderen gewusst, dass Jim tot war und sich gezwungen, das als Realität hinzunehmen.

Sie lag aber falsch – in den trauernden Gesichtern ihrer Verwandten, sah sie auch ihre eigene Trauer des ganzen letzten Jahres, und auch sie musste wieder weinen. Sie trauerte um Jim, trauerte immer noch um ihre Mutter und konnte sich eingestehen, dass sie auch ein bisschen um sich selbst weinte. Das durfte sie jetzt – sie brauchte sich keine Sorgen mehr zu machen, dass es hieß, dass sie zerbrach, dass sie nicht mit ihrem Schicksal fertig wurde.

Während sich Jims restliche Familie langsam auf die Wärme und den Schutz der wartenden Autos zubewegte, kam seine älteste Tochter Angela zu Jasmine, und sie standen zusammen am Grab, während der Regen auf ihre Schirme tröpfelte wie das verklingende Wispern leiser, respektvoller Stimmen.

»Ich wollte mich bei dir bedanken«, sagte Angela. »Im Namen von ... meiner Mutter und allen.«

Jasmine war ein bisschen verwirrt, wofür sie Dank verdient hatte, und das war wohl in ihrem Gesicht zu sehen.

»Ohne dich hätten wir das hier nie gehabt. Eine Gelegenheit, uns zu verabschieden, alle zusammen. Die *Gewissheit*. Die Ramsays hatten das nie.«

Jasmine lächelte traurig und umarmte sie, während ihre Gedanken zur Beerdigung von Annes Eltern Stephen und Eilidh zurückkehrten. Auch dort hatten ihr Leute gedankt – völlig fremde, Männer und Frauen mittleren Alters mit Jahrzehnten voller Schmerz in den Augen, der sich in tiefste Dankbarkeit verwandelte, weil sie aus diesem Gefängnis der Ungewissheit freigelassen worden waren.

Zum ersten Mal seit über einem Jahr kam sie sich nicht mehr wie ein kleines Mädchen vor, das sich verlaufen hatte. All diese älteren Leute, eine Generation von ihr entfernt, taten so, als hätte Jasmine sich um sie gekümmert, als sähen sie eine Frau vor sich, die Jasmine erst nach einer Weile als sie selbst erkannte.

»Ich wollte noch wegen etwas anderem mit dir sprechen«, sagte Angela. »Wir haben Jims Testament verlesen lassen. Jim hat uns, seinen Kindern, die Firma überlassen. Es war kein eigener Unterpunkt, aber in einer allgemeineren Bestimmung enthalten. Der Laden ist nicht viel wert, wenn er nicht läuft.

Das Büro ist gemietet, und es gibt da nicht viel, was man zu Geld machen könnte: einen alten PC, einen alten Lieferwagen, 'nen Haufen Überwachungstechnik und ein paar Büromöbel. Er *war* nun mal die Firma, ein Ein-Mann-Betrieb. Bis er dich an Bord geholt hat.«

Angela schaute mit feuchten Augen zur Seite, wo der Sarg ihres Vaters darauf wartete, dass die Erdhaufen zu beiden Seiten ihn für immer begruben.

»Wir haben drüber geredet, und wir finden alle, dass die Firma dir gehören soll, wenn du sie willst. Wir sind uns sicher, dass Dad das gewollt hätte, gerade nach allem, was du getan hast.«

Angela fing wieder an zu weinen, und ihr Gesicht verzerrte sich vor Schmerz.

»Denk ... denk einfach mal drüber nach und sag Bescheid, ja?«, bat sie, und ihre Stimme versagte am Ende.

Jasmine nickte ernst, und Angela ging zu dem schwarzen Bestattungswagen, wo ihr Mann Mark ihr eine Tür aufhielt.

Jasmines roter Civic stand irgendwo in der Prozession der Wagen der Trauernden an der schmalen Einbahnstraße, die sich durch den Friedhof schlängelte, und die grelle Farbe wirkte ganz fehl am Platz zwischen den vielen schwarzen Autos und schwarzen Anzügen. Sie fuhren alle zu einem Hotel in der Nähe, wo es noch mehr Umarmungen, Tränen und Sausage Rolls geben würde. Jasmine würde gleich nachkommen.

Sie ging zwischen den Gräbern spazieren und sah sich die Daten an, die bis zu einem Jahrhundert zurückgingen. Reihen kleiner, weißer Linien, die ihre geheime Wärme abgaben. Eine davon gehörte ihrer Mutter. Wenn sie sich nur orientieren und das Grab finden konnte. Ja, jetzt wusste sie wieder – gleich hinter dem Mausoleum irgendeines viktorianischen Geschäftsmanns. Seit der Beerdigung war sie nicht hier gewesen, einerseits, weil sie diesen schmerzhaften Moment nicht noch mal durchleben wollte, aber hauptsächlich, weil sie nicht so recht wusste, warum. Warum sollte sie gerade hier an ihre Mutter denken, sie war doch nie mit ihr hier gewesen. Hier lag nur ihre Leiche, der Ort hatte genauso wenig mit ihr als Mensch zu tun, mit allem, was sie zu ihr machte, wie der Steinbruch mit Jim oder den Ramsays und wer da noch alles verscharrt gelegen hatte.

Trotzdem fühlte sie sich immer schuldig, dass sie nie hinging, als würde sie ihre töchterliche Pflicht verletzen.

Der Grabstein stand jetzt. Sie erinnerte sich, dass sie einen Brief deswegen bekommen hatte mit dem Vermerk, dass die Kosten von irgendeiner Versicherung übernommen worden waren. Das hätte sie eigentlich als Anlass nehmen können, aber da hatte sie sich noch nicht stark genug gefühlt. Sie würde ihn gleich zum ersten Mal sehen. Sie vermutete, dass der Anblick ihr zu schaffen machen würde, vor allem die Daten – die Endgültigkeit des zweiten Datums, das das Leben einrahmte und alle Taten und Möglichkeiten abschloss.

Die Daten fielen ihr aber schließlich kaum auf. Sie war viel zu abgelenkt vom Namen, der in seiner Formalität ganz falsch aussah.

Ihre Mutter hieß Beth – so hatten sie Freunde und Kollegen gekannt und alle, mit denen sie auf der Straße gesprochen hatte, wenn Jasmine neben ihr hergebummelt war, und ihr an der Hand gezupft hatte, weil sie weiterwollte.

Beth, immer Beth. In offiziellen Briefen oder Werbepost stand manchmal »Elizabeth«, aber weder Beth noch Elizabeth war ihr eigentlicher Vorname, sondern nur ihr zweiter, wie Jasmine einfiel.

Sie nahm an, dass Elizabeth ihr einfach besser gefallen hatte, aber dann wurde ihr klar, dass sie früher mal ihren ersten Vornamen benutzt haben musste, weil Jim sie noch manchmal so genannt hatte. Dann hatte er Yvonne gesagt und sich schnell verbessert wie Mum selbst, wenn sie bei einer ihrer alten Freundinnen, den Mädchennamen gesagt hatte.

Da stand er in Stein gemeißelt: Yvonne Elizabeth Sharp.

Dann zuckte sie zusammen, als wäre ihr der kalte Regen direkt vom Schirm in den Nacken gelaufen.

Die Fallan-Akte.

KUNDE: JA.

Die Rechnungen hatten gefehlt. Und zwar weil Jim kostenlos gearbeitet hatte. Er hatte Glen Fallan für ihre Mum gesucht und gefunden, aber das war nicht alles.

Jasmine erinnerte sich an die Notizen in handgeschriebenen Großbuchstaben und wusste jetzt, dass sie sie missverstanden hatte. Sie hatte gedacht, dass sie nur hießen, dass Jim mit Ingrams in Kontakt getreten war. Da hatte gestanden: »INGRAMS GETROFFEN JA«, und ein Datum.

Glen Fallan hatte kurz vor ihrem Tod ihre Mum besucht.

Vergebung

Catherine lag wieder wach. Es war kurz vor drei am frühen Sonntagmorgen, um sieben musste jemand mit den Jungs aufstehen, und sie war an der Reihe. Drew war gestern dran gewesen, aber Catherine hatte trotzdem nicht ausschlafen können. Sie und Laura hatten Dominic abholen und zu den Ramsays bringen müssen. Drew hatte den Jungs Frühstück gemacht und war mit ihnen schwimmen gefahren, damit sie sich in Ruhe herausputzen konnte.

Sie war um zwanzig nach zwei aufgewacht und hatte nicht wieder einschlafen können. Warum konnte sie bloß nicht schlafen?

Der Tag war schön gewesen. Angenehm ermüdend. Als Laura sie nach Hause gebracht hatte, war es nicht mal elf gewesen. Der Himmel war wolkenlos. Kühler als zuvor mit einer frühherbstlichen Brise, aber viel schöner, als man es für Ende August erwartet, wenn man in diesem Teil der Welt wohnt.

Sie und Drew waren für den Rest des Tages mit den Jungs nach Loudon Castle unten in Ayrshire gefahren. Sie fuhren schon seit ein paar Jahren dorthin, und trotz ihrer instinktiven Abneigung gegenüber Freizeitparks fand sie es dort immer entspannend und urig – die Lage im Grünen verstärkte den Eindruck, hier würden alte Attraktionen ihr Gnadenbrot fristen. Die Jungs fanden es natürlich toll dort, und jedes Mal waren sie wieder so viel gewachsen, dass sie bei einer neuen Attraktion mitfahren durften.

Abends waren sie alle vier zu dem kleinen Italiener in der Nähe gegangen, wo die Bedienungen sich für die Jungs begeistert hatten, seit sie Babys waren. Vielleicht war ihr da der Fehler unterlaufen – sie hatte nach dem Dessert einen großen Espresso getrunken. Daran konnte es doch nicht liegen – das war gegen sieben gewesen. Auf Kaffee reagierte sie normalerweise nur so, wenn sie beim Essen gehen ohne die Kinder nach zehn noch einen getrunken hatte.

Sie war problemlos eingeschlafen; sie war so behaglich weggedämmert, als hätte sie ein Beruhigungsmittel genommen.

Drew und sie hatten sich geliebt. Und zwar wirklich *geliebt*, so zärtlich, so vertraut, so *langsam* und so leise, bis auf das Ende, als sie nicht mehr anders konnte. Drew hatte gedroht, ihr ein Kissen ins Gesicht zu drücken, damit sie die Jungs nicht aufweckte, weshalb sie zu kichern angefangen hatte, was den Orgasmus und ihre lautstarke Reaktion nur noch intensiver ausfallen ließ.

Schlafen schien ihr gerade unmöglich. Sie grübelte nicht und machte sich keine Sorgen, aber sie hatte das Gefühl, dass zwischen ihr und Drew eine ungeklärte Frage lauerte, eine Sache, über die sie noch nicht hatten reden können oder wollen. Zwischen ihnen beiden war eigentlich alles in Ordnung, deshalb lag sie nicht wach.

Das war aber das Problem. Es war *nicht* zwischen ihnen. Es lag verborgen im Herzen dieses Ortes, an den Drew sie gehen sah, wütend auf dem Weg dorthin, abwesend, wenn sie dort war.

Sie hatten heute viel geredet, auf den langen Wegen zwischen den verschiedenen Parkabschnitten, während die Jungs vorrannten und kreuz und quer über den Pfad rasten. Sie hatte sich dafür entschuldigt, dass sie sich zu sehr in ihre Arbeit hineinsteigerte, und Drew hatte zugegeben, dass es nicht allzu oft passierte, dass es diesmal bloß am Ende einer sowieso schon schwierigen Zeit passiert war.

Er hatte gesagt, er verstehe, dass es dazugehörte, wenn sie manchmal etwas distanziert wirkte, er sei schließlich dankbar, dass sie gewisse Dinge nicht von der Arbeit mit nach Hause brachte. Doch manchmal, argumentierte er, trug sie eine Last, die nicht allein auf ihren Schultern ruhen sollte.

Sie hatte ein bisschen von Fallan erzählt, genug, damit er sie einigermaßen verstand, aber wie bei Laura hatte sie den wahren Grund verschwiegen, warum Fallan sie so verstörte, und wo die sprudelnde Quelle ihres Hasses lag.

Sie dachte über das nach, was Laura gesagt hatte. Dass man sich nicht von der schlimmsten Sache definieren lassen musste, die einem jemals zugestoßen war, und dass man sich ändern konnte.

Sie ging die Gespräche des Tages im Kopf durch und suchte nach der Angelegenheit, die ihr keine Ruhe ließ, nach dem Vogel, der über ihren Dachboden flatterte.

»Dieser Fallan hat dir also geholfen?«, hatte Drew gefragt.

»Der hat mir nicht geholfen. Der hat sich selbst geholfen und aus irgendeinem Grund auch Jasmine Sharp. Ich war da nur Nebensache.«

»Auf jeden Fall war er auf deiner Seite. Gibt ihm das nicht eine kleine Chance auf Vergebung?«

Das hatte Drew ganz vorsichtig gefragt, weil er auch in der Menschenmenge vor dem Kinderkarussell Angst gehabt hatte, sie könnte ihm den Kopf abreißen.

»Ist nur 'ne Idee«, hatte er gesagt. »Du hast mir nie erzählt, was damals mit deiner Familie war, und es ist in Ordnung, dass du das nicht willst, aber die Sache nagt immer noch an dir. Ich sag das so daher, aber viele Leute vertreten den Standpunkt, dass Vergebung sehr befreiend sein kann.«

»Der sucht keine Vergebung. Er erinnert sich nicht mal dran.«

»Und wonach suchst *du*? Er braucht keine Vergebung. Vielleicht ist es für *dich* wichtig, dass du vergibst.«

Und da war der Vogel, er hatte sich kurz niedergelassen und flatterte nicht mehr umher. Zwar bewegte er sich nicht, aber das hieß nicht, dass er sich einfach so fangen ließ, und auch nicht, dass er nicht jeden Moment wieder abheben und den Dachboden verwüsten konnte.

Vielleicht musste sie einfach nur ein Fenster öffnen. Doch auch das würde nicht einfach werden.

Drew hatte mit einem recht, mit dem anderen nicht.

Sie musste nicht Glen Fallan vergeben.

Vier Worte

Der Wind hatte in den letzten Tagen aufgefrischt und blies auf den Höhen von Northumberland umso stärker, wo er die ersten vertrockneten Blätter mitnahm. Noch gab es aber viel Grün; am Straßenrand wuchs das Gras immer noch stark genug, dass Mäharbeiten den Verkehr abbremsten. Es war ein Zustand zwischen den Jahreszeiten – die eine war noch nicht vorbei, die andere hatte noch nicht angefangen.

Als sie auf den Zufluchtsort zufuhr, sah sie Fallan neben dem Haus, der ein Laubgebläse in einer Hand hielt wie einen Akkustaubsauger. Er trug eine dunkelgrüne Tarnhose und ein ärmelloses T-Shirt, wie bei ihrer ersten Begegnung. Sie glaubte nicht, dass das Wetter seine Arbeitskleidung beeinflussen konnte, weil er wie jemand wirkte, den harte Arbeit allein warmhielt.

Bei dem Anblick wurde sie nervös und sie bekam ein flaues Gefühl im Magen, als seine Vertrautheit und die instinktive Wärme des Wiedersehens sich in den turbulenten Strudel in ihrem Inneren mischten. Bei ihrem ersten Besuch hatte sie sich nicht ganz so unsicher gefühlt und optimistischer, dass sie die Wahrheit hören würde.

Er lächelte nicht, als er sie sah, aber er legte eine Pause ein und kam auf sie zu. Sein Gesichtsausdruck war gleichzeitig warm und besorgt, als würde er sich freuen, sie zu sehen, hätte es aber vorgezogen, wenn sie nicht gekommen wäre.

Kein langes Drumherum, dachte sie. Das würde sie nicht überstehen, und das Wichtigste würde umso schwerer werden.

»Ich hab Kontoauszüge gefunden«, fing sie an, und in seinem Gesicht las sie, dass er keine Anstalten machte, irgendetwas zu leugnen. »Von meiner Mum, ab 2007. Sie hat alle drei, vier Monate Geld von einer Firma namens Morningstar bekommen. Ich hab die Bank angerufen, und die sagen, die Überweisungen laufen schon seit zwanzig Jahren.«

Sie hielt inne, musste ihre Stimme bändigen und ihre Nerven stärken.

»Morningstar ist ein Anagramm von Tron Ingrams«, stellte sie so neutral fest wie möglich.

Fallan schwieg. Er verschränkte die Arme, als wäre ihm plötzlich kalt, aus seinem Gesicht und seiner Haltung sprach wieder diese seltene Verletzlichkeit.

»Ich weiß, dass Sie sie kurz vor ihrem Tod besucht haben«, setzte Jasmine fort. »Als ich zum ersten Mal hierhergekommen bin, wussten Sie sofort, wer ich bin, oder?«

Fallan nickte ernst.

»Ich hab's in der Sekunde gewusst, als ich Sie bei Rita in der Küche sitzen sah«, gab er zu.

Jasmine schaute am Haus vorbei nach Norden, weg von Fallan. Sie musste die Augen abwenden, um sich vorzubereiten, aber sie roch es schon wieder, dieses Aroma von Natur, frischem Schweiß und Duschgel.

Sie atmete tief ein, und obwohl der Wind ihre schwache Stimme fast verschluckte, nahm sie von irgendwoher die Kraft für die vier schwierigsten Worte ihres Lebens.

Danksagungen

Ich danke Marisa und Jack für ihr Verständnis und ihre Nachsicht; Andrew Torrance und Steve T für ihr Fachwissen und Frightened Rabbit für den Soundtrack in meinem Kopf.

Mehr von Christopher Brookmyre bei Galiani Berlin

384 Seiten, Euro 14,99

»Ein Gentleman-Gangster, eine toughe Polizistin, psychopathische Mafiosi und gescheiterte Künstler knacken in Clown-Masken eine Glasgower Bank. Aus diesen Zutaten kocht Christopher Brookmyre beste Unterhaltung. Und neben Tipps zum Bankraub geht es auch um den Zusammenhang zwischen Sex und Kapitalismus. Ein großer Lesespaß.« *Deutschlandradio Kultur*

»Brookmyre kann hardboiled Krimis schreiben, wie es vor ihm nur Chandler oder Elmore Leonard gelang.« *Bild am Sonntag*

»Als hätten sich Marx Brothers und Monty Python verschworen, Lesern einen gehörigen Lachmuskelkater zu verpassen.« *Die Presse*

www.galiani.de Galiani Berlin